陕西师范大学人文社会科学高等研究院 ｜ 编

李国平 ｜ 主编

大西北
文学与文化

第 三 辑

作家出版社

大西北学人：单演义

　　单演义（1909—1989），字慧轩，又名单晏一。安徽萧县人。1942 毕业于东北大学中文系，继而考入该校文科研究所，师从高亨、蒋秉南等攻读古典文学，获硕士学位。1944 年起任教于西北大学。起初从事庄子研究，后改治中国现代文学，主要从事鲁迅研究。曾任中国鲁迅研究会理事、中国现代文学研究会常务理事、陕西省鲁迅研究会名誉会长等职。著有《庄子天下篇荟释》《庄子索引》《鲁迅在西安》《鲁迅小说史大略》《鲁迅与瞿秋白》《鲁迅与郭沫若》《茅盾心目中的鲁迅》《康有为在西安》等。

单演义先生全家福

单演义与茅盾合影

单演义与西北大学鲁迅研究室的同事合影

单演义与夫人合影

单演义著作书影

目　录

访 谈

西北人文历史研究

当代西北作家作品研究

Contents

论丝绸之路艺术链[*]

程金城

内容提要："丝绸之路"作为整体研究对象和新视域，开始改变人文艺术学科的某些观念、思维方式和研究方法。从丝绸之路时空整体视域考察，其艺术经过交流、变易、互鉴、共融，逐步形成了"丝绸之路艺术链"，延伸和丰富了人类的艺术经验和人文思想。丝绸之路艺术链，在其表层，是艺术形象序列的生成及形象之间的关联性、互融性和变易性；在其深层，是艺术与人之关系的纵横延伸和艺术原型的置换变形，是人类的相通性和共同性使然。由链而网，构成丝绸之路艺术形象的关联结构。对艺术链进行研究和讨论，既是对丝绸之路艺术源流的蠡测，也是对丝绸之路艺术链与"意义链"关系的探讨，对当代人类命运共同体的构建具有启示意义。

关键词：丝绸之路；艺术链；关系；意义链

引　言

丝绸之路艺术构成了一条贯通古今、融汇各种艺术现象的网络长廊，在人类艺术整体格局中非常突出和格外重要。其重要性之一，是通过丝绸之路的交流融合，形成了"丝绸之路艺术链"及意义链，延伸和丰富了人类的艺术经验和人文思想。

提出"丝绸之路艺术链"这一概念，非一时之兴起，乃主要基于两种原因，一是对丝绸之路艺术研究整体性的思考，二是得益于学界已有研究成果的启示。

在学术领域，"丝绸之路"作为整体研究对象，开始改变人文艺术学科的某些观念、

* 基金项目：本文系国家社科基金重大招标项目"丝绸之路中外艺术交流图志"（16ZDA173）阶段性成果。

思维方式和研究方法。它不但打开了更大的研究视域，拓宽了研究空间，而且发现了事物之间更多的、深层的关系。在对丝绸之路人文艺术现象的整体考察中，特别是对其艺术现象相互交错的复杂关系及其生成过程的逐步认识中，我们意识到，在人类史上，丝绸之路漫长的时间和巨大的空间，不仅为各种不同艺术之间的交流影响和互融互鉴提供了充分的条件，而且因为艺术的多样性和差异性而刺激了对不同艺术互补性的需求，从而形成艺术链生成的内在机制。即使在丝绸之路商业贸易和交通时断时续的阶段，丝绸之路文化艺术的交融和艺术链的继续延伸也未停止，比如音乐舞蹈，比如纺织服饰，比如宗教文学艺术，比如陶瓷及各类器物等等。其主要原因是，外来的艺术内容、样态和风格一经与本土文化艺术交融，介入当地和当代的文化生活中，其基因就获得了"自生自长"的活力，其延伸也获得内在的驱动力，外部因素的一时中断，也无改继续衍生的趋势。丝绸之路艺术是生活的艺术，生存的艺术，生命的艺术。从一定意义上说，有人员流动，有经济等社会活动，有文化传播互动，就有艺术相伴相随，就有艺术链的延伸。对这种现象的宏观把握和具体解释，是丝绸之路艺术研究的任务之一，或者说这是丝绸之路艺术整体研究不同于艺术门类和局部研究的目标之一。变易、联系、交融、互鉴、兼容等是丝绸之路艺术存在的前提条件和方式，也是我们今天研究丝绸之路艺术的着眼点。笔者的这种思考，也得益于学界对丝绸之路艺术具体研究的不断深化，特别是近年来专家学者研究成果的启迪，其中有些专家的研究本身已经具备了宏观视野和解释艺术链现象的因素，并达到相当的深度。可以说，丝绸之路艺术链概念的提出，是致力于丝绸之路文化艺术研究的专家们共同打下的基础。提出这一概念并进行探讨，有助于探索丝绸之路艺术各门类的源流，梳理、探索其前世今生和来龙去脉；同时，通过归纳分析，也是对这类研究本身进行理论概括，呈现丝绸之路艺术研究业已达到的认识水平和具有的时代高度，深化丝绸之路艺术理论探索。本文意在提出问题，抛砖引玉，求教于方家，以期推进对这一现象的探讨。

一

　　丝绸之路艺术链的生成基础，是人类在丝绸之路上的物质和精神交流的历史实践，艺术链既是这种交流活动的构成部分和形象表达的结果，也是艺术现象相关性、相通性的具体体现，对其的发现，拓展了丝路艺术研究的空间。[①]

　　对丝路艺术链现象的最初关注，可以追溯到早期敦煌艺术研究。老一代的敦煌研究

---

① 参见［美］薛爱华（Edward H. Schafer）:《撒马尔罕的金桃——唐代舶来品研究》，吴玉贵译，社会科学文献出版社 2016 年 4 月版。书中对丝绸之路物质交流和人员流动中的艺术现象有丰富而具体的描述。

专家和艺术家如常书鸿、徐悲鸿、张大千、宗白华、梁思成、向达、贺昌群、李浴等，在对敦煌佛教艺术研究中就已经露出关注艺术交融的意识。后继的专家如段文杰、樊锦诗、宿白、史苇湘、金维诺、阎文儒、苏北海等，以及葛承雍、林梅村、余太山、石云涛、芮传明、周菁葆、盖山林、荣新江、赵生良、沙武田、张法、金秋、赵丰、仲高、沈爱凤等著名专家对丝绸之路的历史、考古、艺术的研究，都从不同的侧面、程度不同地触及丝绸之路艺术交流融合的问题。从对丝绸之路艺术相关性的早期发现，到逐步产生关于存在丝绸之路艺术链的明确意识，体现着研究者对丝绸之路艺术认识不断深化的轨迹。

20世纪前半叶，敦煌研究专家和艺术家对敦煌及其艺术的研究，都不同程度涉及敦煌佛教艺术的传播路径，可以说已经包含了对丝绸之路艺术链现象最初的触及。这不是研究者的观念超前，而是研究对象本身的内涵使然。如早在1925年向达发表的《龟兹苏祇婆琵琶七调考原》，就讨论了苏祇婆琵琶七调与印度北宗音乐的关系。1931年，贺昌群发表在《东方杂志》的《敦煌佛教艺术之系统》一文就指出佛教传入路径及佛教艺术产生的"系统"关系："自公元第一世纪左右，大月氏迦腻色迦王（Kaniska）尽力宏布佛教，为大月氏空前绝后之盛业以来，古代中国……（新疆）南北两路的国度，都完全沉浸于佛教崇拜的气围中，北道以龟兹（今库车）为最盛，南道以于阗为最盛，南道的枢纽便是敦煌。自魏晋历南北朝而至隋唐，西域诸国的沙门、优婆塞，陆续接踵来中国，中国的僧徒亦多赴西域求经典或巡礼圣迹，当时商业上的交通，亦不下于宗教。由海陆两路而来的西域僧徒，在北方的则大多集中于长安、洛阳、邺，南方的多在建康（南京），皆为当时的建都之地；于是这几百年间，上至帝王公卿、学士文人，下至愚夫愚妇，莫不受这个新宗教的震荡与蛊惑。"[①]常书鸿先生提出了"中西交融说"，认为敦煌石窟艺术虽然是外来的种子，但它是在中国的土壤里生长起来，接受了中华民族传统文化抚育，具有鲜明的中国特色和民族风格，这涉及中外文化艺术交融的问题。类似的看法，在当时的研究中并不鲜见。

20世纪80年代后，随着敦煌及丝绸之路艺术研究的深入发展，对于异质文化和不同艺术之间交融互鉴现象的探讨也进一步拓展和深化。例如，段文杰关于佛教传入的路线触及"丝绸之路"："随着中西频繁的交往，佛教和佛教艺术，也沿着'丝绸之路'传入我国，首先流传入西域（我国新疆地区），然后从南北两路：南路经于阗、楼兰传至敦煌；北路经龟兹、高昌传至敦煌，再从敦煌、凉州而传入中原。"[②]敦煌艺术是丝绸之路艺术的重要组成部分，也是最具有典型性的艺术链现象。后来，段文杰以莫高窟第285

---

① 贺昌群：《敦煌佛教艺术之系统》，《东方杂志》1931年第28卷17号。
② 段文杰：《十六国、北朝时期的敦煌石窟艺术》，《敦煌研究文集》，甘肃人民出版社1982年。

窟为例，论证了中国中原汉文化、西域文化与西方文化的交流。认为第 285 窟的主体思想是佛禅与道玄相结合，窟中壁画可以看出禅修者的自然环境和禅修僧怡然自得的神情，体现了佛道共同追求的境界。"内容结构上，大量借鉴于克孜尔石窟壁画，人物造型与传神亦与西域佛教艺术多有共同之处。壁画表现技法，特别是明暗法，传自印度，衣冠服饰也多混杂了印度、波斯服饰风习，但西域式风格也是经过中国化、本土化之后的西域风格。……非佛教的民族神话题材进入到壁画中，出现了中原汉装或南朝名士的形象，出现了潇洒飘逸的精神风貌，在静的境界里增添了动的情趣，突破了西域佛教艺术规范，形成了中国式佛教艺术体系。"[①]上述这些研究，从佛教和佛教艺术传播的全局着眼，探究敦煌艺术生成的各种关系和路径，说明佛教艺术传播和本土化过程中存在着艺术链的要素。对其演变线索的勾勒，包含了丝绸之路艺术链研究的要素。

　　20 世纪 90 年代后，特别是进入新世纪以后，对丝绸之路具体艺术门类交融现象的研究已经相当深入，有的研究接近构成丝绸之路艺术链的雏形。比如，对于丝绸之路翼兽和狮子等动物形象的研究，对于丝绸之路上丝绸及织锦、服饰的贸易和交流现象的研究，构成了重要的类似艺术链研究的特点。就依丝绸、服饰来说，据赵丰先生研究："丝绸起源于中国……丝绸作为产品传播开始得很早。东面早在商代就有文献记载向今韩国和日本地区的传播；但在西面，则首先是通过河西走廊到达西北地区、然后在各处与草原丝绸之路联通、再继续往西。这个时期最重要的就是斯基泰人的时期（前 900—前 300），……在中国的西北地区，最新发现的实物出自甘肃张家川马家塬战国墓地、新疆哈巴河喀拉苏墓地、新疆塔什库尔干曲曼墓地等。据考察，这几处发现了丝绸经锦、绢、丝线等。……已有十分强大的证据证明张骞通西域之前中国丝绸已经开始向西传播。到汉晋时期，中国典型的织锦已经出现在丝绸之路沿途更为遥远的地区，……汉锦的最远发现地是在叙利亚帕米尔拉遗址，其发现的织锦有 3—4 种，……由此看来，中国丝绸的产品在汉代已经传播到地中海沿岸是毋庸置疑的。"[②]丝绸贸易的过程也是丝绸艺术交流的过程，是艺术链形成的过程。如果说丝绸作为纺织物成品对中国审美文化做了传播的话，那么，织锦、服饰等在交流和本土化的过程中则体现了更多的审美文化的交融性。对此，刘瑜教授在《以服饰为视角的"丝绸之路"文化交融研究》中，多层次、有深度地论证了服饰文化在丝绸之路的交融，从中可以更多地窥见其艺术链形成的复杂因素及其意义链的内蕴。"丝绸最初从中国中原地区沿着丝绸之路送达到沿线各地，但这种送达并不是单线的，各地各族人们从最初的接触丝绸、使用丝绸中，逐渐进

　　① 段文杰：《中西艺术的交汇点——莫高窟第二八五窟》，《美术之友》1998 年 01 期。第 285 窟是莫高窟早期洞窟中唯一有纪年题记的洞窟，建造于西魏大统四年至五年。
　　② 赵丰主编：《丝路之绸　起源、传播与交流》，浙江大学出版社 2017 年版，第 12 页。

行了再开发、再设计、再创造。而后，这些不同于中国中原地区的丝绸纺织品和丝绸服饰，以及各种技术手段、艺术表现同样也会经由丝路，送达到包括中国在内的沿线各地。这种多线的传播、交流、创造，再传播、再交流、再创造的路径，绝不是单向的、一次性的，而是在不断地进行之中。更何况，服饰的日常性、实用性、流行性、展示性较其他艺术门类更强，更加具有显现性和传播性，也注定了其交流的形式更加多样、复杂。"①刘瑜教授提出，关于丝绸之路服饰交融的研究，有三个层次。第一个层次，以服饰的物质性为视角。第二个层次，以服饰与人所构成的服饰穿着系统为视角。第三个层次，以服饰的社会性为视角。即把服装放在整个社会文化的语境和情景下进行研究，对服饰穿着这一社会现象进行具体分析，主要包括其与政治、经济、宗教、环境、生产力水平、艺术审美水平等的相关性研究。其最终目的是，通过对丝路沿线不同国家、地区、民族服饰穿着的研究，探讨相同或相似的服饰内容和服饰艺术展示方式如何在不同时空产生不同变化、不同形制，如何在观念层面上体现相同或相似的思维方式与审美观念。

交流是互动的，影响是相互的，有时是逆向的，据赵丰先生研究，当年，"敦煌市场上所见的丝绸不仅有来自东方的中国丝绸，同时也有来自西方的中亚系统织锦。敦煌文书中出现的胡锦和番锦之名，当与西北或西域地区有关。胡锦很可能不是在胡地生产的织锦；而是中原地区模仿西方题材或是有着某些西方风格的织锦；番锦则应该是与粟特锦等相类似的中亚系统织锦。依据中亚系统织锦的基本技术特点，我们在敦煌藏经洞发现的丝绸实物中，找到9种属于中亚系统的织锦"②。服饰还有在壁画中的传播，人员流动的传播，舞蹈艺术中的传播，画像砖画像石中的传播等等方式。其实，丝绸之路上还有更多的现象，说明艺术链的存在，比如陶瓷和青铜器，从中国彩陶的"西来说"到瓷器的外销变异，不管其结论如何，其现象本身说明了形象的相似性和相关性。那么这种艺术链是怎样生成的？它又是怎样承载了意义而成为"意义链"的呢？

宏观来看，上述诸多学者的这种研究，提供了丝绸之路艺术研究的新思路，突破了艺术门类研究、国家地域局部艺术研究的局限，可以说就是丝绸之路艺术链及意义链的研究，具有研究范式创新的启示性。③由链而网，构成丝绸之路艺术形象的内在结构。对艺术链进行研究和讨论，既是对丝绸之路艺术形象源流的蠡测，也是对丝绸之路艺术链与"意义链"关系的探讨。

---

① 刘瑜：《以服饰为视角的"丝绸之路"文化交融研究》，《兰州大学学报》2018年第2期。
② 赵丰、王乐：《敦煌的胡锦与番锦》，《敦煌研究》2009年第4期。
③ 刘瑜：《以服饰为视角的"丝绸之路"文化交融研究》，《兰州大学学报》2018年第2期。

二

　　丝绸之路艺术链，其表层结构，是艺术形象序列的生成，是形象之间的关联性、相通性及变易性。

　　丝绸之路艺术链首先体现在各种艺术形象的相互关联中。在丝绸之路艺术中，较易辨识的艺术链是各种直观可见的艺术形象。有马形象、狮子形象、羊形象、龙形象、蛇形象、鸟形象（如鸟首人身、鹰）、蛙形象等动物艺术形象系列；有葡萄、石榴、桃子（金桃）、小麦、菩提树（无花果）、曼陀罗、生命树等植物形象系列；有各种神庙建筑、石窟寺庙、雕塑、神像、壁画、佛塔、纪念碑等宗教艺术形象序列；有陶器（彩陶）、瓷器、青铜器等金属器、青金石、玉器、玻璃器、琉璃、珐琅等器物的造型、纹饰艺术形象系列；有音乐、乐器、舞蹈艺术形象系列；有丝绸、织锦、服装、地毯、挂毯、挂饰、染缬等织物服饰艺术形象系列；有神话、传说、史诗、小说、传奇、诗歌、戏剧等文学作品及其艺术化的形象系列，等等。这些艺术形象可能在某类艺术领域独立存在，也可能在不同门类的艺术中交叉出现。如动物形象，可能出现在雕刻和雕塑中，也可能出现在绘画中和其他艺术类型中；如植物形象中的葡萄，可能出现在壁画、铜镜的装饰纹样中，也可能出现在民间的砖雕、木刻工艺中；如马的形象，出现在草原艺术的雕塑、挂饰中，也出现在东西方的绘画中；如蛇的形象，出现在雕塑、壁画中，也出现在权杖的装饰中；如狮子形象，出现在亚述艺术的雕刻中，也出现在印度和中国的雕塑中……。在这些艺术形象系列中，有一些超越时间、空间、民族、地域界限的形象，构成了不同的具体艺术形象链。试举几例。

　　在丝绸之路上，动物形象十分显眼，其中狮子的形象引起专家的格外注意。中国不产狮子，但是，中国到处有狮子的形象，延续千年，至今还随处可见。"卢沟桥的狮子——数不清"成为歇后语，可以延伸说"中国的狮子数不清"，是说它在中国的普遍性。狮子本来生活在欧洲东南、中东、南亚。人类与狮子有何关联？狮子何以成为中国文化重要的象征之一，狮子为何透露了"中华文化性格"？对此，美学家张法先生的研究揭开了其中的奥秘：狮子的文化形象，在其变异中，涉及埃及和两河流域文明、地中海文明、草原文明、印度文明和中国文明，狮子在不同文明中都有置换变形，形成艺术链和意义链。[①]张法教授是著名美学家，也是长期致力于佛教艺术研究的大家，他对狮子形象宏观与微观融通的研究表明，原来狮子的艺术形象在原产地由文化建构起基本形

---

① 张法：《狮子形象：文化互动与汉译三名——狮子与中华文化性格研究之一》，《美育学刊》2018 年第 5 期。

象，在后来演变中，不同的文明体都赋予其特殊的含义，却又保留其最初的原始观念和基本规定性，形成了既有个性又有共性的狮子形象系列，其演变的路线与丝绸之路有很大的关系。这种研究已经具备了"艺术链"的范式。尚永琪对羊形象的研究揭开了另外一个文化之谜："在贯通欧亚大陆的北方草原上，从远古到前近代的上万年间，羊之形象都是旷野岩画的主要表现对象。在古代埃及，阿蒙神就是羊头狮身的形象；古代斯基泰人把他们身穿羊皮衣裤、挤羊奶的形象镌刻或铸造在精美的黄金艺术品上，狼噬羊的场景更是斯基泰、匈奴、突厥与蒙古族等欧亚北部草原艺术中常见的图样。因而，羊才是丝绸之路上的羌人、匈奴等古代部族最具根本特色的代表性符号。"①羊从驯养的动物到成为艺术形象，从草原艺术扩散到丝绸之路沿线艺术，不断变异而又不曾中断，为艺术链提供了充分的佐证。

丝绸之路上的各种动物形象，通过艺术转化而通向精神之路，融入文化之中，并得到各种艺术"语言"的转化和表现。葛承雍先生对猎鹰形象在文学艺术中的表现做了深入研究，揭示了同一形象在不同文化中共时和历时的艺术表征："猎鹰屡屡记录在隋唐的历史文献里，也作为绘画艺术保留在墓葬壁画中。……唐代不仅出现了胡人托举猎鹰的壁画，而且墓室里骑马狩猎俑中还有手持鹘隼者，生动描绘了当时皇家贵族的野猎生活。……唐墓壁画中的猎鹰不仅贴近墓主人的生活实际，而且反映了他们从生到死的喜好需求，特别是胡人猎师手擎猎鹰的展示，无疑是研究当时胡汉社会风尚习染一个很好的切入口。……直到现代，人们仍然对鹰有着敬畏崇敬之意，文化上从欧美国家国旗国徽上的双头鹰到白鹰符号，从'鹰派'政治家到鹰牌商标，鹰的形象无处不在。……所以鹰的驯养利用数千年来绵延不断，并没有定格成为历史的往事和凭吊的对象，而是作为文化遗产继续让人感叹。"②鹰的形象在织锦中也有表现。在青海都兰热水墓地出土的唐代斜纹纬锦"黄地瓣窠灵鹫纹锦"，"团窠为八瓣花环，环中是一正视直立的鹰。……这种正面鹰身的造型在中国极为罕见，但在西方却比较常见，即使在中亚地区，也时有发现。乌兹别克斯坦境内的……一些壁画，其中就有一幅为鹰身正面，鹰足抓住一人，考古学家认定其为金翅鸟，其造型与此十分接近"③。还有的研究者发现在粟特人的墓葬中有鹰的艺术形象并有不同的解释。这些专家对鹰形象的研究，涉及同一艺术形象在不同艺术门类之间链接的问题，以及由艺术链到"意义链"的问题。

在丝绸之路动物形象中，马和骆驼，是与人关系最密切的动物，也是最多表现而历久弥新的艺术形象，这方面的研究不少。其中，"骆驼形象在墓葬中出现得很早，如战国

---

① 尚永琪：《丝绸之路上的羊文化略论》，《丝路文化研究》第二辑。
② 葛承雍：《猎鹰：唐代壁画与诗歌共创的艺术形象》，中国国家博物馆馆刊 2019 年第 5 期。
③ 赵丰主编：《丝路之绸 起源、传播与交流》，浙江大学出版社 2017 年版，第 114 页。

时期的湖北江陵望山楚墓据曾出土过两件骆驼铜灯，汉代墓葬中也出现过个别有骆驼形象的画像石、画像砖。但总的来说，当时骆驼还是一种令人感到陌生的动物……北朝以后……骆驼成了丝绸之路上最具代表性的象征符号。……由于胡人高超的驾驭马和骆驼的本领，胡人牵马、牵骆驼与骑马、骑骆驼的形象在唐代十分常见"①。马形象的艺术链显而易见，研究很多，此不赘述。

又：瓷器的发源地在中国，通过丝绸之路传到西方，经过创化，成为西方人日常生活中离不开的器物，讲究的室内摆设有着中国瓷器的元素，甚至考究的壁炉也是青花瓷装饰。以粉彩瓷为例："粉彩瓷"不仅是中国传统陶瓷艺术中的一种重要艺术类型，而且也是"海上瓷路"重要的外销瓷种类之一，西方"画珐琅"与中国传统"五彩"艺术的融合在其诞生过程中起到了关键作用，中国粉彩艺术的诞生是中西器物及审美文化交流的结果。②

佛陀的故乡在南亚的尼泊尔，但是在东亚、东南亚，特别是在中国、日本、泰国等地到处都有佛像及其延展。僧侣、信众心中想的是佛，顶礼膜拜的是佛像，佛就是像，像就是佛，"像"为什么能成为佛、成为神？"从信仰者无须图像可以在静室自觉地存想思神，到信仰者需要图像来启迪对神祇世界的幻想，这一变化背后隐匿着信仰世界的什么变化？"③由佛而寺庙、佛塔、壁画，而菩萨、罗汉、金刚……，人塑造了各种各样的佛像神像，甚至拜佛拜神成为普通百姓的信仰——它是否说明"艺术通神""艺术通灵"？这其中反映了怎样的人类共同心理和人与艺术关系的原理？玄奘的真实事迹怎么演化为《西游记》的故事？孙悟空与猕猴王本生有无瓜葛？佛教传播，西天取经，动力何来？这都是学界感兴趣的话题，其深层有丝绸之路宗教艺术链的原因。在这方面，犍陀罗艺术的形成和演变具有典型性。犍陀罗佛教造像吸收了印度、希腊、中亚等不同文化的成分，它在向东传播过程中，影响了中国和东亚佛教艺术。闫飞、李勇以犍陀罗艺术为中心，对其不同解释进行辨析，追溯其源头，呈现出佛教造像的艺术链特点。他们的研究认为，"到贵霜王朝统治时期，犍陀罗地区已经深受希腊文明的影响，在佛陀造像的创作上多有效仿希腊艺术的痕迹，这一时间以阿波罗雕塑为范本的深目高鼻、身披波纹状布衣的佛陀造像，在犍陀罗地区广为兴盛，这与中印度佛陀造像有明显区别。印度的佛教造像与希腊艺术彼此借鉴，产生了具有希腊风格的犍陀罗佛像，从考古发掘还无法证明此时已有佛像出现，但对犍陀罗佛教造像希腊风格的研究价值早已超越艺术领域，它是不同文明相互碰撞、相互融合的典证"④。犍陀罗地处文化交融的要冲之地，凭借地缘

① 赵丰主编：《丝路之绸　起源、传播与交流》，浙江大学出版社2017年版，第54页。
② 任华东：《中西艺术融合视域中的粉彩瓷艺术》，《美术观察》2019年第2期。
③ 葛兆光：《中国思想史》（第一卷），复旦大学出版社2018年版，第119页。
④ 闫飞、李勇：《犍陀罗佛传艺术的多辩之源》，《美术与设计》2019年第2期。

优势和古代成熟的商道线路，犍陀罗的佛教艺术成为佛教艺术北传的重要来源，以丝绸之路传入新疆地区的龟兹、焉耆、高昌等，甘肃地区的敦煌、武威、麦积山、炳灵寺等，山西的云冈等。对中国、日本等中亚地区的佛教艺术影响深远。这些都为后人对犍陀罗佛教艺术的研究提供了多方向的切入点。[①]在这里面有不同的艺术连接的具体环节。比如佛教的洞窟建筑，在向中亚西域中原传播中的本土化，壁画对佛经的表现，讲经宝卷中的佛教故事和教义等等，可以从不同领域去梳理。在宗教艺术中，最典型的艺术形象的变易而构成艺术链的例子，当是飞天形象，对此研究数不胜数。

如此等等研究成果表明，丝绸之路艺术的纵向延伸和变异，横向交融和共生是有据可依的重要现象。艺术形象的变易、创化和新样态的生成是最显著的艺术链的表象。或许，只有丝绸之路这样的时空，才有艺术链生成的需要和动力，其背后有更多的复杂原因。

三

丝绸之路艺术链，其深层结构，是艺术与人之关系的纵横延伸和艺术原型的置换变形。

丝绸之路艺术链在不同的艺术类别中，其规模、长短等有所不同。其艺术链最为明显，艺术链条最长的门类，一是器物艺术类，如彩陶、瓷器、青金石器物、金银器、青铜器及其他金属器、各类雕塑雕刻、工艺品等器物艺术；二是纺织服饰类艺术，如丝绸、织锦、服装、饰物、地毯、挂毯、染缬、纹饰；三是音乐、舞蹈及乐器；四是各类文学作品（神话、史诗、传说等）；五是各种绘画作品（包括壁画、细密画）、雕塑、民间美术、印章艺术、书法艺术等。各类艺术中的"变"与"不变"有其艺术链背后的文化动因。例如佛教石窟、寺庙艺术从印度经过中亚延伸到中国和东南亚的变化，如基督教、犹太教艺术在美索不达米亚、地中海及延伸到中亚的变化，种种宗教艺术链现象背后有深刻的民族国家和历史文化的具体因素。

前面说到狮子形象艺术链的现象，从实有动物到艺术形象，在各大文化圈中不断变易，背后蕴蓄了深厚的文化底蕴。张法的研究认为，在早期文明中，狮子的文化形象，主要从埃及文明和两河文明中产生出来，"狮子在其起源地有不同的文化形象，地中海诸文化中的人面兽身的司芬克斯和拉玛苏，兽面兽身的格里芬，这些形象演进到伊朗，有娜娜型的人主兽辅，其中格里芬，在伊朗加上了神马因素，在草原文化中加上了神鹿的

---

① 闫飞、李勇：《犍陀罗佛传艺术的多辩之源》，《美术与设计》2019 年第 2 期。

因素。在印度文化中，同样有毗湿奴化身的半人半狮型，有迦梨女神的人主兽辅型，有阿育王柱的狮本相，有桑奇塔门楣的翼狮相。不同文化后面的观念体系又是不同的。狮子传入中国，其汉语译词，定型在三大语汇上：狻猊、师子、狮子。三词后面有不同的观念支撑"[①]。这种现象说明，艺术链深层是"意义链"，动物形象也是包含了思想和观念的意象。

在丝绸之路上，服饰的交融和相互影响是重要的文化艺术现象，其艺术链也有更多的民族精神和人性因素。刘瑜教授提出，"广义的服饰，并非单纯的物品，而是服饰品与人本身所构成的系统之总和。其外延和内涵有着多重可能的意义，有极其丰富的各种信息之承载。……服饰不仅仅是一件衣物、一条裙子、一顶帽子、一双鞋子，而是诸多历史信息、文化思想、认知世界方式的载体"，"简单来看，服饰交融是一种款式从甲身上到乙身上的转移、一种搭配方式从 A 地到 B 地的流行传播、一种花型图案在不同民族衣裙间的游走、一种裁剪制作技术在不同肤色工匠间的传承。而其实，这些直接的、可见性的交融还有更深层次的意义。因为服饰从来不是一种简单的物质形态存在，而是一种物质与社会形态的共存"。[②]正是由于服饰本身所承载的文化符号性意义，丝绸之路上的服饰交融才成为各地区、各民族文明交融的重要表征。

艺术链还有一种现象，就是艺术形态的跨际交融，打破地域国家民族界限、文明界限、艺术门类界限、时间界限，相似的艺术形式会出现在不同艺术作品中。比如器物纹饰中的叙事图案，在希腊彩陶瓶中就有类似中国汉画像石的写实风格，其中有神话故事，有生产场景，有狩猎场面，有乐舞瞬间。它们是装饰图案，也是讲述故事，是美化器表，也是表达思想。在某些中国青铜器中的纹饰中也有类似希腊陶瓶的纹饰图案现象。地域不同，介质不同，时间不同，但是却又有相似的艺术表达方式，这异中有同的现象或许说明人类心理的相通性与审美共通感。

艺术链还有一种现象，就是在同一艺术品中，融合了不同文明的各种艺术形象，将其组合，构成新的艺术作品，体现出艺术之间的链接。"青海都兰出土的黄地卷云太阳神锦就是一个最佳的实例。这件织锦涉及的主题是源自希腊神话的太阳神赫利俄斯，这一太阳神应该是随亚历山大东征而来到东方，在印度称为苏利耶，到阿富汗则出现在巴米扬大佛窟顶大象图中。这件织锦图案融合了丝绸之路沿途的各种因素，驾车出行的太阳题材是欧洲的产物，驾车所用的有翼神马乃是出自希腊神话，联珠纹则是波斯的特征，太阳神的手印和坐姿则是弥勒菩萨的形象，华盖和莲花座等也是佛教艺术中的道具，而织入的'吉'和织造技术则表明来自中原。因此，这件织锦算得上是融合了地中海、南

① 张法：《狮子形象：文化互动与汉译三名——狮子与中华文化性格研究之一》，《美育学刊》2018 年第 5 期。
② 刘瑜：《以服饰为视角的"丝绸之路"文化交融研究》，《兰州大学学报》2018 年第 2 期。

亚、东亚三大纺织文化圈艺术风格的代表作。"①在一件艺术作品中融合各种文化圈中的艺术元素，形成新的艺术形态，在神庙建筑、寺庙石窟、壁画、雕塑中，其"常"中有"变"的现象很多。仍以莫高窟第285窟为例，其艺术链现象体现了不同文化的审美观的交融："希腊人是以纯真的感情看待裸体的，……希腊艺术的人体美，影响了印度，特别是印度教的林伽崇拜、性力派流行的气氛中，佛教、耆那教特别是印度教的雕刻中，裸体形象、性爱表现，比比皆是，但在人体美的表现上，在写实基础上充分发挥了理想化的特点，……佛教艺术人体美的表现，通过中亚传入西域，在龟兹、于阗等地的雕塑和壁画中有所表现，特别是裸体舞女，健壮的肢体、优美的舞姿、丰乳细腰大臂的特点以及通过人体美表现出来的生命活力都有新的发展，但由于汉文化的影响，在裸体形象特别是性爱的表现上大为减少，裸体形象传至西州，在汉人政权和儒家思想影响下，裸体男女形象已逐步转化为无性形象，传入敦煌以后，在汉文化的根深蒂固、儒家伦理道德观念深入人心的历史条件下，赤身裸体的男女形象，理所当然会被拒之门外。"②这些现象说明，艺术链深层是意义链在发挥作用。大乘佛教在印度和重要传播地西域不能发扬光大，与种姓制度和种族等级有关，大乘佛教主张人人可以成佛，但种族等级中的奴隶、下等人就不容易平等，有的人就不能成佛，到中原后则与儒家思想融合而发扬光大，这体现在佛教艺术的许多方面。石窟建筑的"凉州模式"在中原的发展，其建筑、壁画、造型如罗汉的变化等艺术现象背后都有"意义链"的作用。

丝绸之路艺术链得以延伸，其根本原因在于艺术的本性及其与人的关系。哲学家赵汀阳说："艺术的本意在于人对事物用敬，艺术的时刻是人与事物灵性相会的时刻，艺术就是人答谢万物的礼节和仪式"，"根据人类学和考古学的考察可知，艺术非常可能起源于敬天礼地的神秘仪式或通灵的巫术，意在敬天地之神性，谢天地之大德，答万物之恩惠，求无灾之丰年，如此等等。由此可知，艺术的本意是敬天赞物，而艺术则是通过美学技艺而实现的致礼仪式，并且可见，艺术暗含一种万物有灵论的态度，即将万物识别为可以沟通的精神存在，而此种万物有灵论的感觉也正是艺术起源的一个关键条件。进而，随着巫术的消退，艺术演变为经验的无限表现形式，却仍然维持着艺术的本意，仍然是敬天赞物的经验基因的转型仪式"③。赵汀阳先生对于艺术本意的阐释，为丝绸之路艺术现象所证实。

丝绸之路艺术的生成演变，是人与事物灵性相会，其不断延伸变异，形成丝绸之路

---

① 赵丰主编：《丝路之绸　起源、传播与交流》，浙江大学出版社2017年版，第17页。

② 段文杰：《中西艺术的交汇点——莫高窟第二八五窟》，《美术之友》1998年01期。第285窟是莫高窟早期洞窟中唯一有纪年题记的洞窟，建造于西魏大统四年至五年。

③ 赵汀阳：《艺术的本意与意义链》，《人文杂志》2017年第3期。

艺术链。丝绸之路艺术是人对万物表达敬仰的仪式，"艺术起源于对一切事物表达敬仰的仪式，包括神灵、上天、大地、猛兽、山川、树木、岩石、河流和大海。艺术的'存在论基因'应当是对一切存在的敬仰，而不是亵渎"①。丝绸之路艺术的重要特点是它的延续延伸借助于信仰的力量，一个石窟群的建造能够延续千年，一种艺术符号能够穿越时空，是人对艺术的虔诚。而人对艺术的虔诚背后是对万物的敬仰。可以作为反证的是，同样是丝绸之路上的植物，黄瓜、番瓜、胡萝卜、大蒜等虽然深刻影响到人们的日常生活，但似乎没有成为艺术链中的主要形象。这或许是这些物象没有被赋予特殊的象征"意义"，没有被神圣化，而曼陀罗（产于阿拉伯，宋代传入中国）、无花果（基督教、伊斯兰教、佛教中的神圣之物）、石榴、金桃等则因其"意义"特殊而成为艺术链中反复表现和不断创新的意象，得到反复呈现。"恰恰是由于它的反复呈现，才说明这种叙述背后是一种根深蒂固的习惯和观念"②，丝绸之路艺术的独特意义之一，是对人类艺术经验的传播和延伸。这样，丝绸之路艺术链就成为一种特殊的话语体系，其意义延伸到信仰体系、知识体系、思想体系。

（作者单位：兰州大学　陕西师范大学人文社会科学高等研究院）

---

① 赵汀阳、[法]阿兰·乐比雄：《一神论的影子》，王惠民译，中信出版集团股份有限公司2019年版，第149页。

② 葛兆光：《中国思想史》（第一卷），复旦大学出版社2018年版，第119页。

当代文学研究

史诗 "是人民对于文学的更高的要求的表示"

——冯雪峰与《保卫延安》的史诗性追求及历史意义

陈思广　徐家盈

内容提要：追求长篇小说创作的"史诗性"是新时代对共和国文学提出的必然诉求，源于进入新的时代后作家们的自觉。虽然新生的共和国文坛令人充满期待，但直到《保卫延安》的出现才在很大程度上满足了时代的诉求。冯雪峰敏锐地认识到《保卫延安》的"史诗性"在新生的共和国文坛上的重要意义并给予高度的评价，不仅第一次从理论高度上将"史诗性"作为长篇小说的一种艺术品格，认为史诗"是人民对于文学的更高的要求的表示"，而且将其作为长篇小说艺术的最高追求予以倡导与推扬，奠定了"十七年"时期人们对长篇小说"史诗性"理解的基础，开一代文风，也导引了"十七年"长篇小说的创作实践，使得"史诗性"成为"十七年"长篇小说创作最重要的时代品格。尽管冯雪峰对"史诗"的理解更多是从内容和人物形象出发，对其作为艺术体式的方面关注不够，但他对"史诗"的解释和推崇，我们应予以充分的理解与肯定。

关键词：冯雪峰；《保卫延安》；史诗

在"十七年"文学的批评语境中，因为一篇评论文章或一次讨论，影响该部小说进行重大修改甚至整个长篇小说创作风貌都因之变化的事例并非少见，如 1950 年对《腹地》的批评，1958 年对《红日》的争鸣，1959 年对《青春之歌》的讨论等，对"十七年"长篇小说中英雄人物形象的塑造以及成长小说的塑形等，都产生了重要影响。这不是因为这类批评态度任性（甚至粗暴），方法简单，立论单一，而是因为这些批评者的背后往往体现着某种既定的声音，代表着某种"应该的"而非"本来的"观念与立场，故而常常否定多于赞扬，规训多于鼓励，排斥多于宽容，对文学生态的健康发展产生了诸多不利的影响。因此，当我们回看 20 世纪 50 年代中期冯雪峰对长篇小说《保卫延安》的推介及其对长篇小说史诗性的倡导与推扬时，愈发感到冯雪峰作为一位优秀评论家的敏锐感觉与可贵品质，愈发感到正常的文学批评对开启一个文学时代的新风尚是何等的重要。

一、时代的诉求与文学的自觉

"史诗"本是西方文学的一种体裁，指描写民族重大历史事件或传说、塑造民族英雄形象的古代长篇叙事诗，后引申到审美范畴中，成为文学作品的艺术品格。在长篇小说创作中，"史诗"一般被用来指那些在内容上拥有巨大生活容量、在结构上宏伟浩大、在美学风格上崇高壮美的作品。在中国新文学创作中，早在 1933 年就出现了具有"史诗"性质的作品，如茅盾的《子夜》便是一部具有"史诗品格"的巨著。而进入 20 世纪 50 年代后，追求长篇小说的"史诗性"更成为一种时代的呼唤。

1949 年 10 月 1 日，中华人民共和国成立。新生的共和国需要高亢的声调，需要明朗积极的讴歌，这是时代的要求，也是历史的必然。亲历了这场伟大巨变的文艺工作者们，以强烈的自豪感和历史使命感冲上历史的潮头，他们来不及多想主客观条件是否具备，本着他们胸中急切需要宣泄的热望，凭着他们对新生活的憧憬与热爱，更为了新中国的明天，他们拿起了笔，开始了对新中国来路的激情书写。他们无须特别的呐喊，只需张开喉咙就是一曲曲豪迈昂扬的历史壮歌。仅 1950 年，新生的共和国文坛就涌现出《平原烈火》《我们的力量是无敌的》《活人塘》等多部具有史诗元素的优秀的革命历史题材作品。

"史诗"不仅是时代的必然追求，也是文学创作者的自觉追求。在第一次文代会上，周扬便号召文艺工作者们创作记录中国共产党伟大历史的"伟大"作品。他说："假如说在全国战争正在剧烈进行的时候，有资格记录这个伟大战争场面的作者，今天也许还在火线上战斗，他还顾不上写，那末，现在正是时候了，全中国人民迫切地希望看到描写这个战争的第一部、第二部以至许多部的伟大作品。"①黑格尔也指出："战争情况中的冲突提供最适宜的史诗情境，因为在战争中整个民族都被动员起来，在集体情况中经历着一种新鲜的激情和活动，因为这里的动因是全民族作为整体去保卫自己。"②的确，共和国的作家们多是革命战争的亲历者，进入和平年代后，他们有了足够的时间与精力潜心进行长篇创作。而战争情境的亲身经历，自然使他们生成了对英雄战士和革命事业的敬仰与歌颂。其实，早在"五一大扫荡"开始时，作为作家的王林就本能地意识到这段战争生活的"史诗性"，认为"冀中这一段生活，将是人类（中国，至少）史上最壮烈、最

---

① 中华全国文学艺术工作者代表大会宣传处编：《中华全国文学艺术工作者代表大会纪念文集》，新华书店 1950 年版，第 90 页。
② ［德］黑格尔：《美学》，第三卷下册，朱光潜译，商务印书馆 1981 年版，第 126 页。

深刻的一幕,有志写作者,不可不亲身体验它"①。因此,正在冀中从事抗日工作的王林拒绝了上级的转移指示,坚决要求留在敌后斗争,并在炮火纷飞中完成了长篇小说《腹地》的写作。同样亲身经历"五一大扫荡"的徐光耀则跟随县游击队与残酷的敌人进行游击战,并深深为英雄战士们所感动:"那些战争中的英雄们,他们用自己的青春、鲜血和头颅,创造了无数无数惊天地、泣鬼神的事迹!是那般的伟大,那般的壮烈,那般的动人!"②徐光耀由此产生了表现英雄和伟大战争事迹的强烈愿望,在振奋的情绪中写出了反映"五一大扫荡"游击战的长篇小说《平原烈火》。碧野在太原火线上亲身经历枪林弹雨,亲眼目睹英勇的战士们在身负重伤的情况下仍然坚持抗敌。他说:"在火线上,我整个给战斗的大熔炉的火力吸进去了。""像这样艰苦的战斗,像这样勇敢的战士,我怎能不去反映,怎能不去歌颂!"因此,他怀着激动的心情,以"用智慧,用血用肉去从事翻天覆地的创造人类新的历史的伟大战斗业绩"③为主题,仅用 10 个月便写成第一部反映太原战役的长篇小说《我们的力量是无敌的》。

　　不过,虽然王林、碧野等作家对革命战争题材的"史诗性"有较为明确的认识,但在具体创作实践中还是表现出对史诗性认识不足的问题。如,《腹地》选取了残疾军人辛大刚作为主要英雄人物,在把握革命和革命群众的态度时也缺乏激情;《我们的力量是无敌的》虽以与敌人在正面战场的几次激烈交锋为主线,同时穿插陈老汉一家对人民军队以及战士们对部队的深厚感情,有"史诗"之规模,但却没有表现出解放军战士的"本质性"特征;而《平原烈火》尽管在英雄人物的塑造上取得了一定成就,但整部小说以周铁汉带领的游击小队为主线,缺少战争之宏阔场面的正面描绘,也缺乏史诗气度。可以说,虽然时代呼唤史诗,但就新生的共和国文坛而言,"这些事迹反映在文艺作品里的,为数还太少,除了一些零星的短篇外,长篇著作,只见到袁静、孔厥的《新儿女英雄传》和王林的《腹地》等"④。而作家们对史诗性认识的不足也使人们有理由对新生的共和国文坛有更高的期待。因此,当 1954 年杜鹏程的《保卫延安》出版时,冯雪峰的激动与兴奋可想而知。

二、应运而生与史诗特性

　　《保卫延安》是杜鹏程的首部长篇小说。1949 年年底,亲身经历延安保卫战的杜鹏

---

①　王林:《关于〈腹地〉的日记摘抄》,《新文学史料》2008 年第 2 期。
②　徐光耀:《我怎样写〈平原烈火〉》,《文艺报》1951 年第 3 卷第 10 期。
③　碧野:《我的创作过程》,《文艺报》1950 年第 3 卷第 1 期。
④　安敏:《一部描写冀中抗日游击队的新作——介绍徐光耀的长篇〈平原烈火〉》,《人民文学》1950 年第 2 期。

程决心将这场伟大的战争记录下来，不到一年便写成了一百万字的初稿。然而，这部长篇报告文学般的初稿不尽如人意，"尽是真人真事材料的罗列"①。于是，杜鹏程耗费巨大心血，历时 4 年，"九易其稿"，反复增删数百次。在正式出版前，《保卫延安》的部分章节曾于《解放军文艺》和《人民文学》发表，获得了评论界的一些反响。②1954 年 6 月，《保卫延安》作为"解放军文艺丛书"由人民文学出版社正式出版，受到读者热烈欢迎，短短几年便发行一百多万册，"创造了当时我国长篇小说发行字数的记录"③。这部小说以解放战争为背景，以西北野战军连长周大勇带领的连队为中心，通过描写青化砭、蟠龙镇、榆林、沙家店等延安保卫战中的一系列重要战役，再现了延安保卫战中国人民解放军与国民党军队的激烈战争。小说规模宏大，气魄宏伟，周大勇、王老虎等英雄人物形象的塑造使这部小说充满史诗的品格。因此，《保卫延安》一出版便被马寒冰誉为"壮丽的英雄史诗"④，冯雪峰更是从历史和美学的角度高度认同了《保卫延安》作为"英雄史诗"的历史意义。

　　冯雪峰与《保卫延安》一书渊源颇深，他不仅在其出版前给予杜鹏程诸多修改意见，也在其传播评介中起到了重要作用。1954 年，在新华社新疆分社做记者的杜鹏程携书稿来到北京，希望将自己的《保卫延安》正式出版。但他等待总政治部文化部开作品讨论会久久未果，在柯仲平的指点下，杜鹏程将书稿拿给时任人民文学出版社社长的冯雪峰。收到稿子后几天，冯雪峰觉得《保卫延安》"很有吸引力"，"就没有睡觉，一个通夜把它看完了"⑤，第二天便将杜鹏程约至家中详谈，为其指出创作上的优点与存在的问题。冯雪峰认为，《保卫延安》在"英雄史诗"方面取得了重要成就，而这一点却远远没有被当前的文学界所认识："在当时各报刊上对它加以'好评'的文章确实是不少的，但在我印象中，当时文艺界中所谓有地位的人却好像没有人写过文章。"⑥因此，冯雪峰一看完书稿，便专门为其撰写《论〈保卫延安〉的成就及其重要性》一文，在《文艺报》上分两期刊载，向文学界和社会大众介绍《保卫延安》，从"史诗性"的角度高度肯定《保卫延安》的出现在中国文学史上的重要意义。在冯雪峰看来，《保卫延安》是近十年反映人民革命战争的作品中第一部"真正的""英雄史诗"。他说："这部作品，大家都将会承认，是够得上称为它所描写的这一次具有伟大历史意义的有名的英雄战争的一部史诗的。或

---

① 陈纾、余水清：《杜鹏程同志谈〈保卫延安〉的创作问题》，《福建师大学报》1979 年第 2 期。
② 评论文章包括：《长篇小说〈延安保卫战〉部分发表》（载《大公报》1954 年 3 月 3 日）；《杜鹏程的〈保卫延安〉》（载《光明日报》1954 年 4 月 16 日）；马寒冰《读〈保卫延安〉的几章》（载《解放军文艺》1954 年 5 月号）；《〈保卫延安〉》（载《新民报》1954 年 6 月 21 日）。
③ 潘旭澜：《论杜鹏程的小说创作》，《文学评论》1980 年第 1 期。
④ 马寒冰：《一首壮丽的英雄史诗——介绍杜鹏程的长篇小说〈保卫延安〉》，《中国青年报》1954 年 6 月 26 日。
⑤ 冯烈、方馨未整理：《冯雪峰外调材料（上）》，《新文学史料》2013 年第 1 期。
⑥ 同上。

者，从更高的要求说，从这部作品还可以加工的意义上说，也总是这样的英雄史诗的一部初稿。它的英雄史诗的基础是已经确定了的。"①

在冯雪峰看来，《保卫延安》之"史诗性"的完成，主要在于其题材的史诗性和艺术上"史诗"的品格两个方面。具体而言，《保卫延安》之所以具有"史诗"特质，首先源于其题材的史诗性。延安保卫战本身就是"一次具有伟大历史意义的有名的英雄战争"②，是一部伟大的"革命战争的史诗"③。其次在于作家对现实"本质"的掌握和表现，而这又具体表现在以下三个方面：第一，对所描写的事件做到"深入的澈底的认识和正确的全面的掌握"④。冯雪峰认为，杜鹏程抓住了延安保卫战能够取得胜利的关键，在小说中集中表现了"党中央和毛主席的英明领导和指挥以及人民解放军和革命人民群众的坚苦卓绝的革命英雄主义精神"⑤，因而能够将丰富的生活枝叶统一在革命战争的主线上，做到对战争进行中心而全面的描写。第二，"集中的、突出而生动的描写（英雄人物的创造）"⑥。即运用典型创作的法则，以"现实主义"的精神塑造了周大勇、王老虎、李诚、卫毅、李振德老人等正面的人民英雄典型。这种典型创作方法的运用，使小说中各英雄形象既存在如对敌仇恨、英雄气概、牺牲精神等共性，又保留了各自的人物个性，因而显得深刻、丰满而生动。此外，对彭德怀将军形象的塑造，也使得这部"史诗"更为增色和更有分量。第三，"热烈而强有力的、启发人的歌颂"⑦。即在描写这次战争时，必须怀有"足够的热情和英雄气概"，以"战斗性的歌颂态度"肯定其伟大精神与英雄形象，从而给读者以鼓舞和教育。这三者的突出表现，使得《保卫延安》呈现出"史诗"的品格。

诚然，《保卫延安》还没有达到"史诗"的全部要求，只是"英雄史诗的一部初稿"，但《保卫延安》已经"具有古典文学中的英雄史诗的精神"，是"我们十年来的文学成绩上"第一部"真正可以称得上英雄史诗"⑧的作品。从这个意义上来说，冯雪峰认为《保卫延安》是"写革命战争中最好的一部"，其"英雄史诗"的成就在文学创作上有着里程碑式的"新纪录的意义"，标志着中国现实主义文学"新的成就"与"文学的成长"，达到了共和国文学当时所能达到的最高水平，具有"推进""现实主义创作运动的作用"。事实上，这并非他首次将某部文学作品誉为"史诗"。冯雪峰很早便形成了"史诗"意识。

① 冯雪峰：《论〈保卫延安〉的成就及其重要性》，载《文艺报》1954年第14号。
② 同上。
③ 同上。
④ 同上。
⑤ 同上。
⑥ 同上。
⑦ 同上。
⑧ 同上。

早在 1947 年，他在为诗人玉杲的叙事长诗《大渡河支流》撰写序言时，便将其赞为"珍贵而重要的史诗"[①]。担任《文艺报》主编后，他又在《文艺报》上称丁玲的长篇小说《太阳照在桑干河上》在一定高度上"成为一篇史诗"[②]。此时，他虽然还没有对史诗的定义做出全面的解释，但他已经将"史诗"作为文学的最高追求，并认为史诗"是人民对于文学的更高的要求的表示"[③]。只不过，真正从历史和美学的角度对如何艺术地完成"史诗"的创作进行阐释，还是开始于他的《保卫延安》评论。

总的来说，通过此文，冯雪峰确认了《保卫延安》在中国当代文学史上的重要地位，对《保卫延安》的传播与接受起到了良好的作用。而更为重要的是，冯雪峰将"史诗性"作为长篇小说的最高艺术性予以倡导和推扬，代表着一个时代的文学诉求，对"十七年"长篇小说创作起到了良好的导引作用。

三、开一代风尚与文学史意义

《保卫延安》毫无疑问在长篇小说史诗性的实践上取得了重要成就，冯雪峰对"史诗"的解释和推崇不仅奠定了"十七年"时期人们对长篇小说"史诗"特征理解的基础，更导引了"十七年"时期的长篇小说创作实践。在冯雪峰的推崇与评介下，"英雄史诗型"的《保卫延安》不仅成为二十世纪五六十年代战争小说的"重要模板"[④]，更开启了长篇小说作家们追求"史诗性"的时代风尚，使得"十七年"长篇小说领域涌现出《红日》《红旗谱》《红岩》《创业史》《六十年的变迁》《一代风流》《李自成》《艳阳天》等一批具有"史诗"品格的长篇小说。"史诗性"也成为"十七年"长篇小说最重要的艺术特征。具体而言，"十七年"长篇小说的"史诗性"追求主要体现在以下三个方面：

第一，追求题材的宏阔性。《保卫延安》之所以成为"史诗"，首先在于其描写的延安保卫战本身就是人民革命战争的重要组成部分，是一部伟大的"革命战争的史诗"[⑤]。革命历史题材本身就是"十七年"文学的重大题材，而在《保卫延安》被冯雪峰誉为"英雄史诗"之后，以重大历史事件、甚至某个历史时期的社会变迁为小说主题更成为长篇小说作家们的主要选择。吴强在写作《红日》前，便一直希望以"巨大的战争生活题材"[⑥]为表现对象。他认为："战士们的脚步，从涟水城下，走到山东，经过莱芜大战，

---

① 玉杲：《大渡河支流》，建文书店 1947 年版，第 1 页。
② 冯雪峰：《〈太阳照在桑干河上〉在我们文学发展上的意义》，《文艺报》1952 年第 10 期。
③ 同上。
④ 陈思广：《战争本体的艺术转化——二十世纪下半叶中国战争小说创作论》，巴蜀书社 2005 年版，第 24 页。
⑤ 冯雪峰：《论〈保卫延安〉的成就及其重要性》，《文艺报》1954 年第 14 号。
⑥ 吴强：《写作〈红日〉的几点感受》，《文艺报》1958 年第 19 期。

到取得孟良崮战役的光辉胜利,是血写的一部战争生活的史诗。"梁斌在写作《红旗谱》前,便有着创作"史诗"的野心,他企图把握"中国的历史特点和民族特点",营造"民族气魄"。于是,他计划以民主革命时期为背景,大规模反映中国农民的命运遭际与心理状态:"最初的计划是写四部,从卢沟桥事变写起,第二部写抗日民主根据地的黄金时代,第三部写两面政策和地道战,第四部写土地革命。"[1]欧阳山则以多卷本的形式,以打铁工人出身的知识分子周炳为中心人物,讲述1919年至1949年中国社会长达30年的历史变迁:"这三十年……内容丰富,变化多端。从历史的角度看来,它可以划出整整一个新民主主义运动的时代。"[2]即便是表现共和国建设的长篇小说,如周而复的《上海的早晨》、柳青的《创业史》等,作家们都有意识地选择带有"史诗性"的重大历史事件和历史时期为小说的书写对象,从而使小说呈现出史诗的品格。

第二,塑造高尚的英雄形象。冯雪峰认为,塑造正面英雄人物形象是完成"史诗性"的重要标准之一。因此,"十七年"长篇小说作家们在书写"史诗性"题材时,往往选择正面英雄人物形象作为小说主人公。《红日》通过军长沈振新、副军长梁波、团长刘胜、连长石东振等英雄形象,讲述了涟源战役、莱芜战役和孟良崮战役中国人民解放军如何战胜国民党王牌军第74师的历史。在这部小说中,英雄们各有特点和个性,他们有血有肉,"并不只是一群只会打枪投弹的射击手,而且是一群各有各的心理状态、各有各的生活特征的人"[3]。如军长沈振新既有无产阶级先进战士"对敌狠、对己和、对党忠"的阶级感情,又有自己的个性。他对敌人的恨是沉着而冷静的,对战友则体贴关怀,与开朗幽默的副军长梁波截然不同。《红旗谱》塑造了朱老忠这个"中国农民英雄典型"。创造高大的革命农民形象本就是梁斌写作《红旗谱》的"主题思想之由来"[4],从短篇小说《三个布尔什维克的爸爸》到五幕剧《千里堤》,再到由短篇小说《三个布尔什维克的爸爸》发展而来的中篇小说《父亲》,朱老忠的性格不断得到丰富,而到了正式开始创作长篇小说《红旗谱》时,梁斌便计划将朱老忠形象"再提高一步,使这个形象更加完美"[5]。朱老忠拥有中国农民共同拥有的美好品质:勤劳、善良、爱朋友、讲义气,同时,他又有着自己的个性:明朗、豪迈、勇于斗争,而这与严志和形成鲜明对比。同样,柳青的《创业史》也是将梁生宝刻画为时代的英雄作为创作目标的,虽然他只是一个成长中的英雄。

第三,在语言上,追求气势恢宏磅礴,语言严正庄重的崇高壮美的美学风格。这只

① 梁斌:《漫谈〈红旗谱〉的创作》,《人民文学》1959年第6期。
② 欧阳山:《〈一代风流〉序》,《作品》1962年新1卷第8期。
③ 齐鲁:《喜读〈红日〉》,《文艺报》1958年第14期。
④ 梁斌:《漫谈〈红旗谱〉的创作》,载《人民文学》1959年第6期。
⑤ 同上。

要比较一下《保卫延安》前后的几部作品的风格就可见一斑。

荣军辛大刚坐在一辆老黄牛车上，走到自己村辛庄南摆渡口上的时候，正西大鸡蛋黄似的太阳，眼看就要一出溜下山啦，天空里出现了一片彩霞。欠身一望北岸额外亲热的本村和树林，扭头向送自己来的车主老头说道："谢谢你，不用过河啦，麻烦了你半天。"①

——（《腹地》）

十匹马好比一阵风，扒得飞快，不到一袋烟功夫，汾河就远远地给撇在后边了。这十匹马，一匹比一匹骠，一匹比一匹显得狠，谁都想赛过谁，谁都想跑到里头去，马蹄扑腾起枯草上的浓霜，地上的落叶在马群后面打起旋旋。②

——（《我们的力量是无敌的》）

顺着无定河东岸的咸榆公路上去，从绥德到镇川堡不过百十里路程。要是在平时，老葛同志骑上那匹大骡骡，通信员紧跟在后，一天也就到了。可是现在，一来是野战军北上，敌机把这条公路当成我军的主要供应线，见天不住气袭扰，弄得只在黑夜才能畅行……③

——（《铜墙铁壁》）

与新中国成立初期其他长篇小说开篇风格不同，《保卫延安》开篇即以雄健的笔力对战士们行军的环境进行了描绘，而苍茫的吕梁山、奔腾的黄河等自然景物天然的磅礴气势，又为小说增添壮阔雄浑之感，奠定了全书崇高壮美的美学风格：

一九四七年三月开初，吕梁山还是冰天雪地。西北风滚过白茫茫的山岭，旋转啸叫着。黄灿灿的太阳光透过干枯的树枝杈照在雪地上，花花点点。山沟里寒森森的，大冰凌柱像帘子一样挂在山崖沿上……黄河两岸耸立着万丈高山。战士们站在河畔仰起头看，天像一条摆动的长带子。兴许，人要站在河两岸的山尖上，云彩就从耳边飞过，伸手也能摸着冰凉的青天。山峡中，浑黄的河水卷着大冰块，冲撞峻

①　王林：《腹地》，新华书店 1949 年初版，第 1 页。
②　碧野：《我们的力量是无敌的》，新华书店 1950 年初版，第 1 页。
③　柳青：《铜墙铁壁》，人民文学出版社 1951 年初版，第 1 页。

峭的山崖，发出轰轰的吼声……①

——（《保卫延安》）

后来许多长篇小说的开篇语言都与《保卫延安》气势恢宏的开头有着异曲同工之妙。如《林海雪原》开头："军号悠扬，划过长空……练兵场上，哨声、口令声、步伐声、劈刺的杀声，响成一片，雄壮嘹亮，杂而不乱，十分庄严威武"②；如《红旗谱》开头："平地一声雷，震动锁井镇一带四十八村"③；又如《创业史》第一章："雄鸡的啼声互相呼应……霞光……辉映着终南山还没消雪的奇形怪状的巅峰"④，等等。作家们以胜利者的姿态，以掌握历史真理与历史规律的自信，用排山倒海的气魄，以战斗性的歌颂态度进行"史诗"的书写，使得这一时期的长篇小说追求语言的崇高、壮美，成为时代的潮流。

毫不夸张地说，冯雪峰对《保卫延安》中"史诗性"的解释和推崇不仅奠定了"十七年"时期人们对长篇小说"史诗"特征理解的基础，更指导了"十七年"时期的长篇小说创作实践，开一代风尚。作家们不仅自觉追求宏阔的题材，有意识地选择重大历史事件甚至某个历史时期为小说主题，在人物形象塑造方面也力求塑造伟大的正面人民英雄形象，并在语言上形成崇高壮美的美学风格，从而使"史诗性"成为"十七年"长篇小说创作中最鲜明的时代风尚。

四、结语

追求长篇小说创作的"史诗性"是新时代对共和国文学提出的必然诉求，源于进入新的时代后作家们的自觉。虽然新生的共和国文坛令人充满期待，但直到《保卫延安》的出现才在很大程度上满足了时代的诉求。冯雪峰敏锐地认识到《保卫延安》的"史诗性"在新生的共和国文坛上的重要意义并给予高度的评价，不仅第一次从理论高度上将"史诗性"作为长篇小说的一种艺术风格，认为史诗"是人民对于文学的更高的要求的表示"，而且将其作为长篇小说艺术追求的最高标准予以倡导与推扬，奠定了"十七年"时期人们对长篇小说"史诗性"理解的基础，开一代文风，也导引了"十七年"长篇小说的创作实践，使得"史诗性"成为"十七年"长篇小说创作最重要的时代品格。如今，一些

---

① 杜鹏程：《保卫延安》，人民文学出版社1954年初版，第1—2页。
② 曲波：《林海雪原》，作家出版社1957年初版，第1页。
③ 梁斌：《红旗谱》，中国青年出版社1958年，第1页。
④ 柳青：《创业史》，中国青年出版社1960年初版，第1页。

评论家对"十七年"文学的"史诗性"追求不屑一顾，认为其是政治的附属品。但实际上，回到"十七年"文学的历史现场，我们就会发现"史诗性"是新生时代对文学的必然诉求，是昂扬向上的时代风貌在文学上的必然反映。《保卫延安》在"英雄史诗"方面取得的重要成就事实上提高了新中国文学创作的艺术水平，在中国当代文学史上有着里程碑的意义。尽管冯雪峰对"史诗"的理解更多是从内容和人物形象出发，对其作为艺术体式的方面关注不够，但他对"史诗"的解释和推崇，我们应予以充分的理解与肯定。

（作者单位：四川大学文学与新闻学院）

浅析王蒙《青狐》女性视角叙述背后的男性立场[*]

王　敏　刘维笑

内容提要: 本文尝试从文学叙事的角度浅析王蒙第一部女性视角叙事的小说作品《青狐》。《青狐》中的女主人公青狐姓名符号由"卢倩姑"转变为"青姑",最后又由"青姑"转变为"青狐"。主人公相貌也发生了变化,由最开始的黄毛丫头演变成他人眼中的"狐"。主人公青狐在衣着方面也有叙事变化,从最开始保守的衣着到后来选择凸显女性身体线条的裙装。爱情方面的叙事变化则表现为现实生活中爱情婚姻的不如意在她创作的小说中都基本得到了弥补。通过梳理《青狐》中的主人公"卢倩姑"化而为"青狐"的叙事转变,笔者尝试剖析其叙事转变背后无意识的男性立场,并试图浅析其女性视角叙事创作的得与失。

关键词: 王蒙;《青狐》;女性主义叙事

王蒙这位"人民艺术家"有着跨越半个多世纪的创作生涯,自 1953 年创作《青春万岁》以来他著作不断,《青春万岁》《组织部来了个年轻人》《活动变人形》等近百部小说。其作品反映了中国人民在前进道路上的坎坷历程。凭借这些蜚声中外的作品,他多次获得人民文学奖、茅盾文学奖等重大奖项,可谓誉满天下。在他众多的文学著作中,《青狐》是第一部以女性视角开展叙述且颇具创新性的作品。因此,分析这样一部作品对于研究王蒙创作多样性来说是比较有意义的。

据笔者在中国知网进行的检索,关于王蒙《青狐》的研究大致分为三类:第一,关于作品中人物形象分析的研究;第二,关于作品的叙事技巧的研究;第三,将《青狐》与

---

* 基金项目:2019 新疆自治区青年拔尖后备人才项目阶段性成果;2018 年度新疆自治区高校科研计划项目:中华文化视野下新疆各民族文化和中原文化的交流交融研究(XJEDU2018SI005)。

同时期其他女性视角的作品进行对比的研究。此外，还有以《青狐》为例，分析王蒙后期创作手法转变等的研究。

　　本文尝试从女性主义叙事学角度分析王蒙的《青狐》中人物从"卢倩姑"转变为"青狐"，这一改变背后的性别意识。在此基础上，尝试解读男性话语对作品中"青狐"人物形象的限制与压抑，进一步浅析王蒙尝试女性视角创作的得与失。

一、"卢倩姑"如何转变为"青狐"

　　从"卢倩姑"转变为"青狐"的转变由四个方面的叙事完成，分别是主人公的姓名之变、服饰之变、容貌之变和爱情之变。姓名是一个社会人的身份符号，对于如何界定自身、认识自我有着重要的意义。《青狐》中，女主人公的姓名从最开始的"卢倩姑"因为创作刊发小说而更改为笔名"青姑"，后来因为一位文坛男性的误读而改成了"青狐"。主人公身份符号的重要变化在某种程度上是受了外界以及异性的影响，换言之，她对自己的界定、她的自我认识是通过外界和异性完成的。服饰也是人的另一种社会身份，主人公青狐的衣着变化从另一个侧面反映出她对自我身份的界定依赖于他人对自己的肯定。青狐的容貌变化更值得琢磨，她从小就与一般女子不同，她的面相没有东方人的腼腆端庄，从发黄的头发到吊起来太高的双眼，以及下巴都让她成为了一个"异类"，而在作者笔下，她在"异化"这条路上越走越远，最终成为一个"狐"。主人公最后的转变也是最深层次的转变是爱情婚姻的转变，她在现实生活中情爱婚姻的不如意在创作中通过虚构的故事来满足自己。值得细品的是她对爱情的追求是向异性"献身"，对一个男子爱的最高级表达在她看来就是献出自己的肉体来满足对方的欲望。这四个层面的叙事变化让《青狐》的女主人公卢倩姑从身份符号、衣着外貌以及爱情追求由浅及深、由表及里彻底转变成了"青狐"。这些叙事转变表面看似是主人公自身的选择和追求，然而再进一步思考，就会发现这叙述背后无意识的男性立场的蛛丝马迹。

　　（一）姓名之变的文学叙事

　　小说中涉及的"卢倩姑"姓名之变的文学叙事，首先表现为从"卢倩姑"到"青姑"的姓名之变。在小说中，"青姑"是主人公卢倩姑自己给自己起的一个笔名。39岁的卢倩姑惨淡生活中满是不如意。世事坎坷，艰难的生活造就了她的粗糙与坚硬。经历了"文革"动乱，她不再读小说、听音乐或者做梦，她出口成"脏"，靠着一股疯劲儿反抗不公、发泄不平，"实在不行就闹它一通，省得我憋在心里长癌"[①]。生活的磨砺让她锻造出了

---

　　①　王蒙：《王蒙文集·青狐》，人民文学出版社 2020 年版，第 4 页。

一副自我保护的铠甲。然而，穿上这身铠甲就意味着她主动摘掉了传统女性身上被贴上的"端庄""温婉""柔媚"等标签。这在某种程度上使她的精神气质趋向于"男性"。正如小说中隐指作者的评价所言："除了不能站着小解之外，现在的她，与男人又有什么区别？"①

"卢倩姑"是粗粝的，像是一颗被生活榨干了汁水和果肉的桃子，只剩下坚硬的核。而"青姑"则不然。她写出了哀伤的爱情故事，她的笔下是关于云、梦、太阳和灵魂的柔软世界。"青姑"是一个血肉还在的柔软的女性，言辞庄重且文雅。相较而言，男性更愿意接受一个柔软的女性，一个传统意义上端庄贤淑的女性。于是，叙述者假借"卢倩姑"之口感叹："那个青姑写得多好，我这个倩姑的生活是多么丑恶。"②

其次表现为从"青姑"到"青狐"的姓名之变。小说中，笔名原本是"青姑"的青姑，在参与一次文学研讨会时被一位自己所仰慕的文坛大人物杨巨艇误将"青姑"读成了"青狐"，卢倩姑原本对这样的口误是可以不以为意，或予以纠正便可一笑了之的。但是卢倩姑却暗自揣度这次口误的深意："青狐"与狐狸精相联系，而狐仙的青辉，多么迷人。于是，她决定改名，就叫"青狐"，甚至觉得自己改笔名改得太晚，她暗自后悔，觉得已经发表的小说《阿珍》应该署名"青狐"，故事背景也应该安排在深山，讲一只修炼成精的狐狸的故事。至此，卢倩姑在"命名"这一身份象征的符号化过程中已经完全转化成了"青狐"。驱使她由艰难生活中粗粝坚硬、女汉子般的"卢倩姑"变为文雅端庄的"青姑"，再进一步转化为迷人妖冶的"青狐"的动力是她想进一步融入社会，想得到心仪之人的关注和青睐。正如小说中的叙述："她只是一只小小的狐狸。最终确定了自己的笔名，带着一种挑战的勇敢，又带着女性的娇气，更是由于对杨巨艇的一见倾心、如痴如醉。"③非但如此，卢倩姑因梦中不止一次将自己脱个精光，自我认定为有一种"狐狸精"的魅惑和放浪，更加铁了心就叫自己"青狐"。她改名的这番取悦杨巨艇的苦心举动却因得知对方并不知情而伤心大哭。"青狐"这一名号的引申意义显而易见，狐即狐媚，甚至和淫荡相关联。至此，"卢倩姑"完全转化为了"青狐"，由一个粗粝坚硬除了小解方式不同外几乎与男人无异的"男人婆"形象，转化为一个带着狐媚气质，渴望性与爱的女性形象。

"卢倩姑""青姑""青狐"都是主人公的姓名称谓，是"同一行为主体具有相同修辞功能的不同身份代码"④，在小说中，也就是主人公的身份符号。小说中借着对人物姓

① 王蒙：《王蒙文集·青狐》，人民文学出版社2020年版，第7页。
② 王蒙：《王蒙文集·青狐》，人民文学出版社2020年版，第8页。
③ 王蒙：《王蒙文集·青狐》，人民文学出版社2020年版，第57页。
④ 谭学纯：《身份符号：修辞元素及其文本建构功能——李准〈李双双小传〉叙述结构和修辞策略》，《文艺研究》2008年第05期。

名之变的叙事强调似乎意在传达：主人公通过换名用以界定自己，区别于其他人的身份符号在某种程度上都是为了取悦异性而做出的选择。姓名之变，表面看是主人公的自我选择，而背后隐约指涉的则是叙述者无意识的男性立场。

将女性以艺术手法塑造成狐的文学作品并不少见，如《聊斋志异》等。这种修辞方式正如《浮出历史地表》中所言，是男性某种欲望象征化的过程[1]。狐妖作为一种非人类的异己不可亲近，但这类狐妖幻化的女子又可爱迷人且"自荐枕席"，这在某种程度上满足了男性心理结构中对于女性的意识与无意识两个层面。在意识层面女性是被排斥的异类，但在无意识层面她们又是男性欲望的载体。笔者认为，从"卢倩姑"转变为"青狐"的叙事转变背后或多或少显露出的，正是这样的男性立场。

（二）服饰之变的文学叙事

小说中对青狐的服饰描写不是非常多，但每一次描述都起到了关键性的作用。青狐第一次注重自己的穿着是在发表的小说《阿珍》取得成功后受邀参加文学研讨会时的精心打扮，这是作者第一次对青狐进行服饰描写，在此之前，她对于自己在这种场合该穿什么举棋不定，既怕太硌碜，又怕太招摇。对于一个经历过"文革"的作家而言，青狐的内心是犹疑的，对社会对政治都有所忌惮。因此，她在圆领和方领的秋衣毛衣之间如何选择，举棋不定，在带有小资产阶级情调的皮坎肩和艰苦劳动时穿着的蓝斜纹棉衣之间犹豫不决。最终，她选择了一件地主婆的花棉袄，但是遮上了一件不会显得太过招摇的罩衣外加两个洗得掉色的袖套。乔安妮·恩特维斯特尔曾言："人类的身体是衣着的身体。社会世界是着衣的身体的世界。衣着或饰物是将身体社会化并赋予其意义与身份的一种手段。"[2] 珍妮弗·克雷克在《时装的面貌》中则这样描述时装："时装常常被视为一种掩盖身体或个人真相的面具，一种表面装饰。我们可以将穿衣的方式看成一种建构及表现肉体自我的积极过程或技术手段。"[3] 小说中这次服饰描写意味深长地凸显出经历了"文革"的主人公在衣着选择上小心翼翼，生怕穿着不当给自己带来不必要的麻烦。这种小心翼翼是她对社会包容度的小心试探，是一种不自觉的自我保护，也可以被解读成一种自我对外界社会的妥协。

第二次服饰衣着的描写出现在青狐与杨巨艇约会时。小说中叙述青狐如何顶着头皮被烫伤的危险，决绝地鼓起勇气去烫了头发，并把那件十几年不曾拿出来穿上的绸面罩衣也拿出来穿了，再搭配一条绸面黑裙子，甚至把压箱底的半高跟鞋也拿出来穿上。她

① 孟悦，戴锦华：《浮出历史地表》，河南人民出版社 1989 年版，第 33 页。
② [英]乔安妮·恩特维斯特尔：《时髦的身体——时尚、衣着和现代社会理论》，郜元宝等译，广西师范大学出版社 2005 年版，第 20 页。
③ [美]珍妮弗·克雷克：《时装的面貌》，舒允中译，中央编译出版社 2000 年版，第 7 页。

心里明白即便穿上这样高跟的鞋子，会导致她走路几乎走不稳，追公交车时差点摔倒，她还是选择这样穿，因为要跟心仪的杨巨艇去看电影。就像罗兰·巴特在《流行体系：符号学与服饰符码》中指出服饰叙事的修辞功能在于提供一种服装诗学时所说的"一件衣服的描述（即，服饰符码的能指）即是修辞含蓄意指之所在。这种修辞的特殊性来源于被描述物体的物质属性，也就是衣服。或许可以说，它是由物质和语言结合在一起决定的。这种情形我们赋之以一个术语：诗学"[①]一样，这种由服饰叙事营造的诗意之美即为一种服饰带来的象征意义。青狐的衣着选择即为自我的一种修辞，她通过服饰语言来向心仪的异性表达着内心的情感。她用这种诗意的"语言"来抒发对杨巨艇的倾慕，以期获得关注和爱意。

无独有偶，小说中第三次关于青狐的服饰描写也与男性有关。小说叙述青狐赴欧美参加文学研讨会，出国和打扮自己让她同样兴奋。她找出母亲当年的旗袍，又新买了两件裙装两套套装。值得一提的是，她的黑色紧身绸衣薄如蝉翼，穿上连胸部都可以看得一清二楚。这样的衣着打扮并非只为了取悦自己，也为着可以半夜颤抖着声音打电话问另一个让她心生涟漪的异性——王楷模要不要看她身着母亲当年旗袍的样貌是否也如母亲般动人。可见，人物的穿着与人物的习性之间存在着一种默契的关系，我们往往通过装扮身体将自己呈现给社会环境，通过时装显示我们的个性特征和行为准则。我们的服装习性也在生产一种"面貌"，这种面貌积极地建构了每个人的个性。小说中，青狐正是这样通过在不同的场合着不同的服装来不断修饰自身。这种不断改变服装面貌的行为在某种程度上指向一种"自身所指的匮乏"[②]，是对自身意义的一种不确定，需要投向外部，投向异性来寻求一种肯定的叙事设计。

（三）容貌之变的文学叙事

小说中，青狐发觉自己容貌与他人不同是从头发变黄开始的，据说是她4岁的时候服凉药导致的，因此，她总是被取笑为"黄毛丫头"。11岁的时候，她照镜子才惊觉自己长相与众不同，分得太开的双眼，高高耸起的颧骨，过尖的下巴，轮廓坚硬，丝毫没有东方女性的温婉贤淑，像外国人，甚至像一只狼崽，一只狐狸。

作品中另外一处关于青狐容貌的叙述是通过另一个人物钱文之口说出的："青狐完全谈不上漂亮，但是她太耐看了，越看越爱看。那是一个多么像火红的狐狸的脸型，那种高高吊起和远远分开的眼睛，那种宽阔的下巴和分开到两侧的嘴角，那笔直的不可阻挡的鼻梁和长圆的鼻孔——她是怎么样地与众不同的一匹小兽啊！"[③]在文学这种带有自

---

① ［法］罗兰·巴特：《流行体系：符号学与服饰符码》，敖军译，上海人民出版社2000年版，第263页。
② 孟悦，戴锦华：《浮出历史地表》，河南人民出版社1989年版，第34页。
③ 王蒙：《王蒙文集·青狐》，人民文学出版社2020年版，第326页。

身特殊性的符号系统里，女性形象的塑造也能从一个侧面体现出性别关系与性别意识。自古以来，在形容女性的外在美时习惯用"物象"比拟，如形容女性常用如花似玉、指如春葱、手如柔荑等，这是一种抹煞女性自主性，将女性客体化、物化的修辞手法，其背后的男性意识不言而喻。这种手法的极致体现是将女性"妖狐化"。正如《浮出历史地表》中所言："'妖狐美女'极形象地概括了男性或男性文化对女性意识上的排斥和无意识上的欲望这样一种矛盾状态的最终解决。"①正如作品中在青狐"人化狐"的过程中，叙述者既保留了主人公"狐"的异己特征，但其魅惑的吸引力又成为了男性欲望的载体。

除了像狐，钱文始终觉得青狐"薄"。钱文所谓的"薄"在小说中似乎没有确定的定义，除了学识浅薄之外还有关于面相轻薄之说。"薄"的引申义有"轻薄"为人不庄重之意，甚至可以进一步延伸出"轻佻、放荡"之意。这样的评价似乎与"青狐"的名号相匹配。

（四）爱情之变的文学叙事

小说叙述中有关青狐现实的爱情与婚姻里，她是个不折不扣的失败者。她说生活中的爱情婚姻带着"臭屁"和"尿骚味儿"，正是在这样的感情中，青狐逐渐沦为了一个克夫的"烂货"。从高中时心仪的那个向往学哲学的男孩跳楼自杀，到后来上大学期间与辅导员懵懂地发生关系导致辅导员被"流放"以至于她成为了众矢之的。后来，青狐又走进婚姻，无论是把她和前妻作比较，觉得青狐"烂点好"的小领导，还是因为一盘蒜薹炒肉和一袋糖炒栗子最终闹掰的小牛都没能让青狐有种甘愿"献身"的冲动，可以说无论在精神还是生理上，她都没能从这两段情感关系中获得满足。

写作成名之后的青狐跻身知识分子圈层接触到杨巨艇、王楷模，甚至海外的雷先生，他们在不同程度上都让青狐心生仰慕。而青狐对爱情的理解就是献出自己的肉身去安慰男性，"除了献出自己的身体，她简直不知道用什么别的办法去喜爱那个男人、支持那个男人、温暖那个男人、满足那个男人。她深信，一个女人把身体献出来了，这就是伟大、这就是动人、这就是美丽、这就是壮烈牺牲，而她自己一辈子都没有遇见过她当真愿意为之献身的男子"②。然而，当青狐遇到了愿意为之献身的男性时，却没能如愿以偿。杨巨艇是令她心神摇曳的男性，她甚至幻想过与之交合，但实际上他却早已失去了男性的生理功能。另一位文人雅士王楷模也颇得青狐青睐，然而当她深夜邀请他来房间看她试穿旗袍时他却含混婉拒了。最后是雷先生，他们在震耳欲聋的西方摇滚乐中黯然分别，青狐幻想中的情与爱不过是一种经过阶层术语修饰过的暧昧而已。现实生活中

① 孟悦，戴锦华：《浮出历史地表》，河南人民出版社1989年版，第17页。
② 王蒙：《王蒙文集·青狐》，人民文学出版社2020年版，第13页。

几经挫折的爱情婚姻最终耗尽了青狐的青春时光，求而不得的爱与性如镜中花水中月，从一次虚妄的追逐到另一次虚妄的追逐，青狐渐觉疲惫。而身体的衰老、下垂的乳房与脸上的皱褶都更加让她心灰意懒，让她了断了对爱情的缠绵不舍。

青狐在现实生活中未能完成的献身，却在她的小说创作中完成了，"她想写小说是为了她的永远无法实现无法表达的爱情"①。

根据米克·巴尔在《叙事学——叙事理论导论》中所言，叙事是有层次之分的。如表1所示，在《青狐》中叙述者关于青狐的叙述是主文本，是属于主叙事层。而作品中主人公青狐创作的小说故事作为一种插入的文本是属于次叙事层。不同层次的叙述，分别从现实和虚构两个维度表达着青狐对爱情的追求。

在主叙事层中，青狐在中学情窦初开之时，倾慕一个向往学哲学的男孩，但是还没等她去找男孩表白，男孩便自杀了。但这样无果的暗恋，在青狐虚构的故事也就是次叙事层中，她笔下的阿珍抱着献身的热情把自己献给了哲学家，而哲学家则带着占有的愉悦享受着阿珍，通过阿珍他再次找回自己。在主叙事层中，青狐一见到杨巨艇就一发不可收拾地爱上了他，但现实又一次摧毁了她的爱情理想。杨巨艇不但有家室且男性的生理功能早已丧失。而在次叙事层中，青狐笔下的女主人公山桃的一张绝美照片流落到了男画家手中。男画家对她日思夜想受尽相思之苦，最终两人不顾非议决然结合。在主叙事层中，青狐又遇到了王楷模，一度因为他悲苦的笑想要让他把自己抱在怀里想干什么就干什么，去满足他安慰他，愿意为了他傻了再傻。即便如此想要献身，青狐却并没有如愿以偿。她在现实中如此失落挫败的情感经验通过她的创作在《深山月狐》中发生了转变。在次叙事层中，《深山月狐》如此赤裸裸地被描述："山村最美的女孩子名叫月月，月月从小喜欢男子，愿意为天下所有的男子献身。"②小说的主叙事层中，无论是作品《阿珍》还是《山桃》和《深山月狐》都获得了成功，从某种程度上来说这样的故事深得大众乃至文艺界的好评，似乎对青狐而言，她在现实生活中无法实现的献身却通过她的小说创作最终得以转变实现，这使其获得一种虚幻的满足。

表1　　　　　　　　　　青狐婚恋之现实与虚构对照

现实（主叙事层）	青狐暗恋的向往学哲学的男生自杀	青狐倾慕的杨巨艇丧失男性功能	青狐渴望与王楷模、雷先生发生男女关系，都未能实现
虚构（次叙事层）	《阿珍》中阿珍献身哲学家，拯救了他	《山桃》中山桃与画家最终结合	《深山月狐》中月月与各色男性发生关系

① 王蒙：《王蒙文集·青狐》，人民文学出版社2020年版，第13页。
② 王蒙：《王蒙文集·青狐》，人民文学出版社2020年版，第430页。

二、转变背后的男性立场

青狐在姓名、衣着、容貌以及爱情方面的叙事转变值得关注，但更值得关注的是这些叙事变化背后所蕴含的意识形态动机。姓名的转变在某种程度上来说是一种身份符号的变化，最后取名为"青狐"满足的是异性对她的幻想与界定。容貌的叙事变化是对姓名变化的照应，姓名的"青狐"由生理的面部长相来进一步印证。从身份符号到面部特征的叙事变化都指向同一个目的，女主人公"人化狐"。这样，小说叙事便从两个方面完成了这一转化，而这种转化是由男性辅佐完成的，她的姓名是由男性的误读导致的，她的相貌则是通过不同男性的描述而不断强化完成。而服饰叙事的转变则体现为青狐想要以不同的社会身份进入他人的视野，这里的他人主要是指青狐心仪的男性。随着衣着从棉袄到裙装再到透明的绸衣的不断升级，青狐一步步强化自己女性的身体特征，正应了那句"女为悦己者容"的俗谚。这种为"悦己者"的衣着转变是为了获得关注与青睐，体现的正是青狐自身所指的关注匮乏。现实生活中爱情婚姻的不如意在青狐的文学创作中得以转变，所有的爱而不得、"献身"失败在她创作的小说中都得到完满的实现。这样的爱情"献身"叙事安排，一方面是表达女主人公爱与性欲的要求，另一方面更是暗合了男性的欲望诉求。

（一）人化狐——被定义的"异己"

身份符号包括称谓、称呼、姓名等，用以凸显被指称者区别于他人的符号特征。[①] 在小说《青狐》中，主人公的姓名从"卢倩姑"变为"青姑"最后又变成了"青狐"。姓名的变化是层层递进的关系，是主人公不断被女性化进而被妖狐化的过程。"卢倩姑"除了不能像男性那样小便之外与男人别无二致，坚硬而又粗野，撒泼也好咒骂也罢，她身上几乎没有传统男性权威社会对女性提出的如"端庄""淑雅"等的界定。于是，"卢倩姑"的命名被"青姑"取代了，因为"青姑"的命名柔媚似乎更能满足男性对一个女性异样的期待。然而，这样的一个女文青风格的命名相较于一个风情万种、无限媚惑的"狐狸精"般的命名而言则又是注定要被替代的。从"卢倩姑"到"青狐"在身份符号层次上完成了"人化狐"的过程。这个过程也是主人公从"类男性"转化为"异己"的过程。相貌的变化在另一个生理层面进一步呼应这样的"人化狐"。主人公从发育不良的"黄毛丫头"逐渐变成了眼睛分得太开、下颌骨太宽的狐狸。面相上的"人化狐"从直接叙事描写开始，辅以出自作品中几位男性人物之口的描述，经过层层累叠的人物塑造法，一

---

① 谭学纯：《身份符号：修辞元素及其文本建构功能——李准〈李双双小传〉叙述结构和修辞策略》，《文艺研究》2008 年第 05 期。

个拜月求爱的狐狸形象最终得以成形。反观这一"人化狐"的历程不难发现，男性在其中起到的作用，身份符号由男性的"误读"得来，面相如狐也是经过男性之口得以强化定形。"与其说她们是那个时代的女性典型，不如说是那个时代男性作家们的女性观的结晶。"①正如戴锦华所言，女性形象的塑造和描写，是经过男性人物或者男性的感官体验过滤后呈现的。青狐"人化狐"的过程或许正揭示了男性作家的女性观。在性别的二元论中，女性毫无疑问是被男性定义的他者，"人类是男性的，男人不是从女人本身，而是从相对男人而言来界定女人的，女人不被看作一个自主的存在"②。波伏娃的这番言论正道出了这其中的玄机。

（二）为悦己者容——自身所指的匮乏

"女为悦己者容"出自《战国策·赵策一》："豫让遁逃山中曰：嗟乎！士为知己者死，女为悦己者容，吾其报智氏之仇矣。"③一般被理解为女性为心仪的男性梳妆打扮。在《青狐》中，关于主人公青狐的几次重要的服饰叙述几乎都是在"为悦己者容"，而这些"悦己者"无一例外都是男性，换言之，小说无论是叙述她与杨巨艇的电影约会穿上裙子与半高跟的鞋子，还是叙述她后来去海外参加会议时准备的旗袍和几乎透明的紧身衣，都是为了博得心仪男性的青睐。乔安妮·恩特维斯特尔在《时髦的身体——时尚、衣着和现代社会理论》中这样界定身体与衣着，认为："人类的身体是衣着的身体。社会世界是着衣的身体的世界。衣着或饰物是将身体社会化并赋予其意义与身份的一种手段。"④换言之，衣着作为赋予个体社会身份的一种手段却在《青狐》这部小说中被青狐仅仅用来取悦男性，使其再一次退居到了"他者"的位置。

如何界定自我，如何处理身体与意志、存在与符号的关系，在某种程度上来说是对自身意义的一种深层次认识。主人公并没有将自己从被观赏的"客体"地位拉出来，相反，她将对自身意义的追索始终寄托在异性身上。她通过改变衣着来吸引男性的注意与肯定，来祈求一场身心的爱恋，这几乎成了她所有的人生追求。她自身的所指是匮乏的，若将男性对自己的界定刨除，她似乎茫然无所知，在"人"与"狐"的混沌中找不到自我。

（三）渴望"献身"——欲望的载体

在小说中，青狐一生都在执着地追求爱情，渴望能"献身"心仪的男性，然而现实中她的爱情与婚姻却满是失败与挫折。于是，她从现实转战虚幻，在自己创作的文学作品中实现爱情与"献身"。造成青狐这样一位女性将对爱情的界定简单定义为献身，将

① 孟悦、戴锦华：《浮出历史地表》，河南人民出版社1989年版，第42页。
② ［法］西蒙娜·德·波伏娃：《第二性》，郑克鲁译，上海译文出版社2011年版，第8页。
③ 刘向、宋韬：《战国策》，陕西古籍出版社2003年版，第157页。
④ ［英］乔安妮·恩特维斯特尔：《时髦的身体——时尚、衣着和现代社会理论》，郜元宝等译，广西师范大学出版社2005年版，第20页。

爱情简单理解为以肉体供奉给她心仪的男人并去满足和安慰他这种荒谬认知的恰恰是作者所持有的男性立场。女性形象的塑造本质上是男性作家女性观的投射，青狐这种执意以满足男性为核心的爱情观，何尝不是将女性作为男性欲望载体的一种表现。这样的情爱观不仅满足了男性的欲望幻想，在一定程度上还将女性纳入到了男性掌权的秩序当中，即女性以满足男性的欲望为自己的愿望，将一种现实的奴役错误指认为一种爱情追求的理想和幸福。

皮埃尔·布尔迪厄在《男性统治》中这样分析女性欲望，他认为："其中男性的欲望是占有的欲望，是色情化的统治；女性的欲望是男性统治的欲望，是色情化的服从；或者，严格来讲，是对统治的色情化认可。"[1]可见，从社会关系的角度来解读，青狐的"献身"正是对男权社会统治的一种服从，以一种看似理想和幸福的外表来遮掩女性沦为男性欲望载体的现实。

主人公青狐毕其一生无所求，唯有对爱情至死不渝，对向心仪的男性献身执着不已，求爱不得就遁入虚空、沉迷于气功。这样的叙事安排从表面上看是女主人公对爱追求的执着体现，实则透露出的是叙述背后无意识的男性立场，即将女性视为欲望载体。

三、女性视角叙事的局限

作者第一次尝试以女性视角创作小说作品，对女性形象的塑造及其爱欲观的树立有值得肯定的部分，也有值得反思的部分。通过身份符号、衣着服饰、外在相貌的叙事变化，及其爱欲由现实的失败转向虚构的成功的叙事转变，主人公完成了"人化狐"的转变。这种不同叙事层次中的转变背后显露出的是隐指作者所具备的无意识的男性立场。无意识的男性立场使得男性作家在以女性视角进行叙事的时候会有一定程度的局限。

（一）尝试走入女性人物

在这部小说中，王蒙尝试以女性视角来叙述故事，为此所做出的个人探索与尝试值得肯定。叙述者试图进入女性的世界，以女性的视角看待社会与生活，尊重女性的婚恋选择与身体欲望，批判男性对女性的欺辱。

首先，表现为叙述者对女性自身欲望的肯定。叙述者尝试站在女性的立场去思考欲望，发现女性自身的欲望，肯定女性欲望的正当性。青狐向往的爱情并非柏拉图式的精神恋爱，她对心仪的异性都有身体欲望的冲动。青狐对杨巨艇产生的性爱幻想描述可谓相当精彩。在青狐的梦中，杨巨艇化而为马，而她骑上了那匹马在大海里遨游，如痴如

---

① ［法］皮埃尔·布尔迪厄：《男性统治》，刘晖译，海天出版社 2002 年版，第 25 页。

醉。关于心仪之人的笑容入梦，小说中的描写更是精彩绝伦："她要把这个笑容装到心底，装到胸里和腹里。她的胸间，她的肚子上和肚脐眼儿里，还有她的腿间和手心脚心，她的腋下和唇边，到处都有一片笑容在滚动、在摩擦、在发热、在粘连、在扩张和抖动。"①

其次，表现为叙述者对女性恶意欺辱言行的一种批判。小说刚开始叙述青狐在动乱之中被一个工宣队员洪师傅抱住往脸上乱蹭时，叙述其如何鼓起勇气给了他一记耳光。后来，叙述青狐嫁给一个小领导，小领导将青狐身上的气味与前妻做比较，认为前妻身上是绵羊的味道而青狐身上则满是鱼缸的腥味，进而得出青狐"更烂"的结论。对此，小说叙述到青狐没能忍受这样的侮辱一脚将他踹下床去。这样的叙事安排足以见得叙述者对女性的恶意欺辱是持一种绝对的批判态度的。

最后，表现为叙述者对女性婚恋自由选择的一种尊重。小说中，青狐拒绝不完满的婚姻，两次挣脱婚姻的枷锁。后来，青狐在爱情中完全发挥自己的主体性，以自己的喜好为择偶标准，对所爱之人果敢地靠近。即便在现实生活中不能如愿，也要在自己的文学创作中追求情爱的实现。

（二）隐形而强大的男性立场

正如波伏娃《第二性》中的引言所说："但凡男人写女人的东西都是值得怀疑的，因为男人既是法官又是当事者。"②这样的言辞或许有点太过绝对，但确实有一定的道理。

《青狐》中的叙述者虽然尽量尝试采用女性视角进行叙述，但透过对小说文本的深入解读，我们不难发现叙述者背后隐形但强大的男性立场。

小说中，尽管叙述者多次抒发对青狐这个女性人物的喜爱，感叹她的与众不同，然而在小说的结尾，这样深得他欢心的"拜月小狐狸"最终没能收获爱情，甚至一次欲望的满足都没有得到，最后只好遁入虚无练起了气功。青狐对爱情与"献身"的执着追求与最终求而不得遁入虚空，在叙事层面似乎是一种不完满。但这样看似的不完满实则是另一种完满。这样的完满是女性作为男性欲望的载体的完满，既然是男性欲望的载体，那么其自身的欲望得到不到满足也无足轻重。从另一个层面剖析来看，会发现青狐欲望得不到满足转而遁入虚空，反而是一种男性权力秩序中贞操观的体现。

总之，作品中的女主人公"人化狐"身份符号的建构正是借由对"卢倩姑"最终转化成"青狐"的姓名叙事之变的命名叙事；借由容貌迥异于寻常女性，趋向于玉面狐狸的容貌叙事之奇的肖像描写；借由对青狐服饰衣着越来越暴露女性的曲线去尽可能取悦异性的服饰描述；借由爱情婚姻现实中为男性献身而不得转为在虚构中实现的对照叙事

---

① 王蒙：《王蒙文集·青狐》，人民文学出版社 2020 年版，第 13 页。
② ［法］西蒙娜·德·波伏娃：《第二性》，郑克鲁译，上海译文出版社 2011 年版，第 15 页。

得以完成。最终，在这种叙事建构中，"卢倩姑"从一个粗野坚硬的女性转化成了最迎合男性期待的"拜月之狐"，"人化狐"的这种转变背后显露的是无意识的男性立场。正是这样的立场使得男性作家在以女性视角进行叙事时受到不同程度的限制。

"现在我们学会了一点，即判断这些概念，判断新文学那些女人的故事，最重要的问题不在于弄清这些女性是否实有，而在于弄清这些描述、这些解释背后的意识形态动机。"①我们研究文学作品中的女性形象最大的价值不在于弄清这一形象的真实与否，而在于分析通过叙事安排塑造女性形象背后的意识形态动机。时至今日，女性早已从被奴役的封建社会秩序中走出来，新时代"男女平等"的观念早已深入人心，但即便如此我们仍需要认清这样的现实：以男性为核心的社会历史文化早已悄然滑入无意识的范畴。男性作家通过叙事安排塑造女性形象时，无意识状态下会受到以男性为核心的历史文化影响。这样的影响在某种程度上给男性作家创作带来了一定程度的限制。反过来，男性作家在创作女性形象方面受到的限制也反作用于读者与社会对女性的认识，甚至也影响女性对自身的界定。

"再也没有哪种角度比男性如何想象女性、如何塑造、虚构或者描写女性更能体现性别关系之历史文化内涵了。"②通过分析男性作家关于女性形象的叙事，有助于我们从社会历史文化层面，去进一步了解性别关系的复杂性。在此基础上，为营造和谐的性别关系提供些许的参考。

（作者单位：新疆大学中国语言文学学院　新疆文化发展研究中心）

---

① 孟悦，戴锦华：《浮出历史地表》，河南人民出版社 1989 年版，第 42 页。
② 孟悦，戴锦华：《浮出历史地表》，河南人民出版社 1989 年版，第 19 页。

故乡与异乡在作家创作中的
辩证关系及意义探讨

陈红星

内容提要：作家总是生活于具有相对意义的故乡或者异乡的特定空间之中，并产生作家心目中所认同的精神故乡。两种不同的空间催发出各自不同的情感倾诉。故乡对于一个作家的文化心理结构的形成具有不可忽视的基础性作用，从而在对异乡的审视当中产生对于故乡精神家园的想象性及审美性怀旧情结，而异乡的生存生活体验及文化精神也为其创作带来崭新的异质性元素。最终故乡与异乡的生存生活与生命体验都有机地融入作家的创作之中，进一步丰富了作家创作过程中故乡对其所形成的单一性文化心理结构。而作家对于故乡与异乡的文学书写，具有重要的地方形象传播效应。

关键词：故乡；异乡；作家创作；辩证关系；意义

现实生活中个体总是处于特定的空间之中，作家亦然。就客观位置而言，一个作家总是生活于其故乡或者异乡。两种不同的空间和作家所形成的关系，对于其创作的影响是不言而喻的。随着交通通信技术的日新月异，虽然异乡与故乡在作家现实生活中的时间距离在不断缩短，但对于作家来说，故乡与异乡各自及其相互之间所蕴含的情感内涵及其意义却不可替代。本文将试从故乡与异乡在作家创作中的辩证关系及意义进行探讨。

一

首先，我们需要将"家乡与故乡"及"他乡与异乡"这两组人们经常容易混淆的概念作一界定。据《现代汉语词典》中的解释：家乡，指自己的家庭世代居住的地方。故乡，指出生或长期居住过的地方。他乡，指家乡以外的地方（多指离家乡较远的）。异乡，指外乡，外地（就做客的人而言）。由此可以看出，同口语化的家乡相比，书面语的"故乡"这一概念已经内含了怀旧的情感色彩，故乡常常是身处异乡时人们对于家乡的一种情感性称谓，而家乡则更多地是个体身处或身离其境时的日常性称谓。他乡是个体在其身处家乡时对家乡以外的地方的称呼，而异乡则是个体对于所身处的他乡的称谓。在此，需要提及的是，故乡与异乡这也是一个动态的相对而言的概念。随着作家的行走地域的扩大，昔日情感上的异乡则会进一步演化成其情感上的故乡。

　　作为作家出生或长期居住过的地方，无论是其故乡的山川地理还是风俗民情，在其从小的耳濡目染中都会逐渐成为作家文化心理结构的一部分，也会成为其认识家乡以外的地方和整个人生的参照系。创作解释学的研究表明："一个作家的独特的童年经验郁结于心，成为一种心理定势，对其后来的知觉方式所产生的影响最为深刻。早年的定势最容易变成一种独特的眼光，在这种独特的眼光中，周围的一切都会罩上一种独特的色彩和形态。"[1]而故乡对于一个作家童年的经验的形成与其家庭生活的影响同样重要。文化发生学认为："一个人与故乡地域文化的接受具有某种选择性。一个人先天的秉赋与后天的阅历，尤其是幼年、少年时代特定的生活遭际，常常会强有力地制约其于故乡文化的不同层面、不同质素做出或强或弱的选择性接纳，从而形成其特定的文化性格。"[2]无论对于普通个体还是作家而言，一个人在其故乡所形成的认识有可能会产生一种容纳异乡对其所产生的刺激时的心理障碍，他并不能轻易地接受来自异乡的认识上的刺激。而其最终这种心理障碍的消除，正如鲁迅先生所分析的："普通大抵以为和自己不同的人为古怪，这成见，必须跑过许多路，见过许多人，才能够消除。"[3]故乡作为个体文化心理结构形成的源头，一经形成便具有很强的稳定性。而这种稳定性的影响也只有随着一个人的行走空间的不断扩展，在个体对异乡与故乡的多方面比较中他才会逐渐地从心理上肯定或者否定其早年在故乡所形成的片面性的认识。

　　如果一个作家终身居住于其家乡，那么他乡的行旅可能只会是其生命中的点缀。这样的现象在古今中外的文学史上也并不鲜见。若从家乡与异乡的关系这一角度进行分析的话，由于长期身处于其家乡的生活氛围中，一方面使其拥有对于家乡的人事物的熟稔优势，作家从而容易表达一种对于家乡的现实与历史和未来的深邃思考，但另一方面也会使其因为缺少对于他乡的人事物的深层生活体验而未必对于生存生活生命本身的形而上的思考做出更加全面的理解。这对于作家来讲，将是一种无法避免的缺憾。与此同时，一些作家因为偶尔的他乡之行所留下的游记之类的作品，更多的充满了一种因为缺乏在

---

① 童庆炳：《维纳斯的腰带——创作美学》，上海文艺出版社2001年版，第280页。
② 顾琅川：《周氏兄弟与浙东文化》，人民文学出版社2008年版，第106页。
③ 鲁迅：《350313　致萧军　萧红》，《鲁迅全集》（第十三卷），人民文学出版社2005年版，第407页。

他乡的实质性生存生活的美好印象。对于远离故乡的个体而言，因为眼前的异乡只是作为一次短暂的旅行，那么其本人感受到的可能是一种因为迥异于其故乡的山川地理和风俗民情的新鲜与兴奋，这种感觉来源于作为个体的一种发自本能的好奇心。在这种条件下作家与异乡之间更多的是一种无利害冲突的审美关系，所以在其对异乡的描述中更多地表现为一种赞美与向往。然而这些美好印象也仅仅对于作家的偶尔的他乡之行显得美好——虽然这对于文学来说也许是需要的——但却经不起对作家本人来讲未曾存在的生存生活的现实理性考验。

二

与某些作家长期生活于其家乡相反，还有一些作家常常会因为现实社会历史和政治的要求或者个人生存生活和生命追求等方面的原因而离开其家乡，来到异乡并在其人生的一个阶段中长期生活下来。从此家乡与他乡的日常性称谓则衍化成故乡与异乡的情感性称谓。表面上是作为自然人的作家来到异乡的，本质上却是带着此前其故乡曾经赋予的文化心理结构来到异乡的。从而他就自然会以这种前文化心理结构来审视异乡，并将其所身处的异乡与自己的故乡进行比较。在此，异乡与故乡的生存生活生命体验的鲜明对比在作家的精神世界中发生了激烈的碰撞。

相反，倘若作家长期生活于异乡，那么在尚未经过心理的长期磨合而适应异乡的山川地理与风俗民情之前，带给作家的则可能是一种生理上的不适感与心理上的孤独感和游离感。从创作上来讲，对于身处异乡的作家而言，正如鲁迅先生所分析的："一个人离开故土，到一处生地方，还不发生关系，就是还没有在这土里下根，很容易有这一种情境。一个作者，离开本国后，即永不会写文章了，是常有的事。"[①]对于作家来说，因为对异乡与故乡的比较，从而对于在异乡的生存生活生命的一切体验都将变得在精神上十分敏感。此刻，作家更多的是与其精神进行对话。事实上，一种在想象中充满诗情画意的山川地理与风俗民情倘若真正要使个体融入其中的话，则会让其变得痛苦不堪。最终这种人地两疏所带来的生活的不适感这时并不会为其带来如同短暂旅行时的新鲜与兴奋，与其相伴的可能是一种孤独感与游离感。这种情感在每逢佳节之际会表现得更为突出。但另一层面，此时的孤独感与游离感却催生出了作家的怀旧乡愁，而这一点则不断地催生着作家创作上的情感动机，并最终使其拿起笔来表达个人的这种情感。此时，对于昔日深陷人事物的利害关系之中的遥远的故乡的想象却成了唯一能够慰藉作家情感的失衡

---

① 鲁迅：《341206　致萧军　萧红》，《鲁迅全集》（第十三卷），人民文学出版社 2005 年版，第 279 页。

状态的精神寄托，并逐渐帮助其度过情感和精神上的孤寂游离状态。而就想象的本质来说，"是怀旧主体处于一种既静观又参与的境地：表面上看，主体似乎是在拉开了一定时空距离的前提下怀望遥远的过去或家园，所谓想象'几乎只是一种隐含的记忆'。但在实际上，想象也把怀旧主体投放到了他的审美对象之中，在主体与对象间的同谋或同一关系的基础上促成了主体对对象的创建。而且，正是由于主体与对象之间的同一，怀旧客体才能唤起一种比'真实感'更能震撼人心的'美'的感情，而有些怀旧客体才能具有恒久不变的魅力，时常引起主体的遐思和怀想；也正因为想象使主体得以'重新发现对象'并'听从对象'，主体的审美经验才不断地增加，客体的深度才被不断地挖掘，从而怀旧本身才历久弥新"①。而这一点正是实现文学作品本身的魅力的本质吁求。当然应该看到作为一种精神体验，作家对于故乡家园的怀旧所依据的想象是建立在对当下现实的否定的基础上的。然而借助想象的力量，会使作家重新获得来自其故乡的生命动力，以精神的力量面对来自异乡的精神挑战。

在事实层面看来，生活在异乡的作家是远离其故乡的，而从精神层面看来又是接近其故乡的。这里呈现出作家与其故乡在空间距离的遥远与情感距离的接近的悖论性存在。这种距离萌生着作家对其故乡的现实考量上的复杂情感，但更主要的则呈现出一种积极的情感态度，这种情感态度至少在某种程度上可以慰藉其当下的精神上的孤独感与游离感。伴随这种孤独感与游离感唤起的是诸多与其故土相关的人事物，此时推动作家对其做出新的情感评价。因为距离的遥远而使其故乡的一切具有了一种"美化"效应。如果说这体现的是一种具体个人情感意义上的态度的话，那么面对一种迥异于故乡文化的异乡文化，作家因为曾经长期浸染于故乡文化，从而会对昔日熟视无睹的故乡文化进行新的审视，从而做出新的理性判断。在异乡与故乡的现实距离这一不以人的主观意志为转移的客观现实中，作家与故乡的关系中的消极因素会不断得到弱化，这是因为空间距离本身削弱了个体同故乡的人事物利害上的直接纠葛，会向一种更积极的方向发展。而中国传统文化基因中的桑梓情结，也成为强化作家与其故乡情感关系的集体无意识。

当然需要警惕的是，正如有的学者所论："假如对故土没有历史的荣耀感，假如没有对本土文化的热爱，没有发自内心的认同感和责任感，那么所谓的本土书写，充其量只能成为个人的抚慰品、物化的敲门砖、时尚的记录者，或者潮流追逐的代言。文化的不纯粹，很容易导致'本土言说'的貌合而神离，甚至走音走样。"②

---

① 赵静蓉：《通向一种文化诗学——对怀旧之审美品质的再思考》，《文艺研究》2009 年第 5 期。
② 梁凤莲：《文学的地域写作价值几何》，《文艺报》2009 年 11 月 17 日第三版。

三

虽然作家已经身处异乡，但其精神的家园仍然在自己的故乡，他可能会在精神处于严重的危机时回到自己的故乡。正可谓：人穷则返本，故乡本来就是作家的生命之源。对于远离故乡的作家来说，他需要自己的故乡，故乡能够为其提供源源不断的创作灵感和无穷的力量。关于这一点，路遥在《早晨从中午开始》一书中，对个人与故乡的关系作了酣畅淋漓的表达。他说："我对沙漠——确切地说，对故乡毛乌素那里的大沙漠有一种特殊的感情或者说特殊的缘分。那是一块进行人生禅悟的净土。每当面临命运的重大抉择，尤其是面临生活和精神的严重危机时，我都会不由自主地走向毛乌素大沙漠。无边的苍茫，天边的寂寥，如同踏上另外一个星球。嘈杂和纷乱的世俗生活消失了。冥冥之中，似闻天籁之声。此间，你会真正用大宇宙的角度来观照生命，观照人类的历史和现实。在这个孤寂而无声的世界里，你期望生活的场景会无比开阔。你体会生命的意义也更会深刻。你感到人是这样渺小，又感到人的不可思议的巨大。你可能在这里迷路，但你也会廓清许多人生的迷津。在这单纯的天地间，思维常常像洪水一样泛滥。而最终又可能在这泛滥的思潮中流变出某种生活或事业的蓝图，甚至能明了这蓝图实施中的难点易点以及它们的总体进程。这时候，你该自动走出沙漠的圣殿而回到纷扰的人间。你将会变成另外一个人，无所顾忌地去开拓生活的新疆界。"[1]

因为故乡所给予作家的力量与灵感，当作家再一次来到异乡，此前的那种生理上的不适感与心理上的孤独感和游离感随着时间的流逝，作家在异乡的生存生活各方面的不断磨合，也会逐渐弱化，作家则逐渐熟悉并适应了异乡的生活。那么反过来异乡的山川地理和风俗民情便会成为其创作中所发现的无尽资源和宝贵财富。这里体现了生活的否定之否定的辩证法规律。此时作家也才在真正的意义上认识和发现了异乡对于创作的意义。异乡对于作家创作的意义这一点，我们可以以当代著名作家王蒙在新疆伊犁的生活经历为例来说明。[2]而最终异乡的包括山川地理和民俗风情在内的一切则进一步丰富了作家的文化心理结构，成就了作家的创作。

---

[1] 李建军主编：《路遥十五年祭》，新世界出版社 2007 年版，第 301 页。

[2] 可参看《伊犁河》2009 年第 3 期第 64—72 页，阿拉提·阿斯木的《王蒙与伊犁民歌》一文中，作者分别从"在唱响伊犁民歌的人文环境里锻炼成长""伊犁民歌启发王蒙学习维吾尔语言文字""在创作中运用深爱的伊犁民歌""深情地评价伊犁民歌""伊犁民歌引领他走进维吾尔人的生活""向中国和世界介绍维吾尔人""伊犁民歌直接和间接地影响了王蒙的性格""伊犁民歌帮助他科学地评价维吾尔人的生活""伊犁民歌丰富了他的哲学思想""伊犁民歌伴他走向世界"共十个部分介绍了地域文化对于王蒙的深刻影响。

　　在此，需要对于作家的精神故乡问题进行一番探讨。一般情况下，作家常常将家乡作为自己的精神故乡。然而有的时候，作家对于其身处的现实中的家乡的态度常常会持一种消极的否定的态度，而在其渴望的精神家园中常常存在一个遥远的情感上的理想的故乡。这种情感上的理想的故乡，一方面来源于现实生活中家庭的影响。像已故著名作家红柯在谈到自己选择来到新疆时所提到的"我们家里似乎有在少数民族地区工作的传统。我祖父抗战时在内蒙古待了八年，父亲二十世纪五十年代在西藏待了六年，所以我从小就听说了许多少数民族的故事"①。在诸多的因素中，可以看出家族历史对于红柯的新疆之行的影响不可或缺。另一方面源于作家对生活于其中的现实生活状态的否定。比如当代中国的一些生活于大都市的作家，他们会去西藏、内蒙古、新疆和云南等中国的边疆少数民族地区或者乡村寻找自己的精神故乡。因为这些边疆少数民族地区和乡村的文化因子中具有着在现代性条件下都市文化所不具有但却为作家个体乃至整个社会群体的精神世界所需求的东西。比如相对于都市严重的环境污染，这些地方所呈现出的大自然的清新与秀美；相对于都市人际关系间的隔膜与竞争，这些地方所呈现出的人性的淳朴与善良；相对于都市生活中人们信仰的缺失，这些地方所呈现出的人们对于心目中的信仰的执着与坚守；相对于都市生活中作为时尚流行的文化碎片，这些地方所呈现出的对于传统文化方式的相对完整保存。这些都是久居于都市生活的个体只有在自己心目中向往的精神故乡才能够得到的。也只有这些来自个体精神故乡的营养才能缓解作家精神家园的嗷嗷待哺状态，恢复其作为一个健康的个体的正常的平衡的精神状态。上述两种因素可能会驱动作家去寻找属于自己的精神故乡。当然也要看到，事实上作家理想的精神故乡，在给了作家积极的健康的精神食粮的同时，也伴随着一些消极的思想观念，这正是作为精神故乡的两面，而作家则需要对其进行辩证的审视。

　　所以对于作家来说，其精神的故乡要么在其故乡，要么在遥远的他乡。而最后无论是故乡还是他乡，也都融为一体成为作家精神上的故乡，而不分故乡他乡，它们都成为了作家在创作上所倚赖的精神家园。

　　四

　　出门在外的游子常愿回到自己阔别已久的故乡。回家常常成为我们中国人的一个重要主题。事实上，"回家"对于中国人来说，人生疲惫自然可以于家得以歇息，但回家并

---

　　①　李健彪:《绝域产生大美——访著名作家红柯》,《回族文学》2006 年第 3 期。

不是"出世"般的隐居，家对于中国人本就是生命的一块沃土，他们本就是在其上勃郁生长和繁衍，"离家"是去一个更大的"家"如国家或江湖（社会）闯荡，而"回家"或"归家"不过是采取了对他们的人生来说更为根本和实在的一种生存状态。[①]对于作家来说，当其回到自己阔别已久的家乡，此时又会以新的情感审视自己曾经生活过的故乡，那会是一种物是人非的梦乡中的情感。这一点无论是在汉乐府中的《十五从军征》抑或贺知章的《回乡偶书》当中都有作者恍如隔世的描述。同样对于生活在飞速发展的交通通信条件下的现代人而言，这种物是人非沧海桑田的人生体验依然存在。不过，许多作家并非在垂垂老矣时才会回到自己的故乡，他们很可能在他们成年时又会回到自己的故乡，异乡的生活只不过是其人生的一个阶段而已。而随着时间的流逝，作家对于家乡的情感性因素会逐渐地褪去，而其人事利害性因素则又进一步增强。此时，他可能同样产生一种像在异乡生活时的复杂感情，并将个人情感的一部分投向曾经旅居的他乡，从而表达出一种对于他乡的关切与思念。这里再一次体现了生活的否定之否定的颠扑不破的运行逻辑。这时人们的疑虑在于，同样曾经给了作家无尽的创作资源的异乡，在作家回归故乡后因为创作他应该同异乡保持一种什么样的关系？他是否还能创作出同其关于异乡题材一样成功的作品？

其实人们完全可以消除这样的疑虑。众所周知，作家的生命就在于其对于昔日创作的不断超越，虽然他已经离开了曾经生活的异乡，这意味着他对于异乡的人事物的逐渐陌生，但在现代通信传播技术飞速发展的条件下，他依然可以通过媒介了解曾经生活的异乡的一切。此时，对于作家而言重要的不是依照生活的真实去模仿生活，而是通过自己的创造性想象，去表达生活内蕴的真实。从这样的认识出发，作家昔日在异乡的生活经历已经为其认识异乡精神提供了真实的生活语境，在身处家乡的生活语境的条件下，他依然可以借助这种他乡——生命中的第二故乡——的精神资源连同其家乡的精神资源进行新的创作，而不像其旅居异乡之前在其家乡所形成的单一的文化心理结构进行创作，从而超越自己身在异乡时的创作成就。基于这样的理论认识，我们对于作家在离开异乡的生活后的创作同样可以满怀信心。

五

有论者指出："作家与他们所生活的城市之间存在着一种互为索引的现象，写作重塑

---

① 张未民：《"回家"与中国化的人生》，《文艺报》2009 年 6 月 4 日第三版。

或者说强化了城市的性格，相反地，城市也为作家的个人想象提供了丰富的基础和坚实的历史现实。一个伟大作家通过写作成为一座城市的文学版图，往往成为解读该城市的最佳指南。一方区域的文化，一座城市的特征，是可以在描述中凸显，其内涵也可以在描述中确立，至于文化更是可以在描述中使其特有的风貌得到充分的显示。"①不仅城市与作家的关系如此，任何一个区域与作家的关系也是如此。但就作家对于一个区域的意义而言，历史上，一个区域，因为一个文学家对其进行文学书写而名扬天下，而令许多人对这一地方无限向往的精神渊源上则是因为这一区域的文学描述所产生的无限魅力。此类例子不胜枚举。古代因为交通通信技术的极端落后，文学作品对于一个地方的形象塑造具有着举足轻重的文化传播效应。今天依然如此。试举一例，相信艾青的著名诗句"我到过许多地方，数这座城市最年轻，它是这样漂亮，令人一见倾心，不是瀚海蜃楼，不是蓬莱仙境，它的一草一木，都由血汗凝成"，对于边城石河子的城市形象传播一定具有着潜移默化的重要意义。

今天，虽然媒体的资讯传播方式已十分发达，个体对于外面的世界的了解方式多种多样，但文学作品以其自身所体现的具有话语蕴藉属性的审美精神，仍然对于读者产生着不可估量的潜在影响。尤其是那些风光旖旎，神秘莫测的地域，文学的表达更是彰显了其巨大的审美价值。在旅游业获得极大的重视和发展的历史条件下，人们对于一个区域的旅游愿望，也常常源自作家在其文学作品中的出神入化的描述所起到的推波助澜的作用。在中国，无论是秀美的桂林山水、神秘的香格里拉，还是灵秀的凤凰古城、宁静的伊犁河谷，谁说没有文学艺术家的传播效应所起的作用呢？

正是从这样的意义上说来，一个地域在塑造自身外界形象方面，应该积极创造条件吸引更多的作家、艺术家来认识和理解这一地域，从而用文学艺术的方式书写其迥异于其他地域的独特的人情物理之美，让人们借助于文学艺术这种特殊的媒介以审美的方式感知这个地域。这里，重要的是一个地域要借助其地域特色来吸引作家。比如新疆精河以其优美的自然风景，山东栖霞以其闻名遐迩的苹果产业吸引作家和诗人的文学书写等等。这些都是一个地域通过文学艺术的形式所进行的地域形象传播的具体有效实践。

归纳起来说，一个作家的创作，既离不开其故乡的文化心理结构的哺育，同样也离不开异乡的生活体验及其文化氛围的滋养。就其创作的结果而言，两者体现出了不同的

---

① 梁凤莲：《文学的地域写作价值几何》，《文艺报》2009年11月17日第三版。

情感倾诉，但最终又汇合为一个作家身上共有的精神资源。而这种资源，通过作家的文学书写，无论是对于其故乡还是异乡都具有一定意义上的形象传播效应，这正是我们今天所应该珍视的。

（作者单位：新疆应用职业技术学院师范教育系）

大西北文学与文化研究

一个经济学家的西部书写[*]

——抗战时期张仲实《伊犁行记》初探（下）

张积玉

内容提要：新疆学院学生暑期工作团伊犁之行，是在新疆大学校史乃至新疆抗战史上产生过重大影响的光辉一页。张仲实写于1939年的《伊犁行记》，完整、真实地记录了工作团赴伊犁进行抗战宣传及社会考察调研活动的全过程，具体、生动地描绘了20世纪30年代末伊犁地区独特的自然景观、经济社会、文化教育现状和民风民俗。从《行记》中不仅可以了解工作团有声有色、丰富多彩的宣传工作，尤其是各族师生满腔热情投身抗战的忘我的工作精神，而且也可以看到新疆各民族人民努力发展经济、建设抗日大后方的情怀。《行记》具有十分珍贵的历史文献价值和独特的文学意义。

关键词：张仲实；《伊犁行记》；新疆学院学生暑期工作团；新疆大学校史；新疆抗战史

四、工作团所开展的抗战宣传活动及社会调查工作

进行抗战宣传及社会调研是暑期工作团的主要任务、重点工作。然而，现有的文字资料均未见对此有具体的记述，以致人们至今对这次工作团的抗战宣传等活动从内容到方式，即在什么时间、什么地方，做了哪些工作，是怎么做的，等等，始终缺乏了解，仅有一个模糊的印象。有鉴于此，总结、梳理《行记》所述抗战宣传活动等，应为研究

────────────

* 本文系2014年度国家出版基金项目"张仲实文集（十二卷本）"（基金办〔2014〕1号）阶段性成果之一；陕西省社会科学界重大理论与现实问题研究课题"张仲实与马克思主义在中国的传播研究"（2020DS013）阶段性成果之一。

《行记》的基本任务。

谈到工作团抗战宣传，其所采用的形式主要有两种：一是白天通过各小组街头讲演，书写宣传抗战的标语，张贴漫画、壁报，演唱歌曲等进行。《行记》写道："到一地方，先展贴漫画、壁报，书写墙上标语，并唱歌一两首，把群众吸引来后，再作演说。演说时，也是先从解释漫画或标语起，然后再转到国家大事。"二是晚上通过工作团举办民众晚会、联欢晚会等，由工作团学生表演文艺节目、工作团学生与各族民众开展文艺联欢，由工作团团长杜重远、副团长张仲实两先生作演讲等，帮助民众了解抗战形势，激发民众抗战热情。《行记》逐地逐日生动、具体地叙写了工作团抗战宣传活动及调研考察工作，整个工作是自7月20日到达伊宁的次日开始的，尔后逐地开展，至8月15日回到迪化后举办专场晚会结束。以下本文根据《行记》所记，特按日作一简要述介。

21日，下午3点，工作团全体成员参加伊宁各界在民众俱乐部举办的欢迎会，出席者千余人。晚间，参加民众俱乐部晚会，观看话剧及归化、维吾尔、塔塔尔等族歌舞。

自22日起，工作团正式开始工作。此日早晨起床后，首先举行干部会议，讨论本日工作计划；尔后召集全体同学开早会，由团长杜重远先生报告干部会议上的决定。此后，工作团每天例行先开干部会议检讨前一日工作缺点，再讨论本日工作计划。早饭后，同学分队出发作街头讲演，展贴漫画、壁报，书写标语，演唱歌曲等。在维吾尔族区域，听者每处多达二三百人，且秩序良好。晚上，归化族文化促进会邀请全体同学看露天电影——苏联新出的《斗争在继续着》，观众达七八百人。

23日，上午工作团在伊宁参观考察司令部、区立医院、电灯公司和面粉公司、啤酒厂、救济院及锯板厂等伊宁机关单位及部分工厂。

24日，同学照旧分队出发做街头工作。杜重远与张仲实两先生受邀向当地全体公务员作学术讲演，到会共320人。张仲实先生先讲，讲演的题目为《抗战形势》，历时一时半；杜重远先生讲演的题目为《六大政策与建国》，也历时一时余。为密切与当地群众的关系，活跃气氛，此日下午7时工作团同学还与当地塔塔尔及归化族民众进行了排球比赛。对方体格强健，技术纯熟，最终以工作团的同学赛输结束。晚间，新民剧团在民众俱乐部演唱中国旧戏，招待工作团全体成员。该新民剧团原在海参崴和伯力演出，1938年由苏联来伊犁。演出节目为《空城计》《醉酒》《花十锦》及《游击队》。演员多为旧式艺人，但演技不错，尤其剧中一丑角，表演十分出色。《游击队》系新剧旧演，反映的是东北游击队活动的情形，半新半旧，非常有趣。

25日，同学仍旧分队赴近郊乡间开展工作。上午10时，杜重远与张仲实两先生到维吾尔族文化促进会与伊宁各族文化促进会工作人员进行座谈，30 余人出席。开始由时任新疆文化协会副委员长张仲实报告全疆文化协会组织及其工作开展情况，引起与会者极大兴趣。晚间，工作团举办民众晚会，以维吾尔族学生表演话剧为主，招待各少数民族群众，到会者极众。所演剧目为《胜利是我们的》，共四幕：一、准备进攻；二、冲锋；三、英勇的民众；四、袭击。该剧由维吾尔族学生自编自演，剧情与演技，都达到相当水平。

26 日，同学仍分队出发工作。晚上归化族文化促进会邀请工作团全体人员看电影，影片为《彼得一世》第二部。

27 日，同学分队乘卡车数辆，赴乡村开展宣传。杜重远于下午一时向当地全体公务员作第二次学术讲演，讲演题目为《抗战后的中国政局》。晚上由工作团在伊宁中学广场露天舞台举办民众晚会。所到观众共有 3000 多人，但这一天天公不作美，正在杜重远致词之际，突然狂风暴雨大作，只好改期。

28 日，同学休息。上午 10 时，归化族文化促进委员长吴格林娜女士和该会秘书拜访张仲实先生，送来该会关于工作概况的俄文书面报告，并书面提出关于文化教育的24 个问题，请求张先生解答。据该会报告，除一般文化工作外，该会举办学校 16 处，其中在伊宁城内有初级小学两所，高级小学 1 所；另在"伊犁"区各地有 13 所。共有学生 1400 名，教员 62 名。此日，锡伯族文化促进会委员长荣昌先生也来访张仲实，谈到当地锡伯族文化教育情况：该族有女子小学 1 所，本年有 9 名女生欲赴迪化省立女子中学求学，但教育厅不同意，只限送 5 名，其余 4 名不能前去。于是 9 名同学成日哭泣，以至于结成"统一战线"，提出如果不答应这 4 名，另外 5 名也都不去了。

下午 2 时，杜重远与张仲实两先生先后向当地公务员作第三次学术讲演，到会 240人。张先生先讲，题目为《怎样研究新哲学》；杜先生后讲，题目为《中国的出路》。最后，张仲实先生还解答了听众所提 11 个问题。

29 日，同学仍分队乘车赴乡村工作。早 8 时，杜重远与张仲实两先生向伊犁区暑期小学教师讲习所的学员作学术讲演，张先生的题目为《国际形势与中国抗战》，杜先生的题目为《抗战建国与教育》，听众计有各族小学教员 700 余人；会场秩序良好，在 3 小时内，没有一个人外出或私下谈话，不少人自始至终都在作笔记。参会小学教师，来自伊犁区各地，内有哈萨克族 300 多人，维吾尔族 200 多人。对两先生的演讲，"一字一句，都引起听者极大注意"。

下午 1 时，张仲实先生出席《伊犁日报》通讯员会议，讲《报纸的作用与怎样写通讯》，到会六七十人；因该报出版有维吾尔、哈萨克文版，参会通讯员中有维吾尔、哈萨克两族 30 余人。下午 3 时，杜重远与张仲实两先生出席了伊宁纪念八一筹备会议。晚上看旧戏《三岔口》《错中错》《十八扯》及《黄鹤楼》。

30 日，部分同学赴乡下工作。上午 10 时，杜重远与张仲实两先生出席了文化舞台开幕式，会上演出了《黑风帕》《托孤》《放曹操》三剧。参加完文化舞台开幕式活动后，杜、张两先生还考察参观了城外太和园（苹果园）。晚上维吾尔族文化促进会举行晚会，招待工作团。节目为两出话剧：一为独幕剧《扫除法西斯蒂》。情节为有三个青年，象征德、意、日三国，商议瓜分世界问题，他们之间因分割不均发生争执，闹个不休，后来全世界弱小民族联合起来，把他们打倒。剧情很好，但演技不高。二为《冲破专制》，系反映男女青年争取婚姻自由的故事，共五幕。按《行记》所记剧情如下：一寡妇有一儿子，因婚姻不自由，成日闷闷不乐，他的母亲因爱儿心切只好允许他自己做主。这位儿子有一天化装成一个小商人，带着货品到处兜售，果然遇到一些少女来买东西，其中有一个，他一见钟情，那位女子也有意思，两方便订立了"白头之约"。他十分高兴，回去便告诉他的母亲，母亲开始还不大相信，后由他带着她，仍化装成小商人，前去女家探看。看了女孩，刚出门口，遇着女孩的父亲，女孩父亲以为他们是贼，便把那位男的赶走，但他看见这个寡妇，长得还不错，也就心怀恶意。儿子看到母亲没出来，又回头找，正好看到那位老头子与他的母亲调情。老头子看到有人来，即让女孩走开。那位儿子便乘机向老头子求情，说明他爱他的女儿的意思。老头子打量他后，觉得他太穷不肯。后来经过媒人之言，老头子把女儿许给一位"巴依"（大商人），但女儿不愿。老头子拿刀强逼，女儿仍不答应。结果，女儿逃走，便与从前订约的男友结婚了。她的父亲找来时，新郎挺身而出，告诉他们业已结婚。老头子看到生米已煮成熟饭，也只好答应。新郎母亲出来招待时，老头子一见正是他过去所钟情的，也当即成了眷属。同时，参加结婚典礼的男方的来宾与女方的来宾，以及男方的仆人与女方的丫头，也都结了婚。一共成了四对眷属。就演技和布景看来，此剧不错，尤其剧中歌舞和以男方仆役为丑角所穿插之幽默很多，颇能抓住观众的情绪。新省各族风气闭塞，妇女仍受种种礼教的压迫，婚姻的自由，社交的公开，还根本谈不到。因此故，此剧的演出具有反封建的进步意义。

8 月 2 日，同学休息，杜重远、张仲实两先生向伊宁全体公务员作最后一次学术讲演，杜先生讲题为《正确的人生观与六大政策》，张先生的讲题为《唯物史观》。晚上举行联欢晚会。工作团方面由同学表演了《会合》及《民族魂》两剧；各机关、各法团方面，由公务员表演了《军民合作》。后者为新剧旧演，比前几次所演水平更高。此外，尚有塔塔尔、乌兹别克两族表演了舞蹈。晚会至次晨 3 时始毕。

8 月 3 日，工作团离开伊宁到达绥定。晚上举办民众晚会，首先由杜先生讲演；尔后由维吾尔族学生表演话剧、音乐及歌咏，观众有当地各机关、法团负责人及维吾尔族民众一千五六百人,其中包括由该县山中赶来的哈萨克族头领 40 余人。

4 日,一部分同学分队出发,在绥定作街头宣传,另一部分则赴惠远开展工作。杜重远、张仲实两先生在该地考察了惠远城,并到伊犁河码头进行调研。按《行记》所述,伊犁河由苏联境内巴勒哈什湖起,可通航到惠远为止。河岸距城 15 里,沿途尽为荒地。由码头至伊宁、惠远及绥定,均有公路可通。他们到码头时,正好有一艘拖船到来。船为旧式拖船,可载 200 吨,由一火轮拖拽。伊宁的码头,仅有货栈两三座,并无居民。水流湍急,河面宽度似如黄浦江。两岸草滩,本均可开垦为稻田,但当时还被芦苇占据着。下午 4 时,两先生回到绥定。晚上,工作团举行民众晚会,招待各族同胞,到会观众 3000 多人。杜重远、张仲实两先生先后发表讲演。杜先生报告晚会安排及节目;张仲实作 "抗战形势及新省民众在抗战中的任务" 的讲演;同学表演了话剧《政府的警察》(维吾尔族学生表演),以及《民族魂》、中西音乐合奏、独唱、歌咏等。

8 月 5 日,到新二台。晚上工作团举行生活检讨大会,进行自我批评,直至晚 12 时才结束。

8 月 6 日,由新二台回至精河。到精河后,同学分队出发作街头宣传。晚上举行民众晚会,杜重远先生作了讲演,同学们表演了话剧《飘扬》《政府的警察》《民族魂》及音乐等。因演技已臻熟练,加之 "当地民众因系初次看见这种新的文化生活,极为好奇,故观众颇多。会场民众俱乐部因人太多,容纳不下,窗子上都挤满了人"。工作团原计划在精河只工作一天,后因 "各界坚留",多停一日。

7 日晚,工作团仍举行了民众晚会。观众中包括有从山中赶来的蒙古、哈萨克两族头领 200 多人和路过此地的外宾(实为向新疆运送抗战物资的苏联军队官兵)80 人,会场情绪十分热烈,共到观众多达一千七八百人,为精河空前未有的大集会。该晚杜重远、张仲实两先生先后作了讲演。游艺节目有《大家都要求学》及杂耍等。为欢迎外宾,晚会上特表演了《飘扬》一剧。晚会 12 时才告结束。

8 月 8 日早晨 6 时,回到乌苏,晚间工作团在乌苏举办民众晚会,"因为这是做宣传工作的最好的方式"。会场在关帝庙内,观众约有 2000 人,秩序良好,"自始至终,没有嘈杂声"。节目与在精河第一次所演者相同。

8 月 9 日,仍在乌苏,白天同学出发做街头工作。晚间再举办民众晚会,晚会上杜重远、张仲实两先生先后发表演讲,同学们表演的节目是《会合》《胜利是我们的》(维吾尔族学生表演)及《年头变了》三剧,以及其他杂耍,其间当地女生还表演了舞蹈。与会观众亦 2000 多人。

8 月 10 日,由乌苏出发赴独山子石油厂参观。该厂赵厂长给工作团介绍了工厂创办的经过及未来计划。下午 5 时，该厂召开了全体工人大会，邀约杜重远和张仲实两先生讲演。张仲实先生先讲《国际形势与中国抗战》。这里的工人，大半为去年从苏联归国的侨胞，张先生看到这么多的群众，颇为兴奋，"一讲讲了一个半钟头"，因时间太晚，只好休息吃晚饭。晚饭后举行晚会，首由杜先生讲演《中国的出路》，约一小时后由同学表演话剧《飘扬》《政府的警察》《民族魂》，及其他杂耍。最后，该厂工人也表演了《游击队在东北》；该剧共 8 幕，演员为归国侨胞，因他们过去在苏联伯力、海参崴等地演过此剧，故演技十分纯熟。晚会进行到次晨 3 点钟才告结束。

8 月 11 日早晨，离开独山子，12 时至绥来。在绥来，下午同学仍分队出发做街头工作，晚间工作团举办民众晚会，节目也仍照旧，观众有一千五六百人。因连日工作紧张和睡眠不足，同学大都疲倦不堪，在话剧中当汉奸的，表演时被枪决倒地，就睡着了；歌咏队 20 余人，唱到最后都躺在地下，唱不出声来。

8 月 12 日早晨，告别绥来，向呼图壁行进。呼图壁为一小县，工作团原打算在该县只做街头宣传几个钟头，以便晚上尽量赶回迪化。但到呼图壁后，该县县长和各机关、各法团的负责人，热情招待，已搭好彩楼，欢迎工作团到来，有鉴于此，只好留住一天。晚间照例开民众晚会，除杜重远、张仲实两先生讲演外，同学表演了 3 个话剧以及不少杂耍，附近乡村老百姓闻风而来，观众达 1000 多人。

8 月 13 日早晨 7 时，由呼图壁出发，11 时回到迪化。

15 日晚，由省教育厅主办，工作团在迪化督署西大楼再举办一场晚会，招待迪化区小学教师暑期讲习会学员及各文化机关工作人员，到会 1000 余人。会上对工作团一个月的工作进行了总结，杜重远先生报告了工作团工作的经过，张仲实先生讲演了沿途所得感想，同学拣选了在沿途各地所表演过的几出出彩的话剧和杂耍，做了表演。暑期工作团的工作，至此圆满结束。

按《行记》所记：这次暑期工作团的工作，从出发到结束，正好 4 个星期。据初步统计，在这 4 个星期里，共在沿途各地组织举办民众晚会 12 次，参加其他欢迎和联欢晚会以及群众大会共 9 次，各族观众合计有 4.5 万余人；街头讲演 15 次，各族听众合计有 1.8 万余人；张贴民众壁报 6 期计 920 份，散发传单计 2200 份，沿途散发告民众书 350 份，又油印时事小漫画 3000 份，大幅漫画 180 张；沿途书写墙上标语共计 280 条；杜先生与张先生发表长篇讲演共计 43 次，听众合计约有 5.2 万人。

《行记》作者根据自己近一月时间里在各地的考察、调研，对新疆经济社会尤其是农业的发展提出了个人的看法。

表 1　　　　　　　1939 年新疆学院暑期工作团抗战宣传活动及社会调查工作一览表

	时间	地点	活动项目（内容）
7月	21	伊宁民众俱乐部	下午，参加伊宁各界欢迎会，到会 1000 余人；晚上，出席各界公宴
	22	伊宁市街头	白天，同学分队作街头演讲、展贴漫画、壁报，书写标语，歌咏（吸引群众）；晚间，观看苏联电影《斗争在继续着》
	23	伊宁市	白天，参观区立医院、电影公司、面粉公司、啤酒厂、救济院等单位。晚间，举办民众晚会，演出话剧《飘扬》《卢沟桥畔》《民族魂》及歌咏等
	24	伊宁市	白天，同学分队作街头工作，杜重远、张仲实两先生受邀向当地公务员作学术讲演。下午，工作团同学与当地民众进行排球比赛。晚间，新民剧团在民众俱乐部演唱中国旧戏，招待工作团全体成员
	25	伊宁市	白天，同学分队赴近郊乡间开展工作，杜重远、张仲实两先生与各族文化促进会工作人员座谈；晚间，举办民众晚会，表演维吾尔族学生自编的话剧《胜利是我们的》
	26	伊宁市	白天，同学仍分队开展工作。晚上，参加归化族文化促进会举办的电影晚会，影片为《彼得一世》第二部
	27	伊宁乡村	白天，同学们分队乘车到乡村开展工作
	28		同学休息
	29	伊宁	白天，部分同学乘车下乡开展工作
	30	伊宁	白天，部分同学下乡开展工作，杜重远、张仲实两先生参加伊宁文化舞台新建舞台开幕式，并参观城外太和园。晚上，参加维吾尔族文化促进会举办的晚会，节目为独幕剧《扫除法西斯蒂》及《冲破专制》
8月	2	伊宁	白天，同学们休息；晚上工作团与伊宁各界举行联欢晚会，工作团由同学表演《会合》及《民族魂》两剧；伊宁机关、各法团由公务员演出《军民合作》，另有塔塔尔、乌兹别克两族表演舞蹈
	3	绥定	工作团举办民众晚会，杜重远先生发表讲演；维吾尔族学生表演了话剧、音乐，当地各机关负责人及维吾尔族同胞一千五六百人参加
	4	绥定	白天，同学分队出发做街头宣传，部分赴惠远开展工作。杜重远、张仲实两先生考察绥定、惠远及伊犁河码头。晚上，举办民众晚会，到会各族观众 3000 多人，杜、张两先生作讲演，同学表演了《政府的警察》（维吾尔族学生表演）、《民族魂》及中西音乐合奏、独唱、歌咏等
	5	白鸡沟晚新二台	中午，与在伊宁市政处工作的归化族工程师蒲利吉欣一家交流。晚间，工作团举办生活检讨大会，实行自我批评
	6	精河	白天，同学分队做街头宣传；晚上，在民众俱乐部举办民众晚会，杜重远发表讲演，演出节目为话剧《飘扬》《政府的警察》《民族魂》及音乐合奏、歌咏等，观众非常多，"窗子上都挤满了人"
	7	精河	晚间，工作团举办民众晚会，观众有从山中赶来的蒙古、哈萨克两族头领 200 多人和路过该地的外宾 80 多人，达一千七八百人，为"精河空前未有的大集会"。杜、张两先生均发表讲演，学生表演了《会合》《胜利是我们的》（维吾尔族学生表演）、《年头变了》，及其他杂要。当地女生表演了舞蹈
	8	乌苏	晚间，举办民众晚会——"作宣传工作最好的形式"，到观众 2000 余人。杜重远发表讲演，同学表演话剧《飘扬》《政府的警察》《民族魂》及音乐合奏、歌咏等
	9	乌苏	白天，同学做街头宣传；晚间举办民众晚会，观众 2000 多人，杜重远、张仲实均发表讲演，同学表演了《会合》《胜利是我们的》（维吾尔族学生表演）、《年头变了》，及其他杂要。当地女生表演了舞蹈
	10	独山子	上午，参观独山子石油厂，该厂赵厂长讲解了工厂创办经过及将来计划，后由其引导参观。下午，召开全体工人大会，张仲实、杜重远两先生发表讲演；同学表演了话剧《飘扬》《政府的警察》《民族魂》，及其他杂要。该厂工人表演了话剧《游击队在东北》

11	绥来	白天，同学分队出发做街头宣传；晚间，举办民众晚会，到观众一千五六百人，表演的节目为话剧《飘扬》《政府的警察》《民族魂》及其他杂耍
12	呼图壁	白天，同学分队出发做街头宣传工作；晚间，举办民众晚会，观众 1000 多人，"附近有老百姓闻风来者不少"。张仲实、杜重远两先生发表讲演。同学表演了话剧《飘扬》《政府的警察》《民族魂》及其他杂耍
13	回到迪化	
15	迪化督署西大楼	举办晚会，到会迪化区小学教师暑期讲习会学员及各文化机关工作人员 1000 多人。杜重远、张仲实先后讲演。同学挑选了几个"最有兴味"的节目做了表演

说明：1. 本表所列内容均依据张仲实《伊犁行记》所记。

　　　2.《伊犁行记》原文中未写 8 月 1 日，故表中未出现此日活动。

表2　　　1939 年新疆学院暑期工作团负责人杜重远、张仲实讲演一览表

时间		讲演地点（听众）	讲演题目	听众人数
7月	24	伊宁市公务员学术讲演	张仲实：抗战形势 杜重远：六大政策与建国	320 人
	25	伊宁维吾尔族文化促进会办公处座谈会	张仲实：全疆文化协会的组织和工作	伊宁各族文化促进会工作人员 30 人
	27	伊宁公务员第二次学术讲演	杜重远：抗战后的中国政局	未详
	28 上午	伊宁中学	杜重远、张仲实与归化族文化促进会委员长吴格林娜女士等、锡伯族文化促进会委员长荣昌等先后座谈并解答有关问题	未详
	28 下午	伊宁公务员第三次学术讲演	张仲实：怎样研究新哲学（并解答问题） 杜重远：中国的出路	240 人
	29 上午	伊犁区暑期小学教师讲习所学员	张仲实：国际形势与中国抗战 杜重远：抗战建国与教育	小学教员 700 余人
	29 下午	《伊犁日报》通讯员会议	张仲实：报纸的作用与怎样写通讯	六七十人
8月	2	伊宁公务员第四次学术讲演	张仲实：唯物史观 杜重远：正确的人生观与六大政策	未详
	3	绥定，民众晚会学术讲演	杜重远：讲演（讲题未详）	观众一千五六百人
	4	绥定，民众晚会学术讲演	杜重远：晚会节目报告 张仲实：抗战形势及新省民众在抗战中的任务	观众 3000 多人
	6	精河，民众晚会学术讲演	杜重远：讲演（讲题未详）	"观众颇多""窗子上都挤满了人"
	7	精河，民众晚会学术讲	张仲实：讲演（讲题未详） 杜重远：讲演（讲题未详）	听众一千七八百人
	8	乌苏，民众晚会学术讲演	杜重远：讲演（讲题未详）	观众 2000 多人
	9	乌苏，民众晚会学术讲演	张仲实：讲演（讲题未详） 杜重远：讲演（讲题未详）	观众 2000 多人

说明：1. 本表所列内容均依据张仲实《伊犁行记》所记制定。按《行记》工作团活动小结，两先生的长篇讲演共计 43 次，听众约 5.2 万余人，而本表所列仅为讲演的一部分。

　　　2. 本表中"未详"一是指《伊犁行记》明确记述了两先生作了讲演，但未说明讲演题目；二是指《伊犁行记》明确记述了两先生作了讲演，但未说明参会人数。

　　　3. 杜、张两先生讲演次序系按《伊犁行记》所述会议安排的次序排列。

五、《行记》的历史文献价值、经济社会价值与文学价值

写作于 80 多年前的《行记》，具有十分珍贵的历史文献价值、经济社会价值和文学价值。

（一）历史文献价值

新疆学院学生暑期工作团赴伊开展抗战宣传和社会调查，不仅是新疆抗战史、新疆学院历史上一次重大事件，也是边疆各族民众在中国抗战史以及文化教育史上书写的光辉一页。张仲实所著《行记》则是对这一光辉历史的真实记录和完整的展现。

首先，《行记》真实、详尽、生动地记录了新疆学院暑期工作团的行程及其活动，在某种意义上可以说是填补了有关新疆抗战史上这一重要事件研究的某些空白。以往有关专著及报刊文章写到这一段历史不仅语焉不详，且多有错讹。如新疆大学《校史》就写道："为了组织同学们走向社会，宣传抗战救国，1939 年 7 月 7 日，以院长杜重远任团长的新疆学院暑期赴伊（犁）旅行团由省城迪化出发。……这次北疆的旅行，经盛世才同意，并拨经费 3000 元，派给车辆。全团共有 200 多名，分乘 12 辆卡车，来回历时一月。……走了八个县，行程 1000 多公里。杜重远、郭慎先、张仲实在群众大会上演说 50 多次。旅行团实际上是一个工作团、宣传团，也是一个学习团。……组织这样一支浩浩荡荡的队伍到农牧区去宣传，在新疆历史上、新疆学院的历史上都是第一次。"[1] 上述文字，存在 5 个错误：第一，是将"新疆学院学生暑期工作团"的名称误为"新疆学院学生暑期旅行团"；二是将工作团从迪化出发的时间 1939 年 7 月 17 日，误为 1939 年 7 月 7 日；三是将所乘 10 辆卡车误为 12 辆；四是关于在群众大会上演讲的次数，《行记》的总结中是 43 次，而该著说是 50 多次；五是工作团来回整 28 天，而该著误为一月。经查考，新疆大学《校史》所说，基本史实源于《乌鲁木齐文史资料》创刊号上的一篇回忆文章——《新疆学院暑期赴伊犁旅行团》[2]，该文写作于 1982 年，作者苗广发、李如桢应是 1939 年参加工作团的新疆学院学生。与《行记》相比，苗、李文系事发 43 年后所写回忆文章，叙事稍显简略、笼统，缺乏准确、具体，未能反映工作团活动的完整情况。《行记》写工作团行程，以日记的方式，逐日记录了每一天的活动内容，仅写出发就不仅有明确的月日——7 月 11 日，而且还有具体的时间——上午 11 时；不仅写了动身的月日时，而且还写了当天的天气——"这一天是在大雨之后，天气倒很阴凉"；而写所乘汽车"大小共

---

① 管守新，罗忆：《新疆大学校史》，新疆大学出版社 2004 年版，第 72—73 页。
② 苗广发、李如桢：《新疆学院暑期赴伊犁旅行团》，《乌鲁木齐文史资料》1982 年第 1 辑。

有十辆，浩浩荡荡，排了一长串"，而且也说明了"工作团团员乘了八辆车，另有省立一中伊犁区暑假回家的学生二十余人，与我们同行，也乘了一辆车"……写在伊宁的 7 天，不仅写了每一天的工作活动，而且也写了每一天早中晚的气温度数及空气湿度。总之，笔者认为，写于 1939 年的《行记》所提供的史实是可信的。

另外，宋显达发表于《新疆日报》1983 年 9 月 24 日的《奋斗救国　浩气长存——回忆杜重远先生在新疆学院》一文中写道："1939 年 8 月，以杜重远先生为团长，张仲实、郭慎先（教务长）为副团长，200 多名师生组成'新疆学院暑期工作团'，先后在伊宁、绥定、惠远、精河、乌苏、绥来、呼图壁和独山子油矿等地，向各族人民广泛地进行抗战宣传活动。"[①]此文关于工作团的名称及团长、副团长以及工作团进行抗战宣传的所经之地等说法基本是准确的，但其关于工作团活动时区说成是 1939 年 8 月，是不准确的。

其次，《行记》为我们提供了了解 1939 年抗战期间新疆社会真实面貌的鲜活材料，对研究这一时期新疆经济社会、历史文化及抗战史具有独特的参考价值。从《行记》中我们可以了解到，工作团的任务有二：一是推进抗战宣传工作，二是增加学生的实际知识。《行记》不仅具体、详尽地叙写了工作团的主要任务、组织机构、工作方式及活动内容等，而且也生动、真实地展现了工作团师生的思想精神状貌。一是充分地表现了工作团团长杜重远先生等吃苦在先、以身作则、认真负责的工作精神。从《行记》中我们可以看到：杜重远等始终与同学们工作、生活在一起，为赶路，常常夜间不休息，半夜到达目的地；有时凌晨 3 点起床开会，安排工作，5 点又出发；有时到目的地太晚，找不到住处，同学们露宿，杜、张两先生则在无床无任何家具的房间地上随便铺一条单子，和衣而睡。根据工作团致盛世才函：院长杜重远冒着酷暑，每到一地首先想到的是工作，而顾不上休息，"其一月之中……每天未睡过五小时的觉"[②]，杜先生等的高尚精神为工作团树立了榜样。二是生动地反映了各族学生不怕苦累、满腔热情投身工作的精神。此次工作团的活动安排非常紧凑，经常夜间赶路，基本的休息常常得不到保证。以 8 月 10日、11 日两天的安排为例：8 月 10 日，早晨 8 时从乌苏出发，9 时到独山子，稍事休息后即开始参观考察。下午 5 时参加该厂全体工人讲演会，晚饭后举行民众晚会，除讲演外，同学们表演了话剧《飘扬》《政府的警察》《民族魂》及其他节目，该矿工人亦表演了 8 幕话剧《游击队在东北》，晚会直至次晨 3 点才结束。8 月 11 日早 7 时，又自独山子出发，12 时到达绥来。这一天"天气炎热异常"，下午同学们仍分队出发做街头工作；

①　宋显达：《奋斗救国　浩气长存——回忆杜重远先生在新疆学院》，《新疆日报》1983 年 9 月 24 日。
②　管守新，罗忆：《新疆大学校史》，新疆大学出版社 2004 年版，第 72 页。

晚间又举办民众晚会。《行记》写道："因连日工作紧张或睡眠不足，同学们都疲倦不堪，话剧中当汉奸的，表演时被枪决倒地就睡着了；歌咏队20余人，都躺在地下，唱不出声来。"

最后，《行记》也生动地叙写了新疆各族人民对工作团及其抗战宣传工作的真心欢迎和大力支持，由此也反映出工作团的工作深受各族人民认同和喜爱，取得了良好的效果。工作团每到一地，均得到县长、各机关、各法团负责人以及各族学生等排队迎接，不少县城"贴满标语并悬挂国旗，以示欢迎"。尤其是到伊宁时，伊犁区警备司令兼行政长提前5小时到达距伊宁90里路的地方，"率伊宁各机关法团20余人，……等候迎接工作团的到来"。在到达伊宁第二天，伊宁各界还举办了千人参加的欢迎会。在各地举办的民众晚会上，常常有许多住在山区的各族群众远道而来参会，听演讲，看演出。如8月3日在绥定举办的民众晚会，计有一千五六百人参加，其中就包括由该县山中赶来的哈萨克族头目40余人；8月11日在呼图壁，工作团本安排当天只在街头宣传几个钟头后即离开，但该县县长及各机关、法团负责人均热情挽留，只好改变计划，在此留住一天。晚间的民众晚会，由杜、张两先生演讲，同学表演节目，"附近乡村老百姓闻风而来"，观众达千人以上。

在工作团的活动中，既有工作团举办的民众晚会，由杜、张两先生为各族群众作演讲，各族学生表演话剧、音乐等节目，往往有千余人或2000多人参加；也有各地机关、社团举办晚会或电影招待会，欢迎工作团，晚会均有各族表演话剧、舞蹈等；另外，还多次举办联欢会，由工作团学生与当地机关社团工作人员分别表演节目。在由民众表演的节目中，除少部分中国传统剧目外，多为《飘扬》《卢沟桥畔》《民族魂》《游击队》《胜利是我们的》《会合》《年头变了》等以宣传抗战为主题的话剧，以及独唱、合唱、游艺节目等。系新剧旧演的《游击队》表现东北游击队活动情形；而由维吾尔族学生自编自演的《胜利是我们的》，分"准备进攻""冲锋""英勇的民众""袭击"4幕，深受民众欢迎。

在联欢会上，各地各族文艺人才还为工作团表演了传统剧目以及新话剧，如在伊宁维吾尔族文化促进会举行的晚会上，就表演了《扫除法西斯蒂》《冲破专制》。前者系独幕剧，表现德、意、日三国商议瓜分世界被全世界弱小民族联合起来打倒的主题。后者系五幕话剧，表现男女青年争取婚姻自由的主题，颇能抓住观众的情绪，具有很强的教育意义。

在独山子石油厂的晚会上，除同学们表演《飘扬》等话剧外，该厂的工人也表演了《游击队在东北》等，表达了石油工人心系祖国，关心、投身抗战救国的满腔热情。

（二）经济与社会价值

《行记》的作者，始终以经济学家的眼光，观察伊犁各地的社会实际，尤其是经济社会、文化教育的现状，这不仅为当时而且也可为今天更好地认识伊犁、认识新疆，推动其经济建设和社会的发展提供有益的参考。

1.《行记》详尽地记录了伊犁沿途各地的经济社会状况，为了解20世纪30年代伊犁乃至新疆提供了真实、具体、可靠的资料

作品对沿途所经各县人口数量（包括县城居民、各民族人口分布、男女人口比例）、土地亩数（包括水田及其水源，地主、佃农、自耕农、贫农土地占有比例及土壤质量等）、牲畜（如马、牛、羊等）各有多少头，农作物五谷（如小麦、豆子、胡麻、豌豆、高粱、芝麻、大麦、包谷、谷子等）、瓜果（如西瓜、葡萄、苹果等），以及工业、手工业和商业状况，尤其是不少商品的价格状况均有细致的叙写。对文化教育状况（如初级小学的数量及学生数、男女生的比例，高级小学和民众学校的数量及男女生数，以及在省会迪化大、中学校上学人数），各地建立各族文化促进会的情况等，均有十分精确、翔实的介绍。作者采用的资料一方面来自亲自调研考察所得，另一方面依据了当地提供的官方资料，其准确性、可靠性不容怀疑。

2.对各地工商、农牧业建设发展的关注与期待

《行记》表现了作者对伊犁各地工农业生产和销售状况的高度关注，文中凡写到工矿企业首先要讲到动力、发电厂或马达，有关机器设备等生产工具：如写伊宁电灯厂和面粉厂，两厂共用两台发动机，每台能力为125千瓦；而面粉厂有机器两座，从清洁麦粒起到制成面粉装袋，一切工序都是机械化的，每昼夜可磨麦30吨。写啤酒厂、锯板厂、独山子石油厂等，亦写明了其动力及机器设备状况。其次，重视产品的产量及销售价格等，如写精河特产食盐，说到该地盐池为新省最宝贵的天然富源之一，且盐质很好，但由于交通不便、运销地区有限，不能大量开发，年产量不过800至1000石，尤其其价格特低，每石750斤仅售4元，每斤的售价不到4厘；写啤酒厂每周出品12000瓶，仅能满足伊犁区市场的需要，虽出品质量不错，但上等者每瓶仅售1角2分5厘；写伊宁的苹果，果实硕大，味极脆香，但因交通不便和不知新的收藏方法，成熟时期往往价格暴跌，批发价四五百个仅值1元，市场零售每个1分，而运抵迪化每个可售5角。

3.写厂矿企业特别关注其体制机制

从《行记》中可知，伊宁电灯厂和面粉厂为伊犁实业公司所办，系股份性质，资本为100万元；公司经营的企业另涉及皮毛、羊肠、转运、煤矿、牲畜、栈房、砖窑、商店及汽车部等；啤酒厂为归国华侨所经营，亦为股份制，资本千余元；锯板厂亦为股份性

质，由维吾尔族商人沙杜瓦拉第经营。等等。

4.《行记》还详尽叙写了伊犁各地城市街道、建筑和民众的吃住行等生活习俗

写伊宁的城市，我们可以看到，该市街道宽广、建筑整齐，伊宁中学的西式建筑，宿舍或教室的楼房，宽敞宏丽。警备司令部及伊犁区行政长公署，占地颇广，建筑富丽，院内杨树参天，花草遍地，有鱼池、游泳池……而位于赛里木湖东南角的三台，居民"土屋草舍矮小低下"；新二台则房屋为"苏联式木屋"，"设备齐全，并有小规模的水力发电站，俨然一小城市"，然而此地附近居民的住所却为毡幕（即蒙古包），"有地洞，鄙陋不堪"。

《行记》还从不同视角记录了20世纪30年代伊犁的社会风俗及生活习惯，如伊宁市的欧化：除汉族外，各族居民都喜欢音乐，"晚上你去逛马路，便可听到差不多每家都有乐声"。因与苏联接近和居民中各少数民族众多的关系，生活方式如建筑、室内陈设、澡堂、待客等大体都欧化了。妇女的装饰也很入时；各族居民，不论穷富，每年夏季都入山避暑，等等。关于饮食，作品特别写了维吾尔族招待客人的习惯，其餐分三道：初为马奶和烤羊肉，次为"胡尔敦"，三为抓饭；吃一餐饭可花去三四个小时。作者还叙写了当地西餐中敬客的上品马奶，说其"比牛奶还有益人的身体"，"习惯的人一次可饮十几碗"，等等。作品还叙写了伊犁区有关地方的民族风俗，如"一等县"绥来，由于男多于女，男女比例是三比一，因此故该地合伙娶妻之风甚为流行；精河有产量极丰、质量上乘的食盐特产，但该盐主要用途却是喂牲畜：因气候关系，此地的马牛羊，非喂食食盐不可，否则牲畜不但不发肥，而且到冬季会死掉，故农牧民每隔两三周需撒盐于草地，让马牛羊大吃一顿。再者，如十分著名的呼图壁的西瓜，大者一个可有40多斤重，味极甘甜；精河的香瓜因生长在戈壁，气候干燥炎热，其香脆不下哈密、鄯善。

《行记》自始至终贯穿着作者对伊犁乃至全疆经济社会发展问题的深情关注及对未来发展的美好憧憬。如写到伊犁，作者认为，该地"富于矿产，有钢铁、铅、锌等矿，将来可成为新省的重工业区"。写到独山子石油厂，对新省当局根据苏联石油博士考察所得"石油藏量丰富，大可开发"的结论、大量设厂进行开发的决定，极为赞赏，并充满期待："将来工程完竣，大量出油时，这里大有成为新省重工业区的前途。"对于精河特产食盐业作为新省最宝贵的天然富源，不能大量开发，深表惋惜。杜、张两先生考察伊宁市苹果园，看到"每棵树下都落下果实一厚层，白白腐烂了"，十分心疼；考察伊犁河码头，看到沿途尽为荒地，两岸草滩未能开垦成稻田而被芦苇占据着，深以为憾。对于新省政府，1939年春季拨巨款重修全长180里的惠远"皇渠"，以增加水田10余万亩，

从而实现惠远复兴，十分兴奋并满怀期冀。

作者在《行记》的结尾，根据自己在各地的观察、分析、提出了新省经济建设尤其农业发展所要关注并切实解决的 3 个问题：第一，新省农业，主要仍为自然经济。除瓜果以外，其他农产品商品化的成分并不怎样大，加以无对外出路，故一遇农收，即有"谷贱伤农"的现象发生。第二，劳动力极为缺乏。因为劳动力缺乏，雇人工极贵。一般日工每工钱要 1.25 元至 1.5 元，在农忙时，甚至根本找不到。因人工太贵，田野工作不免受其影响。有些地方，如绥来县因人工太贵，农民宁愿将成熟的田禾丢掉，而不愿收割，因为收割的粮食，并不能一下变卖出去，而开销人工，则需要现款的。第三，水利问题极为严重。广大的土地因无水而荒芜着，同时，有水的地方依靠山上雪水，每年春季因气候关系，雪水总迟来 20 多天，这样，农田下种就受影响。因下种太迟，庄稼到秋天便不能完全成熟。所以，新省要是能把水利问题解决，则不但耕地数量可以增加数十倍，而且因下种早 20 余天，每亩地收成亦可增加好多倍。这些设想和建议，来自调研、考察，弥足珍贵，且具有重要价值。

（三）艺术特点及文学价值

作为一篇文学作品，《行记》也具有鲜明的艺术特点和独有的文学价值。

1. 语言简洁、朴素、生动、自然

在对新疆伊犁沿途政治经济、道路交通、物产风俗等物事的叙写中，作为学者、理论家，张仲实往往能删芜举要，抓住重点，用最简约的文字传达最大的信息量。

如写绥来、乌苏之历史地理状貌：

　　绥来与乌苏之间又有大河两道。一为玛拉斯河，在绥来西五公里处；二为奎屯河，在乌苏东 15 公里处。两河都是发源自南边的天山，夏季山上的积雪融消，河水暴涨，而且在沙滩上，水无固定流道，到处乱流，今天河道在这里，明日也许流到别的地方。故过去旅行者渡过这两条河，极为困难。现在玛拉斯河，已有新式桥梁可通，而奎屯河，因其乱流宽度竟达十里，在旧日渡口上，仍无法修桥。

再如写精河县城，及全县基本概况，文字十分简洁：

　　精河地势低下，四周都是戈壁，故白天酷热异常。县城很小，城内紧靠东门附近，有县立小学、民众俱乐部及县属三个机关，其余部分我们未去过，看去似乎很少居民，有无南、北、西三门，也成疑问。居民及商店，全在东关。全县居民共只 8281 人，城中居民仅只有 2200 人。全县居民当中，即汉族 1936 人，哈萨克族 3275 人，维吾尔族 1372，蒙古族 1729 人，回族 42 人，归化族 27 人；哈、蒙两族，主要是在山中，以游牧为业。

再如，写伊犁的历史地理沿革，短短三四百字，即把从清代、辛亥革命后至 20 世纪 30 年代的演变交代得一清二楚：

> "伊犁"为一区域名称，因本区域内有伊犁河一条，故名。前清乾隆中叶，平定准噶尔部后，在伊犁河北岸，分建九城，设一将军管辖。九城系惠远、绥定、宁远（后改为伊宁）、拱宸、广仁、瞻德、塔勒奇、惠宁、熙春。那时的绥定为伊犁府的府郭首县，惠远为将军驻在地。辛亥革命后，裁撤伊犁府，改设绥定、伊宁（即旧时宁远城）、霍尔果斯（旧时拱宸城）三县。在军事方面，改设镇守使，仍驻惠远城。现在设伊犁区，共辖八县，即伊宁、绥定、霍尔果斯、巩留、巩哈、特克斯、博乐、精河；又三个设治局，即温泉、河南、昭苏。区设一行政长，管理本区行政事宜。在军事方面，设伊犁警备司令，管理本区国防和治安事宜。两年以前，伊犁区行政长公署虽已移设伊宁，但伊犁区警备司令部仍在惠远，现在连司令部也移至伊宁。故现今伊宁为伊犁区政治和军事的中心，而惠远日益衰落了。惠远衰落的原因是因为水太缺乏，而伊宁的优点，则是水量充足，居民众多。

2. 叙事与议论有机结合

在叙事过程中，作者往往夹叙夹议，直抒胸臆，发表评论，亮出自己的观点、见解。如写清乾隆年间所筑之绥来城，分南、中、北三城，"三城连在一起，四周之大，在新省可说是第一。由城之大，就可以想见过去此地的重要"。赞绥来县"为一等县"："县城附近，土地肥沃，出产繁多"，"过去有'金绥来，银奇台'之说，就可以想见此地的富庶"。

写到独山子石油厂，知其"正在大量设厂开发，有工人 1000 余名，使这里格外活跃起来"，便禁不住下了判断：将来独山子石油厂，工程完竣，大量出油时，"大有成为新省重工业区的前途"。

写到在伊宁维吾尔族文化促进会招待晚会上演出的剧作《冲破专制》，作者在详细介绍了新省男女青年争取婚姻自由艰难曲折的剧情后，感慨道："新省各族风气闭塞，妇女仍受种种礼教的压迫，婚姻的自由，社交的公开，还根本谈不到。"

一个经济学家的西部书写

3. 写景与抒情有机结合

作为一个具有丰富理论修养，又有十数年书报刊编辑工作经验的人文社科学者，张仲实的写景、议论和抒情总能站得高、看得远，抒发出浓厚的爱国主义激情和深厚的思想意蕴，不同凡俗，给人留下深刻印象。

如描写三台的景象时，作者写道：

次日（20日）午时起身，天已大明。出门一看，才把这里的形势弄清楚。此地正是亚洲的脊梁。过此西行，即下山直至霍尔果斯，约莫百余里出国境，至社会主义的园地——苏联；东望直至太平洋岸边，则为正与日寇搏斗着的祖国，这脊梁上有一湖（赛里木湖），俗名海海（一说净海。——笔者注），周围二百多里，水色澄清，波纹不兴，东、西、北三面山上，苍松成林，倒映在水里，清清楚楚。这时太阳，又好像一个大球，正从东方上升，红光四射，象征着祖国的兴起。此时，此地，此景，立刻激起了记者心中的无限思绪，觉得自己生逢着祖国民族解放运动和社会解放运动正在汹涌澎湃而友邦新社会建设正向最高阶段迈进的伟大时代，何等幸运，总不应该辜负这大时代才对！

除了上述写日出，《行记》还以优美、抒情的文笔描绘了戈壁滩上一幅迷人的日落风景画：

离乌苏不久，太阳已经担在西边尽头上。在戈壁滩上，看太阳西落，景致极美。太阳像一颗鲜红鲜红的火球，放在地边上，慢慢地跌在黑云中，许久云的背后好像有熊熊大火在燃烧着。虽然看到了戈壁滩上太阳西落的景致，一饱眼福，但是这一夜我们却吃了苦头。

再如，对独山子石油厂的描写，亦十分鲜明地表现出了作者对边疆经济开发和建设深厚的情愫。

油井在一山谷中，旧有六井……内中有一井，油自行喷出，去掉盖子，高达数丈，足证这里的油源旺盛！新打凿井架已有两座，都在旧井的上面，全是钢轨打成的，矗立云际，它们的雄姿，给戈壁的新疆增色不少。此种新式钢架，运用新式凿井机，可凿井至一千三四百尺深，而且所安置的油管口径有两公尺。所以，将来此种新式油井一天的出品，实在为数可观……，这里石油富源的开发，是一件伟大而艰苦的工程。

写清水河的瞻德城："为旧时伊犁九城之一。公路线未穿过城内，系从它的北面绕过，远望该城，四周颇大，每一城门上矗立着一座完整的门楼，它是中国文化在这里的唯一的象征。"深深表达了作者对边陲新疆作为祖国神圣不可分割领土的文化自信与自豪。

4. 比较手法的大量应用，是《行记》写作上的又一突出特点

在《行记》里，作者无论写伊犁各地自然风光还是城市景象，往往将与之相同的事物拿来作比较，从而凸现描写对象的特征。在作品中，我们可以读到伊宁城市的兴起与惠远城市衰落的原因的比较分析；伊宁啤酒厂附设门市部与上海的咖啡馆的类似；伊宁维吾尔、哈萨克两族女子装束的入时、舞术之好，比在迪化所见者要高明得多；绥定一带高达四五丈的杨树，显示了伊犁与迪化尽是榆树的不同；绥来与乌苏之间的戈壁，与哈密至迪化沿途所见者亦大不相同；伊宁当地的烤羊肉比迪化的更好吃；伊宁果实硕大而味极脆香的苹果与苏联阿拉木图果品的关联；精河香瓜的香脆不下哈密、鄯善所产者，等等，均给读者留下了新疆独特的自然景观及神奇人文历史的深刻印象。

六、余论

"行记"系一种介于地方志、日记、传记之间的纪实类文学体裁。它源于西汉，经魏晋隋唐，至两宋臻于成熟。鸦片战争以来，我国行记创作曾一度出现了一个高潮，其中以叙写陕、甘、宁、青、新以及四川、西藏、内蒙等西部地区的作品最具标志性。二十世纪三四十年代以来，在大规模开发、建设西北的舆论背景下，各种名目的西北考察团、访问团以及诸多知识界、文化界的知名人士群起纷至，投身"到西北去"的行列中，于是叙写西北社会情状的行记作品不断得以涌现。

杜重远、萨空了与张仲实、茅盾等一批著名文化人 20 世纪 30 年代先后到新疆去，也正是在这一民族救亡、西北开发，尤其是新疆开发建设的大背景下成行的。20 世纪 30 年代的新疆，由于时任督办盛世才在苏联和中国共产党的影响下，制定了以反帝亲苏为主要内容的施政方针，实行反帝、亲苏、和平、建设、清廉、民族平等六大政策，接待西征部分西路军落脚迪化，同意设立八路军驻新疆办事处，与中国共产党建立了抗日民族统一战线，向中共中央请求派遣干部来新疆帮助建设。自 1938 年年初起，党中央曾

选派 100 多名干部到新疆工作，其中如邓发、毛泽民、陈潭秋、林基路、孟一鸣等都担任了省政府有关部门的主要负责人。在共产党人的努力推动下，一时使新疆形成了生机蓬勃的大好形势。尤其是杜重远应邀三渡天山，写作出版了《盛世才与新新疆》，成为了"轰动一时的'到西北去'的鼓声"①。1938 年年初，杜重远应聘担任新疆学院院长，一心将新疆学院扩充为新疆大学，决心把新疆建设成为可靠的抗日大后方。此后，他先后动员聘请生活书店总编辑、著名社会科学家、翻译家张仲实，著名文学家茅盾担任学院教职。到新疆后，茅盾和张仲实分别担任新疆学院教育系、政治经济系主任、教授，并承担了两系主要课程的教学工作。其中张仲实主讲政治经济学、哲学、社会发展史等 4 门课程。结合教学工作，他还翻译了恩格斯的《家庭、私有制与国家的起源》，并针对新疆典型民族的问题，翻译出版了斯大林的《论民族问题》；在《新芒》月刊、《反帝战线》等撰著、发表了《资本主义的新危机及其特征》《八年来中国民族解放运动的展开》《二十二年的苏联》等多篇重要论文。此外，应盛世才的邀请，茅盾和张仲实还分别担任了新疆文化协会委员长、副委员长，茅盾兼艺术部部长，张仲实兼编译部部长。除了在新疆学院协助杜重远倾心做好教育教学工作外，他们还积极领导开展了各族文化建设工作，如组织文艺团体，开展戏剧创作与演出，编写中小学课本，并在《新疆日报》《反帝战线》等报刊上发表著、译文章，宣传马列主义理论，宣传抗战救国，推动抗日大后方的建设。新疆学院暑期工作团就是在上述背景下成立并展开工作的。

张仲实是 1925 年入党并担任首任中共渭北特支书记的老一辈无产阶级革命家，是我国著名的马克思主义理论家、翻译家和出版家。中共中央编译局文库之一《张仲实文集》编辑委员会在《文集》"出版说明"中指出："张仲实是在中国传播马克思主义理论的杰出代表"，"是一位百科全书式的学者"②。作为理论家，张仲实的成就横跨了哲学、政治学、经济学、国际问题以至文学文化等诸多学科领域，但在这诸多领域中尤以政治经济学最为突出。20 世纪 30 年代，与张仲实长期在生活书店工作的杰出新闻记者、政论家和出版家、"救国会七君子"之一的邹韬奋，在写作于苏州监狱的《读书偶译》（阅读马克思、列宁有关著作笔记）后记中写道："张仲实的学识湛深，尤其是对于政治经济学的造诣，是我所非常钦佩的。"③杜重远先生 1939 年在欢迎张仲实、茅盾赴新疆学院工作时，曾在《反帝战线》发表的《介绍沈雁冰张仲实两先生》一文中，讲到张仲实

① 高崇民：《杜重远先生事略》，《新疆文史资料选辑》（第 6 辑），新疆人民出版社 1979 年版。
② 张仲实：《张仲实文集》（第 1 卷），中央编译出版社 2016 年版，第 1—3 页。
③ 邹韬奋：《读书偶译》，《韬奋全集》（第 14 卷），上海人民出版社 1995 年版。

留学苏联时"专研经济学","在生活书店前后七年中,编译了许多有益于社会国家政治经济的专书"。①就其著译成果而言,1926 年 6 月,年仅 23 岁的他在三原上学期间就在《向导》周报发表了研究、报道陕西大革命运动的《刘镇华治下之陕西现状及农民的反抗运动》;1928—1930 年在莫斯科中山大学张闻天领导下的翻译班工作期间,就参与翻译过有关政治经济学、哲学、联共党史等方面的理论著作②;20 世纪 30 年代在上海《时事类编》杂志任特约翻译兼编辑、在《世界知识》任主编、在生活书店任总编等工作期间,曾从苏联《真理报》《世界经济与世界政治》《政治经济半月刊》《对外贸易》《世界经济情况》等报刊翻译了大量有关介绍社会主义苏联、研究世界经济问题的文章。与此同时,还在《中山文化教育馆季刊》《世界知识》《读书生活》《新中华》《生活星期刊》《国民》《抗战》《全民抗战》《反帝战线》等报刊发表了《帝国主义时代的经济特征及其发展趋势》《苏联学术界关于"亚细亚生产方式"问题的论战》《资本主义经济危机论》《怎样读政治经济学》《政治经济学史》《世界经济恐慌与景气之新阶段》《一九三六年苏联建设成绩图》《英美商约签订与远东》《资本主义的新危机及其特征》《略论第一和第二次帝国主义战争》《二十二年的苏联》《美日商约问题的透视》等多篇研究世界经济问题的文章。

20 世纪 30 年代,也是张仲实翻译马列主义理论著作的黄金时期,除翻译恩格斯《费尔巴哈与德国古典哲学的终结》《苏联新宪法研究》《家庭、私有制及国家的起源》《马克思主义的基本问题》《斯大林论民族问题》等多部重要经典理论著作外,仅经济学译作就有:20 世纪 20 年代曾风靡苏联的《政治经济学教程》(拉皮杜斯、奥斯特洛维强诺夫著,商务印书馆 1934 年出版)、《苏联五年计划执行总结》(1934 年交商务印书馆,因各种原因未能出版)、列昂节夫的《政治经济学讲话》(生活书店 1937 年初版)、专著《怎样研究世界经济》(青年自学丛书之二,生活书店 1936 年出版)等多种;20 世纪 40 年代,在延安及其后的西柏坡期间,他先后在中共中央宣传部任出版科副科长、党内教育科科长,并兼马列学院编译部主任、中央政治研究室国际问题组组长等,主管解放社,长期主持马列著作的编译出版及马列主义理论宣传工作;除在延安负责《列宁选集》20 卷本等经典著作的译校,参加毛泽东主持的《马恩列斯思想方法论》的编选工作等外,还配合全国土地会议的召开编辑了《马恩列斯毛论农民土地问题》(晋察冀新华书店 1947 年版)、《土地调查报告》(十种,系丛书,1947 年印行);受晋察冀边区土地会议主席团委托编成《整党问题参考资料》(十辑十册)、《马恩列斯论妇女解放》(新

---

①　杜重远:《介绍沈雁冰张仲实两先生》,《反帝战线》1939 年第 9 期。
②　崔艳红:《中国留苏学员对马克思主义传播的贡献》,《中国社会科学报》2019 年 2 月 21 日。

华书店 1949 年版）等。并根据党中央指示负责拟定了"干部必读十二种书"，其中《列宁斯大林论中国》《列宁斯大林论社会主义经济建设》（上下册）《社会发展简史》三种由他自己编译。这一时期，他还在延安《解放日报》《解放周刊》《中国文化》等报刊发表长文《怎样研究〈资本论〉》《掌握创造性的马克思主义——为纪念列宁逝世十七周年而作》《列宁的著作遗产》《共产国际与中国》《列宁如何研究马恩底著作》《三个文件译文的校正》《关于〈左派幼稚病〉中译本一些初步校正意见》《拾粪目击记》《模范运输队是怎样更向前进着——记我所看见的杨家岭运输合作社社员大会》《斯大林传》《毛泽东传》《朱德传》《马恩列斯的重要著作和研究它们的方法》《新民主主义革命》《新民主主义社会》等重要论作多篇；20 世纪 50 年代至 1987 年逝世前，他呕心沥血参与主持完成了党中央交付的《马克思恩格斯全集》《列宁全集》《斯大林全集》三大全集的编译出版工程。与此同时，他还在完成繁重的编译工作之余，撰写、发表了大量理论著译成果。译著除《列宁斯大林论社会主义经济建设》（1950 年 6 月）、《列宁斯大林论中国》（1953 年 4 月）、《马克思主义与民族殖民地问题》（人民出版社 1953 年版）等多部外，他还发表了重要文章《学习〈政治经济学教科书〉》（1955 年 6 月 23 日《人民日报》）、《〈政治经济教科书〉的优点》（《经济研究》1955 年第 3 期）、《历史地辩证地看待"按劳付酬"》（1958 年 12 月 6 日《人民日报》）、《关于"按劳分配"和"按需分配"》（1958 年 12 月 20 日《人民日报》）、《对于"资产阶级法权"一语译法的意见》（1959 年 3 月 28 日《人民日报》）、《剥掉"四人帮"在"资产阶级权利"问题上的画皮》（1977 年 4 月）以及《介绍〈马克思恩格斯全集〉第一卷》（《人民日报》1957 年 2 月 14 日）、《介绍〈哥达纲领批判〉》（1959 年 8 月）、《学习列宁的理论遗产》（《人民日报》1959 年 11 月 7 日）、《学习马克思主义理论遗产》（1974 年 10 月 2 日）、《要认真学习毛主席著作》（《北京日报》1959 年 10 月 2 日）等论文。1953—1954 任中共中央西北局宣传部常务副部长期间，曾带队深入陕西省渭南地区华阴、华县一带调研粮食统购统销工作，并主持举办了西北经济建设理论研究班；1956 年他被中国科学院聘为经济研究所兼职研究员，并作为中国科学院经济研究所代表团团长赴东德参加东德科学院举办的西德经济问题学术研讨会，在会上发言。同年，张仲实还被推选为中国科学院哲学社会科学部学部委员。①由上可见，张仲实在经济学专业领域的深厚造诣，以及他对运用马克思列宁主义经济学理论观察分析经济社会现象的丰富经验和强烈意识。写作于 1939 年 8 月的《伊犁行记》

---

① 详参张积玉、王钜春《张仲实著译年谱》，载张积玉、王钜春《马克思主义理论家翻译家张仲实》，陕西人民教育出版社 1991 年版，第 386—439 页。又见《张仲实文集》第 12 卷，中央编译出版社 2016 年版，第 360—408 页。

既是张仲实运用经济学理论考察 20 世纪 30 年代新疆社会的一次重要实践，反过来，它也有力证明了作者不愧为一个具有独到眼光的经济学家。宋文周教授在《马克思主义经济理论中国化的光辉榜样——纪念张仲实同志诞辰 100 周年》一文中指出："张仲实同志是一位'学者与革命者'相结合的中国革命知识分子的光辉典范。他一生的贡献是多方面的，……仅就经济学方面来说，他的译著丰硕，建树颇多。对马克思主义经济理论在中国的传播，用马克思主义经济理论和方法研究中国革命和建设的实际问题，教育广大干部和青年，做出了卓越的贡献"，"张仲实同志撰写的经济理论文章、著作、报告，无论是早期的还是后期的，现在读起来都感到十分深刻、鲜活、亲切，具有深远的理论意义和现实意义。"①

张仲实生于陕西省陇县，求学、参加革命在陕西三原，并先后在新疆、延安和西安工作过，对陕西和西北有着朴素、天然的情感。他有关西部的行记作品，除《伊犁行记》外，还有发表于《全民抗战》《全民抗战周刊》上《赴新途中》四篇系列作品，以及作为姊妹篇的文艺回忆录《难忘的往事——与茅盾一家辗转新疆的前前后后》（载1980 年 5 月 16 日《人民日报》）。此外，张仲实 1940 年自新疆到延安后，还曾在《解放日报》发表过反映延安时期社会历史面貌的多篇作品，如《杨家岭的墙报》（1944年 4 月 3 日）、《模范运输队是怎样更向前进着——记我所看见的杨家岭运输合作社社员大会》（1944 年 4 月 16 日）、《拾粪目击记》（1944 年 11 月 9 日）、《新的摸索——延安杨家岭机关杂务人员文化学习初步总结》（1944 年 11 月 17—18 日连载）等。1947年 2—3 月间，张仲实作为延安各界慰劳团副团长，赴山西晋中一带慰问打了胜仗的陈赓、王震两个纵队，写成《劳军日记》，逐日真实记录了慰劳团的工作、活动。正是此次劳军，张仲实发现了女英雄刘胡兰在敌人铡刀下英勇就义的事迹，由他报告时任党中央秘书长任弼时，建议毛主席题词，由是毛主席题写了"生的伟大，死的光荣"八个大字，从而迅即在全国掀起了学习刘胡兰英雄事迹的热潮。②1950 年 6—11 月，张仲实曾参加中央苏联宣传工作考察团，与周扬、丁玲等赴苏联访问，先后访问了苏共中央宣传、文教口各单位及格鲁吉亚共和国等，历时 4 月有余。遂写成逐日记录考察团工作、活动情况的《访苏日记》（已收入《张仲实文集》），并在《中苏友好》杂志发表《乔治亚共和国三个集体农庄访问记》（3 卷 3 期）、《苏联共产党的政治教育制度》等文。

---

① 宋文周:《马克思主义经济理论中国化的光辉榜样——纪念张仲实同志诞辰 100 周年》，载张复编《仲实:张仲实画传、忆念与研究》，中央编译出版社 2014 年版，第 451—452 页。
② 张仲实:《回忆任弼时同志二三事》，《人民日报》1984 年 5 月 13 日。

研究、探讨张仲实的《伊犁行记》，很有必要将之与作者其他多篇同类作品联系起来，综合加以考察。

（作者单位：陕西师范大学）

本文在写作过程中，伊犁师范大学地理与旅游学院陈剑平教授、《伊犁师范大学学报》曹丽虹教授在有关资料的查核方面给予了热情帮助，陕西师范大学地理科学与旅游学院苏惠敏副教授精心绘制了1939年新疆学院学生暑期赴伊工作团行程路线图，谨在此表示衷心感谢！

1943 年曹禺西北之行及其相关问题三论

王 贺

内容提要：据新近所阅近人日记、回忆录及地图、档案文书等资料，本文对 1943 年曹禺西北之行及相关问题再作考证。文章逐次讨论了曹禺西北之行的缘起、行经道路的名称及其构成、到访嘉峪关之行程等三方面问题，进而对 1949 年后以玉门石油为题材的诗文之历史意涵予以批判、解读，以求推进前此之研究，为此一文学史专题研究及相关历史研究重建部分史实基础与文献史料基础。

关键词：曹禺；文学史；西北现代文学；玉门；嘉峪关

关于 1943 年曹禺西北之行及相关问题，数年间笔者已撰就《"文学史"的代价：论 1943 年曹禺西北之行及其写作》（2016）、《1943 年曹禺西北之行之再检视》（2019）二文，颇有题无剩意之慨。今次重作冯妇，乃为近期读书期间，无意间检得数条材料，似可作为研究这一题目的若干旁证，帮助我们提出新的观察，证明或补充前此发表的部分论点，因此不避拚扯之讥，再作整理、讨论，聊供大家参考。

其一，经拙文考证，曹禺西北之行，起自 1943 年 6 月 20 日，迄于 8 月 26 日，其自渝至兰、自兰返渝，乃至由兰州出发，赴玉门、敦煌、西安、临潼等地，有多处空路、陆路行程均由钱昌照所主导。可以肯定地说，"曹禺正是随往西北公干的钱昌照（时任国民政府资源委员会副主任委员）一行从重庆来到西北，亦即先有钱昌照的西北公务，然后才有曹禺的加入，若非钱昌照热情邀约，则曹禺绝难远赴西北。这在客观上构成了曹禺是次西北之行的一个背景，也是我们理解这一事件的关键"[①]。然则曹禺缘何要借助于钱昌照的公务旅行，实行自己壮游西北的理想？前述二文只讨论了兰渝间当时高昂的

---

① 王贺：《"文学史"的代价：论 1943 年曹禺西北之行及其写作》，《南大戏剧论丛》2016 年第 1 期；修订稿载微信公众号"文艺批评"2018 年 3 月 7 日。

机票价格、或恐已超出作家的经济承受能力，以及一票难求，陆路转又遥不可及等因素，但究竟兰渝间空中旅行如何之难，一直未见有直接材料，而间接材料亦较少。然近阅罗常培、梅贻琦等人抗战中自昆明至重庆旅行记录，犹可印证当时空中旅行之难。

1941 年 5 月，梅贻琦、郑天挺、罗常培三人因西南联大校务入蜀，在此间盘桓三月之久。罗常培《蜀道难》云："从五月初起就开始为定飞机票忙，连自己带朋友不知跑了多少趟中国航空公司，好容易才买到五月十六日的三张票。"[1]但由于航司载客有限、政府要员优先安排座位两种原因，只梅贻琦一人于 5 月 16 日顺利成行，"而行李复不能携带，虽甚不便，仍当以登机为幸耳"[2]。罗常培、郑天挺却一直未能走成，以致罗氏竟欲"根本打销"入川念头，直至月底的 28 日，方由昆明起飞至渝，令其甚感意外。二人手握机票，竟延宕近一月，才能顺利出行，足见当时空中旅行之紧张状况。

《蜀道难》又记梁思永的同样遭遇道："去年年底梁思永先生要回李庄的时候，也白跑了几次飞机场，他每次回来都跳脚大骂，几乎气得胃病复发。现在回想起来，真不怪他年青气躁，连我的养气功夫也还着实差的多呢。"[3]再一次说明当时之中产阶级自费乘飞机旅行，洵非易事，而曹禺透过钱昌照率团公干的机会，搭机同往西北，不仅无须自掏腰包、支付旅费，且可避免上述所言紧张情况，确为上上之策。

但无论是从昆明到重庆（西南区域内），还是从重庆到兰州（由西南至西北），其空中旅行的紧张局面的造成，一个主要原因正在于随时可能遭受日军炮击的危险。与此相较，由哈萨克斯坦、蒙古等国至毗邻之中国西北，因无此种危险，情况要好很多。例如，1942 年 5 月 7 日，共产国际驻中共区代表、塔斯社记者弗拉基米诺夫一行，自哈萨克斯坦阿拉木图机场出发，当晚便降落伊宁机场，8 日降落乌鲁木齐，9 日降落哈密，10 日降落兰州，11 日即顺利抵达目的地延安。[4]或以其乘坐专机之故，在其日记中并无任何此行延宕、波折之记录，然而，即便其所搭乘者非是专机，因日军尚未深入广阔的西北内陆，轰炸次数较少，因之其间空中旅行紧张情况远不及国内其余地方也。

其二，拙文亦考见曹禺西行之全部路线、时间、交通工具等大部分史实，指出其全部行旅之中，除兰渝间往返系空中旅行，其余皆为陆路。具体而言，"第二段，自兰州经甘新公路赴河西地区（玉门老君庙油田、敦煌莫高窟）访问，具体时间不详；第三段，返回兰州，自兰州经西兰公路抵达西安。出发时间不详，抵达西安是在 8 月 17 日；第四

①　罗常培著、俞国林整理：《蜀道难：附梅贻琦日记、郑天挺账单》，中华书局 2020 年版，第 5—7 页。
②　罗常培著、俞国林整理：《蜀道难：附梅贻琦日记、郑天挺账单》，中华书局 2020 年版，第 8 页。
③　罗莘田（罗常培）：《蜀道难（一）》，《当代评论》第 1 卷第 19 期，1940 年 11 月 10 日昆明出版。此数语在收入单行本时被删除，见罗常培著、俞国林整理《蜀道难：附梅贻琦日记、郑天挺账单》，中华书局 2020 年版，第 7 页注 1。
④　彼得·弗拉基米诺夫：《延安日记》，吕文镜等译，东方出版社 2003 年版，第 1—3 页。

段，自西安经原路返兰，抵兰是 8 月 21 日"[①]。顷阅甘肃省建设厅主办之《甘肃省建设季刊》汇刊本、陕西省建设厅主办之《陕西建设月刊》载当地公路建设资料，始知其第二段所经公路，确切而言，乃为"甘新干线"，分别包括皋兰（今兰州）至酒泉、酒泉至猩猩峡二段。[②]第三、四段所经"西兰公路"虽然无误，但这一公路不仅有其历史沿革、且由两段路组成，值得在此稍作补充。简言之，其在甘肃境内者，最早名为"甘陕干线"，自皋兰经定西、通渭华家岭至平凉窑店，旋即可出省界，抵陕西，其中皋兰至通渭段，亦属"甘川第一干线"之组成部分[③]；陕西境内所经公路则为由西安至长武（窑店）之"西长路"，然而，此路于 1935 年 5 月 1 日起改名为"西兰公路陕西段"[④]，同样地，甘肃境内与之贯通的"甘陕干线"亦可称作"西兰公路甘肃段"，因此称曹禺甘陕间往返的路段为"西兰公路"当然无误，但如果要更具体、准确地说，则其包括了"西兰公路

西兰公路甘肃平凉段（克劳德·皮肯斯　摄）

①　王贺：《"文学史"的代价：论 1943 年曹禺西北之行及其写作》，《南大戏剧论丛》2016 年第 1 期。

②　《甘肃全省公路干支线计划图》，《甘肃省建设季刊》民国廿二年十月至二十三年六月汇刊本第 1 本，约1934 年 6 月兰州出版。

③　《修筑甘肃全省公路计划大纲》，《甘肃省建设季刊》民国廿二年十月至二十三年六月汇刊本第 1 本，约1934 年 6 月兰州出版。

④　《陕西省公路状况一览表（二十四年十一月三十日）》，《陕西建设月刊》第 11 期，1935 年 11 月 30 日西安出版。

甘肃段”“西兰公路陕西段”两段。

其三，拙文尝谓，曹禺曾到访之玉门、尤其当地之老君庙油田，指导当地剧运发展，但收效或不必高估，亦曾引述当地剧运参与者刘默（话难）的回忆录，作为说明。在刘默笔下，老君庙的“塞上话剧队”由陈国淦、陈乃善组织，且从重庆聘来一位艺专毕业生（不详其为何人）担任指导，而近见1941—1943年曾任教玉门油矿职工子弟学校的中共地下支部成员宁汉戈、尤其曾在油田工作的薛遂良等人的回忆，则还谈及曹禺曾到访嘉峪关的有关活动情况，适可作为曹禺西北行史迹之重要补充。按，嘉峪关距玉门70公里，两地联系极紧密。在当地，中共甘肃油矿地下党支部核心成员孙铭勋、丁酉成及炼油厂负责人蔡松等似为剧运及抗战宣传的组织者：

> 为了避免引起警宪特注意，减少麻烦，孙铭勋和其他同志一起，拥戴炼油厂负责人蔡松为剧团负责人，并把炼油厂的实力派人物如总务处主任乔凤九、乔的妻子等都团结进剧团，共同排练，一起宣传，使剧团的活动顺利进行。他们排练过话剧《雷雨》《凤凰城》《鞭》等，在周围产生了极好的影响。

> 嘉峪关的戏剧活动正兴盛的时候，国民政府资源委员会的钱昌照到油矿局视察工作，他约请著名戏剧家曹禺到矿上参观，钱、曹在矿上住了大约一周。孙铭勋、丁酉成等利用他们的声望，乘机组织了两次座谈会，请曹禺来给群众报告重庆的戏剧运动。炼油厂的职工，尤其是刚离开大学不久的技术人员，参加听讲非常踊跃。报告会后，一群年轻人还陪着曹禺游览长城，观赏雄伟的嘉峪关。[①]

这一回忆资料不仅将我们此前所知的曹禺西北行程再次予以扩充，且透露出曹禺在玉门油田的时间（“大约一周”）、活动（参加两次座谈会）、主旨（“报告重庆的戏剧运动”）及其组织者，乃至其参观嘉峪关及长城等重要信息。也因此，重绘曹禺的是次西行之旅，自当再增加一地点，即嘉峪关，且须指出，其自玉门老君庙至嘉峪关之间的往返，构成其西行路线中的另一小段，但限于文献史料，其起讫时间仍难判定。换言之，曹禺是先至玉门，再至嘉峪关，再折返玉门，远赴敦煌，还是先至嘉峪关，再至玉门，后至敦煌，尚难定论。

其四，拙文曾有感于玉门油田方面“中外学界已有的研究，与其曾经所发挥的作用、在近代中国历史上的重要地位并不匹配”而略为申说，但疏于对1949年后诸多的玉门石油诗、报道文学作一简要分析。事实上，“其作为1949年前最重要之油田，‘揭开了中国

[①]　孙丹年：《抗战时期南方局派往甘肃的党支部》，中国人民政治协商会议重庆市渝中区委员会文史资料委员会编《重庆市渝中区文史资料》第16辑（2006年12月）。

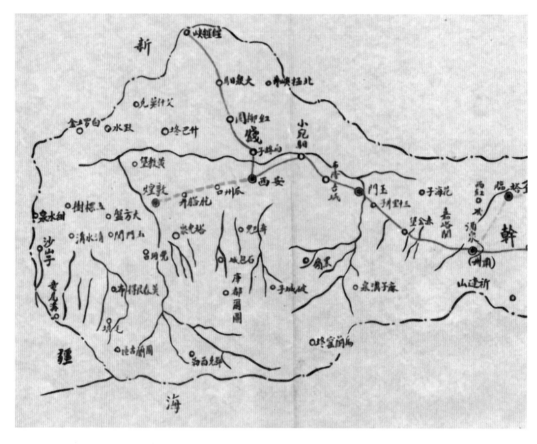

嘉峪关、玉门、敦煌诸地
（来源：《甘肃省建设季刊》民国廿二年十月至二十三年六月汇刊本）

现代石油工业的第一页'；1949 年后又作为共和国石油工业的摇篮、当时新华社报道中的'中国第一个天然石油工业基地'，不仅产出了大量石油，促进了工业的现代化，也培养了一大批专业人士和熟练操作工人，我们熟悉的大庆会战初期的'五面红旗'（王进喜、马德仁、段兴枝、薛国邦和朱洪昌）中的'四面'，便来自玉门油田，只有段兴枝是例外……"①对此更多的研究，当然可寄望于历史学家、地质学家，甚且城市与规划学者的努力，但目前尚不尽人意。另外，站在文学研究者的角度来看，昧于玉门油田之历史、地位而径将其视作人民共和国建立后工业建设之成绩、因而作诗歌颂之文学家，亦大有人在，此亦无可回避之事实，如冯至《玉门老君庙》（作于 1956 年 8 月 14 日）云：

　　　　老君庙蹲在荒山里，
　　　　几百年无息无声，

---

① 王贺：《1943 年曹禺西北之行之再检视》，《上海鲁迅研究》总第 80 辑（2018 年 12 月）。

> 可是它到了今天，
> 忽然间全国闻名。
>
> 它怎么会全国闻名？
> 只因穷苦人的子孙，
> 不淘金也不供奉老君，
> 却建设伟大的石油城。①

今人或很难想象全诗竟出自一位被誉为"中国最为杰出的抒情诗人"②之手。其字里行间，无不暗示出玉门油田系以中华人民共和国肇始而勃兴之意味。殊不知玉门于1949 年前早已闻名全国，作为国民政府开发西北、尤其抗战中经略西北的重要工业基地，其使命乃为解救包括整个西南地区在内的全国石油之饥荒（同时因开采能力有限、运输力量不足，还要"大量订购俄油"③），此点前二文已有述及，不赘叙。

大约与冯至同时，在此前后，诸如邹荻帆、袁可嘉、陈敬容、唐祈、唐湜、朱光潜、钟敬文、张恨水、田间、杨朔、白航、叶宁等大批作家、学者，相继到此采风、创作，所写玉门石油诗、报道文学中，颇不乏与冯至此篇同调者。但将此类文学作品用于了解、研究玉门历史及中国石油矿产史之资料，或重建曹禺玉门行旅、书写西北现代文学史之文献，可乎？

当然，也有例外。如焦力人《回玉门油矿有感》（作时不详）：

> 老君小庙重又修，
> 不求神灵悼孙君。
> 现代石油此地起，
> 石油史上留芳名。
>
> 石油志士聚玉门，
> 为国艰苦十一春。
> 只因政治太腐败，

---

① 冯至：《玉门老君庙》，冯至著、韩耀成等编《冯至全集》第 2 卷，河北教育出版社 1987 版年，第 125—126 页。

② 鲁迅：《〈中国新文学大系〉小说二集序》，《鲁迅全集》第 6 卷，人民文学出版社 2005 年版，第 251 页。

③ 宋希尚：《抗战以来之西北公路》，甘肃省档案馆藏"甘宁青邮政电信局全宗"，档号：20-6-308。转引自赵国强主编《甘肃抗战实录》，甘肃文化出版社 2015 年版，第 362 页。

虽有智慧成果微。

开国前月艳阳天，
春风吹过玉门关。
军事代表来接管，
油矿从此属人民。①

　　如顺口溜一般的焦诗，虽然大方承认玉门油田 1949 年前的光辉历史，认定"现代石油此地起"，以及国民政府资源委员会甘肃油矿局首任总经理、主营玉门油矿的孙越崎②（即"孙君"）之贡献甚巨，但仍要痛批当时之政治腐败、黑暗，高声讴歌一个由"军事代表"接管、"从此属人民"的油田新时代之来临。至如张恨水散文《玉门沙漠变成了都市》③，亦肯认孙越崎之拓荒性劳绩，表扬其"吃苦耐劳的精神"值得钦佩，却也同时显示出其对 1949 年前玉门的城市建设、日常生活等的隔膜，全文所构造的"沙漠"（昔日玉门）与"城市"（今日玉门）之间的历史转折、演变关系，内在理路正如自中共解放区滥觞、此时已家喻户晓的"旧社会把人变成鬼，新社会把鬼变成人"……

　　而今，随着玉门石油资源走向枯竭，这座曾经喧嚣一时的西北边陲小城，再一次陷入令人难堪的沉默，昔日的无上荣光似已逐渐消失殆尽，但作为"共和国长子"的大庆油田，却并未因为同样面临的严峻的资源枯竭问题，稀释了学术界的热情。最近就有一部出自城市与建筑规划学者的英文专书，专门讨论大庆与社会主义中国的形成，因而被认为"为我们认识中国历史，特别是社会主义发展史提供了新视角"，但在此，请允许笔者斗胆提出这样的问题：没有玉门，何来大庆？既谓"历史"，"史"自何来？

　　　　　　　　　　　　　　　　　　　　（作者单位：上海师范大学中文系）

---

　　① 焦力人：《回玉门油矿有感》，玉门石油管理局宣传部编《玉门石油诗选》，四川文艺出版社 1987 年版，第 14—15 页。

　　② 朱汉国、杨群主编：《中华民国史》第 9 册，四川人民出版社 2006 年版，第 43 页。

　　③ 张恨水：《玉门沙漠变成了都市》，《文汇报》1956 年 10 月 9 日第 1 版。

道德共同体与延安文艺教育的发生[*]

翟二猛

内容提要：在延安文艺教育生成发展的过程中，文艺与教育之外的因素发挥了重要作用。延安这一特定情境空间内逐步生成一种道德共同体，它与其间的政治文化互相对话、互相生发，构成一种对人们的认知和审美活动有约束和教化作用的前教育机制。以这种特定的道德共同体为根基，延安逐渐构建起一种组织伦理并赋予每个个体以"公家人"的身份，进而对"组织"内的个体产生道德教化和审美教育。它决定着延安文艺教育的生成和特性，也影响着延安文艺教育的规模、发展和运行逻辑，是外部因素参与文学教育和文学生产的集中体现。

关键词：延安文艺；文艺教育；道德共同体；前教育机制

无论是建构历史还是被历史建构，文学和文学教育都不是纯粹的。现代中国语境下，在不断展开的文学教育实践中，参与者都不可避免地"越来越多地受到外部环境的制约，文学教育越发溢出个体想象，夹杂更多的时代与群体意愿"[1]。在剧烈波动的社会与时代洪流裹挟下，群体意愿常常被赋予强烈的道德感染力和组织约束力，释放出一种使人"脱胎换骨"的教育力量，个体想象往往被动或主动汇入"时代与群体意愿"。尤其是在日益严峻的民族危机之下，革命想象与民族情绪混合而成一种道德共同体，具有超越政治的强大感召力。在个体想象与群体意愿合流的过程中，政治力量内化为一种文化意识，与道德共同体相互对话、相互生发，从而构成特定情境与空间内的前认知结构，成为人们认知和审美活动的前提。

---

* 基金项目：国家社科基金青年项目"延安时期的文艺教育研究（1936—1949）"（17CZW047）的阶段性研究成果。

[1] 翟二猛：《论现代中国文学教育中的前教育机制》，《新文学评论》2018 年第 2 辑。

延安的"圣地"形象吸引了大量知识青年，延安文艺得以不断夯实人才基础。基于延安自然生成的富于共情效应的道德共同体，人们的认知和审美都受到颠覆式的冲击，主客观两方面都有了进行新的文艺教育的需求和必要。随着该思想动态逐渐清晰化，人们对延安文艺所面临的现实问题的认识也不断深化，从而催生了一种前教育机制。这是文艺教育的延安经验中最有历史意味的部分。

一、"我要去延安"——人员的聚合

后来成为延安鲁艺文学系教师的何其芳，在到达延安不久后写下《我歌唱延安》[1]：

> 延安的城门成天开着，成天有从各个方向走来的青年，背着行李，燃烧着希望，走进这城门。学习。歌唱。过着紧张的快活的日子。然后一群一群地，穿着军服，燃烧着热情，走散到各个方向去。
>
> 在青年们的嘴里，耳里，想象里，回忆里，延安像一只崇高的名曲的开端，响着洪亮的动人的音调。[2]

这段极富抒情性的文字生动再现了战时青年奔赴延安的盛景，也描述了这些青年激昂的情感和精神状态。20世纪30年代中后期，随着中共进驻延安并加强抗日民族统一战线的宣传，延安以"赤都"闻名天下。很多爱国青年在苦苦寻索之后，喊出了"我要去延安"的心声。[3]当延安成为青年心中的"圣地"后，时代氛围的熏染、个体理想的驱动等，使这些青年建立起一种"延安＝革命"的前认知。对他们来说，"延安"是乐园[4]，代表着真理、神圣、光明，孕育着真、善、美。这些青年满怀希望，来延安学习、"燃烧激情"，并力图把希望的火种播撒到老大中国的各个角落。

这是青年们与延安最初的情感关联，也是其牢固的精神归属。这是我们所讨论的"道德共同体"与"前教育机制"得以在延安产生并发挥效用的根基。"延安像一支崇高的名曲的开端"，这些青年日后的一切荣耀与屈辱，都由此展开。

---

① 何其芳1938年8月底到达延安，这篇文章写于1938年11月16日，仍处于初到延安的激动和欣喜中。
② 何其芳：《我歌唱延安》，《文艺战线》（创刊号）1939年2月16日，第18页。
③ 参阅任文主编的"红色延安口述·历史"丛书之一《我要去延安》。此书收录众多亲历者回忆奔赴延安经历的文章，虽均为事后追述，不免含有自我合理化成分，但亦可看出青年们与延安的情感联结之深。
④ 丁玲：《七月的延安》，《抗战文选（第三辑）》，战时出版社1937年，第97页。丁玲曾感叹道，"自己的事，我们自己管／这是什么地方／这是乐园……"，描绘了延安自由、平等、民主、乐观的生活氛围。

由于陕甘宁边区人口统计工作不甚理想①，全面抗战爆发后奔赴延安的人员情况目前尚未发现权威统计资料。我们只能根据各类提及这一现象的史料来整体把握这些青年的群体特性和个人面貌。

据《延安自然科学院史料》记载："1938年上半年一直到秋天可以说是一个高潮。……像1938年夏秋之间奔赴延安的有志之士可以说是摩肩接踵，络绎不绝的。每天都有百八十人到达延安。……在赴延安的这些人员中，有很大一部分都是知识分子，从国内外的大学毕业生到高中、初中甚至小学毕业的学生都有。"②"络绎不绝、摩肩接踵"是修饰词语，而"百八十人"是一种粗略估计，得到一种偏主观的"来了很多知识分子"的模糊判断。这些人除各级党组织委派而来的，更多的是慕名自发而来。这段史料对奔赴延安人员的成分和背景作了分析，他们大多经历了"五四"的洗礼或启迪，从而将延安与"五四"勾连起来。不过，这些人员的具体规模、年龄特征仍然相对模糊。

据胡乔木回忆，截至1943年年底，抗战以来到延安的"新知识分子"有四万余人。③这是任弼时在中共中央书记处1943年12月22日的工作会议上提到的数据。当时，整风运动已进入"审干阶段"。任弼时作为当时中央书记处、中央组织委员会成员，具体负责陕甘宁边区和八路军驻西安办事处④等工作，其掌握的情况应该是较为详尽的。这些"新知识分子"约占陕甘宁边区直属分区人口的十分之一，甚至超过延安县和延市除了"公家人"以外的人口总和。⑤这些人日后大多都发展为"公家人"⑥。从任弼时提供的数据来看，这些"新知识分子"文化程度整体较高，其中初中以上占71%，初中（不含）以下约30%。⑦这对陕甘宁边区文化环境的改善程度是可想而知的。

同样是在1943年12月22日的中央书记处工作会议上，周恩来提到的另一组数据有助于我们大致了解这些"新知识分子"的年龄状况。审干时有人提出抗战初期到延安的知识分子中有80%是国民党的学生党员，是特务，这些知识分子便成为重点审查对象。周恩来为保护同志而替他们说好话："截至1943年，国民党员有一百几十万人，其中学生党员约有三万人，主要在1940年以后发展的。国民党决不会把3万学生党员都送到延

---

① 曹占泉：《陕西省志·人口志》，三秦出版社1986年版，第118页。

② 《延安自然科学院史料》编辑委员会编：《延安自然科学院史料》，中共党史资料出版社、北京工业学院出版社1986年版，第384页。

③ 《胡乔木回忆毛泽东》编写组：《胡乔木回忆延安整风（下）》，《党的文献》1994年第2期。

④ 八路军驻西安办事处是抗战时期青年奔赴延安的主要渠道之一。

⑤ 1941年2月20日的统计显示，陕甘宁边区直属分区人口为410531人，其中延市5092人，延安县28301人。参见曹占泉：《陕西省志·人口志》，三秦出版社，1986年版，第111页。

⑥ 1944年6、7月随中外记者西北参观团到延安访问的赵超构在其《延安一月》中侧面印证了这一数据。他指出，当时陕甘宁边区的共产党员约有4万人。赵超构：《延安一月》，中国国际广播出版社2013年版，第87页。

⑦ 二十世纪三十年代的中国，文化普及程度仍然较低。而这种情况在贫瘠的西北边陲延安地区表现得尤甚，小学文化程度的人都可称为知识分子。这与我们现在一般意义上的"知识分子"内涵是有所差异的。

安来，何况来延安的知识分子多数是在 1937 年和 1938 年来的。"周恩来所提三万名国民党学生党员与审干时被污蔑为"特务"的赴延知识分子数量上相近只是一种巧合。因此，周恩来认为："抗战后到延安的知识分子有百分之八十至九十是好的，他们是为了革命到延安的。那种认为百分之八十的新知识分子是特务分子的看法应予否定。"①

由上可以推断，1937 年以后到延安的知识分子中，大多数都是青年学生，大体可以用"知识青年"予以笼统概括。正是这些知识青年构成了延安文艺教育的主体力量，并以其富于激情和理想的青春气息影响了延安文艺教育的面貌和走向。

二、"我歌唱延安"——共情的道德共同体

知识青年最初关于革命的想象难免与延安实际的革命生活撞击与融合。恰如沙汀回忆，全面抗战爆发后，"到延安去是需要足够勇气的，……沿途都会遭到盘查、留难，甚至有被抓、失踪的危险"②。这些汇聚到延安的知识青年"奔赴延安"行为本身已含有冒险和理想的非理性底色，是其情绪极度外化的表现。正因为这时时可真切感知到的危险，并经过了危险的考验，这些青年的情感便更为纯粹。他们在临近延安的途中，即开始以"同志"相称，一起唱高亢的抗战歌曲③，"一到边区境内，活像小鸟出笼"④。这一方面表现出青年人热情活泼、情感浓烈、情感波动大、易受环境影响等特点，另一方面也说明延安知识青年在奔赴延安的过程中便已开始了新身份、新面貌的期待和憧憬。

与此同时，党对到达延安的知识青年也有某种身份期待。比如在丁玲的欢迎晚宴上，毛泽东曾询问丁玲打算做什么，并对丁玲"当红军"的想法表示赞同。而丁玲到前线不久，毛泽东即发去电报表示欢迎，提出"昨日文小姐／今日武将军"的赞许和期待。⑤显然，寥寥数语提及的时空转换中，表达了毛泽东对丁玲一类"亭子间文人"在延安新身份及安置的初步设想。在其设想里，文人身份从个体的"文小姐"转为集体的"武将军"，其角色也不再是单纯的文艺工作者。

这是知识青年个体的圣地革命想象与逐渐成型的延安组织要求合谋的结果。在这双重期待下，青年特有的热情洋溢、精力充沛、乐观昂扬等气质与延安的生活氛围相当契合，并互相生发。延安生活与投身其中的知识青年都在悄然发生着变化。奔赴延安之前

---

① 《胡乔木回忆毛泽东》编写组：《胡乔木回忆延安整风（下）》，《党的文献》1994 年第 2 期。
② 沙汀：《追忆其芳》，易明善编：《何其芳研究专集》，四川文艺出版社 1986 年版，第 19 页。
③ 何其芳：《从成都到延安》，《文艺阵地》1938 年第二卷第三期。
④ 袁静：《延安生活片断》，选自王文主编《延安时期的日常生活》，陕西师范大学出版总社有限公司 2014 年版，第 74 页。
⑤ 钟敬之、金紫光主编：《延安文艺丛书·文艺史料卷》，湖南文艺出版社 1987 年版，第 4 页。

的"圣地"想象，到达延安之后的新生活气象，都使这些青年迅速消除情感乃至思想上的隔阂，转而以主人翁的姿态投身延安的日常生活，一种完全有别于其过去的生活。

概括起来，延安生活的总特点是通过富于仪式化、集体化的活动调动人们的情感、同一人们的道德、统一社会的规范。初到延安的人可以明显感受到延安各种形式的集会非常多。民众大会、英模大会、秧歌大会、青年大会、晚会、文艺沙龙、展览等等，编织着人们的日常生活。而在各种集会上，大合唱常常是必备仪式，以至于有人认为"延安是个歌咏城"，"歌声是我们生活中的亲密伙伴，又是那个革命年代的人们内心世界的缩影，同时是我们民族精神面貌的体现"。[1]这些集会动辄数万人参加，"会场内情形确是热闹，锣鼓和人声凑在一起，使得没有兴趣参加集会的人，也不禁要挤进去看一看"[2]。正是在这种仪式化、集体化的日常生活中，知识青年经历着潜移默化的情绪感染和人格陶养，其精神逐步净化。

陈学昭、刘白羽、茅盾等都曾提及延安新生活对知识青年的精神洗礼。陈学昭访问延安后，曾花很大篇幅描写延安各种大小集会，其多次亲历后不仅颠覆了对"会议"的固化认知，更感慨于"延安的青年，全国的青年，是这样的坦白真诚，他们是一无成见的，他们的确富有伟大性"[3]。茅盾也曾回忆在观看鲁艺师生演出《黄河大合唱》后感到"老觉得有什么东西在心里抓，痒痒的又舒服又难受。它那伟大的气魄自然而然使人鄙吝全消，发生崇高的情感，就像灵魂洗过一次澡似的"[4]。刘白羽的体悟则更为明确地揭示了这种转变的内在理路与本质。他说：

> 在广大的群众场合里，我常常很容易感动起来。
>
> 像沉在风狂浪涌的波涛间，从那蒸热挤在前后左右的胸膛胳膊上，透出无限的生命力来，那时，我完全落在感动当中，往往想得很远，很远——我深深的高兴的笑着，这广大强壮的队伍，给了我多么热烈的力量呵！它使我不感到自己，只想到整个的一团。但是这样的场合并不多，尤其在"一二·九""一二·一六"的狂流以后，我离开北平我还想念着那样的场合；是的，我年青，我需要热烈的情绪，富于生命力的呐喊，尤其是那民族解放关头的呼声……[5]

刘白羽获得"感动"和力量，根本上在于他们逐渐抛弃旧有观念而在新环境下找到

---

① 李焕之：《向往与追求》，选自任文主编《我要去延安》，陕西师范大学出版社 2014 年版，第 244 页。
② 赵超构：《延安一月》，中国国际广播出版社 2013 年版，第 68—69 页。
③ 陈学昭：《延安访问记》，香港北极书店 1940 年版，第 209 页。
④ 茅盾：《延安行——回忆录（二十六）》，《新文学史料》1985 年第 1 期。
⑤ 刘白羽：《父与子——延安杂记》，《文艺阵地》第二卷第一期。

了投身集体后的归属感。他们这一代经历了"五四"的洗礼，富于个人主义的青春想象。他们走出"旧家庭"，走上社会投身革命，旋即在"大革命"后陷入"幻灭""动摇"，其"追求"也很难在传统社会失落而革命未成的裂隙中找到归属和投射。而不论在观念想象层面还是在现实生活感悟层面，延安的光明、乐观、昂扬确实驱散了他们心中的阴影。他们感知到，"中国历史上的一个伟大的时代到来了"①。因而，他们会心悦诚服地拥抱集体、拥抱组织，并借此重新建构自己的精神世界和价值体系。这样，一种共情的道德共同体慢慢成型，进而产生思维、语言、趣味上的变化。正是大量青年的到来，使这一切都显得自然而然。可以说，共情的社会生活是这些青年真诚、热情歌唱延安的基础，也是延安文艺教育得以发生并有效运行的前提。上文所提何其芳的《我歌唱延安》便是初到延安的知识青年情感和道德的生动写照。

　　不过，诸多历史细节表明，知识青年奔赴延安的规模和速度应该超出了延安的预期和接纳能力。党和陕甘宁边区政府迟迟没有拿出行之有效的理论指导和应对策略，延安鲁艺等文艺院校和文艺团体的成立都略显迟滞。这给党和边区政府提出了如何安置这些日渐增多的知识青年的现实挑战。直到 1939 年 12 月，党才定下"大量吸收知识分子"的政策，敦促各部门"应该大量吸收知识分子加入我们的军队，加入我们的学校，加入政府工作"；也才逐渐认识到"吸收知识分子"在整个革命工作中的重要意义，开始强调"对于知识分子的正确的政策，是革命胜利的重要条件之一"。①

　　在逐步落实"正确的政策"、接纳知识分子的过程中，党显示了极大的耐心和诚意。中央宣传部、中央文化工作委员会明确指示各抗日根据地文化与文化人团体，要求"应该用一切方法在精神上、物质上保障文化人写作的必要条件，使他们的才力能够充分的使用，使他们写作的积极性能够最大的发挥。……党的领导机关，除一般的给予他们写作的任务与方向外，力求避免对于他们写作上人工的限制与干涉。我们应该在实际上保证他们写作的充分自由。……对于文化人的作品，应采取严正的、批判的、但又是宽大的立场……估计到文化人生活习惯上的各种特点，特别对于新来的、及非党的文化人，应更多的采取同情、引导、帮助的方式去影响他们进步"③。总政治部、中央文委对部队文艺工作的指示更加具体，要求部队政治工作的领导者发挥民主作风，"以极热忱的、虚心的态度"对待知识青年及其团体，"不要使他们与群众脱离联系，而陷于孤独的生活，因而发生烦闷苦恼等等现象"；"在部队中分配他们的工作时，要顾虑到他们创作上

---

　　① 何其芳：《一个平常的故事》，选自王巨才主编《延安文艺档案 延安文学 第 33 册 延安文学作品·散文》，太白文艺出版社 2015 年版，第 114 页。
　　② 《毛泽东选集·第二卷》，人民出版社 1991 年版，第 618—620 页。
　　③ 原载 1940 年 12 月 1 日《共产党人》第 12 期，选自《红色档案 延安时期文献档案汇编》编委会编《红色档案 延安时期文献档案汇编·共产党人·第 2 卷（第十期至第十九期）》，第 143—144 页。

的便利，要使他们比较有自由的时间和必要的物质条件"；部队党员文艺工作者在完成工作之余，必须虚心向非党文艺工作者学习。[1]这种宽松的文艺政策在党的历史上是非常少见的，以极大的诚意、极低的姿态、极高的热情拥抱到延安的知识青年，凸显了党对文艺工作和知识青年的重视，可谓用心良苦。

与"宽松"政策同步落实的，还有相对"优渥"的物质条件，其中一些人的待遇甚至超过高级领导干部。据萧军日记记录，"文抗"驻会作家分为5个等级，"甲等"和"特等"作家可以"不做正常工作"[2]。这有些类似于战国时齐国的稷下学宫，人们可以专事文艺创作。

更重要的是，延安针对"公家人"逐步建立起标准化的供给制度。随着生产状况的不断改善，到后期，"一个人基本生活，如衣食住日常用品，以及医药问题，文化娱乐，大体上都有了保障"[3]，甚至于婚恋、育儿等更私密的生活，都有组织提供某种保障。[4]不同单位、不同工种、不同职级的供给标准只有"量上的差异"，而没有"质上的差异"。由此，党营造出一种公平、平等、大家是一家的安定氛围，消除了奔赴延安前的身份、背景差异，从而为思想、精神上的高度一致奠定基础。这是一种潜移默化的结果，而非靠政治权力干预。在陕甘宁边区内部，生活标准化使得人们对"生活的希望、需要、趣味、感情等等也趋于统一"[5]。这些快速拥入延安的知识青年在较短时间内聚合成思想标准化的队伍。他们将自己过往的经验和修养"深自掩藏"，在共情的社会生活中释放着工作热情。正如鲁艺美术系教师丁里回忆，"党中央对我们这一批外来的文化人，真是优礼有佳，从生活上、工作上、学习上都是破格地对待……这一切，使我们非常感奋，我们都是尽我所能地投入工作，以报答党对我们的希望和器重"[6]。

有了这种从容、自由、自信，社会亲如一家，知识青年们经历着前所未有的幸福时光。这一切都使得初到延安时的那种与延安的道德情感联结变得更为牢固，他们的歌唱也更显真诚。历史地看，这种共情的社会氛围是延安文艺教育的坚实基础，也是其最宝

① 原载《八路军军政杂志》第3卷第2期，1941年2月15日。选自《红色档案 延安时期文献档案汇编》编委会编《红色档案 延安时期文献档案汇编·八路军军政杂志·第3卷（第一期至第四期）》，第172—173页。

② 其所记录文抗驻会作家待遇分别为"特等：如茅盾，小厨房，双窑洞，男勤务员和女勤务员，开销不限；甲等：每月12元，不做正常工作；乙等：8元；丙等：6元；工作人员：4元"。见萧军《萧军 延安日记：1940—1945 上卷》，牛津大学出版社2013年版，第56页。

③ 赵超构：《延安一月》，中国国际广播出版社2013年版，第72页。

④ 比如，年轻的夫妻生孩子之后，可能因繁忙的工作无暇照顾孩子。于是，1938年7月，由进步人士、社会团体和陕甘宁边区政府发起成立了陕甘宁边区儿童保育院，宋庆龄、何香凝、邓颖超等13人为名誉理事，杨芝芳兼任院长，负责接收和培养边区干部（如毛泽东的孩子李讷、李硕勋的孩子李鹏、刘伯承的孩子刘太行等）、军人的子女和革命烈士遗孤等。而保育院的这一建制，现在不少地仍有保留。

⑤ 赵超构：《延安一月》，中国国际广播出版社2013年版，第75页。

⑥ 丁里：《我永远怀念你》，选自《沙科夫诗文选》，文化艺术出版社1990年版，第368页。

贵、难以复制的经验。

三、自我的"分离"与迷失

任何一项措施得以有效落实，必然要充分考量现实条件。结合陕甘宁边区长期遭受经济封锁的历史现实看，党给予知识青年高标准的物质待遇显然是超出边区正常负荷能力的。再配合政策上的宽容，这固然能快速带给知识青年以强烈归属感，但也容易造成一种"延安是天堂"的错觉，客观上加剧了知识青年真正融入延安实际生活的困难。

据赵超构观察，"忙，实在是延安生活的特征"。"生产运动差不多把每一家人都卷进过度的忙碌的生活里面去了"。即便是"毛泽东、朱德诸氏，也每年在报上宣布他们的生产计划；不识字的乡农，也会有地方的劳动英雄替他们拟订计划"。然而，这种紧张与忙碌却与知识青年们没有太大关系。因为他们的"生活是比较安闲的，虽然他们也生产，却没有一般人那样严格的义务"[1]。知识青年与延安人结成道德共同体后却如同站立在空中楼阁一般，没有足够的机会体验延安生活的苦累、感受延安建设的艰辛。也就是说，知识青年的道德情感逐渐与延安生活相脱节；或者说，知识青年自我的道德情感与生活逐渐割裂。因而，当他们以主人的姿态去观察延安的实际生活时，调动的仍是过往的知识和经验。生活习惯、审美趣味、思想境界等方面的差异乃至矛盾逐渐暴露出来。党的理论指导及应对策略的滞后与被动，知识青年既有经验在新生活环境中的失效[2]，造成一段时间内"党与知识分子的关系维持在一种表面上温馨甜蜜而实际上颇多苦涩滋味的状态中"[3]。知识青年在不断深入展开的延安生活面前，出现了自我的"分离"与迷失。

这些知识青年不少人已取得扎实、可观的成绩，且怀揣着美好的理想。他们的工作是热情的、真诚的，但他们最大的问题是：观念中掺杂着太多的空幻成分，找不到合理的自我定位，既认不清延安的实际，也难以融入延安的生活。即便是左翼的党员作家，他们也都面临着从生活、工作到理念、审美趣味等方方面面融入延安生活节奏的难题。相对优渥的精神环境和物质待遇，使他们飘飘然而渐渐迷失自我，来延之初的高昂情绪也渐渐散去。相对封闭而狭隘的小我定位，使他们更易发现任何生活本来就存在的阴暗面，并敏感地以文学艺术的形式表现出来。他们大多数的出发点仍然是革命的，力图推

---

[1] 赵超构：《延安一月》，中国国际广播出版社 2013 年版，第 77—79 页。

[2] 比如丁玲《在医院中》所表现的主人公陆萍和周围环境的对立及其相当一段时间内所受到的批判，即突出反映了知识分子既有经验在新生活面前的挣扎与困惑。他们从"黑暗"的国统区、沦陷区来到"光明"的革命圣地，却仍延续了批判的思维方式和审美趣味，要么陷入不能表现新生活的怪圈，要么招致超出文艺的批判。

[3] 李洁非、杨劼：《解读延安——文学、知识分子和文化》，当代中国出版社 2010 年版，第 45 页。

动边区向好的方面转变。但他们无法认识到，在新生活面前，他们自身必然存在思想观念、审美趣味、形式技巧、文学语言等艺术范型的转变问题。由于旧经验与新生活的错位，他们理解的革命仍有抽象的浪漫主义情愫，其大众化是一种高高在上的"化大众"，就像《"三八节"有感》等作品流露出的，对工农大众仍有认识误区乃至轻视。如非经他人提醒，他们很难体悟到整个民族社会形势的变化，更难认清延安语境及革命任务的急剧变化。他们在革命洪流面前顽强而盲目的自我定位，使他们固守日益狭隘、脱离现实、孤芳自赏的立场，自以为处在革命立场却渐渐出现自由主义甚至享乐主义，显露出"错误"的小资产阶级倾向。必然地，这些知识青年所倡导的文艺及其文艺教育过于理想化，不仅超出了大多数人的文化水平和接受能力，更难以满足革命和战争对文化干部的巨大需求。

与此同时，出于发动群众、开展和巩固抗日民族统一战线的需要，前线将领不断向后方要求派遣文艺干部，并表达对延安文艺状况的不满。[①]青年人经验相对不足，他们的激情与理想更多指向未来。但延安革命和全面抗战为环境所限，不得不首先着眼于现实困境，也就出现了"普及"与"提高"的矛盾，这是双方的根本症结所在。

残酷的斗争将中共与知识青年的"蜜月期"大大缩短。随之而来的，党和边区政府对知识青年出现了从被动接纳到有意改造的策略转变。在这个过程中，党逐步发现并确认了"被动接纳"背后的情感和道德逻辑，认识到了道德共同体中知识青年的根本缺陷所在，并加以有效利用，使之成体系、成机制，才最终促成了日后的"有意改造"得以"成功"[②]。

在延安各项革命事业正蓬勃有序展开时，这些曾自称无产阶级、言必称革命的赴延知识青年就成了严重的不稳定因素。但他们在革命胜利征程中又不可或缺，所以毛泽东和党中央决定对其采取教育的方法，逐步加以改造，使其无产阶级化。这样，在党的文艺教育体系里，知识青年既是知识技能的施教者，又是思想观念的受教者。他们既提供了延安文艺教育的可能性，也提出了延安文学教育的现实性和迫切性。这里固然有政党

---

①　这在文艺教育领域，较有代表性的是"小鲁艺"与"大鲁艺"的冲突。延安鲁艺成立后一直存在两种教育路线的主张。"小鲁艺"要求在固定的校舍内完成正规的、系统的文艺教育，而"大鲁艺"则要求完成短期文艺培训后奔赴抗战前线。随着抗战形势的变化，"大鲁艺"的诉求渐趋占据上风。另据何其芳回忆，贺龙1942年回到延安，"直爽地对周扬说，他不满意当时的关门提高，把好学生好干部都留在学校里，不派到前方去，而对于抗战初期派到前方去的学生又不关心他们，和他们联系，研究并帮助解决他们在实际工作中间所碰到的艺术上的问题"。参见何其芳《毛泽东之歌》，《时代的报告》1980年第1—2期。

②　这种"成功"指的是这些知识青年出于情感上的认同和亲近，往往"心悦诚服"地接受文艺教育、接受改造。如丁玲以《关于立场问题我见》，率先向党组织袒露心声、表明清白。参加了延安文艺座谈会的欧阳山指出，"大家参加了这个会都感觉到心情舒畅，又都感到中国文学艺术界过去长期没有解决的许多理论问题和实践问题都由于这一个划时代的讲话的发表而得到了解决"（参见欧阳山《我的文学生活》，选自艾克恩编《延安文艺回忆录》，中国社会科学出版社1992年版，第68页）。

政治的逻辑，但更应该被理解为文学与文化历史演进的必然历程。唯其如此，方不致使判断失于偏颇。

四、前教育机制的生成与反噬

正是在上述道德情感理路与现实考量下，党在不断调整文艺教育方向的过程中，前教育机制逐步凸显出来。所谓前教育机制，本质上是一种"前心理"，即在道德共同体的保护与约束下，主体的任何言论、行为乃至思想，在付诸实践之前都要先做一个自我调适、道德验证，以符合既定的道德伦理规范。它的具体要求和方向是切实地深入工农兵的生活，以工农兵的趣味、用工农兵的语言和形式书写工农兵的生活，从而建立起一种服务于工农兵的前认知结构。至此，这些知识青年才真正建立起名副其实的道德共同体。

延安时期的道德文化伦理，所依据的是意在教化、规范个人生命感觉的组织伦理，个体生命的具体性和差异性便有所减损。如赵超构指出的，组织伦理确立后，便需要对组织内每个个体的道德进行专制。这自然地融合了中国文化中"好为人师""尊师重道"的传统和文人济世情怀。两相应和，极易给人以心理压迫感。因为"唯有被教育和舆论所尊崇的习惯性道德，才会在人们的头脑里形成一种本身带有强制性的情感"[①]。这种习惯性道德赋予延安文艺教育一种终极向善的伦理内涵。这种"善"是为了广大人民翻身得解放、谋幸福，也即前述延安道德共同体的核心指向。这巧妙地与人心终极向善联系起来，从而生成"道德新生"的喜悦，使被改造者生成一种新的道德优越感、高尚感。而更有历史深意的是，这种主流意识形态伴随着中共领导的革命斗争不断取得巨大成就而具体化、世俗化，并赢得了天然的合法性、权威性、不容置疑的真理性。这从根本上保证了延安文艺教育中的前教育机制长期有效。

在延安时期独特的文化氛围下，知识青年或主动或被动，努力按照工农兵方向的要求校正自我，去除不为组织所接受的东西，并将其压抑到潜意识中去。一旦道德专制解除，所压抑的内容或许便会被唤醒。牛汉、艾青等诗人在"新时期"的"归来"，即是其中积极正面的例证。我们可以去钦慕诗人的"宝刀未老"，但我们却不能不正视中间失掉20年的遗憾，也不能不为曹禺顺从的"悟"而感到痛惋。更能说明问题的是，艾青在延安时期便已经体验了前教育机制下的自我调适和身份转换的痛苦。

1943 年 2 月 6 日，延安文化界在青年俱乐部举行欢迎边区劳动英雄座谈会。"文化界同志一致接受几位英雄'到农村去，到工厂去'的意见，把笔头与锄头、铁锤结合起

---

① ［英］约翰·斯图亚特·穆勒：《功利主义》，叶建新译，中国社会科学出版社 2009 年版，第 43 页。

来。"艾青作为知识青年的优秀代表，其创作能力和成绩不可谓不优秀，但在劳动英雄面前，他完全失掉了自信，并为自己的知识分子身份感到羞愧、懊恼、惶恐。在会场，他朗诵了这样一首诗：

> 去年我也锄了一块土，
> 种了波斯菊和扫把草，
> 种了瓜豆、西红柿和包谷，
> 放了粪又泼了尿，
> 花的力量真不少，
> 说起成绩真可笑——南瓜结得像碗那么大，
> 包谷象指头那么小，
> 高粱长得像小米，
> 十几棵子子，还没一人高。
> ……到了秋末收齐了，
> 卖钱不值钱，煮熟吃不饱，
> 假如人人都像我那样还得了？①

自卑、自嘲和自我否定仅仅是一个开始，更被组织"期待"的是痛定思痛后心悦诚服地接受新的角色定位。"三月十五日报载：延安作家纷纷下乡，响应中央文委和中央组织部召集的党的文艺工作者会议的号召，实行党的文艺政策。""丁玲、刘白羽、陈学昭都以兴奋坚决的口吻，表示拥护党的文艺工作者会议的号召，决心以实际行动实现党的文艺政策。""鲁艺"也在随后召开欢送会，欢送部分人员下乡和下部队，"严文井称赞大家愉快地服从组织调动是革命者应有的作风"②。从以上记载，我们可以看到知识青年完成身份转换、找到精神归属后，近乎鲤鱼跃龙门般的喜悦。再如，刘白羽看到秧歌队员一身农民扮相后激动地流下热泪，因为他感到"原来的小资产阶级艺术家，现在成为真正的劳动人民了"③。对比之下，毛泽东看到"鲁艺"秧歌队演出之后，只是点头称赞道："这还像个为工农兵服务的样子。"④两者的神情反差与对撞，足以让我们领略这种教育机制的魅性。

------

① 钟敬之、金紫光主编：《延安文艺丛书·文艺史料卷》，湖南文艺出版社 1987 年版，第 171 页。
② 钟敬之、金紫光主编：《延安文艺丛书·文艺史料卷》，湖南文艺出版社 1987 年版，第 175 页。
③ 刘白羽：《延河水流不尽》，选自艾克恩编：《延安文艺回忆录》，中国社会科学出版社，第 101 页。
④ 钟敬之、金紫光主编：《延安文艺丛书·文艺史料卷》，湖南文艺出版社 1987 年版，第 172 页。

随着道德共同体的巩固，文艺教育中前教育机制也日益明确和强化，党的文艺工作者被纳入一个完整的道德伦理体系。它在短期内集结文艺的革命队伍、激发革命文艺的战斗力量等方面发挥了重要作用。而随着时间的演进，其负面效用也逐渐显现出来。这集中在以下几个方面：

首先是对待文学策略的僵化思维。延安时期的文艺教育根本上是战时权宜之计，但为何这种权宜之计在战后仍然被权威化、真理化，其经验被一再承继和放大？在这里，归罪于组织对个人的威慑，只是一种对历史和文化不负责任的浅显的判断。这既有政治领袖超强个人魅力的因素，也有族群文化中"卡里斯玛"心理的隐秘思考，还有成熟的民族文化中思维惰性力的牵引。这几个因素互为因果、互相作用。中国近代以来王权跌落以后普遍需要新的文化权威的历史趋势，使延安理论与实践的阶段性胜利迎合了人们的惰性心理。这样，延安经验便不可避免地被无限期沿用和放大。人们"一定程度上都存在着对各自道德标准运用的僵化和松散现象"，"也常常很少花心思去琢磨那些他们对之抱有成见观念的真正意义。而人们又普遍意识不到这种不知不觉的无知状态其实是一种缺陷"。①遗憾的是，这种缺陷的后果往往需要后人去承担和化解。这就需要我们对传统、对经验，甚至对自己的思考和判断，都保持一种警惕。

其次是对待事理的道德化立场。就像雅俗趣味会随时代迁移一样，道德从来都非一成不变，而是有具体针对性的。从聚讼纷纭的道德立场对作家进行要求，可谓见仁见智。延安文艺教育过于强调培养道德情感而遮蔽了同情心和艺术理解方面的修养，则是一个不大不小的误区。而道德情感这一标准的绝对化、权威化，使这一错误倾向长期得不到纠偏。虽说把文学与道德联系起来，在那个时代有着突出的现实意义——整合人心、为建设现代化的民族国家做最充分的准备。但过于突出这一标准，对很多人来讲，同样会产生新的焦虑与矛盾。这个抽象的标准本身，也会随着"人民"的不断改变而极易失去它原有的根基。这是僵化思维的通病。我们要承认："被广泛接受的伦理准则绝不是神圣不可侵犯的，在行为对普遍幸福的影响上，人类依然有很多东西需要学习。由功利原理得出的各种结论，就像所有实践经验意义，允许无限制地加以改进。"②

最后，延安时期的前教育机制在推动文化抗战方面发挥了重要作用，但我们不得不面对它所产生的历史后坐力。要而言之，延安时期特定历史条件下建立起来的前教育机制归根结底是一种权宜之计。它有强大的规范作用和创造力，也会遮蔽与扼杀民族批判性和创造力。须知，它所面对的主要对象是一个民族最富思想批判力和文化创造力的群体——一群被实践证明了的、日渐成熟的知识分子群体。刘小枫指出，"昆德拉对'道

① ［英］约翰·斯图亚特·穆勒：《功利主义》，叶建新译，九州出版社2017年版，第33—34页。
② ［英］约翰·斯图亚特·穆勒：《功利主义》，叶建新译，九州出版社2017年版，第38页。

德归罪'的攻击，主要指的还不是传统社会中宗法道德秩序，而是罗蒂所说的'现代社会文化中的旧文化形式'"①。也就是说，作为现代社会发展的必要手段和过渡，旧文化形式仍会在一定时期内存在。批判道德教化，意在建立道德相对性，尊重个体生命的具体性和差异性。唯其如此，民族文化才会真正走上一条良性发展的路子。由此引出的问题是，我们今天应该建立一种怎样的道德相对性？

（作者单位：西南大学）

---

① 刘小枫：《沉重的肉身》，华夏出版社 2007 年版，第 166 页。

文学地理学视域下的陕北作家及其创作研究

——以窑洞文化为中心

赵雪丽

内容提要：窑洞作为中国五大传统民居建筑之一，是黄土高原的产物，它体现着地域文化，展示着地域风情。成长于陕北窑洞的陕北作家在地域文化的影响下，喜欢用现实主义的创作方法叙述黄土地上的历史故事，秉持厚重、博大的人文精神为人民写作。本文以陕北窑洞文化为中心，从文学地理学视角解读陕北作家及其创作，探讨陕北作家的文学空间与窑洞文化之间的关系。

关键词：陕北窑洞；窑洞文化；陕北作家；现实主义

20 世纪 90 年代以来，"文学地理学"成为文学研究的一个关键词。一般认为：文学地理学是研究文学与地理环境之间相互作用所形成的文学事象的分布、变迁及其地域差异的科学，其研究对象就是文学与地理环境的关系。[①]地理环境是人类活动及其赖以生存的环境，包括自然环境和人文环境。无论是诸如地貌、气候、生态环境和自然灾害等自然环境要素，还是经济、政治、风俗和语言等人文环境因素，都会对文学构成影响。同样地，文学也会对地理环境产生影响。窑洞作为人类赖以生存的居住房屋之一，是千百年来陕北人赖以生存的依托，它既是人们的物质的"家"，也是人们魂牵梦萦的精神家园。正所谓"一方水土养一方人"，成长于窑洞的陕北作家天然地与陕北窑洞文化存在着密切的关系。本文以陕北窑洞文化为中心，从文学地理学视角解读陕北作家及其创作，探讨陕北作家的文学空间与窑洞文化之间的关系。

---

① 曾大兴：《文学地理学概论》，商务印书馆 2017 年版，第 1 页。

一、陕北窑洞

从地理学上看，陕西基本上分成 3 个区域：陕北、关中、陕南。陕北自然环境以黄土高原为主，兼及大漠黄沙，全年干旱少雨，土壤贫瘠，尤其是 20 世纪 80 年代以前，自然环境恶劣，这种恶劣环境反而培育了陕北人吃苦与坚韧的性格，而且地处草原的边缘，游牧文化对其有一定影响。关中平原接近中原腹地，土地肥沃，地势平坦，由于气候温和，较适宜农作物生长，自然环境优越，文化传统带有鲜明的儒家文化色彩。陕南地处秦岭南麓，自然环境和巴蜀地区十分相近，野山翠竹的地理环境孕育着鲜明的荆楚情韵。不同区域存在着自然环境、经济结构和文化传统的差异，形成独特的人文景观。但由于地域相接，可能会导致某些地区自然、经济、生活习惯甚至语言都十分接近，比如陕北人和晋北人之间来往密切，和内蒙古南部、甘肃东部也来往频繁；关中地区和晋南联系紧密；陕南地处秦岭南麓的丹江、汉江流域，部分地区与川北、鄂西北的地形气候相近，因而带有明显的南国情韵。

各具特色的地域文化表明地理环境与文化传统紧密相连，而研究一个地区的文学，首先便要了解该地区的文化特征。关于文化的的概念，美国迈阿密大学教授 H.J. 德伯里在《人文地理：文化、社会与空间》中将其定义为："文化作为一个科学术语，不仅仅指的是一个社会的音乐、文学和艺术，还包括社会生活方式的所有其他特征，如流行服装款式、日常生理习惯、饮食嗜好、房屋和公共建筑风格、农田和农场的布局，以及教育、政府和法律制度等。"[①]文化是一个含义广泛的术语，包括人的整个生活方式、观念和信仰。研究陕北文学，需从陕北的地域文化如陕北的房屋建筑、生活观念和信仰等方面入手。

陕北是黄土高原的腹心，位于黄河流域中部地带。黄土高原有着广阔的黄土覆盖层，由于地势连绵起伏，沟壑纵横，形态复杂，堆积速度快，形成了不同类型的黄土地貌。黄土是一种直立性的土质，黏性强，经长期积压后十分坚固，不易坍塌。黄土高原地区常年干旱，雨水量小，冬季寒冷。当地居民因地制宜，利用黄土直立不易坍塌的特点，在地层中间挖窑洞，无须占用耕地，既省工省料，又冬暖夏凉。

窑洞作为陕北独具特色的建筑景观，承载着浓郁的乡土文化。走进陕北，黄土高原的千山万壑中错落分布着各式各样的窑洞，窑洞成为了陕北黄土高原上一道亮丽的风景线。窑洞具有适宜建筑的属性，符合生态平衡的需要，加上当地建房造屋的自然条件限

---

① ［美］H.J. 德伯里：《人文地理：文化、社会与空间》，北京师范大学出版社 1988 年版，第 101 页。

制，依山建窑、掘窑为居便成为传统的居住形式。当地经济发展水平在不同时期也各不相同，农村与城市之间的差异也不尽相同，这在一定程度上推动了窑洞村落的迅速形成。

二、窑洞文化

陕北人文环境中十分突出的特色便是窑洞文化。陕北黄土高原的自然环境孕育出陕北窑洞，作为劳动人民的象征，陕北窑洞成为陕北人赖以生存的传统民居。窑洞是黄土土质之天赐，优势是冬暖夏凉，就地取材，非常接地气，这是穷人的一种经济。窑洞由于黄土的庇护加之居住分散的特点可以减少噪声污染和光辐射。《窑洞风俗文化》中提到："古代人早就发现了窑居长寿的秘诀，故把结婚新房称为'洞房'，对联横额常书'洞天福地'。而古人又常把窑洞和'仙'联系起来，由凡人转化为长生不老的'仙人'往往是在洞中'得道'的，称之为'洞仙'。"[①]由此可见，窑洞的"洞"的意义，一是道教的神仙成仙得道都在窑洞里完成，所以把它称为"洞仙"，这是成仙得道之所在；二是洞房是人生礼仪中的大关，几乎每个人都逃脱不了。窑洞是人们生活中衣、食、住、行的重要内容之一，而为陕北人所重视。一个庄稼人往往一生把修建窑洞作为自己人生中最大的事业。窑洞是家的象征，人们热爱家，所以把窑洞修建、装饰得漂漂亮亮。过年过节、收拾打扮都体现了人们对窑洞的爱。窑洞的豪华与简陋也是家庭经济及社会地位的反映。

窑洞村落具有"田园风光"情趣，在陕北的农家大院里，永远都是宽宽敞敞，干干净净，墙上挂着红辣椒，架子上堆着黄玉米，猪圈牛棚，鸡鸣狗叫，石磨石碾，一股浓郁的黄土风情扑面而来。人们居住在黄土建造的窑洞里，舒适而又温馨。窑洞与大地一气贯通，仿佛孩子依偎在母亲的怀抱里，有一种归属感和安谧感。窑洞民居就地取材，适应气候变化，维持生态环境平衡，与大自然相互包容、互生共融，显示出与自然环境的和谐统一，凸显了"天人合一"的自然哲学。窑洞的保暖舒适，自然形成一种具有暖意的窑洞文化。春夏秋冬，袅袅炊烟散发的柴火味道，往往使那些漂泊流浪的人有了归属感。那种骨子里的窑洞情结，让人感怀，让人心生向往。

在陕北，高高低低的窑洞也构成一道独特的人文景观。

"民间文化意指那些相对落后、常常是比较孤立的人群的传统色彩很浓的文化，民间文化由物质和非物质财富构成，如手工艺品和器皿、服装、房屋、装饰品、工具，以

① 郭冰庐：《窑洞风俗文化》，西安地图出版社2004年版，第27页。

及音乐、歌谣、传说、故事、戏剧等等。"①远古农耕时期，人们修建窑洞定居下来，在黄土地上默默耕耘，窑洞成为农耕的家园。窑洞被厚厚的黄土包围，成为天然黄土的穴居形式。黄土孕育了窑洞，窑洞文化实际上也是一种黄土文化。从历史文化角度出发，黄土文化是一种地域性文化，是游牧文化和农耕文化相融合的产物，多重文化的融合使得黄土文化呈现出特殊的文化形态，如保守与开拓、勤劳与懒惰、怯懦与勇敢等矛盾相互交织。相应地，窑洞文化作为陕北文化的象征，务实、踏实是其主要特征，蕴含着"天人合一"的自然哲学，体现了人与人之间的和谐关系，受地域影响也有其保守、闭塞的一面，开拓创新不足，落后于时代新潮流。

窑洞作为一种生活空间，陕北人在窑洞里出生，黄土上成长，唱着信天游，扭着秧歌，在古老贫瘠的土地上创造出丰富多彩的陕北民间艺术，释放人性的魅力。陕北民间艺术有秧歌、道情、说书、剪纸等多种形式，为陕北人提供文化娱乐空间。信天游是陕北民歌的一种，因随性而作、不受限制彰显独属于黄土高原的沉郁、苍凉的"个性"。居住在窑洞里的人们散发出强烈的生命气息，借信天游歌唱生命挤压下强烈的大悲大苦感。剪纸是一种贴近生活的传统民间艺术，在陕西各地都随处可见。陕北地区的剪纸条纹简单、线条分明，多用于装饰窑洞，贴在门窗上做点缀。依附于窑洞的民间艺术彰显着陕北人的精气神，散发出黄土文化的气息。

三、陕北作家与窑洞文化

窑洞见证陕北人的生老病死、悲欢离合。从窑洞里走出来的人，身上总带有黄土气息和烟火气息。窑洞是陕北人的精神港湾，是陕北人的根。陕北作家柳青和路遥等人诞生在窑洞，他们生在窑洞，走出窑洞，死后又回归窑洞，窑洞文化也在不知不觉中影响着作家的叙事空间。陕西分为陕北黄土高原、关中平原、陕南山地三大地理板块，受地域文化影响形成三种文学风骨：陕北文学富有顽强的生命力；关中文学带有鲜明的儒家文化色彩和强悍的韵味；陕南文学富有荆楚情韵。地域性往往渗透在陕西作家的文学创作中，他们的思想意识较多停留在农村，过于保守导致开拓创新不足，对代表先进文明的城市几乎没有涉及，常以现实主义创作方法诉说人间冷暖。究其原因，与作家成长过程中受到的地理环境影响分不开，与窑洞分不开。

路遥是陕北作家的代表，小说《人生》《平凡的世界》为其奠定了文坛地位。他的笔下从不缺乏对人生苦难的感悟，苦难意识在小说中表现得淋漓尽致，这与他的人生经历

---

① ［美］H.J.德伯里：《人文地理：文化、社会与空间》，北京师范大学出版社1988年版，第101页。

有着密切关系：路遥出生在陕北榆林市清涧县王家堡的小村子里，祖父王在朝 1940 年响应陕甘宁边区政府组织村民向延安一带迁徙的号召，带领全家人从清涧迁徙到延川。来到延川之后，因家庭困难，路遥的父亲王玉宽又回到清涧老家，路遥便诞生在王家堡村一座普通的窑洞里，名叫王卫国。①路遥生在贫苦人家，触目皆是贫瘠、沟壑纵横的山区，从小感受的是陕北窑洞里黄土的气息。路遥曾说自己的童年是："不堪回首，贫穷饥饿，且有一颗敏感自尊的心。"②由于家境困窘，路遥被父母送到伯父王玉德家里，兜兜转转，路遥始终未离开过窑洞，黄土黄沙的土地养育了他一生。路遥童年在窑洞里度过，长大后窑洞便成了童年记忆。黄土地给予路遥生命的想象，但从出生那一刻起，便承载着苦难和悲凉。然而，贫困不会折断想象的翅膀。路遥生在窑洞，背负着父老乡亲的重托，走出窑洞，拿笔创作，将心理上的苦难转而化为纸笔下的灵魂抒写。路遥一生都在捉笔耕耘，像土地一样奉献自己。即使后来住进干净整洁的大院楼房，他的身上也永远流淌着一种凄凉、悲壮而又浓郁独特的窑洞黄土气息。

路遥笔下陕北景观的描写，许多地方写到窑洞，窑洞构成了一种叙事典型环境。《人生》中写高家村里高明楼和刘立本在庄前庄后修建了整齐气派的窑洞，虎踞龙盘，俨然大户人家。窑洞的豪华与简陋是家庭经济及社会地位的反映，整齐气派的窑洞暗示了两家的经济条件明显高于同村人。高加林与父母合计出路发生在窑洞，孙少安把修建窑洞当作重大任务，贺秀莲因修建窑洞累病，窑洞构成了叙事空间和叙事内容。路遥始终坚持现实主义的创作手法，小说文本围绕土地书写。无论是《人生》中高加林往返城市与乡村的矛盾心理，还是《平凡的世界》中陕北高原雄厚质朴、粗犷苍劲的环境描写，都体现了路遥身为黄土地的儿子，致力于刻画土地景象与人间悲欢构筑的生命意识，这是其"生命写作"文学命脉之所在。路遥以陕北人厚重质朴、脚踏实地、求真务实的人生态度构筑独属于自己的文学世界："悲苦"是路遥笔下的人物体认世界的主要方式，也成为他们挥之不去的深层意识心理。③陕北高原贫瘠的黄土地造就了路遥在现实主义衰退的时代坚守现实情怀，为底层人民发声的文人气质。

柳青的《创业史》对陕西作家影响巨大。路遥和陈忠实都因这部作品将柳青视为文学道路上的导师，柳青在 20 世纪 50 年代也被誉为陕西文学的先锋。柳青与路遥一样，出生在陕北高原黄河边黄土坡上的一个小窑洞，在破窑洞里出生、成长，直至受大哥刘绍华因日机轰炸身亡事件影响决定前往前线。经历战地体验后回到延安，在延安的兰家坪即中华全国文艺界抗战协会延安分会住了下来。他和文学界的同志们在延安的窑洞里

① 张艳茜：《路遥传》，陕西人民出版社 2017 年版，第 31 页。
② 路遥：《早晨从中午开始》，北京十艺文艺出版社 2010 年版，第 37 页。
③ 段建军：《路遥研究论文集》，西北大学出版社 2016 年版，第 126 页。

亲切交谈，讨论文学，在浓厚的文化氛围中接受党的教育和栽培。柳青文学道路上的探索并非一帆风顺，生活在穷极僻壤的小乡村的柳青在延安时还闹过一次笑话。文艺界抗战协会的外来作家们在延安窑洞交谈议论时有人提到巴尔扎克，柳青也加入了讨论，随口一说："巴尔扎克的作品没有意思，读不下去。"此话引起丁玲不满，说道："看不下去巴尔扎克的作品还想当作家？"[①] 柳青居住在陕北高原上的一隅，深处内陆的陕西，地域文化氛围和文学环境重视强调历史和传统，较少受到欧美文化思想影响。封闭狭隘的小地域文化视野，使得陕北作家在文学层次和深度上有所缺失，地理环境给作家文化视野带来局限。窑洞是遮风避雨的住所，生养的土地带给他们深刻感受，黄土作家的负累感和沉重感由此而来。

陕北作家最鲜明的创作传统是农民题材和现实主义。柳青的农民题材作品主要描写"被压抑的生命"，其早期作品中依旧采取现实主义甚至带有自然主义倾向的创作方法，如《种谷记》和《铜墙铁壁》。这是生活经验和生活环境的综合产出。创作《创业史》时，随着社会形势发生变化，柳青迎合毛泽东于1958年在"大跃进"运动时期提出的革命现实主义和革命浪漫主义相结合的创作方法，强调革命的现实主义与浪漫主义结合，避免脱离现实主义的自然主义。文艺创作离不开对现实生活的反映，革命现实主义始终是作家创作不可忽视的重要因素。正因如此，柳青认为带有自然主义色彩的《种谷记》并非一部优秀作品，《创业史》他便采取新的创作方法。以梁生宝为代表的社会主义新农民始终怀有革命理想，积极为社会主义发展和党的事业做出贡献，不辞劳苦，甚至于献身革命，成为政治性人物而非具有自然人性的人。柳青响应社会潮流改变原先创作风格，以积极的姿态迎接新的历史和传统，凸显陕北作家的社会责任感和历史意识。

刘成章是陕北著名诗人、散文家，善于描写陕北风情。《山崅》中写后生为了箍起两眼石窑，年纪轻轻就把背都累驼了。《黄土写意》描写陕北民间生活，刻画黄土地的荒凉与贫瘠。《家山迷茫》中漂泊的游子回忆起窑洞院落和父老乡亲的叮咛，难以释怀。种种描述都体现了陕北作家对故土的怀念。张子良是陕北著名电影编剧，主要从事电影创作工作，同时还发表了许多诗歌和散文。他出生在陕北子洲县张家沟的小村子里，幼年时极端贫困，奋力拼搏后走出家乡，是地地道道的农民的儿子。作品《我的伊甸园》描写陕北黄土地上的人和事，回忆窑洞生活。著名盲人说书艺人韩起祥创作改编唱本和传统书目，作品带有浓郁的生活气息，生动的情节、民间艺术特色和时代感相互交织。这些成长于窑洞的陕北作家以坚韧不拔的精神坚守文学创作领域。回顾过往，黄土地养育了

---

① 刘可凤:《柳青传》，人民文学出版社2016年版，第48页。

他们一生，留下了宝贵的精神财富，不因时间推移而消散，反而历久弥新。

四、窑洞文化的意义

窑洞文化是一种民俗文化，承载着作家创作的文学意识。提起窑洞，人们印象最深的就是黄土高原上与大自然融为一体的古老的窑洞建筑。建筑作为一种文化，不仅仅是一门工匠营造技艺，还积淀着历史文化内涵。窑洞文化彰显民俗风情，为文学创作提供广阔的生存空间。回首过往，20世纪80年代中国知青文学在文学史上留下浓墨重彩的一笔，大批知青作家描写过往知青生活，记录苦难岁月，发出灵魂呼唤。追溯历史，陕西知青文学是中国知青文学的一方重镇，涌现了大批优秀作家如本土的陈忠实、路遥、贾平凹、杨争光、王蓬等人，以及北京及外地在陕西插队的史铁生、陶正、叶延滨、梅绍静、高红十等人。其中在陕北插队的作家史铁生创作的《我的遥远的清平湾》成为知青文学中乡恋文学的代表作，"在记忆中把遥远的乡村，变成了城市之外的精神故乡"①。中篇小说《插队的故事》记录他在陕北生活的点点滴滴。史铁生是北京人，1969年在"上山下乡"运动号召下到陕北延川县关庄公社插队，3年后因双腿瘫痪回到北京。陕北插队的经历使他自身心态有了转变，回忆起深埋心底的陕北插队生活，于1983年创作了《我的遥远的清平湾》。陕北黄土高原上的清平湾是其插队时生活的地方，史铁生和陕北的受苦人在窑洞里过着安谧平和的生活，陕北的民歌、风俗、说书艺人和受苦人一年四季的耕耘收获都被他记录下来。其文笔平和淡泊，悠远深邃："陕北的民歌多半都有一种忧伤的调子。但是一唱起来，人就快活了。""老汉的日子熬煎咧，人愁了才唱好山歌。"②陕北人的朴实、忠厚和积极乐观的性格跃然纸上。若他不曾去过陕北，不曾见证在艰难的生活环境下努力生存的陕北受苦人，不曾见证黄土高坡上前行的牛群、窑洞里住着的婆姨娃娃、整天唱个不停的破老汉，不曾聆听陕北民歌信天游和盲人说书，又怎会写出令人魂牵梦萦的宁静和谐的陕北乡间的生活气息。因此，无论是外来作家还是本土作家，文学创作很大程度上容易受到生活环境影响，窑洞文化也成为文学创作的支撑点。以作家欧阳山和李季为例，欧阳山来自湖北，在陕北创作了第一部长篇小说《高干大》，后到广州写出《三家巷》等分量重的小说。《高干大》表现时代"新人"的诞生，和柳青的《种谷记》一样都强调"彻底改造知识者的思想感情使其脱胎换骨的必要性，以推动有力的实施并传播民主政权的意识形态建构"③。而李季作为本土

---

① 高子秦：《陕西知青文学与知青作家》，太白文艺出版社2017年版，第7页。
② 史铁生：《我的遥远的清平湾》，上海文艺出版社2013年版，第140页。
③ 张志平：《中国二十世纪"四十年代"乡土小说研究》，中国社会科学出版社2006年版，第294页。

作家，用信天游写出陕北民歌《王贵与李香香》，其中不乏对窑洞的歌唱，对陕北民众朴实无华性格的赞美。同是创作乡土文学，赵树理、柳青、孙犁描摹各具特色的乡村生活：柳青致力于为生活在窑洞里的穷苦人寻找出路，关切农民命运；赵树理身为解放区作家，书写乡土记忆展露政治抱负；孙犁家在河北农村，书写乡土记忆追求人性之美。《荷花淀》是孙犁在延安窑洞里的创作，记录阔别家乡 8 年对父母妻子的思念。这些都是地理环境以文学家为中介影响文学并通过文学作品体现出来的实例。

窑洞文化不仅仅承载着作家创作的文学意识，还蕴含着丰富的人文精神内涵。1935年党中央进驻延安，黄土地开始受到世人关注。延安时期，延安的窑洞就像文学工作者的加工厂，外出收集素材就是采购原料。在延安的窑洞里，文艺界抗战协会的作家们畅所欲言，深入人民群众之中，黄炎培与毛泽东也在窑洞里做出了著名的"窑洞对"。1945年夏，为促进国共和谈，黄炎培、傅斯年等人赴延安访问。正值黄炎培即将离开延安之际，毛泽东与黄炎培进行了一次关于历史周期率的对话。对于"其兴也勃焉，其亡也忽焉"，如何跳出周期率支配的问题，毛泽东回答道："我们已经找到了新路，我们能跨出这周期率。这条路，就是民主。只有让人们起来监督政府，政府才不敢松懈。只有人人起来负责，才不会人亡政息。"[1]黄炎培离开延安后回想起让他印象深刻的延安窑洞，便在日记中写道："我们应当牢牢记住：在这几百个窑洞中间的，才是真正的延安老百姓。"[2]黄炎培这一席话实际暗示了生活在窑洞里的人们勤劳朴实，同中国四万万同胞一样，为了生活不辞劳苦，拼命奔波，艰苦生活赋予了他们自强不息的奋斗精神。他们不曾放弃，延安的共产党人也不曾放弃，即使面对艰难困苦，也不轻言低头，中国的未来依旧有所希望。那种刻在骨子里的靠辛勤劳作安居乐业的奋斗精神是窑洞文化的内在意蕴。这些年以来，获得茅盾文学奖的作家中黄土作家较之其他作家更重视厚重、坚实的精神塑造。1949 年以后陕西三代作家创作方法和文学精神上既有传承也有突破，却始终坚持注入民族精神，记录时代变化，坚守"人民性"创作，体现了窑洞文化的内在意蕴。黄土孕育了窑洞，窑洞孕育了文人，建筑与文学的交接共同孕育了生生不息、历久弥新的精神风貌。

五、结语

近年来，传统窑洞村落保护问题越来越引人注目。社会现代化步伐加快导致原有生活图景加速衰亡，在此基础上，现代化的窑洞建筑脱颖而出，在传统与现代之间构筑友

---

① 黄方毅：《黄炎培与毛泽东周期率对话——忆父文集》，人民出版社 2012 年版，第 42 页。
② 黄炎培：《延安归来》，重庆国讯书店 1945 年版，第 66 页。

谊的桥梁。然而窑洞文化尚未引起人们广泛关注，看似无关联的建筑与文学（或文人气质），一旦将它们联系起来，便产生了强烈的文学效应。窑洞文化的研究意义在于从人文建筑层面关照文人作家的文学意识。地域性是陕西作家的特色所在，在窑洞生活过的陕北作家更是坚守着黄土文学流派的精神理念。传统窑洞文化为陕北作家提供了广阔的文学空间，表明扩大文学的研究范围更有利于形成开阔的文学视野，挖掘潜在的文化内涵以适应现代化的社会。

（作者单位：陕西师范大学）

单演义"鲁迅与党及党人"研究及其意义

姜彩燕　王小丽

内容提要：单演义以"鲁迅在西安"的研究享誉学界，但很少有人知道，他对研究鲁迅与党及党人关系同样倾尽全力，前后耗时 30 多年，累积了多本厚厚的书稿，却由于种种原因未能完整出版。本文以单演义家属所藏手稿和已公开出版的部分著作为基础，系统介绍单演义对"鲁迅与党及党人"的研究成果，并尝试总结其成就得失。

关键词：鲁迅；瞿秋白；中国共产党；党人

单演义以《鲁迅在西安》一书填补了鲁迅生平史研究中的一段空白，也由此奠定了他在鲁迅研究中的历史地位。后来，他又将鲁迅研究的版图扩大到其他领域，出版了《鲁迅与瞿秋白》《鲁迅与郭沫若》《茅盾心目中的鲁迅》等著作，更有《鲁迅行年录要》《鲁迅研究书目提要》《鲁迅与庄子》《鲁迅与党及党人》等多部著作，由于种种原因未来得及出版。在单演义留下的多种未出版的手稿中，《鲁迅与党及党人》是一部规模宏大的论著，因未能完整出版，不为学界所知。本文以单演义家属所藏手稿和已公开出版的部分著作为基础，系统介绍单演义对"鲁迅与党及党人"的研究成果，并尝试总结其成就得失。

一、单演义"鲁迅与党及党人"研究概观

单演义 20 世纪 40 年代曾师从高亨、蒋秉南、萧一山等攻读古典文学，专攻庄子研究，后因教学需要改治现代文学，专攻鲁迅研究。从 1950 年起即着手准备"鲁迅在西安"的课题。到 1953 年即完成了《鲁迅在西安》初稿，并拟编辑《鲁迅与共产党人及作家》

一书。为收集有关资料发函给多位相关人士。据单演义自编学术年谱称，这一想法得到了周恩来总理的赞许，周恩来还特别就此事打电话给侯外庐校长，请侯校长对此项工作加以指导。[①]学界对单演义研究"鲁迅在西安"较为熟知，很少有人知道，他对研究鲁迅与党及党人关系同样倾尽全力，前后耗时 30 多年，累积了多本厚厚的书稿，却由于种种原因未能完整出版，仅公开发表了一篇序言。[②]从这篇序言中可知，单演义之所以选择"鲁迅与党及党人"这一论题应和 1949 年以后的政治文化环境有关。他曾自述其写作目的是要将鲁迅的思想、革命与党的发展历程相勾连，突显鲁迅作为伟大旗手和民族英雄的意义。在他看来，不受共产党的坚定理想和斗争精神号召，鲁迅很难认识到"唯无产者才有将来"，因而系统考察鲁迅与党的关系：包括鲁迅与党政治、文艺团体、领导人、其他党员的接触，可以帮助我们更好地理解鲁迅"高尚的情操，韧性的战斗精神，赤诚的爱国主义思想，鲜明的爱憎感情，毫无奴颜媚骨的民族自尊心与硬骨头精神，以及他的七百万言的译著，八百余篇杂文及具有深远现实意义的小说等等，得出深刻全面的认识，做出科学公正的评价，同样，离开了与党的关系这一最重要的方面，也就不可能正确揭示他的思想发展的特点，明了转变的动因与性质，更难以从中汲取至今仍具有巨大历史与现实意义的精神财富"[③]。从这些话语中，不难看出单先生是在政治革命的框架下理解鲁迅与党及党人的关系，而且突出鲁迅在"革命家"统领下的思想家和文学家身份。根据这篇序言所述，该书的主要内容有：鲁迅对党在不同时期方针政策的认识与态度；鲁迅与党的领导机构、领袖、党员的关系；鲁迅与党领导的政治、文艺、救济团体及刊物的关系；以及党的领袖、作家论鲁迅与其译著等。上述内容按时间顺序分为五编：第一编从"五四"运动到中国共产党成立；第二编从党成立到北伐战争开始；第三编由北伐战争开始到"左联"成立；第四编由"左联"成立到鲁迅逝世；第五编为鲁迅逝世后党中央与苏维埃政府的电报及党的领袖、党员作家的悼念和回忆及评论等。由于时间久远，手稿散佚，目前仅能见到第三编（二）、第四编（一）（二）（五）以及第五编手稿。从现存手稿相对较完整的《鲁迅与党及党人·第四编》我们可以窥见这部著作的大致体例。为方便说明，现将其中的目录摘录如下：

---

① 单演义自编学术年谱，见单演义家属所藏手稿。
② 单演义：《鲁迅与党及党人》，《西北大学学报（哲学社会科学版）》1983 年第 12 期。
③ 单演义手稿：《鲁迅与党及党人·序》。

表一   鲁迅与党及党人第四编目录一览表

鲁迅与党及党人第四编		
（一）约4.2万字	（二）约5.5万字	（五）约5.8万字
1. 以鲁迅为首的"左联"对在上海成立的全国苏维埃代表大会办事处的支持	14. 向三十年代新出现的反党流派进击	49. 鲁迅与何家槐、詹红、陈同生的友谊
2. 与党的领导人李立三的会见	15. 与成仿吾会晤代为找到党中央	50. 王志之
3. 左联党组向鲁迅贺五十寿辰	16. 大力支持陈望道编辑的《太白》杂志	51. 孔另境
4. 配合苏区反"围剿"与抗日斗争	17. 对陕西青年作家冯润璋的关怀	52. 任钧、蒲风
5. 报载鲁迅因系红军领袖被捕刑讯	18. 对陕西作家曹冷泉的帮助	53. 于黑丁
6. 批驳中共杀农民的谰言	19. 支持党领导下的"左联"后期机关刊物《文艺群众》与《每周文学》	54. 杨潮
7. 忍看朋辈成新鬼	20. 赞扬党领导下的"一二·九"学生爱国运动与居民慰劳队	55. 段雪笙
8. 欢迎亲人陈赓将军	21. 助陈蜕转交北方局给党中央的报纸与助刘重民找到党	56. 林淡秋、廖沫沙
9. 鲁迅怎样对待迎与送瞿秋白夫妇的党人	22. 托胡风为茅盾的《子夜》英译本写材料和序	57. 艾思奇
10. 北平五讲与党	23. 与吴奚如、胡风共同完成党交给的紧急任务	58. 江手、于海、张眺
11. 联名募捐安葬李守常并为《守常全集》作题记	24. 鲁迅与方志敏	59. 任白戈、林焕平
12. 为日本共产党员作家小林多喜二的被捕横死而抗议发出唁电并募捐	25. 与瞿秋白的战斗友谊	60. 叶以群
13. 与毛泽东等同时被上海反战大会推荐为名誉主席		61. 曹白

由上述内容可知，单演义在研究鲁迅与党及党人关系时，着重突出以下几个方面：（1）重视鲁迅与党内领导人的关系，如与李立三的会面，与毛泽东在上海反战大会中被推荐为名誉主席，与瞿秋白的战斗友谊等，这一方面显示了鲁迅对党的事业的关注，另一方面也说明了党的领导们对鲁迅的重视。（2）突出鲁迅对党领导下的文艺活动的支持，如支持其创办的刊物《文艺群众》《每周文学》以及陈望道编辑的《太白》等。（3）高度评价鲁迅对党的事业所做的贡献，如维护党的名誉，驳斥中共杀农民的谣言，帮助陈蜕转交北方局给党中央的报纸，与吴奚如、胡风共同完成党交给的紧急任务，通过内山书店，使很多失联党员与中央接上关系。（4）极力扩展鲁迅与共产党员的交往版图，从相熟相知的瞿秋白、冯雪峰、胡风等人，到论敌周扬、钱杏邨，到对普通青年党员的鼓励和帮助，如对陕西青年作家冯润璋、曹冷泉的帮助，对彭柏山的关怀、审阅、修改、推荐发表彭的小说《崖边》等。鲁迅对青年党员的关怀使他们终身难忘，在鲁迅逝世后纷纷撰文纪念。鲁迅和党员的关系还扩展到在同一种刊物上对同一问题发表过赞扬或否定的呼声等等。总之，以各种不同方式将鲁迅与党人连接起来。

单演义在《鲁迅与党及党人》这部书稿里面，所涉及的党员不少于50人，除了上表中所列党人之外，在第三编（二）里面，他还论述了鲁迅与冯雪峰、田汉、夏衍、冯乃超、李初梨、彭康、蒋光慈、李何林、王任叔等15人的交往经历。涉及如此庞大的党员群体，如果没有常年的资料搜集和准备是无法完成的。单先生在编写过程中，凡是与鲁迅有过密切交往，在党内文艺界任重要领导职务或与党有着密切关系的人，单先生都专门论述，比如鲁迅和茅盾、郭沫若、瞿秋白等人的关系，都是此课题的重中之重，单演义进行了大量的史料搜集工作，后来分别出版了专书，即《茅盾心目中的鲁迅》《鲁迅与郭沫若》《鲁迅与瞿秋白》，还有几位如鲁迅与宋庆龄、胡愈之、陈望道的关系，单演义也用力甚勤，撰写了《鲁迅和宋庆龄的伟大友谊》《鲁迅和胡愈之的战斗友谊》《鲁迅和陈望道的战斗友谊》，遗憾的是由于种种原因未能出版。除了这些重量级的人物之外，单演义会根据亲疏远近合理安排篇幅，如将左联五烈士放到一个小节里面，题为《忍看朋辈成新鬼》；有的不太重要的人物在其他事件与人物的介绍中适当插入，不再单独写，如《北平五讲与党》中的陈沂等；关于创造社与太阳社中与鲁迅发生过论争的党人，尽管鲁迅与他们之间有矛盾、有误解，单演义也一样纳入讨论范围，力求论述的全面。而在鲁迅逝世后才成为党员者则不辑入，其他如叛党分子姚蓬子等则从略。

单演义研究鲁迅与党人关系一般有他自己的编辑理念和结构。首先对党人生平进行大概梳理，列出其重要的政治活动和文艺创作；接着再写党人与鲁迅的相识、相知过程，认识是通过通信还是同事朋友介绍，单演义都会从鲁迅日记或党人回忆中找出证据加以标注。由一般的通信到第一次见面的时间、地点，对对方的印象，以及后来交往中进行了哪些文学艺术上的交流、生活上的扶持、困境时的帮助等等，单演义都会详细论述；党人或者鲁迅逝世后，另一方发表纪念性的文章或进行的其他活动单演义也向大家说明，力图完整勾勒二者之间的交往史。

在单演义的书稿中，尽管字里行间总是突出政治性、革命性意识，将鲁迅的行为注解为为党、为党人服务，但他细致搜罗史料的功夫还是令人钦佩。他透过所有可能的线索，通过原始报刊、书信、日记、回忆录等史料，在广泛的社会生活网络中搜寻鲁迅与共产党人之间的联系，即使有的党员没有见过鲁迅，但因一篇文章、一封信、一句话的缘故同鲁迅有过直接或间接的交往，都纳入他讨论鲁迅与党及党人关系的领域，可以说在当时的条件下已经做到了对这一论题"竭泽而渔"。

二、《鲁迅与瞿秋白》的内容和体例

在关于鲁迅与党人关系的研究中，单演义特别重视《鲁迅与瞿秋白》的研究，这或许是得自萧军的启发和指点。萧军在给单演义的信中曾这样说："也许您的意思是写一系列鲁迅和某人的友谊的文章，目的也只是为了研究鲁迅生平，但我总觉得写一篇'鲁迅和瞿秋白的友谊'的文章，胜似写许多篇不大好的，即材料论证都不充分的鲁迅和某某友谊的文章，因为这有点过于提高了某人，例如我。"①瞿秋白曾在党内身居要职，又爱好文学，翻译过多部马克思主义文艺论著。他和鲁迅都反对当局的压迫，对弱者怀有关怀同情之心，对中国的前途有着深切的忧虑。他的才华得到鲁迅的欣赏，他为革命献身的精神使鲁迅感佩和痛惜。他对鲁迅杂文以及思想道路的评价，开辟了以左翼模式研究鲁迅的先河，对后来的鲁迅研究产生了深远的影响。在萧军的建议下，单演义系统考察了鲁迅和瞿秋白之间的交往，写成《鲁迅与瞿秋白》一书。通过鲁迅与瞿秋白的友谊，既考察了鲁迅与党员的关系，同时也说明了鲁迅与党的密切关联。因此，《鲁迅与瞿秋白》一书，是单演义"鲁迅与党及党人"系列研究中一个非常重要的个案，从中可以窥见其"鲁迅与某人"系列著作的写作方法与结构模式。

单演义的著作一向注重搜集与研究内容有关的一切史料，包括图片。《鲁迅与瞿秋白》的扉页用了几幅图，第一幅是徐悲鸿画作"鲁迅与瞿秋白"，第二幅是鲁迅书赠瞿秋白"人生得一知己足矣，斯世当以同怀视之"的书法作品，第三幅是瞿秋白赠鲁迅旧体诗二首的手稿，第四幅是瞿秋白手绘"阿Q手执钢鞭图"，这几幅图都是非常珍贵的史料，为我们了解鲁迅与瞿秋白的关系提供了非常直观的素材。书籍正文共分三大模块：

1.史料辑要。主要由两大部分构成：第一部分是鲁迅和瞿秋白著述中的瞿秋白和鲁迅。具体内容如下：（1）关于翻译的讨论和实践。鲁迅要求翻译宁信而不顺，瞿秋白为着大众化和现代汉语的流畅认为不可先预设困难，要克服这些，努力达到信而顺。（2）两人在编辑出版方面的合作。如《铁流》出版时两人关于该书思想艺术、字句翻译的探讨；关于《解放了的堂·吉诃德》的翻译出版；合作编辑《萧伯纳在上海》，让喜欢与讨厌萧伯纳的读者，通过这部集子，看看真实的萧伯纳和各种人物自己的原形；瞿秋白主编《鲁迅杂感选集》，编选了鲁迅从《坟》到《二心集》的部分杂文，并撰写《序言》，肯定鲁迅杂文的"战斗"意义，并对鲁迅从"五四"到大革命期间的思想发展历程作明确划分，开创了以马克思主义理论评析鲁迅的新方向，影响了此后很长一段时间文学界对鲁迅阐释的整体面貌。（3）瞿秋白被捕后，曾写信求助鲁迅，鲁迅发动亲友积极营救，未果。（4）瞿秋白就义后，鲁迅化悲痛为行动，在病痛中编辑《海上述林》，分为上下两集，包括瞿秋白谈论文学创作的文章以及翻译的一些文学作品及文艺论文，以"诸夏怀霜社"名义出版，以实际行动表达对瞿秋白的悼念。

第二部分是亲友对鲁迅和瞿秋白的回忆。主要辑录了许广平、周建人、周海婴、杨

---

① 萧军致单演义 1961 年信。

之华、瞿独伊、冯雪峰、茅盾、丁玲、曹靖华、萧三、王铁仙等人的回忆和书信中的相关内容，按照内容分类进行摘录：从两人第一次会晤，到瞿秋白夫妇三次到鲁迅家避难，鲁迅、瞿秋白相互赠诗、对联，再到编辑出版上的亲密合作，以及对鲁迅与瞿秋白革命友谊的评价。这一部分重视辑录史实，不做主观论断。瞿秋白和鲁迅的友谊从逐步建立到深入发展，有两人之间的信件往来及亲友间的回忆文章作有力说明，从最初在翻译上的相互切磋，到关于"大众化"等命题的充分探讨，单先生都将原始资料录入，方便我们判断。尤其是两人的第一次会晤，他引用了茅盾、冯雪峰、许广平、杨之华的回忆文章。随着时间的流逝，有些回忆难免出现误差，不同的回忆之间也会有一些细节方面的龃龉，比如冯雪峰回忆他们第一次会晤的时间是夏秋之间，而许广平则回忆是春末夏初，单演义不以一家之言定是非，而是在亲友间的相互回忆中，详细辨析两人第一次相见的时间，显示出他一向擅长的搜集史料和综合考辨的能力。

2. 综合论述。单演义在对第一部分资料进行汇总的基础上，主要从文学翻译、"文艺大众化"运动、关于"整理中国文学史问题的探讨"、编辑出版上的亲密合作、评价革命作家的著述和翻译、反对反革命文化围剿的战斗到对"自由人""第三种人"的批判等方面，全面论述鲁迅与瞿秋白的合作和友谊。在有关鲁迅和瞿秋白对于文艺大众化的讨论方面，单演义认为20世纪30年代革命文学的兴起，文学界带来一股革命风气，这些理论家和作家对文学所表现的社会人生、现实，无论从题材、思想、艺术表现的形式方面都提出自己的见解，文艺大众化就是这众多文学"革命"中的一个努力，推行的目的在于拉近文学和群众之间的距离，让大众也能看得懂文艺作品。鲁迅一直秉承的观点在于"人立而后凡事举"，因此他也赞成文学的大众化，瞿秋白作为党的文艺工作者，他也积极倡导这一主张，因而两人在大众化问题上不谋而合。从大众化的目的上来看，两人都认为革命文学是为广大劳苦的群众能够看懂，能够理解的，并且能够促使大众在鉴赏之后，激发其向上的革命意志和战斗精神。但在大众化的实现上面，二人则有些分歧，鲁迅认为大众应该是具备一定的识字能力和文化水平，否则谈不上与文艺作品发生关系。只有这个条件满足了，大众化才有基础。接下来创作一些浅显易懂的作品，满足大众的需求，当然文艺的主题上面还是要从高立意，不能俯就大众。瞿秋白则认为，首先要使得革命作家向农民工人大众靠拢，向他们学习，"使工农群众在文艺生活中逐渐提高组织自己言语的能力，根据'联想'的公律采用必须的文言的以及欧化的字眼、文法"。因此，瞿秋白并不反对欧化和文言字词句法，只要能服务无产阶级文学，鼓动民众参与到革命事业当中即可。可见，单演义在强调鲁迅与瞿秋白二人志同道合、精诚合作的基础上，也不回避他们之间的分歧，力求全面认识他们之间的关系。

3. 鲁迅与瞿秋白研究著作目录索引。单先生整理出从1935年到1985年间鲁迅与瞿秋白研究著作目录索引,他将鲁迅和瞿秋白逝世后有关回忆、纪念、研究两人的论文专著,按照时间顺序排列出来,可以说是在 20 世纪 80 年代最完整全面的关于鲁迅与瞿秋白的研究资料索引。

三、单演义"鲁迅与党及党人"研究的历史反思

《鲁迅与党及党人》本是一部规模宏大、史料丰富的系列著作,为我们提供了非常珍贵的历史资料,但却因种种原因未能及时出版以嘉惠学界,这就使我们不得不思考这部著作在取得相当成绩的同时也可能存在的种种问题。单演义因 1954 年曾写信给上海的泥土社询问是否可以出版《鲁迅在西安》而在 1955 年被打成胡风集团的外围分子,受到多年的政治压迫。在经历了一系列政治风波之后,单演义在论述这一课题时,谨守政治正确的红线,因此论述上难免战战兢兢,生怕越界,因此在考察一些敏感而复杂的问题时,就只能陈陈相因,重在突出鲁迅与党及党人之间正面的积极的革命性的一面,而较少触及他们之间存在的矛盾、冲突甚至敌意。即便涉及他们之间的分歧,也要千方百计去"粉饰"这种关系。比如,鲁迅后期曾和部分党人发生过矛盾,他对那些在背后放冷箭的"同人"是非常憎恶的,他曾说:"倘有同一营垒中人,化了装从背后给我一刀,则我的对于他的憎恶和鄙视,是在明显的敌人之上的……"这里面就包括田汉和廖沫沙等人。而单演义先生在处理二者关系时写道:"鲁迅与田汉的关系,在大战斗的目标上是一致的,以共同领导左联,共同发表《欢迎反战大会国际代表的宣言》,共同反对敌人的查禁译著等;但也有误会不谅解的事件发出,也是应该大处着眼的。"[①] 在单先生那里,只要是为着国家,为着人民,为着最终的胜利,文人之间的论争纠纷都可以忽略不计,这是单先生的天真想法。实际上,在鲁迅那里,这是不可原谅的。因此,在这种背景下,单演义先生很难真正理解鲁迅后期"横站"的姿态给他所带来的孤独和悲凉感。因此,单演义先生的研究也就很难避免 20 世纪 50—70 年代以来马克思主义学派的学者对鲁迅的高度政治化解读。

单演义《鲁迅与党及党人》系列研究通过大量的第一手史料,绘制出鲁迅与党及党人关系的详细图谱。无论从纵向的历史脉络,还是横向的各种派别和团体,都进行了详细的钩沉。通过其著作,我们能详细了解 20 世纪 30 年代的鲁迅究竟和哪些人接触,而这些人又是怎样和鲁迅从最初相识到成为"战友"甚或"论敌"的经历,具有相当高的史料价值。单演义是研究古典文学出身,尤其擅长史料搜集和考辨,这既是他的学术所

---

① 摘自单演义手稿《鲁迅与党及党人·第三编(二)》。

长，在特定历史环境中，也可能成为一种学术所短。不能不说，单演义对鲁迅与党及党人关系这一宏大课题所具有的强烈的政治性、思想性、社会性还缺乏一种理论上的把握。因此，他的著作大多带有史料汇编的性质，缺乏专著所具有的理论性、概括性。他的多部鲁迅研究著作都未能正式出版，只能以手稿的形式尘封在家属所藏的书架上，可能和这种治学风格不符合当时的学术风气有关。在近年来中国现代文学"文献学转向"的历史大背景下，重看单演义先生留下的大量未刊手稿，不禁为他的生不逢时而叹惜。

（作者单位：西北大学）

单演义学术年谱

王小丽

1909 年

3 月 5 日，出生于安徽萧县一个贫民家庭，字慧轩，又名单晏一。

1929 年（20 岁）

进入徐州中学高中部师范科就读。

1932 年（23 岁）

中学毕业。第二年在孤山、储兰中心小学任教，讲授鲁迅、郭沫若诗文。

1937 年（28 岁）

在《徐州日报》发表抗日文章。

1938 年（29 岁）

在陕西武功农林专科学校园林场做工。

本年起在《西京日报》《秦风日报》等报刊发表诗文。

1939 年（30 岁）

10 月，到西北大学历史系二年级借读。

1940 年（31 岁）

到东北大学中文系二年级借读，不久因成绩优异遂获准转为正式生，并加入萧一山办的学术团体"经世学社"。

1942 年（33 岁）

7 月，东北大学中文系毕业，毕业论文《〈周易〉中古代史迹考》。

9 月，考入东北大学文科研究所史地学部，研习上古史。

1944 年（35 岁）

7月，研究所毕业，毕业论文为《商周群狄考》。

8月，随高亨到国立西北大学任教，专攻庄学，开始编写《庄子荟释》。

1946 年（37 岁）

在《天地人》杂志发表《天地人释名》。

1948 年（39 岁）

《庄子天下篇荟释》出版，萧一山题词云"弥编群言，钩玄提要，悟得新筌，观其妙窍"。

编选《大学文选（上）》出版，主要收录胡适、闻一多、朱自清、鲁迅、郭沫若等人的作品。

1949 年（40 岁）

由于课程改革，改治现代文学，由庄子研究转攻鲁迅研究。

10 月 19 日《学习鲁迅的斗争精神》发表于《群众日报》。

年末，在学生中组织"鲁迅艺术社"，出壁报《迅声》。

1950 年（41 岁）

着手准备"鲁迅在西安"这一课题，亲赴北京、上海、绍兴等地搜集资料，并与许广平、茅盾、曹靖华等人开始通信联系。

1951 年（42 岁）

《鲁迅爱国主义精神》发表于《西北教育通讯》。

《访鲁迅故居》发表于《群众日报》。

1953 年（44 岁）

《鲁迅在西安》完成，上卷为鲁迅在西安的日记注，下卷为鲁迅在西安的讲稿《中国小说的历史的变迁》，拟由上海图书公司出版，次年三月因讲稿的版权问题毁版，未能正式面世。

编《鲁迅行年录要》。

编《鲁迅年表》。

1955 年（46 岁）

《鲁迅研究书目提要》完成。

1956 年（47 岁）

《鲁迅先生在西安》发表于《西北大学校刊》"纪念鲁迅逝世二十周年专号"。

1957 年（48 岁）

60 万字的《庄子索引》初稿完成。

第一本鲁迅研究专著《鲁迅讲学在西安》由长江文艺出版社出版。

《鲁迅和茅盾的战斗友谊断片》发表于《人文杂志》。

1961 年（52 岁）

《鲁迅少年读书的故事》发表于《西安晚报》。

1962 年（53 岁）

《鲁迅与易俗社》发表于《西安晚报》。

1963 年（54 岁）

在西安市第 31、59 等中学作报告，题目为《学习鲁迅读书精神》。

在长安一中等中学作报告，题目为《学习鲁迅读书方法》。

1974 年（65 岁）

创办《鲁迅研究年刊》试刊，由西北大学鲁迅编印室出版。

1976 年（67 岁）

《鲁迅两句诗看法的商榷》发表于《杭州文艺》。

1977 年（68 岁）

《鲁迅诗〈自题小像〉探索》《〈自题小像〉与〈自嘲〉注析》《学习〈毛泽东选集〉第五卷论鲁迅作品体会》《鲁迅〈答北斗杂志社问〉注析》等发表。

1978 年（69 岁）

资料版《鲁迅在西安》由西北大学鲁迅研究室资料组编印，并由山东师范学院聊城分院出版。

论文《论阿 Q 的复杂性格及其形成》《鲁迅的政治远见》《对〈郁达夫移家杭州〉商榷的商榷》《我解说"神矢"的根据》发表。

开始担任研究生指导工作，招收全国第一批鲁迅研究专业的研究生，包括王富仁、阎庆生、李鲁歌、余宗其。

1979 年（70 岁）

与鲁歌共同编著的《鲁迅与郭沫若》由徐州师范学院学报出版。

《〈自题小像〉的写作时间及其他》《〈湘灵歌〉与〈归雁〉》《鲁迅与郑伯奇的友谊及其他》《〈我们今日需要的是什么〉应是鲁迅佚文考》《关于最早油印本〈小说史大略〉讲义的说明》发表，并与李鲁歌历时 5 个月考证《与鲁迅论战的"杜荃"是不是郭沫若？》，发表于《西北大学学报》增刊。

任《鲁迅生平史料汇编》编委。

1980 年（71 岁）

《郭沫若与鲁迅的战斗友谊及其他》《陕北解放区前期的文艺运动纪要》《钱玄同为什么仇视鲁迅》《〈我们今日所需要的是什么?〉不是鲁迅佚文吗? ——与王得后同志商榷》《再谈"杜荃"是郭老的笔名》等文发表。关于郭沫若笔名"杜荃"的两篇论文,在本年被翻译成日文在日本《亚细亚》季刊第 12 卷第 2、3 合并号发表。

任中国现代文学研究会常务理事,任陕西现代文学学会会长。

1981 年(72 岁)

《鲁迅在西安》由陕西人民出版社出版。

发表《心祭茅公》《〈鲁迅小说史大略〉(校点说明)》《从两次讲演看鲁迅思想的演变》《鲁迅腹稿〈杨贵妃〉探微》《试论鲁迅的"冷"与"甘"》《鲁迅思想前后分期的两个主要根据》等文。

任全国鲁迅研究会理事并任《鲁迅研究》编辑。参加西安地区鲁迅诞辰一百周年纪念会。

1982 年(73 岁)

《鲁迅和茅盾》初稿完成。

《鲁迅早期国民性思想的形成和发展》发表。

1983 年(74 岁)

《鲁迅与党及党人》《鲁迅在西安讲学记》《漫谈现代文学的研究与教学问题》《〈拿来主义〉题解与艺术特色》《鲁迅与萧三》发表。

1984 年(75 岁)

《鲁迅研究在延安》前言发表(与周健合作)

1985 年(76 岁)

《鲁迅与瞿秋白》完成,并撰写后记。

1986 年(77 岁)

参加"陕西省纪念鲁迅逝世 50 周年学术讨论会"并作发言。

《鲁迅与瞿秋白》由天津人民出版社出版。

1987 年(78 岁)

《康有为在西安》经过多次修改,最终成书,并附有后记。1990 年由陕西人民出版社出版。

发表《鲁迅与中日文学的交流述略》《茅盾论鲁迅旧诗的述评》。

1988 年(79 岁)

发表《茅盾论〈女人未必多说谎〉述评》《茅盾论"阿 Q 相"的典型塑造》。

1989 年（80 岁）

《新发现的鲁迅启蒙读物——绍兴刻本〈新镌四字鉴略〉》发表。

4 月 14 日逝世。

（作者单位：西北大学）

边地的歌者

——红柯访谈录

李跃力

记得是 2004 年春天，那时我还在读硕士，红柯先生刚调来师大文学院，我受田刚教授的委托给他做一个访谈，于是便来到他家。因为是老楼，又刚刚搬来，所以到处是书。我准备好了问题，带了录音笔，就在书山的环抱中开始访谈。红柯先生非常健谈，说起话来双目炯炯，浑身都散发着力量。他讲话很有趣，读的书又多，常常对一个问题滔滔不绝，我听得很沉醉很痴迷，又常常忘了时间。访谈从中午到晚上，大概持续了将近 6 个小时。回去后，我和我的朋友贾学伟一起整理录音，一边听，一边打字，整理成了这篇访谈录。后来，这篇访谈录经大幅删减后发表在《当代陕西》。需要说明的是，访谈后我再未联系过红柯先生，访谈录也未经他审阅，想来发表在《当代陕西》上的他是看过的。此后我赴南京求学，又返回师大文学院工作，因缘际会和红柯先生成了同事。但因为不做当代文学批评，所以和他再无交往。直到 2018 年他不幸离世，我去参加他的葬礼。他英年早逝，我心自然悲痛。即使交往无多，但那一次访谈使我肯定他是一个爽朗纯朴厚道热情的人。他那样热爱写作，但天不假年，实在令人痛惜。今年是红柯先生去世三周年，我整理文件的时候突然发现了这篇 17 年前的访谈录，当我打开它，往事历历在目，让人陡生物是人非的感慨。我仔细看了访谈的内容，深觉并不过时，加之没有特别的加工，还保留了访谈现场的原汁原味，应该还有一定的价值，所以把它拿出来发表，以此表达对红柯先生的追思和怀念。

"一个作家要有一个再生，这样才能保证你能够二次创造"

李跃力（以下简称李）：众所周知，您从 1985 年到 1995 年在新疆生活了整整 10 年，在这 10 年中，是什么促动了您源源不断的创作欲望？

红　柯（以下简称红）：这其中有个过程。一个人的创作受环境的影响是很大的。我去新疆之前是写诗的，当时只是想成为一个诗人，因此一切都是给诗歌做准备的，准备的资料，以及一些精神准备。其实我原来发表过 30 多首诗，但是到新疆以后，才发现那个地区完全是个异域世界，这个异域世界到 1989—1990 年前后把我完全改造了，致使原有的诗的感觉全断了。所以到新疆四五年后的时候，还遇到一个创作危机，一个让我感到很可怕的事情。因为当时我有个印象，上世纪 80 年代，大学校园产生过一批校园诗人，在学校时很活跃，人也很通达，但等走上社会以后，创作上就要面临一个转折，一旦转不好就很难写出好的作品了。当时我也面临这个情况，后来很是苦苦挣扎，写了五六十首诗，也不好意思往外面投了。可见诗歌的武器已经很不适合我了。

李：那当时有没有考虑过其中的原因？

红：当时也苦恼。新疆的异域文化对人的影响太大了！我所在的单位伊犁州技工学校，同事中一半是汉族，一半是少数民族，我是语文教研组组长，我手下的老师中只有一个是汉族，剩下的全是少数民族；而学生也是一半是汉族，一半是少数民族。并且学校里边只有我一个是学中文的，其他都是新疆大学、新疆工学院学工科的，图书馆里的文科书我想咋看就咋看，其中一些书在内地很少见，你把它们翻开以后震撼很大，像《江格尔》《玛纳斯》等一些少数民族史诗，这些书内地几乎没有，即使有咱也不读。事实上当时也是因为很寂寞，你想那个地方很偏远呀！我找到的好多书在大学没有读过，看进去以后感觉很好玩，很有意思。你就从这些翻译成汉语的书中，看到了那种文化观念、价值观念；还有周围那些活生生的同事，你亲眼目睹了他们的生活方式，价值观念包括婚恋观、两性之间的关系和汉族是截然不同的。它不一样到什么程度？就是咱们认为很重要的，他们认为一点儿也不重要；咱们认为不重要的，他们认为非常重要。这个你单看一些资料得到的只是书本知识，是不可能理解这些人的。另外还有新疆的自然风光。刚去新疆的大学生往往不适应，因为那个地方偏远落后，关键是不毛之地，坐车三四百公里连个屋子也看不见。啥叫戈壁滩？大家可能都想到石头，那里的石头干到啥程度？——连一点尘土都没有，就像月球上的一样！到那个地方人就感到非常渺小，你想公路直直地不打折，有时候我想，好家伙，万一车在公路上抛锚了咋办？就像一叶小舟在大海中间，你不怕才怪呢！沙漠戈壁就给人波涛汹涌的感觉。一条公路窄细得很，细细一条线，人们都很害怕，说司机你开车可要开好，你把车坏在这个地方，半天再不来一个车，是没人救你的，半天把你累的、渴的能干死。这种自然就把人征服了。我在新疆待到 1990 年的时候，就发现自然很了不起，这个时候再看沙漠戈壁，就有一种悲壮感、豪迈感。有时候也能看到一个山沟，那里也是鸟语花香，山清水秀，但是这种地方非常少，看到以后让人眼前豁然一亮。甚至你就是看到一棵草，一棵树，就感到是对人的一种震撼。在新疆就没有破坏树的，他们对植物对生态的保护是天然的。在一个荒原上突然看见一棵树，大家都感到很舒服，这就是一个生命啊，那种震撼，那种亲身体验让我觉得你没有去过什么地方，就不要对一个地方下结论。

李：您新疆的第一篇小说是什么时候？

红：正而八经是从上世纪 90 年代发表的。但很客观地讲，在新疆写的小说、发的小说有 80 万字，纯粹有新疆特点的非常少，只有两三篇，5 万字左右。但是后面有很多准备，像一些长篇小说，如《西去的骑手》，当时写了，但是觉得不成熟，不准备发。

李：您以上谈了对您的创作产生重大影响的 3 个因素，一个是异域文化；一个是民族史诗；一个就是您刚才说的自然风光，由敬畏到觉得崇高壮美。那么一开始您在新疆的创作情况是怎样的？

红：到新疆三四年后，不写诗了，写了一批陕西小说，人总是有人之常情，在新疆多年不能回老家，故乡的一山一水在脑子里还是想得不得了。当时去新疆还是怀着文学梦想的，而诗又弄不成，就想弄小说，因为当时在大学时发表过 30 首诗，一篇散文，一篇小说，当时就有小说的因素在里面，毕业时在兰州的杂志发过一篇短篇小说，是意识流小说，带有试验性，到新疆去就接着写了三四篇陕西题材的小说。

李：但是这些小说影响都不是很大。

红：不光这些，在新疆的 80 多万字没有任何影响。

李：真正的影响是从《美丽奴羊》开始的。

红：对。当时在新疆写的第一篇小说发在武汉的一家杂志上，以后共发了 5 个中篇；在重庆发了 5 个中篇；在北京发了两个短篇，在上海发了 3 个中篇，现在回过头来看，当时发的 80 多万字，大多数是作为一种文学练笔，但是其中有 3 到 5 篇作品，质量是相当高的，直到现在不比好多作家差。但是写的作品和当时的文学风潮不一样。当时是先锋，我也写过先锋，但和他们的先锋不同。到了 1994 年，我已经很从容了，给《人民文学》投了两个中篇，但编辑给退了回来，提了个意见说：我发现你的中篇还不太合适，但是一个中篇里面有一个故事写得特别好，你把它挑出来，稍加改动，就是个好的短篇。于是我把它挑出来了，这就是以后的《表》。到 1994 年年底和 1995 年年初，我把底稿重改了一遍，放 3 个月，放到放假，又用一个假期再改，打磨得非常好了，到过了春节寄了出去。到 8 月份，《人民文学》来信说用，后来实际没用，推荐到河南《莽原》发表了，时间是 1996 年元月。这篇作品被李敬泽称为 1996 年最好的一篇小说，一个表 12 个小时，文章刚好 13 段，也是内容和形式结合得最好的一篇。《奔马》是 1996 年发的，5 月份寄出，9 月份发表在《人民文学》上，11 月份被《小说月报》和《小说选刊》转载，这篇小说在全国打响了。对于新疆的小说，我现在这样认为，到新疆，一个汉族作家，如果不接受少数民族文化影响的话，既不科学，也不现实。所以，一个文学人到那个地方去，要把它的风土人情、民族心理状况、它的文化、它的历史搞得非常清楚。可以这样说，新疆大多数地方，我能把它的历史渊源如数家珍。我前年在《收获》上写了一篇文章叫《奎屯这个地方》，把奎屯的历史、起源、兵团的开发史用散文式的笔法写了两万多字，事实上可以算一篇学术论文。文章发表以后，农七师师部把文章在报纸上全登了。所以一个作家要有一个再生，这样才能保证你能够二次创造。我到新疆去，我觉得关键是一种再生，一种新的文化——异域文化让你再生了。

"在中心地带，一些价值观念如果失去了原创意义的话，可能在边远地区能找到"

李：那么是什么使您把这些新疆生活内化为您的精神资源了呢？

红：这里有一个基本的文学观念，就是多看艺术书。上大学时有两门课我去上课但不看课本，一门写作课，一门文论课。没有一本好的文艺理论书，你要信那个就什么就写不出来了。写作课就更不用再说了。我的最基本文学艺术观念是从美术里借鉴过来的。人一生有关键的几步要走好，对咱们这些书生们来说，可以说就是求学时最关键的几本书，这本书如果是你去年看和你今年看，感觉是不一样的；或者你工作以后看，你就会拍拍手说，我大学时怎么没看，那时多关键呀！

李：其实许多作家也有对新疆边地风情的书写，但均只写出了它的外在特征，对它的内部底蕴却无意触及，但我认为，您的作品却挖掘出了新疆独特的文化精神，独特的对自然对人生的态度，在表现异域情调的基础上，显现出深刻的文化哲学观照。您是如何理解这种文化在当今民族精神文化中的作用的？而您又是如何不是肤浅而是深刻地将它们表现出来的？

红：这是一种边疆文化，也就是孔子所说"礼失求诸野"。在中心地带，一些价值观念如果失去了原创意义的话，可能在边远地区能找到。所以我的小说只能框定在新疆，放在内地就不真实了。那种人与人之间的关系，人与自然之间的关系，到内地绝对不真实，至少是过了河西走廊，过了兰州以东不可能存在，它的风景人情到特定地域里面才行。至于如何表现，我觉得对艺术作品而言，它的深刻就是要符合美学观念，不符合美学观念，一切都无从谈起。我有很多观念和别人不一样，如真情不符合美一点儿都不好，一个人要杀一个人，他的恨也是一种真啊，恨也是一种感情啊，恨不得把你杀了！一个人像野兽一样压抑得叫，你说他不真吗？我始终认为，作为一种艺术，首先是艺术品。好多小说有社会学意义、经济学意义、思想意义，这都不是真正的艺术品，艺术品质优良才是艺术，你没有艺术美，一切深刻都谈不上。

李：您已经从新疆回到了关中，新疆生活从现实中淡去了，但可能会在回忆中不断清晰，甚至成为一种理想。但现实就在身旁，也是您非常熟识的，您会不会尝试一下对关中生活的书写呢？

红：离开新疆以后，我写的都是新疆；到了新疆，反而写了好多陕西。写作里面有一个东西很科学，叫"距离产生美"。拉开距离以后，你要写东西，素材很庞杂，你要进行剪辑，剪辑的时候你是难以适从的。但你离开这个地方后，记忆会帮助你，记忆最可贵的是遗忘。对你没用的你就忘，对你有用的你绝对一辈子忘不了！我大学记了四年日记，大学以后再也不记了，记日记没用，我现在看到记日记的人感到很可笑，为啥？终生难忘的，打死你你都忘不了；你想忘的，刻你脸上恐怕你都会忘。你想忘的人，你永远把他记不住；你不忘的人，我不信你把他记不住。既然记不住，那个素材对你就没啥意义，就不能写它。你想，你记都记不住，还能写吗？因此，遗忘是很可贵的。我现在写的新疆题材，它的参照物就是关中，如果没有距离，没有关中材料，就不可能写。

李：这里主要是一种文化参照吧？

红：是的。那里的风土人情和关中就不一样，新疆本地人已经司空见惯了。但可能一个新疆作家以后到内地来生活，到上海北京生活一段时间，他也有参照了，他会拿北京上海来参照。现在有一种不好的倾向是，希望一个作家永远待在家门口。但他们不知道，福克纳在加拿大皇家空军当过空军，参加过"二战"！托尔斯泰参加过克里米亚战争，当过好多年兵，晚年才回到故乡。现在好像文学界有一个观念，就是你是哪里人，你就永远站在那个地方别动，你一动，他们就说，你咋跑出来了？他就不知道距离产生美。沈从文要是一辈子待在湘西，啥都写不出来了，是北京、青岛、上海这三块地方创造了沈从文，它有一种内在的必要。中学时我们就学过，一个大渔场，寒流和暖流交汇的地方鱼就多；秦岭是植物博物馆，因为它是南北地理分界线，所以"杂"里面才能产生生命。你只有离开原来的地方，思维活跃起来，你才能处于活的状态，你才能不麻痹，你的思维才能不麻木，才能处于一种高度紧张状态。好多作家为什么写不出作品了？因为他的思想麻木了，保守了，不敢动了，而人的心态应该是开放的。

"对读者最大的尊重是小说要有阅读难度"

李：您是从写诗起家的，诗人心性使您在对现实生活观照和思考时是否与其他作家不同？同时诗歌的创作经验给您的小说创作带来了哪些影响？

红：纯粹的小说家注重的是一种叙事，他的逻辑关系是非常严密的，非常鲜明的。他的逻辑既有辩证逻辑，还有外在的形式逻辑。好多诗人写小说，把结构先转过来了，但是我觉得我好像结构没有转过来，我的好多小说跳跃性太大了。

李：这里面可能有思维方式的不同。

红：诗歌的关键是它的思维方式是跳跃性的，它不是一步一步来的，一般人是跟不上趟的。写作一个是语言，一个是结构，关键是这两个东西。我认为主题就是语言，语言就是主题，主题和语言是一回事；结构和语言也是一回事。因为你有语气呀，我的语气比较轻，结构就是比较轻巧的；我说话语言很严厉，文章的结构就是框架式结构，结实得很。而这个语气又决定了我的思想态度，这不是主题又是什么？好多老师把它讲不通，我觉得主题、语言、结构是一回事，一体化，内容就是形式，形式就是内容，内容与形式是一回事。诗歌创作经验对小说创作而言，因为诗歌是所有文体中最纯粹的文体，所以我在写作时可能有一点儿洁癖，首先看你这个艺术成不成，如果不成，好多东西就让我看不上眼了。中国文学史上最纯粹的两个作家到底还不是李白和杜甫，而是陶渊明和李清照，这两个人几乎没有废品，我说他们打个哈欠都是杰作，这两个人的作品从第一首诗到最后一诗都很整齐，没有废品。

李：尤其是李清照。

红：对。这个对一个作家来讲，你是一个手艺人啊，你做的一个弓箭拿到市场以后，要人家一看：是好东西啊！既然是一种艺术，就有技艺的东西在里面，诗歌的语言要打磨得非常讲究呢！

李：您小说的诗意是有目共睹的，这种诗意的刻意营造是否与您所关注的生命的精神生存相表里的？

红：这是肯定的。我在一个创作谈中讲过，新疆人的生活有一种人性化的东西在里面，因为人少，人就爱人，大家就互相关照。新疆好的一个地方是封建关系比较淡薄，拉帮结派的很少，这个地方像美国，哪里的人都有，一个单位的人都杂得很，你做什么都要尊重对方的喜好，有时候还反而比较民主，还比较有现代社会的意味。而且人与人之间的关系确实好，人不记仇，有点儿天真，还有点儿人类在童年时期的天真、顽蛮、可爱的好多东西。新疆当地人还感觉不出来。中午还和你吵架，下午就忘了；两个人打得头破血流，第二天人家又忘了，容易生气也容易忘，他们活得不累。没有必要像越王勾践，十年雪耻，十年报仇，怀着仇恨生活十年，我就觉得不可思议。

李：有评论家说，刻意追求小说的诗意和抒情倾向，一方面会给小说带来意想不到的效果，另一方面也会导致小说结构的散淡和情节的简单化，会冲淡小说的文体特征，也有人因此说，您的用诗歌创作小说的方法适合中短篇而不适合从事长篇小说的创作，而您在《西去的骑手》《老虎，老虎》后，在刚刚过去的 2004 年又创作了长篇小说《大河》，从您创作小说的实践出发，对这些评论如何认识？

红：实际上小说的结构、小说的情节故事化，我是这样认为的。到 19 世纪中期、末期以后，好多小说观念都变化了，尤其是福楼拜的出现，意味着零度写作开始了，全能全知结束了，以后用全能全知来写小说就叫人觉得可笑。艺术也有科学的一面，技术已经进步了，你还很原始，就不行。到 19 世纪末期的时候，还不说现代派的一些作家，就比如波兰的作家康拉德有好多小说就是几个片段，就是几个点，就不写故事，但是很好看，你读了以后非常紧张，像《黑暗的心脏》，你读了就很紧张，它有一种高度的内在化。所以在这个年代，你再写小说还讲故事，你的故事还是原始的故事的话，就有点儿太不尊重读者了！对读者最大的尊重是小说要有阅读难度。作为一个作家，你在写作时就要想，你在给世界上最聪明的人写小说呢！《西去的骑手》最早的初稿是在新疆拿出来的，《老虎，老虎》也是这样，我有一个写作原则，长篇写出来后放三年，中篇一般放三个月半年甚至一年，短篇至少放一个月。

李：为什么要放这么长时间呢？许多作家一写好就给约稿的编辑了，甚至今天写好的，明天就登出来了。

红：当写好一篇作品后，哪个作家都会觉得这个作品像世界名著一样，每个人都是一样的，时间能告诉你这个不像。你放上三年，三年后你再拿出来一看，觉得还没过时，你自己还能看下去，发表了一般问题不大，现在一般的小说，今年出版，第二年就没人看了。你如果对自己负责、对读者负责的话，你就对它冷处理，人都有认识的盲点。

李：很多评论家说您的写法不适合长篇，您怎么看？

红：长篇不是这样的，为什么我对少数民族文化很喜欢呢？汉族没史诗，少数民族有史诗，少数民族的《江格尔》《玛纳斯》《格萨尔王》，那都是几十万行，别说咱一个长篇，几十个长篇都比不上。

李：但还有人说，我们中国文学缺少史诗。

红：只能说汉族没史诗，不能说少数民族没史诗，因为中国是个多民族国家，你不能把人家排除在外呀。

李：我们都很羡慕《荷马史诗》等西方史诗，甚至对文学作品形成了强大的"史诗崇拜"。

红：是呀！所以我在构造《大河》《老虎，老虎》，尤其是《西去的骑手》的时候借用了《江格尔》《玛纳斯》《格萨尔王》等少数民族史诗的写作手法。昨天我看到原新疆文联副主席陈伯中在《文艺报》上写了一篇评论说，红柯的小说既不是传统的现实主义，也不是西方的现代主义，也不是传统的浪漫主义，它是一种从少数民族文化吸收过来和所有的西方小说都不一样的新小说，它颠覆了已有的故事框架和叙事结构。我都能把他的话背下来了。咱写一个新东西，别人肯定有点不太习惯。俄罗斯作家蒲宁，他原来也写诗，他的所有小说都是用诗歌来结构的，由短篇、中篇到长篇，还以最后的长篇小说获得了 1933 年诺贝尔文学奖，《阿尔谢尼耶夫的一生》，那里面没有任何情节。我的长篇里面都有情节、有故事呢，但我的结构方式是拿民族史诗来结构的，是史诗性的结构。

"有时候我宁可写粗糙，把东西写得要野，要让人看上去怎么这么粗，这么粗暴，这样我就把小说写好了"

李： 与沈从文沉醉于"湘西世界"这一"希腊小庙"的营造一样，您执着于天山绝域的生活世界的构建也已十多年，这样的人物风情、生活样态，寄予着您什么样的人生理想？

红： 我觉得，人可贵的一点是，人不但有人性，而且有神性，神性是人的最高精神境界。

李： 您的这个观点和沈从文是一致的。

红： 人性中绝对有神性的东西在，尤其是咱们国家，人们不大信宗教，宗教国家不牵涉这个问题。西方作家的作品为什么能达到很高的境界？因为宗教中可贵的是，一个"他者"，还有一个彼岸世界。你问到一个人的写作理想，写作理想就是我设定的一个标杆，我可以达不到，但是我有一个念头啊！我冲过去，它远了；我又冲过去，它又远了。你看《浮士德》，但丁的《神曲》，他把贝阿德丽采全精神化了，原来是个具体的恋人，他却把她全精神化了，在远方指引他向前。

李： 这是西方文学的一个精神传统。

红： 所以，我在西部这个地方待，就觉得人有很多神性的东西，而且还有那种悲天悯人的东西。在这里人感到自己很渺小，你看宗教的产生都是大环境，大漠产生了伊斯兰教，海洋产生了基督教，而森林产生了佛教，这与生存环境有关系。

李： 读您的作品，有两个最大的感受，一个是浓郁的诗情，一个是强烈而鼓胀的生命力量，或许也正是这些，使得您的作品在众多的作品中成为一个特异的存在，有评论家称您的作品"元气淋漓，王气十足"，更有人说："在一个文学死亡的时代还能有这样的作品问世，这足以让人震撼了！"您自己也说很看重自己的元气，您所说的元气与他们说的并不相同吧？

红： 这个有一点儿不相同，人家评论家是读者，是高级读者、专业读者。从接受美学来讲，一个完整的创作活动，作家占一部分，接受一方也很重要，接受方不是被动的，他也创造，他的激赏和欣赏也把这个作品撑起来了，这是一个完整的创作系统。但欣赏的方向是不一样的，他是由外边朝里边看的，我是由里边朝外边吐的。我说的元气就是一个作家要把你的激情、你的感觉沉着；你还要把气保持好，你不要随便地发挥，轻易不要拿出来，不是成熟的东西不要拿出来。评论家读的时候是不一样的，人家就是一个鉴赏家，看你这个活儿咋样，哦，你原来气很足，把轮胎用手一压，瓷瓷的，这才能跑远路；如果一压，"噗"，软进去了，他一看，这东西最多能在街上转一圈，不能走远路。所以评论家和作家说的元气方向不同，但本质是一样的，他读了以后，他也有一种享受，他读到一种信息，他产生了一种美的刺激以后，也有一种淋漓尽致的感觉，这个感觉按我的理解，大体上和作家的创作过程是一致的。阅读也是一种创造。

李：那么，您怎样看待您作品的阳刚气和形成的独特风格？

红：这里面关键是地理位置的问题。大山大河都在亚洲中心位置发育，肥沃的平原都靠近大海边，不管亚洲哪个地方，你看南亚、东亚、西亚都在大海边，地球中间的地方像屋脊一样，都是大山，有几个大梁，像屋子的几个大梁，它中间的地方都是戈壁沙漠，屋脊比较高，比较结实，石头特别大。在这个地方要生存，弱者是不可能的。弱者给人一个感觉，就是你对生命不尊重，既然上帝给了你生命，你把生命活得那么窝囊，太对不起生命了！到这个地方要活，就活出点儿意思，不管是一匹马，还是一只雄鹰，就是一只蚂蚁，也是一只强壮的蚂蚁。所以那个地方人对生命的感觉是不一样的。

李：看得出来，您小说的哲学意味非常明显，有评论家甚至把您和海德格尔的存在主义哲学相联系，您认为对哲理的追求和小说的文学性之间有矛盾吗？您是怎么处理的？

红：海德格尔我是很喜欢看，但说到直接影响，至少是没有有意识地这么做。但我对现象学还是比较喜欢，就是胡塞尔的现象学。至于两者之间的关系，有共同点，也有矛盾。因为所有人文学科的根基是哲学，就像数学是自然科学的基础一样，哲学是人文学科的基础。我上大学的时候，尼采的哲学书看了一大批，黑格尔、谢林、弗洛伊德、荣格，还有老庄哲学也看了不少，还抄过一大段一大段，感觉非常好玩。他们之间的矛盾体现在哲理性要转成艺术，一定要变成感性的东西，要形象化。鲍姆加登在《美学》里讲，美就是感性的艺术。人从生活里面形成一种观念，这个一般人都会，但是高明的人在于把生活中得到的启示上升到理性的认识，把理性认识再变成感性认识，这就不简单了。作家、艺术家看了哲学书，把哲学书要感性化、形象化，所以有时候，我还要高度警觉，让人家说我的小说不优雅，有时候我宁可写粗糙，把东西写得要野，要让人看上去怎么这么粗，这么粗暴，这样我就把小说写好了。

"我自己是用三种手段在进行创作，一种是诗意的，一种是批判现实的，一种就是黑色幽默的"

李：小说必然要写人物，您笔下的许多人物都充满了智慧，这从他们的语言中就能看得出来，这种抽象化的处理会不会有碍于人物形象的塑造？您认为小说应该如何处理理念和形象以及生活细节的关系？

红：我对待人物不是刻意这么写的，这个与我在新疆的观念与老庄哲学都有关系，当年我把《庄子》看完以后，心里很难受。《庄子》里有一个《齐物论》，说的就是等价齐观，当时读的时候印象还不是太深，因为毕竟是理论的东西。但到新疆去，人真有这种感觉。有时候我看见一棵草，我就觉得人还不如一棵草，人的生命是很脆弱的。尤其你到阿尔泰去，山上的石头都很好看，山不高，但气质非常高雅，石头是蓝的，像鸽子灰蓝的颜色，上面有很多苔藓，是金黄金黄的，就像一个贵妇人披着一个披肩。人看了以后就觉得人类的生命与这些相比也高明不到哪里去，人到美跟前有一种敬畏感。因此，我在小说里写新疆的一草一木的时候，就自然而然地把它们和人拉齐了，并驾齐驱了。从理论上讲，我应该把人物突出出来，但写着写着，就让树把人给压住了，遮住了；而且草也把人遮住了，一颗沙子也能把人遮住。这是人的情念感觉。所以当理论和实践相冲突，我就按实践来了，就不管理论了。但我对细节是很重视的，故事情节我一般不当一回事，我抓的就是细节，而且是一种非常独特的细节，就是抓一个点，把这个点一抓就行了。这个受绘画的影响非常大。

李：您的一些姑且称之为历史小说的创作如《阿斗》充满了戏谑的味道，您在对传统的历史观进行反思和反讽，您在颠覆正统严肃的历史观的同时，也切中了中国传统文化的某些积弊，对崇高的消解使作品带上了后现代的特色，您能否谈一下您的历史观以及您对历史小说创作的看法？

红：人的天性里面本身还有一种爱开玩笑、幽默的东西。我觉得一个作家在刚开始的时候要把路子拓宽，我自己是用三种手段在进行创作，一种是诗意的，一种是批判现实的，一种就是黑色幽默的。而且对于《阿斗》，好多人都没注意这个，我认为你把话说破了。《阿斗》是我有意识地写出来，我觉得阿斗在《三国演义》里非常独特，这个人最没有心计，《三国演义》中的人物有两态，要么是称王称霸有野心，要么是优雅。阿斗这两种都不具备，既没心计也没心眼；又没有啥野心，简直不是刘备的儿子。在战争年代他是活生生的享乐主义者，在中国历史上他绝对有很伟大的意义。享乐、现实，而且像个大孩子一样，不说假话。我的小说有一个梦想，我上高中时爱看童话，一口气把安徒生、格林的童话都看了个遍。中国文学史是没有童话史的，《西游记》按说不是完整的童话，咱不能把孩子教育成世故之徒啊！

李：其实看您的小说觉得童话的气息还是很浓的。

红：非常浓！而且《西去的骑手》中我为什么喜欢马仲英这个人？这个人为什么最后失败了？就是因为他太单纯了，像小孩一样。实际上好多人评价都没有注意这一点，《阿斗》就是《西去的骑手》的姊妹篇，我是有意识地一阴一阳，我在汉族里面要找一个天真浪漫的人，在少数民族里面也要找这样一个人，没有任何心计，没有任何阴谋诡计，阳光灿烂，通体透明。结果很可惜的是，《西去的骑手》一炮打响了，《阿斗》到现在还很少有人理解。咱们中国的历史把人弄得利欲熏心，人人都是少年老成，老奸巨滑，人成熟太早反而不好。我的历史观就是人是退化的历史，汉唐时期的人都有一种英雄气势，他大气呀！到近代以后，人越来越复杂，越来越小气，生命越来越苍白，血慢慢也变凉了。人说是衣冠禽兽，人就跟禽兽一样，禽兽有些美德人是比不上的。另外，在若干年内，把历史小说写好还不容易，因为历史小说需要很大的学养，要有学术背景，这个和一些纯粹作家还不一样。我对历史非常喜欢，历史里面最大的乐趣就是对历史人物的判断，这是见识，如果你没见识，就很容易把有价值的人判断为没价值。这和小说很不一样，因为小说的人物是凭空创造的，这就无所谓了。而对于历史，您评判不对的话，很容易把人引向另外一个地方。况且中国人就喜欢历史，中国文化就叫历史文化，因此历史小说要写好难度很大。

"人把文体分得越细，就越限制人的创造"

李：在这么多年的创作生涯中，您感觉最成功的是什么？您在不断突破自己走向成功的过程中，您感觉自己最难突破的是什么？

红：最大的成功就是新疆的那个地域给我带来了一笔很大的财富，直到现在还用之不尽，包括它的历史、文化、自然环境、人物、地理，我到那个地方去也是有意识地搞创作的，把写诗的冲动转变成写小说和写散文了。最难突破的是，当初你描绘了一个很大的蓝图，到了你写完之后，才发现你离那个蓝图还有距离，看着它在你的前面，当你冲过去时，它又到你前面去了，让你总觉得它遥不可及。

李：就像地平线一样。

红：是啊。你冲着冲着，它往前跑，而地球是圆的。人总有一个梦想，一个憧憬，一个蓝图，那个蓝图要实现太难了。我有时候想，什么时候把这本书写出来。你写完以后，一个圆完了，而另一个圆又出来了，你总觉得像捉鬼一样，一扑一个空。

李：那么在创作手法上，你最难突破的是什么？

红：实际上最高的创作手法是把文体界限打破，你不要纯粹想这是小说，这是通讯报道，这是散文，这是学术。人把文体分得越细，就越限制人的创造。我想我什么时候能创造出来一种包罗万象的文体，当然这个难度太大了。

李：如今"西部文学"的概念逐渐兴起，关于西部文学的研究也方兴未艾，在您看来，"西部文学"这个概念应该怎么界定？您如何理解西部文学的精神？

红：我这么理解西部文学。大家为什么对西部文学这么看重呢？一是西部刚好是中华民族的兴起之地，又是中华民族最辉煌的地方；还有就是我前面说过的边疆文化对中心地带的影响，边疆文化实际上在中国历史上是影响着中原文化的，它们是互动的。西部文学的精神，主要就是原创性，"五四"运动对西部的影响很小，"五四"运动是一个西方文化影响的过程。因此西部这个地方厚重，是个原始的地方，是个原创性的地方，有原创性的文化，不是一味的借鉴，这是最关键的。

李：您虽然是陕西人，但您的作品是以陕西以外的生活为创作题材的，因此您可能更容易以局外人的心态来看陕西文坛，旁观者清，您对陕西文坛有什么意见或建议呢？

红：陕西对西部的影响很大，是个核心地带，把陕西文学仅局限于关中、陕南、陕北是非常可笑的，应该是大西北，你不能把陕西排除出大西北以外。汉唐时期人们可不会这样，咱们想象一下汉唐时的诗人，他一直写到中亚细亚，他一直写到哪个地方去了？所以咱们的观念不能小心眼，连中学生都不如，中学生知道丝绸之路；我们只能以周秦汉唐做标准，不能因为梅里美写了《卡门》《高龙巴》就说他不是法国作家。我对西安的理解是因为西安是丝绸之路开始的地方，是张骞、班超、苏武、玄奘的故乡。

李：目前许多作家都因影视而走红，而您始终对此比较平静，在您的《西去的骑手》获中国小说学会奖后，你曾说："我固执地认为，小说不应该靠影视走红……好的小说是不可能拍成电视的。"您是如何看待文学与影视的关系以及作家"触电"这一现象的？

红：这个问题，我简要说一下，一个纯粹的小说和文学可以"触电"，但是我有一个观念就是一个小说要是很成功地变成了影视的话，就是小说的一种失败，原创意义很高的小说是不可被改编的。

李：不可否认的是，现在的社会已经进入了市民社会或者消费社会，民众的审美趣味成了不得不面对的问题，俗文学的地位空前提高，在这样的社会中，您如何处理自己的创作和大众审美品位之间的关系？对自己文学理想的坚守会不会带来自我的被冷落？

红：不管是大众文化还是通俗文化，它最后得到营养，它的根都是从纯文学里拿过来的，所以通俗文学永远不能成为真正的艺术品。我坚持我的文学观念，我觉得这样永远不会带来自我阉割。

（作者单位：陕西师范大学）

路遥家人访谈录

邰科祥

前　言

路遥逝世 28 年了，人们对他的纪念从来没有间断。各种传记性的作品接连出版，如厚夫的《路遥传》、张艳茜的《路遥传》，还有王刚的《路遥年谱》等，2019 年年底，在路遥诞辰七十周年前夕，人民文学出版社还紧赶着出版了一本纪实性的作品——《路遥的时间——见证路遥最后的日子》。前几天，陕西人民艺术剧院又上演了谢迎春编剧的《路遥的世界》秦腔版，以研究的方式，选取路遥人生中的一些重要片段，在舞台给予了呈现。

但遗憾的是这些传记性作品，除了细节上的一些描绘、考证或者想象之外，关于路遥人生的主干情节基本上都没有超出路遥本人《早晨从中午开始》以及其他零散的自述文章中的描写水平。尤其是有关路遥一生中最主要的几个事件——"文革"经历、婚姻波澜以及与家人的关系等，以上的传记作品都是一笔带过，尽管不排除这些作者对某些在世者的避讳，但这并不能成为路遥传记中关键环节缺席的理由。

而且，有的作品中还充斥着大量不实的描写，甚至不乏虚构与编造，如航宇的《路遥的时间》一书，就以王天乐为噱头制造了一起非学术性的"兄弟失和"事件，这不只是对路遥及其家人的不敬，也是对读者的一种误导，尤其给路遥研究制造了不应有的麻烦。

为此，笔者分别走访了路遥的三弟王天云及小妹王瑛、外甥郝海涛，还有王天乐的妻子梁志等，希望通过他们的回忆能给我们描绘一个鲜为人知的路遥，特别是对路遥"兄弟失和"事件的真相做出另面的回应。

也许很多人会困惑，为什么会产生这种关键环节缺席的现象。笔者觉得，除了传记作者们的浅尝辄止或不负责任之外，也与路遥自己的神秘包裹有关，正如陈泽顺先生所言：

> 我曾经当面对他说："你是一本大书，可惜很少有人真正读懂，这不是由于读者无能，而是你从来没有打开。你应当打开。你应当让人知道你。"

正是由于路遥不愿也没有来得及打开自己，这就给广大读者留下了许多困惑与难解之谜，也给研究者带来了很大的困难，所以，笔者对路遥家人、朋友的访谈正是为了逐层解开路遥这个隐秘的包裹。

路遥家人访谈录（一）
——路遥三弟王天云访谈录

邰科祥： 你是什么时间，通过什么方式知道王天乐患上肝病的？

王天云： 在我大哥（路遥）得病没有住院之前，除过我，其他弟兄们都没感觉，也没检查过，大哥倒下以后，全家其他人都去做了检查，结果是弟兄们都有，但程度不一。当时，听说有了这个病，我们都非常害怕，医生说，这种病交叉感染更严重。

天乐也是在这时检查出来并已经进入治疗状态，但他和路遥不可能住一块，不能一起做治疗，特别是不能让大哥知道，怕影响他的情绪；同时也不能让别人知道，让人们以为我们家有什么怪事。

其实，我大哥对他的肝病早就知道，一直隐瞒着，只告诉了天乐。所以，当大哥在延安住院以后，天乐没及时去看他，就是因为自己也查出了病，我弟媳不让过去。大哥就觉得很不理解，也很生气，后来在西京医院里，他就用早就想好的话把天乐狠狠挖苦了一番，但天乐默默承受了，他不能告诉大哥真相，也无法给他解释，这就导致了外人想象着说他们关系"失和"或者"反目"。

关于我四弟与大哥在医院里不愉快的原因就是这样，是兄弟之间善意的隐瞒所造成的误解。哪有航宇写的那么不堪、激烈。我们弟兄们的感情一直很好，前两天，我还梦见我大哥，可清楚了。

邰科祥： 那么，你是家里面最早查出肝病的人？

王天云： 是。我在33岁（1989年）就查出有肝病，当时我的小儿子患贫血病住院需要输血，当时我五弟（王天笑）也跟着，他让抽他的血，我没同意，抽了我的。但化验的时间长，输完之后，化验结果才出来，我属于乙肝病毒携带者，我小儿子当时才七八岁，于是全家人都检查，小儿子真被传染了，他的检验结果是三个加号，我是四个加号。

但经过30年，我小儿子也结了婚，有了两个小孩，他们重新检查后全家人都正常，特别是我小儿子什么也没了，他还献了四次血。你知道献血的化验是很严格的，医生说这简直是世界奇迹！

我在查出肝病后，积极治疗，现在感觉良好，虽然开始有腹水，但化验结果还算稳定，现在最主要的是要保持情绪不能激动。

邰科祥：我记得路遥在延安住院时，你们家没几个人看望过，不知是什么原因？

王天云：大哥开始在延安住院时，老家的人并不知道，他不让给家里人说，只有在延安的妹妹王萍知道，她经常给他送饭，九娃也是后来才知道的。家里的其他人知道他生病是在路遥转到西安以后。我去看过他几回，和我婆姨。大哥给我说，四锤（这是我的小名），家里娃娃那么多，爸妈年龄都大了，你要把家里招呼好，你们不要操心我，这里有九娃哩。

邰科祥：你在医院见过航宇吗？

王天云：我记得我去看望大哥的几次，一次也没遇见过航宇，只见过九娃与远村。远村主要招呼远远，有时也去医院看看路遥，他是照顾我哥的无名英雄，几乎没有对媒体说过他照顾路遥的事。远村帮了很多忙，这件事是九娃在我大哥离世前回老家取陕北杂粮时给我讲的。

后来，我只在大哥的追悼会上见过航宇一次，没说话，有人给我说，这是航宇，我现在有意加了他的微信，想看他在朋友圈都会说路遥的什么话，他送了他的新书，我翻了翻，不想细看。

邰科祥：你是怎么由清涧到延川的？为什么路遥过继给你大爹，你后来也来到延川？

王天云：我是1972年左右到的延川。大哥当时上了大学，注定不会回农村，大爹身边没人，他就和我爸商量让我过来代替大哥照顾他们。当时大爹和大妈只有两孔旧窑洞，就是刚才你看见的，后来，我在大路边新打了三孔窑，大妈却不愿过来住。一个村子都搬走了，就她一个人不搬。有人还说，我不让大妈住新房，这简直是笑话！

大妈智商有点问题，不太精，我们当地叫半憨憨。大哥没了后，我拉给她的面粉，她都不要，送给了别人。大妈不缺吃，不缺花。陕西省作协还有其他单位给她募捐了一笔钱，让曹谷溪代管着，大妈不让我管她，也不让我经手这笔钱，她叫来了自己娘家的侄子代领、使用这笔钱，大约十几年，都是她的侄子和侄媳妇管着，侄子在县城一个中学，侄媳妇在银行，所有的花销都是他侄媳妇过手。

大妈最后一年瘫在床上，动不了时，他侄子却不管了。我就把她拉到我的新窑洞里，我和我媳妇侍候了整整一年，她去世后，我负责把她安埋。当时大妈的账户上只有300元钱，曹谷溪说当时存进去了1.5万元，可能平时都取出来花了。

大妈自己基本上不花钱，她把钱在窑洞里面乱塞，她走后，我去收拾窑洞，发现一堆被老鼠咬烂的钱渣渣。她之所以住在旧窑洞里不离开，实际上是等各地来参观路遥故居的人来时，她哭一鼻子说一段故事，换得大家的同情和馈赠。所以，说大妈憨吧，她又会感动人。

邰科祥：那么白描先生写文章说，你住到城里去，经常把你大妈攒的鸡蛋和油拿走，自己吃。有这回事吗？

王天云：（他气笑了）我在城里哪有房？咋会有这种事？都是大妈来拔我承包的菜园中的菜，咋会有我拿她的东西？再说，如果我真对大妈不好，我还能在村里待得住？

邰科祥：听说你是在延川县石嘴驿乡第一个万元户，光景最好。路遥小说里写的高加林、孙少平、孙少安等人都有你的影子吗？

王天云：《人生》中高加林到城里拉茅粪的情节；《平凡的世界》中孙少安开砖厂就是写的我开塑料厂的经历，还有我当万元户的过程都被写进小说里。实际上，我当时还不够万元，只有七千元，我们公社的书记张益民是我大哥的同学，他一定要在乡里树立一个万元户的典型，就硬是把我家里的窑等折成钱才勉强凑够一万元。

我把这件事件说给大哥听，大哥哈哈大笑。包括《人生》中高加林与刘巧珍谈恋爱的故事也是我给他讲村里一对青年的事情。

我四弟天乐在延安揽工时，生活很苦，有一顿没一顿，有活了能挣些小钱，也能吃上饭，没活了别说吃饭，连住的地方也没有。

天乐的性子硬，不愿意求人。我大哥曾给他介绍了自己在延安的很多朋友，写信告诉他，如果有困难可以去找他们。但是天乐一个也不去找。有一段时间，他兜里只剩下两毛钱，晚上就睡在宝塔山的塔洞里，无奈之下，他给我写了一封信求助，邮票花了8分钱，最后就剩下1毛2分钱。

我当时正在延川县上的农具厂翻砂，接到他的信估计也在两天之后。我赶忙想办法凑了30斤粮票，一袋大米，向包工头预支了40元钱就来到延安。当时没有电话，根本不知道他在哪里，我就到大哥介绍给我他的一些朋友家去问，曹谷溪、高其国家都去过了，不知道，他们说天乐没找过他们。

正在我茫无目的地在延安大街上胡撞乱碰时，却遇到了忽培元，原来天乐被他安排在一个机关的暑期辅导班中带着娃娃们过夏令营。这样既解决了他的住宿问题，而且还有一点补贴。真是踏破铁鞋无觅处，原来弟弟在这里。

我把粮票、钱还有一袋大米给天乐，说，你以前借过谁的钱或米，你就还给人家。

天乐说没必要，他没向任何人张过口，钱和粮票，他可以留下，大米就让我带回去，他用不上。这段故事后来就被路遥用在孙少安和孙少平身上，所以，有人说我是孙少安的原型也对。

邵科祥：除过上面的这些故事，还有哪些你知道的地方和人物的经历被写进了小说？

王天云：《平凡的世界》中的双水村就是我们村王家堡；九里山、分水岭在清涧县，下山村、石圪节街、石嘴驿、盆子沟（在小说中变成了"罐子村"），铁庄镇是米家镇，清涧河在小说里叫东拉河，主要是清涧县这边的地点，与延川县相关的就是上学的情节，这个学校就是以延川中学为原型。

《平凡的世界》中的故事，天乐给路遥讲得多，因为孙少平的故事就是天乐自己的经历，也因为这样，路遥写起来就很顺手。

《人生》中的高玉德是以我爸爸王玉德为原型，只改了一个姓；支部书记田福堂其实是以我们临近三个村的支书合起来的，这三个人是刘俊宽（大哥的干大）、冯向池、郭庭俊。冯向池的故事是老四给大哥讲的，农村的支书都是非常聪明的人，他们能对上也能对下，多少年在位子上，谁都掀不下来，没有八面玲珑的本事是不可能的。当然这些强人也往往把给村里的好事自己先占了。

邵科祥：你刚才提到忽培元，他与路遥的关系如何？

王天云：这个人现在是国务院参事。

邵科祥：怪不得名字这么耳熟，是个人物。

王天云：当时他对我大哥可崇拜了，常常学我大哥说话、走路，他也爱文学，写过不少散文，与我大哥的关系非常好。我大哥曾给我说，他是我的朋友也就是你的朋友，你到延安可以随时找他。所以，除了那次相遇之外，我有一次还真在他家住过三四天。

但是路遥逝世后，我却没有发现忽培元有任何怀念或回忆路遥的文字，我有点奇怪，但始终没有机会解开这个困惑。直到今年有一次与曹谷溪聊天，才知道是怎么回事。

20世纪80年代初，忽培元给延安地委专员当秘书。路遥从西安来到延安，想用车，他就打电话给地委管理派车事务的朋友，那位朋友就把专员的车直接派给路遥。没想到，那天专员正好要用车，忽培元是他的秘书，给管理处的人说得有点晚，车已经被路遥要走了，那个朋友就说车已经派出去了，但他没说是路遥，忽培元就毫不客气地把他训了一通。这个朋友后来就把这个情况说给了路遥，路遥有点生气，他就在与专员见面的场合说，忽培元作为你的秘书，他不问清楚车派给了谁，为什么原因派，就随便骂人，好像是替领导考虑，但让人觉得是领导在要官威，所以，这不是我丢人，而是他丢了你专员的人。

忽培元当时的确不知道是路遥用了车，如果知道，以他们俩当时的关系，绝不会有那么一番发作。但路遥的这番话可能被领导认可，有可能后来也批评了忽培元。这就使忽培元从此再也没有与路遥来往。

要不然，崇拜到要命的一个人怎么会有这种反常的情况？这段话是谷溪讲给我的，我相信大概是这么回事。

邰科祥：路遥喜欢与人聊天吗？

王天云：大哥不爱说话，特别是不爱跟一般人说，更不和没水平的人说。他要说话的时候，别人根本插不上话，特别是讲文学，非常精彩，而且只有他讲的，没有别人说的。所以，航宇说大哥给他说了一天的故事，这是不可能的。

邰科祥：现在关于路遥事迹的传播比较混乱，这些都有版权吗？

王天云：路遥著作的版权归路远（路遥的女儿），她说不能就不能，她是路遥全部遗产的直接继承人，但是也不完全如此，王天笑监制《路遥》8 集纪录片，路远就反对，但还是拍出来了。最近西安秦腔剧团的编剧谢迎春说联系不到路远，她找到我要改编一个秦腔剧《路遥》，剧本已经修改了七八稿，她让我授权，我想这是好事，就同意了，如果，后边远远说不行那就不行。这个秦腔剧的名字叫《路遥的世界》。

延安大学的梁向阳也排演了一个话剧，名字同样叫《路遥的世界》，梁向阳说，剧本是根据他自己（笔名厚夫）写的《路遥传》改编的，这样就不涉及版权了，我不懂。

曹谷溪编剧的《周总理回延安》的电影已经公演，但这个故事最早是路遥与谷溪两人合作发表的纪实作品，当时路遥是第一作者，现在却是曹谷溪一人的作品，他说，这是根据他自己的剧本改编的。

有关路遥版权的事，我不太懂，但我觉得宣传路遥毕竟是好事，所以，我都支持。

邰科祥：你们兄弟的文化程度怎样？与大哥的影响有无关系？

王天云：我没上过一天学，现在认的字都是自学来的，能看懂普通的书和文章，但要写有点困难。我起初认字都是天乐从学校回来，我拿他的课本跟着学，有些不会的就问他。

我二哥也没上过学，当过两年兵，复员后，先是在大哥的帮助下安排在甘泉县邮电局当邮递员，因为他在部队是摩托兵，会骑摩托。后来又到西安的结核病疗养院烧锅炉，最后调回延安工商局工作。

我们家除了大哥上过大学，接下来就是老四读到高中，老五上到初中。不过，尽管我们的学历都低，但我们都爱看书，这个习惯并不一定是受路遥的影响，可以说是一种天生的爱好或一种传统，我妈妈就认得一些字。

邰科祥：我发现你大哥和四弟都对你爸爸很是崇敬，你对你爸爸和母亲是什么印象？

我爸爸是个好老汉。老实，勤快，虽不识字，但思想、见识相当高明，特别是种庄稼绝对是一把好手。爸爸从来没打过、骂过我们，这种习惯也影响了我们，我们都对自己子女的态度很温和。

我母亲恰恰相反，非常强势。家里是她说了算，我爸怕她。但我妈聪明，我们做子女的在这一方面可能跟了她。大哥有一次开玩笑说：妈妈像居里夫人，如果给她机会，她的智慧有可能做到吴桂贤那样的高度。

我妈对儿女的管教很严厉，用陕北话说，可嘎！村里田地里的瓜果，我们在外面吃不完的，谁也不敢往家里拿，如果拿了被她发现必然狠狠打一顿。这就养成了我们弟兄从不动别人东西的习惯。大哥最明显，他工作后，把钱看得很淡，一月的工资不知怎么就用完了。大哥知道我是全乡的第一万元户以后对我说，咱家里最富的数你。

邰科祥：路遥给你留下的其他深刻印象还有那些？

王天云：他对吃饭一点也不讲究，但一直抽红塔山牌香烟。我给大哥说，我给你买一箱。大哥说，不用，我有办法。

我的小弟弟（王天笑）在榆林火电厂工作，他更会来事，他的性格、派头最像我大哥，正面讲，能承得住事，是一个能把事做大的人；如果在黑道，他也绝对是一个老大。

大哥小时候的理想比较大，我们一般人都不敢想，他却敢想，当然也有资格说出来。他最爱看《参考消息》，正反都看，对国际形势、各个国家之间的关系分析得很清，理解得很透，他与我们当地的县委书记、地委书记等谈起这些来，往往让他们震惊。

每年春节，大哥都在延川这边过，只是在平时回清涧去看看我爸妈。

邰科祥：你大爹去世时，路遥没有回家，你知道原因不？

王天云：大爹是 71 岁去世的，大哥忙于写《平凡的世界》，不能分心。他没回来，我能理解，他也没必要回来，因为家里有我，我就是替大哥完成给大爹养老送终任务的。

至于别人由此说他不孝，这不合适。如果我没在延川，大哥不回来，那的确说不过去。大爹对我们整个家族贡献确实很大，包括对我三大。他不但大公无私，他还对我们家族的每一个人都有贡献。我大哥是他供给上学的，大哥后来能出息，大爹功不可没。我们家都应该有感恩之情，我从未离开延川，就是出于这种考虑。

大哥曾给我叮咛，你把大爹大妈照顾好，你的四个娃长大后，我一定帮他们想办法寻个出路。照顾大爹的事，是他托付我的，他说，有你在，我就放心。

邰科祥：对你们在清涧的家来说，弟兄中谁的贡献最大？

王天云：应该是天乐。清涧王家堡四口窑的接口是天乐给的钱，他平时给家里最多，也拿回很多东西，我爸妈活着时主要是天乐管的，这是事实！

路遥没有钱，所以，有些文章说我大哥每月还给我大爹大妈寄生活费，这是没有的事。倒是大爹没后，林达寄过几回钱，大妈收的。

邰科祥：听说你前段时间受邀参加了董卿主持的节目，能说说这个节目录制的过程吗？

王天云：这个节目现在还让我窝着一肚子气。2019年9月初，中央电视台《故事里的中国》栏目邀请我9月20日做路遥专辑的嘉宾，一个娃娃导演打电话问我，你是路遥《平凡的世界》中的孙少安的原型吗？我说有我的影子和故事。他们就给我买了来回机票，安排住在电视台附近的饭店里。

节目录制那天，当时我已经被化好了妆，带上了耳麦，准备出场，但却突然接到节目组的通知，临时取消了我的出镜。

我就非常不解也很愤怒，在现场就发了飙，我说，你们开什么玩笑，什么烂屄节目！你把我从陕北请来是为了让我出丑，你既然不让我上节目，为什么给我化妆，你他妈的，看我是农民，想羞辱我？

我这一闹，现场的保安赶紧冲上来要把我带走。我说，你们谁也别动我，动我可能要死人的。他们都知道我有病，也就不敢硬来。

这时，那个负责联系我的娃娃导演马上给我跪了下来，她说，这下，我是彻底完了，要被开除了，她希望我能原谅。这个节目的总导演年龄大点，其他都很年轻。

邰科祥：央视没给你解释为什么突然取消你上场的原因？

王天云：央视给我解释，是远远不让我上。我就问，那是谁提出请我来的？他们说，也是远远。我就给远远打电话，电话通着，但她不接；我给她发短信，她也不回。据说，除了梁向阳能够与远远通上电话，其他的人都联系不上。

后来曹谷溪给我说，远远就在现场，在下面的观众席坐着；央视的一个分导演却说，远远打发她的助理在现场，远远没来，她病得很重，全身浮肿，连床也下不了。

这件事很奇怪，我到现在不知中间发生了什么事？

邰科祥：难道说路远对你有什么忌讳？

王天云：我和远远只见过两次面，第一次是路遥逝世，我们在追悼会后离开西安前，每个人给了她一百元钱，包括我爸爸也给了。可是，我五弟逝世时到现在三周年了，一直联系不上她，为此，我们还委托拍摄8集纪录片《路遥》的导演田波夫妇帮忙联系过，他们与远远有来往，但也没结果。

另一次是在路遥逝世后，远远曾经回过一次老家，当时娃对我们每个人可亲呢，给了我一千元钱，也给其他姑姑都给了一千元钱。她还给我说，三大，你要注意身体，当时，我们拉了很多话。她走后没有多长时间，天笑就去世了，我们给她打电话，电话通着，但一直不接。

后来，我要把我们兄弟的坟都迁回清涧的老陵。我二哥没在我怀里，当时就埋在延安与大哥遥遥相望，但现在已经迁回。四弟起初在清涧的另一个地方临时埋着，现在也与我爸爸妈妈的坟拢在一起。老五直接就埋在老陵里。现在就剩大哥和我的，我都箍好了墓堂子，我给远远发短信，她始终不回。后来，林达给我发信息说，远远让转告我，说她不同意，林达也不同意。此事也就暂时搁了下来。但我却始终有一个愿望，要把我们五弟兄团聚在一起，哪怕给路遥再建一个衣冠冢也行。

是不是因为这事让远远对我有意见，我就不知道了。但我一定要她亲自给一个解释，我想她不认我这个三大可以，但是她不能侮辱我。

邰科祥： 你们的老家是清涧，但延川与你们家又有着很多联系，它在你们家究竟具有什么样的地位？

王天云： 延川等于是我们王家的另一个居所，不仅路遥在此住过多年，我们家所有人都与这里有缘。我爷爷、奶奶在这里住过，奶奶也是在这里去世的，她的坟墓，我最后迁回了清涧老陵。我爸妈在这里结婚，老二、天乐、我的两个妹妹都在这里住过一段时间，天笑还在这上过一年初中，我给他交粮，他每个周末回来取干粮。

我小时候就来过延川一次，应该是六七岁，那时交通不便，从清涧到郭家沟至少要走两天。我和我爸爸从王家堡搭便车先到清涧县城，当时，我们村里有一个在县供销社开车的熟人，我和爸爸就是搭他的顺车，到了县上后，又在熟人处借了自行车，我爸爸把我带到贺家湾，由贺家湾再到延川县城，当时大哥在延川县中学读书，我们就在他的宿舍里挤了一晚上，其他同学给我们腾出了两个铺位，第二天再走到郭家沟。

第二次来延川，我已经17岁，此后就再也没有回去。我到这里来，是大爹和我爸爸商量后定下来的。一个是大哥到城里去了，大爹这边没人帮忙，另一方面是这里的光景比清涧好得多，清涧我们家人口多，地少，这边正好相反。当然，那时要从别的地方把户口转到这里也需要村上同意，要全体村民开会通过，我记得开会时我已经来到现场，尽管是添一口人就要分一口粮，可是会上没有一个人反对。第二天，我就给生产队拦羊，每天记七分工。

邰科祥： 你到延川后主要以什么为生？

王天云： 开始在生产队，什么活都干。到20世纪80年代后期，农村实行生产责任制，陕北可能比全国晚一点，这在《平凡的世界》中有所反映。我最早承包大队仅有的20亩水田，先是种菜，品种不多，主要是西红柿、黄瓜、青菜等，能有个三四年，每年大概几千元的收入。所以，乡上当时想树立我为万元户的典型。其实，我没挣够那么多。你想想，头架的西红柿、黄瓜每斤两角，到后来就变成四五分钱。

在这期间，路遥带着吴天明来延川看过外景，我正在地里拔草，他们俩直接从地里摘一个西红柿在水龙头那里一冲就吃。路遥给吴天明说，你看我这个弟弟多能干！

后来，我又改做苗圃，开始先签了4年合同，到期后，一下子就续签了20年，直到2016年，这里修高速公路把那块地征用，正好也到期了，赔了我70万。

苗圃很挣钱，先是育苹果树苗、桑树苗，各个品种：黄元帅、秦冠、富士。我主要是从种子开始育幼苗，然后嫁接，再分不同品种去卖，开始五六元，后来七八元，但这个生意只做了三四年，国家就实行退耕还林政策。于是，我又改育景观树苗，松柏，当时全县的秧苗都由我提供，价钱按平米估算，每苗由0.5分涨到5分。虽然育苗挣钱，但需要一定的技术，没有技术，苗可能出不来。

在承包苗圃的同时，我还买过推土机、办过塑料厂。80年代初，上面要求每家每户都要种烤烟，因此，塑料薄膜需求量大。我的塑料厂不是直接生产薄膜而是为生产薄膜的厂家提供塑料颗粒，就是把回收的废旧塑料重新融化后加工成颗粒作为再生产的原材料。这个生意利润大，可惜寿命短。过了几年没人种烟了，塑料薄膜的生意也就不行了。

邰科祥：这么说来，你属于农村中脑子活泛的人，那么你的生活水平在当地一定不错？

王天云：我的经济一直很好，没有困乏。在我们周边，我家的光景一直很好。不是像有些人说的，我大妈到处要饭。前几年，陕西作协的张艳茜知道我的病情后给我寄来1000元，我给她说，我不能要你的钱，就退了回去。一个是我不能接受别人的钱，我不需要同情，另一个是我也不缺钱。所以，我给她说，你的《路遥传》出来了，我买你一本书，她给我寄了一本，也没收钱。

邰科祥：如今清涧与延川都在建设路遥故居，你觉得这是不是有点重复？

王天云：路遥故居在延川和清涧都有，路遥与这两个地方都有关系。他7岁以前住在清涧，此后大概有20年时间生活在延川。但是，从目前来说，清涧的路遥故居动手得早，也已经比较完善，路遥纪念馆和路遥书苑都已落成并对外开放。

路遥出生时，我们家在清涧只有一孔窑洞，我二哥、我，还有大姐都出生在那里；这个地方现在已经不住人，整个沟里的人都搬到了路边。不过清涧县政府想把这个地方（整条沟）开发成《平凡的世界》中的双水村。

现在对外让游客参观的是王家堡路边的四孔窑洞院，就在纪念馆的路对面。在这里生下了王萍、天乐、王瑛还有天笑。王萍的小名叫新芳，就是因为刚建好了新房，有谐音的意思。

但这个院落的大门，现在被我锁了起来。因为清涧县文广局拿出了两份不一样的故居租用合同，我们发觉后者明显有造假的嫌疑，通过与他们多次交涉无果之后，现在已经上诉到榆林中院等待判决。

延川县的故居只有两孔窑洞，就是我大爹和大妈在世时置下的。现在也是临时被纪念馆使用着，产权还没有明确，周围邻居的窑洞已经买断。与清涧的路遥故居比起来，这边的规模小，但县上有很宏大的二期规划。我其实对这些大的动作没有兴趣，我只希望他们能把路遥的奋斗精神和改革意识凸显出来就行。

因为大哥在这里的时间相对清涧长得多，所以，他在延安的那些年，过春节都要回来，特别是与林达结婚后年年回来，要住一段时间。他对延川的感情应该比清涧深。

邰科祥：我这两天问到的这些情况，你以前给别的人讲过没有？

王天云：我妹妹王瑛说，大哥没了，家里的事不要给任何人说。我说，我会认真考虑。这就是我们全家这么多年都不对外人说有关事情的原因。这两天，是我第一次给你讲。

邰科祥：谢谢！

路遥家人访谈录（二）
——路遥小妹王瑛访谈录

邰科祥：你是什么时间，通过什么方式知道王天乐患上肝病的消息？

王　瑛：我是听小弟弟九娃说的，就在大哥（路遥）在西京医院住院期间。他说，四哥也查出了肝病，但不知道是遗传还是传染的。查出来后，就要治疗，毕竟发现得早，可是他精神上接受不了，本来全家主要靠他来照顾大哥，没想到他两个人都得了病，同时倒下，而且四哥的孩子当时才几岁。

我听到这个消息后就感叹老天为什么这样不公，让我们家3个哥哥都害上这种病，在此之前，三哥最早查出患了此病。

由于四哥也有了肝病，他想去医院看望大哥，我四嫂就坚决不让他出门。医生说过，肝炎病人不能照顾肝炎病人，怕再交叉感染。

四嫂对我四哥说，你以前没查出病前去照顾路遥，我没意见，也没阻挠，但现在你病了，就不行。所以，四哥就被挡在铜川的家里出不来。

九娃知道这个情况后，很痛苦，又不敢给我大哥说，怕对他再一次造成打击，这就导致了大哥的误会。直到大哥逝世的前几日，九娃与四哥商量后才用林达已回北京，远远没人照顾的理由给我大哥做解释，这样才算勉强取得了大哥的谅解。

现在，不了解真相的人胡乱猜测，甚至抹黑我四哥的名誉。你想想，我四哥对大哥什么都能付出，难道大哥有病了却不愿侍候，这正常吗？这不符合人之常情，更不符合我四哥的性格。

邰科祥：路遥一直不知道王天乐患病的消息？你在大哥住院期间看望过他吗？

王　瑛：大哥到死一直不知四哥的病情。所以，四哥很冤枉，他一直不想解释，他自己病着还要处理大哥与林达的离婚，特别是给远远找保姆，这件事一直是大哥的心病。四哥对远远的感情比自己的女儿还亲。

郝海涛（路遥的外甥，路遥大妹王萍的儿子）：按我四舅的性格绝对不可能给大舅说他的病情，他什么事都是自己扛，况且，如果说了，只会加重大舅的病情。

王　瑛：在延安时，只有四哥和我姐王萍知道大哥住院的事，大哥没给家里说，他不愿意让家里人担心。我当时在老家照顾我爸妈。两老人年龄大了，身边没人。所以，我没去医院看过他。再说，在医院里，男的还是男的侍候方便，所以，大哥转到西京医院后，四哥就让九娃去照顾。

邰科祥：有人说路遥与王天乐的争吵是为了钱，也就是天乐把从单位募来的钱没给路遥，你相信有这回事吗？

王　瑛：不可能为了钱。大哥临死前确实没有一分钱，我听四哥说，他装修房子都向熟人借了钱。延安大学校长也说大哥出版《路遥文集》的 5 万元费用，是他们资助的。有人不相信四哥有资助大哥的钱！

我觉得四哥活得不容易，他付出那么多，自己有了病还不能给人说，惹得别人乱猜测。四哥的病，我爸妈是在他患病 10 年后才知道的，当时发现他突然特别瘦，就很奇怪，一问才知。四哥平日是很胖的，瘦主要是糖尿病引起的，但此前他就已经患上了肝炎。

我记得四哥在他去世前 3 个月曾自己开车到延长，我当时在延长上班。他当时瘦得失了形，而且反应能力也很差，当时连车都没停端。现在回想，他是专门回来辞别的。他走得很突然，没的前一天，他还和我在电话里拉了很多话，所以，听到他第二天突然离世的消息，我一点也不相信。

四哥可刚强了，他有什么事，绝不会对我们说，也不可能给我哥说，他会自己扛着。

邰科祥：路遥去世前是否与你四哥吵过架？这件事你们后来听王天乐和九娃说过没？

王　瑛：吵是没吵过，抱怨几句是有的。我听九娃说，大哥埋怨我四哥，你忙什么了这么长时间不来？四哥当时没法解释，他就是解释也很苍白，大哥很敏感，你说的稍不注意，他会听出来，不会轻易相信。四哥说，远远的保姆总是找不对，大哥就有点生气，但没有骂也不会骂，九娃当时在场。

后来四哥再没去医院，是我四嫂管住不让出来。再就是四哥没想到大哥那么快就没了，这种慢性病不会那么快，而且当时，他们各自在看自己的病，确实顾不上。

从大哥这面说，他在心理上依赖四哥惯了，四哥不去大哥就受不了，所以，才有"我病了你就背叛我了"这样的抱怨，想想，亲兄弟之间常有这种情况，一点也不怪。

郝海涛：亲戚间的感情，用文字来表达实在太苍白。四舅之所以到他死都不愿谈这些事，包括写文章怀念大舅，主要是不想让别人把这件事当作谈资，不愿意像其他人一样弄个传记，出个名。而且写这种东西会触发自己的真情实感，包括我们现在都不愿意回忆，回忆是痛苦的，要让自己写自己的痛点，很难！再说，四舅当时如果说出自己得了这种病，他的工作都会寸步难行。

邰科祥：能说说你们家里的成员，比如兄弟姐妹谁大谁小，以及你们与大哥之间发生的趣事吗？

王　瑛：我们家包括我爸妈，共有11口人，弟兄5人，姊妹4人，一个妹妹刚生下没过岁就夭折了，所以存活下来的10人，也就是兄弟姊妹共8人。老大是路遥（王卫国），小名叫卫；老二是大姐，王秀莲，小名叫合，二十多岁因心脏病而亡；老三是二哥王卫军，小名叫溜；老四为三哥王天云，小名叫四锤；老五是四哥王天乐，小名猴满；老六是二姐王萍，小名新芳；老七是我，王瑛，小名叫新莉，老八是我妹妹，夭折了；老九是王天笑，小名九娃。

延川的大伯，我们都叫大爹，他是一个仗义的人，对我爸和我三大可好呢，我爸和我三大的婚姻都是他张罗的。我奶奶去世后，他从延川拉了一大车粮食来办丧事，事后剩下的粮食还有其他东西全部分给了我爸和我三大。他对我们这边的帮助可多，他家人少地多，大爹又勤快，每年种的粮食都吃不完，我奶奶在我大哥三四岁的时候就到延川与大爹和大妈生活，就因为那边吃得好。

邰科祥：路遥是正式过继给你大爹的还是有其他原因？

王　瑛：我奶奶对我大哥可好呢，因为大哥是王家的长孙，她就特别亲他。为什么大哥7岁时要到延川去？就是奶奶太想念大哥，她在延川，经常梦到我妈打我大哥，大哥小时候可调皮，而我妈的脾气不好。正好大爹和大妈几次怀孕不成，落不下孩子，我爸就和大爹商量着让大哥到延川去，一个是陪奶奶，一个也是让我大哥长大以后为大爹和大妈养老送终。如果说不为了陪奶奶，单纯把大哥过继是不可能的，他是我们家的老大，当时年龄又小，但因为有奶奶招呼，我爸妈才放心。

邰科祥：看你大哥的一些文字和其他人的回忆录，好像路遥对养父母感情不是很好？

王　瑛：大妈不会做家务，经线织布染色，什么都不会，缝缝补补全靠奶奶。奶奶经常护着大哥，为了大哥上学的事，和大爹闹到拼老命的地步。大爹要让大哥跟上他劳动，我大哥坚决不愿意，他把大爹给他准备好的背东西的绳子，用镢头在院子里狠狠地剁成两段，气得大爹拾起那半截绳子就打他。奶奶看到后，就用头去撞大爹，并说，你要不想供给他上学，就让他回到他亲爸那里。而且把当时村里的支书也是大哥的干大刘俊宽找来，让我大爹向刘俊宽保证以后再不能打我大哥，还要支持他上学，在这种情况下，大哥才进了学校。

大哥有时不想吃什么，想吃什么饭，都不好给大妈说，就偷着给奶奶说，奶奶就让大妈给他做自己爱吃的，所以，大哥对奶奶的感情比对大爹和大妈深得多。后来，奶奶去世后，他去给奶奶上坟，走到半道又不去了，我妈问他咋回事？大哥说，难过了，不敢去，就远远照一下算了。

至于说，大哥对大爹和大妈的感情，不能说不好，但不亲是能理解的。毕竟他过延川那边时已经 7 岁，与大爹和大妈没有血缘关系，而且对亲生父母的感情已经形成，所以，对养父母淡一点也可以理解。

邰科祥： 为什么路遥和王天乐都对你爸爸非常敬佩？你爸爸是个什么样的人？你妈妈对你们没有影响吗？

王　瑛： 不只是我大哥和四哥喜欢我爸爸，我们做儿女的都喜欢他。九娃在我爸去世，棺材要合盖时，专门还要亲一口我爸爸，并说，下一辈子仍然做你儿子。由此可见，爸爸在我们兄弟姊妹心中的位置。

我爸爸憨厚、老实，与人不争，对生活也没有挑剔，任劳任怨，他一辈子唯一的喜好就是劳动，而且很会务弄庄稼，他把种地当作侍弄花一样，非常认真、精心。他给我们说，只有劳动才能忘掉痛苦的事。但即使这样，当我们兄弟姊妹到了能够帮他干活的年龄，他却从来不让我们下地干活。用我妈的话说，上一辈子儿女少，这一辈就对儿女特别好。

如果说，大哥和四哥敬佩爸爸，主要就是对爸爸身上爱劳动的精神非常认可，继承了我爸爸的勤劳品质，那么，我妈妈的聪明则是对我们儿女的遗传。

我妈在农村是很智慧的女人，在我们家，大事小事都是我妈说了算。她是绥德人，做事麻利，爱干净，每次吃完饭后，都要用清油把锅擦得明光闪闪。大哥特别喜欢她做的饭，不管什么饭，他觉得吃了很舒服。我妈的家教很严，她不许我们拿村上或别人的东西。当时，村上有喇叭，如果谁有这种偷偷摸摸的事就会在喇叭上广播。我妈就说，谁要是上了广播，我就弄死他。她特别注意声誉和品行。从小我大哥经常被她打，我三哥、四哥很害怕我妈。她对我们的要求是女娃娃要规矩、听话，男娃娃可以调皮但也要有底线，不干坏事，不要被人指指戳戳。

邰科祥： 你们家弟兄五个都患了同样的肝病，那么，你父母就有这种病吗？

王　瑛： 我妈妈有，我爸没有。但我爸妈都活到 80 岁。妈妈属于乙肝携带者，她一辈子很少劳动，随时粗茶淡饭，但生活很规律。

关于肝病的知识，我们是在家里几个弟兄都害上以后才慢慢了解的。医生讲，你们家这么多人得同样的病属于遗传，但遗传有一代强一代弱的特点，在我妈妈那一代属于弱的时期，在我们兄弟这一代属于强表现期。

我也听说，得了肝病的人绝对不能喝酒，喝酒就等于喝毒药。我二哥王卫军就特别喜欢喝酒，九娃也是；另外是不能劳累，我大哥明显是劳累过度加上生活不规律。三哥虽然查出这个病的时间最早，现在还能与肝病和平共处，就是因为他心态好、生活散淡，压力小而且用药养着。

邵科祥：你能回忆起与路遥接触的一些生活琐事吗？

王　瑛：太多了。大哥是责任心很强的人，离开延安前，他是家里的主心骨，我妈做手术，就是我大哥输的血，那时我5岁；大哥每次回家来都给我们兄妹买很多好吃的。他最喜欢王萍，常常给她洗头发，王萍比我大4岁。奶奶去世后，大哥显得很孤独，他就把王萍引到延川上学，给他做伴。但王萍不习惯那边，哭着要回到清涧，大哥只好又把她送回来，但临走时给她做了一身新衣服，还给她买了几个新笔记本。

那时家里很穷，有一次他回家来，提着一箱挂面，当时整天吃的包谷面或小米，几乎很少吃麦面。大哥给我妈说，让妹妹们今天放开吃，吃个够。

有一次，我和弟弟九娃从窑上的北坡往下玩溜滑，正好一个大车下来，差点撞上我们，吓了我们一跳。正在这时，我们看到大哥提着一个大黄提包从车里走出来，他把提包往地上一放，一手一个，把我们俩同时提溜起来，架在肩上。包里买了很多好吃的。妈妈喜欢在村里人面前显摆，常常把这些东西分享给邻居们，大哥就劝她说，多给妹妹们留一些。

大哥工作以后，常在外边吃饭，有时吃饭会剩下一大堆就任饭馆当垃圾处理了。他曾给我们说，每在这个时候，他都会想起弟弟和妹妹们，想把这些食物拿回去给我们，尽管事实上不大可能。但他总觉得我们在家里可怜，什么都没见过，没吃过，而城里人却司空见惯地浪费。

他有一次回家，妈妈给他包南瓜馅的饺子，而且只有一点点，我和弟弟在旁边看着，妈妈就让我们走开。我大哥说，给他们匀一点，他们不吃我也吃不下。

他对我大姐的感情可深。大姐是心脏病，那时家里穷，医学上也没好办法，她年轻轻就走了。当我们的生活好了以后，大哥回忆起大姐，就说，你们大姐（是他大妹）要像现在这样吃得这么好，该多好啊！她若能活到现在，我就领她到北京给她换心脏。

我大姐叫王秀莲，小名合。大哥后来在小说《平凡的世界》中用了这个名字，我想也是为了纪念她。

邰科祥：远远和你们还来往不？

王　瑛：有，但不多。记得远远出生时是公历9月，二哥从西安回来接我妈去侍候大嫂坐月子。当时正赶上八月十五中秋节，我们包了一顿饺子，由于平时很少吃，我和九娃每人吃了40多个，这可是从来都没有的事，我俩还把这个数字记在墙上。当二哥回到西安把这件事告诉大哥后，大哥马上就哭了，他说，把娃廋成这个样子，说着头也低了下去。

邰科祥：在你们兄妹的相处中，你们感觉大哥的性格如何？

王　瑛：大哥早熟而且敏感。他小时候就很懂事。我妈给我说过，大哥去了延川一年后，大约是腊月，回到清涧的家，待了十多天，他很高兴。有一天他正和弟兄们玩，手里还拿着土疙瘩，这时他远远看见大爹牵着驴，驴身上还挂着大红绸花，他知道是大爹要接他回延川，他明显不情愿但又没有办法，手中的土疙瘩就被他捏成碎末，从手里慢慢掉到地上。

后来大哥给我妈说，他当时可想哭呢，但怕妈难过，直到转过村边的庙看不见妈了才流下眼泪。妈说，听了我大哥的话她也很内疚。

大哥也是个心特别细的人，他总是操心着家里，家里人若有什么事，他就很着急。写完《人生》后，全国各地读者的来信特别多，他给我们说，只要看见白皮信封的信，他就猜测很可能是老家的来信，就马上要拆开看，他知道家里人不会用牛皮纸的信封，那种信封贵一点。

大哥住院后，还一直操心着我和九娃的工作，他觉得我们都20多岁了还没有生存的保障，很焦急。有一次一个朋友去看望他，他就把我的情况写了一封信，拜托延安的熟人帮忙，最终，我和九娃的工作都有了着落。

邰科祥：你们对政府开发路遥故居抱什么态度？

王　瑛：大力支持！清涧县的这种行为能让路遥及我们整个王家代代流传，当然很荣幸。

邰科祥：那么政府把旧居借用后，对新居有无安排？

王　瑛：现在有些纠纷。王天笑在时，与清涧县文广局有一个合同，当时跟家里人商量过，旧居让政府免费使用，但产权归路遥家属。可是，天笑没后，情况却变了。

郝海涛：我三舅与小舅走得近，小舅去世后，他就成了路遥纪念馆建设的参与人，他询问文广局关于旧居的产权问题。文广局拿出另一份合同，主要内容是，路遥家属同意以8万元人民币出租路遥故居50年，家属签名仍然是小舅王天笑，但明显能够看出，王天笑两次的签名笔迹完全不同，况且以这么低的价格出租一点都不符合情理，还不如免费，落一个不图钱的名声。你想想，8万元50年，平均下来就是每月130多元，四孔窑、一个院落就值这么点钱？路遥家属就图这么点钱，还落一个爱财的瞎名?! 我们要求请专业机构进行笔迹鉴定，但政府不同意。

王　瑛：之所以会有这个争执，是文广局的一些做法让我们失望。他们在筹建纪念馆时，借走了我收藏的全家人，特别是有路遥小时候照片的影集，当时有详细的借阅清单，也答应用完（复制）之后归还给我，但还回来的影集却缺了很多珍贵的照片。我问当时的纪念馆馆长，她说可能被工作人员搞丢了。就为这事，我们觉得这些人不靠谱，这时天笑也走了，我们家的兄弟中就剩下三哥一人，于是我们就委托他尽快落实旧居的产权归属，以免日后再次生变，这时就出现了两个不一样的合同。

况且，天笑的妻子说，根本没见过 8 万元钱，这让我们全家的声誉也受到了影响。于是，我们全家就委托三哥出面与清涧县政府协商此事。但是，这其中人事复杂，况且当事人也离开了当时的岗位，其他县领导也不愿卷入此事。开始，他们还答应调解，但后来就踢皮球，没人管了，无奈，我们只能走法律程序，现在已上诉到榆林市中级人民法院。

邰科祥：那清涧王家堡的路遥故居还在开放吗？

王　瑛：大门锁着，来了人也看不成。对外说，在整修！县上为此投资了不少钱，据说建成"路遥纪念馆""路遥书苑"已经花了一千多万，所以这件事很复杂。

邰科祥：说说你们所知道的你三哥与你大妈的关系？他是什么时间到延川的？

王　瑛：自从路遥去世后，我大妈就由陕西省作协出面，每月发给一定的补助，并且为她请了 12 年的保姆。大妈的光景可好了。那个时候，我三哥承包了村里一大块地，种了不少蔬菜，大妈每天背着手在村里闲转，走到三哥的菜地边就拔些菜回去与保姆一块吃，所以，她每次去三哥的菜地时，我三哥就开玩笑说：大妈来视察工作了！

她去世前一两年瘫在床上时，是我三哥接到他新箍的窑里照顾到她离开。农村有农村的生活方式，大妈后半辈子，不缺吃，不缺穿，钱都花不完，她又不愿意和三哥住到一起，你说这有什么办法？况且，她不会收拾，家里乱糟糟的，她就是那么个人。

我三哥大约是 17 岁（1973 年）到大爹大妈家的，当时大哥已经在延安上大学，他注定不会回到郭家沟，于是大爹与我爸就商量让我三哥过延川去顶替大哥完成为大爹大妈养老送终的任务。

大哥可能也有私心，我们弟兄姊妹的工作，他都帮忙想办法，唯独老三，他没帮忙。他想着得有一个人留在农村照顾双方的老人，而三哥一天书都没念过，到外边也干不了什么，这就有了三哥来到延川落户的事情。

邰科祥：你们看过航宇的《路遥的时间》一书吗？对其中写到你们家人的活动有什么看法？

王　萍（路遥的大妹，以下为她写的书面证明语）："航宇写的《路遥的时间》一书的第 290—291 页写得不属实。是他自己胡编乱写的。1992 年 9 月初我和九娃看到我哥病重转回西安住院，我们都很难过，但我们俩和我哥（路遥）都没哭，也希望我哥能回到西安医院看病"。

王　瑛：九娃在西京医院看着大哥离开，他后来给我们说，他当时有点蒙。他想不到大哥这么快就走，他想不到一个名作家竟然没到他的怀里，他觉得有点不可思议，甚至有点神秘。因为他和大哥虽然是亲兄弟，但年龄差别很大，去医院看望路遥的朋友还以为九娃是大哥的儿子！他们有很多年没生活在一起，九娃与大哥既陌生又亲切，所以当大哥突然在他怀中没了，他有点手足无措。

九娃后来给我们说，大哥去世的消息被媒体知道后，很多记者赶到医院想要采访九娃，九娃难受得一句话都不说。很多记者都想打听路遥在最后一刻说了什么，九娃觉得他们实在讨厌，在忍无可忍之下就用我们陕北的粗话骂了他们，这才赶走了那些记者。

大哥之所以临终没说什么话，是他自己也没有想到他会这么快离开，所以他临走时什么遗言也没留下，大哥求生的愿望强烈，根本没想他没后的事。所以，航宇说路遥给陈泽顺交代后事纯粹是胡扯！

你想想，我五弟一直在他身边陪着，他有什么话不对他说而对别人说，这可能吗？

邰科祥：九娃（王天笑）的病是什么时候发现的？

王　瑛：大概是 2007 年，或者更早一些，时间长了，我记不太清了。反正在那一年，他的病已经很厉害，肚子特别大，医院也下了病危通知，不过，后来在社会各界的帮助下，经过治疗，他坚持了大约十年。

也就是他患病的那年 2 月，我爸也生病了，到 6 月左右就走了。当时九娃正在医院，家里人不要他回来，但是九娃托着个大肚子非要回来看着把老人扶上山，安埋好。这种孝敬很多人做不到。

郝海涛：我五舅这人很坚强，他病了以后，却决定要拍 8 集纪录片《路遥》。在这过程中，我还跟着摄影组帮忙。五舅经常带病跟着摄制组到处跑，有次拍外景时不小心骨折了，就住在西安红十字会医院。当时，我去看他，他身上打着铁架子固定伤腿，但他一点都不在乎。

王　瑛：我的几个兄弟中，大哥、三哥、四哥、五弟性子硬，二哥温和。

邰科祥：最后，我们再说说你四哥王天乐。

郝海涛：我妈给我讲过四舅的一些事。说他当年在延安揽工时受了不少罪，干最吃力的活，没钱抽烟就捡别人扔掉的烟把子，但是他很有志气，一定要活出个名堂来，所以他的心态始终是积极向上的。他在矿井工作时就与其他人不一样，很多矿工不太爱洗澡，有人最多上井后洗一次，但是四舅却是上下井都要洗。

他的理想和信念对我的影响最大，我后来报考延大的新闻专业实际上就是以他为榜样！

四舅给我的印象，是身教大于言教。他非常聪明，虽说话不多，但他会用行动给我暗示。有一次他带我与他的朋友去外边饭店吃饭，我第一次看到一个菜用锡纸包着，不知是什么，很想吃，又不知怎么吃？四舅发现后，自己拿起一小块，用手把锡纸剥了，然后放在桌上，他没有吃，他只是给我做了示范，免得我出丑。

王　瑛：四哥在大哥到了西安以后，实际上就成了家里的主心骨。二哥当兵后也离开了家，三哥到了延川，那时九娃最小，所以家里的事全靠四哥。他不但从经济上提携全家，主要还从精神上给我们力量。他身上有一种天不怕、地不怕的精神，感染着我们家里所有人，即使他遇到多大的困难，他也从不把负能量带给家人。

每年除夕，他都要主持召开一个家庭会，总结一下今年遇到哪些困难，但主要是展望未来。所以，我们与四哥在一起时间长了，整个精神就都变了。

他工作以后，每次回家都要给我几十块钱。九娃就有意见，嫌不给他。四哥就说，你是男娃娃，要自己奋斗挣钱。

他什么事都想得很周到。每次回家来都会换上一大沓一元面额的钞票，为的是给我爸爸，让他掀花牌玩。他知道我妈把我爸管得很紧，不让我爸身上带钱，怕丢了。他就悄悄给我爸说，你把剩下的钱埋在粮食里，不要让我妈看见。

他说话也很幽默。我们家住在大路边，路上的来往车辆很多，四哥就给我爸说，你过大路时小心一点，省得老来老来还给我们挣下一笔钱。

《平凡的世界》中孙少平曾给孙少安写过一封信，这个故事的原型就是四哥给三哥写信的过程。

他从农民招工到煤矿，是大哥找了他在冯庄公社的同学帮了忙，就像《平凡的世界》中所写的，他先让四哥把户口迁到城郊，这才创造了机会。四哥到煤矿后，虽然比农民的生活好多了，但对他来说却不甘心。所以，他就坚持在下井之余，不停地写稿子给矿上的广播站，发过几次后有了信心，就向延安的报社投稿也被接受了几篇，这就有了他随后调到延安报社的事情。

四哥是我们村当时少有的上过高中的，他在文字上也许是受大哥的影响，爱好文学，也有天赋，这样他才能在自己的努力下又由矿工变成干部。这中间，当然少不了大哥的帮助，但如果他自己没有真本事，谁再有办法也扶不起来。

四哥喜欢看书，也影响了我们兄弟姊妹跟着看了不少书。印象最深的是《红与黑》，四哥看完后，我就拿过来看。

特别让我感动的是，我上初中的时候，他当时还在矿上，他想帮我，但又没多少工资，多了拿不出，少了又不好意思。他就只好采取一种间接的方式，把10元钱夹在《延河》这本书里给我寄来，顺便写一封信提醒我，把书收好，别让其他同学从门房把书拿走了。

我初中临毕业时，他给我在书里夹了20元钱寄来，他知道当时同学之间流行相互赠送纪念品的习惯，因为有的同学从此一辈子可能再也见不上面，他怕我没有礼品送很为难。就在信中说，他不希望我像姐姐、哥哥一样在同学面前抬不起头，他想让我手头宽裕一点。这个情节，后来在《平凡的世界》中被大哥用在郝红梅身上。

我后来招工到延长石油公司，临报到前，四哥专门给我买了一个行李箱，里面装满了毛巾、香皂、牙具、洗脸盆等必备的日常生活用品。特别让我感动的是，他还托他们单位的女同事为我选购了卫生巾、内衣等女性用品。这一细节在《平凡的世界》中又被大哥转嫁到孙兰香身上。

总而言之，我爸爸享的福在我们村里没有人可比，这都是四哥创造的。每逢过年，他都要买很多东西，就是为了让我们在过年时都能放开吃，吃饱、吃好。

（作者单位：西安工业大学）

《辛卯侍行记》西域史料的文学、历史及语言价值[*]

刘　桥

内容提要：《辛卯侍行记》末两卷记述了作者陶保廉的西北边疆行程，反映了清末西域地区的生活生产状况，考辨了当地诸多历史地理问题。从文学鉴赏角度而言，该书是一部游考结合的优秀记行散文，带有经世致用的理想；从史学考证角度而言，作者详罗史料、长于纠误，发前人所未发；从语言研究角度来看，作者使用了音韵、训诂等传统语言文字之学所涉及的方法，见解独到、极具特色。虽然考证部分不免出现个别问题，但总体而言仍是一部极具价值的边疆史地著作。

关键词：《辛卯侍行记》；陶保廉；游考结合；历史考证；转音

清朝中后期，国势衰退、列强入侵，我国边疆问题日益严峻。与此同时，清政府自身的吏治腐败加之在处理边疆民族问题上的不得当举措，又激化了社会矛盾，使得我国西北边疆问题更加严峻。基于此种内忧外患，清朝士人阶层思想发生了重大变化——空谈之风式微、务实精神加强。一批有识之士逐渐摆脱了空谈"心性"的宋明理学以及只讲"参话头，背公案，陈陈相因，自欺欺人"[1]的禅宗末流，转而怀着振兴国家、经世致用的理想，致力于边疆史地的研究。这一点，梁启超在 1920 年就指出："自乾隆后边徼多事，嘉道间学者渐留意西北边新疆、青海、西藏、蒙古诸地理，而徐松、张穆、何秋涛最名家……"[2]

---

　*　本文受到陕西省教育厅专项科研计划项目"当代蒙学识字读物与丝路沿线国家留学生汉字学习研究"（项目编号：19JK0707）资助。

　①　梁启超：《中国近三百年学术史》，人民出版社 2008 年版，第 10 页。

　②　梁启超：《清代学术概论》，上海古籍出版社 1998 年版，第 56 页。

陶保廉的《辛卯侍行记》也正是在上述背景下产生的西北史地学研究代表性著作。陶保廉（一作陶葆廉）（1862—1938 年），字拙存①，号淡庵居士，别号芦泾遁士，浙江秀水（今嘉兴）人氏。其父陶模为清同治七年（1868 年）进士，担任过甘肃新疆巡抚、陕甘、两广总督等要职，是清末名臣。陶保廉是陶模次子，有晚清"维新四公子"之誉。陶保廉从小受到家学影响以及传统文化熏陶，之后又长期随行侍奉其父赴任各地，学养深厚、见识广博，因而在史学、舆地、算数、医药和处理政务等方面都具有很高的成就。光绪十七年（1891 年），陶模被清政府任命为甘肃新疆巡抚，从陕西进京觐见后便踏上了赴乌鲁木齐履新的路程，陶保廉则一同前往。有清一代，赴新之著作不下几十种，但从作者身份来讲，"以显宦之子弟随同赴任者，仅只有陶保廉一人而已"②。

《辛卯侍行记》凡六卷，其中描摹西域边陲内容的为后两卷。陶保廉潜心研究舆地之学，准备充分、博闻广识且刻苦认真，在赴新途中仅仅是随身携带的参考书籍就有"九箱之多，分载五乘"③，这些都保证了该书成为晚清西北史地学研究著作当中的一部力作，也使得该书特色鲜明、极具价值。

一、文学价值——游考结合，兼具二体

从文学作品的体裁而言，《辛卯侍行记》属于散文文体中的游记类作品。"构成游记文体的核心要素包含所至、所见、所感三个方面，所至，即作者游程；所见，包括作者耳闻目睹的山水景物、名胜古迹、风土人情、历史掌故、现实生活等；所感，即作者观感，由所见所闻而引发的所思所想。"④作为游记类散文，其一定要具备充足的文学性，《辛卯侍行记》西域史料中的不少内容就使用了比喻、夸张、引用等修辞手段，富有鲜明而生动的文学色彩，增加了可读性与艺术性。如：

> 晦日，出辟展西门，向北折西。五里过水。二里有村墅杂木，上坡。二里降。二里又升，戈壁平旷，无人烟，无草木，北山巉崿，积雪如银，道左沙阜委迤如锯齿。
>
> 直北天山，厚积冰雪，每岁二三月，大风自东南来，扬沙走石，山雪得风渐融，达于畎浍。凡泉水所不能曲通者，不为田园，无秦、晋人所云靠天收之事，故鲜值大荒。耕者非专恃雨泽，而盛夏若多雨，则山中冰雪骤消，百溪奔注，或至拥

---

① 后世学者也有称其为菊存、哲存、拙成的。
② 吴丰培著，马大正等整理：《吴丰培边事题跋集》，新疆人民出版社 1998 年版，第 196 页。
③ 同上。
④ 梅新林：《中国游记文学史》，学林出版社 2004 年版，第 2—3 页。

沙埋渠、毁屋沦田之祸。倘旧岁少雪，新岁复旱，亦未尝不求雨，南北路各城皆然。《竹叶亭杂记》谓：西域畏雨，得风则穰，得雨则歉，言之过当矣。

但如果仅是单纯的描摹塞外景物风光，那么《辛卯侍行记》的史料价值又会大打折扣。如前述所言，陶保廉因景生情、沿情而考、考评相间，在《辛卯侍行记》中，将对行程踪迹的实录、边疆景物的描摹（散文文体）同对所经之地历史地理方面的思索与考证（学术文体）两个层面的内容结合得浑然一体，典型地突出了游记文体的 3 个核心要素，因此兼具二体，为后世学者树立了记行文体经世致用的范本。

如较陶氏稍后的谢彬（1887—1948 年）于 1917 年奉孙中山之命，以财政部特派员身份前往新疆省阿尔泰地区考察写成的《新疆游记》在很多内容上就直接承袭了陶保廉《辛卯侍行记》中的这种写法与内容，兹举例如下：

表1 　　　　　　　《辛卯侍行记》与《新疆游记》部分相近行程记录对比

书　名	《辛卯侍行记》	《新疆游记》
成书时间	1891 年	1917 年
关于哈密"苦水驿"一地的记载	四十五里，苦水驿。哈密，缠回呼阿及克苏。防兵十，旅店四，泉深八尺，味苦。中午大风，房屋尽毁，流沙拥积。今驿舍非旧地，四年一沧桑矣。每站只一泉，御者急饮渴马，矢溺错杂，泉虽不苦，亦秽极矣。向读《耿恭传》笮马粪汁饮之，盖亦沥去水中马粪以饮，而史官过侈其说耳。计行七十五里。南山有铁。驿南戈壁一百五十里库库车尔。又八十里博罗图钦。一百五十里博罗春集。一百二十里土窑子。一百里敦煌县。	二月二十五日　早雪，日晴，夜仍雪 四十五里，苦水驿，回语呼"阿及他苏"。宿。是日行七十五里。车店三，邮政所一，草料粮食，购自沁城，本地一无所出。泉深八尺，水味特苦，餐用饮料，则自沙泉携来……自安西至哈密，水味多苦，且每站只有一泉，车夫急饮渴马，矢溺交下，泉即不苦，亦秽极矣。幼读《后汉书·耿恭传》，"笮马粪汁饮之"，是特滤去水中马粪，方为饮料，史官不知戈壁情形，过侈其说耳。①
关于哈密歧路（经札萨克图汗部至乌里雅苏台路程）的记载	厅北八十里沙沟峡。又八十里三塘湖。西通奇台，东南通山西归化城。详八月十八日记。二百余里苏海图，又北入外蒙古界喀尔喀札萨克图汗部。凡十四程至乌里雅苏台。苏北海以北曰海尔罕布拉克，曰察罕迭斯，曰锡林，曰巴尔鲁克河。折东北曰毛海，曰车臣淖尔，曰那林，曰伯勒滚，曰奎素，曰诺尔木垓，曰毕齐克淖尔。过札布噶河曰胡吉尔土，曰化领诺图，曰乌里雅苏。同治四年，新疆道梗，于此路设台站，事平即废。	自哈密北行八十里，沙沟峡。八十里，三塘湖古城子，东通归化城必经之途也。二百余里，苏海图。又北入外蒙古扎萨克图汗部，共十四程至乌里雅苏台。所经站口，曰海尔罕布拉克，曰蔡罕迭斯，曰锡林，曰巴尔鲁克河。折东北曰毛海，曰车臣淖尔，曰那林，曰伯勒滚，曰奎素，曰诺尔木垓，曰乌里雅苏。前清同治四年（1865），回乱大作，新疆道梗，曾于此路安设台站，事平即废。②

---

① 谢彬著，杨镰、张颐青整理:《新疆游记》，新疆人民出版社 2010 年版，第 91 页。

② 同上，第 99 页。

陶氏每经一地，每到一城，必先对该日天气如何、该地地形、土壤、遗迹、户口、物产等进行一番总体的描绘，这样行文符合记行文体的特点，不仅给后世学者进行自然环境、社会民俗考察提供了真实可信的资料，而且给后世一般读者留下了对该地风物的总体印象。另外，先于历史地理的烦琐考证而书写环境风物，甚至间有掌故传说，易于让人接受，也使得该书的可读性大大增强。

> 十七日，西北行戈壁，左右多小山。二十里始平旷。五里出沙阜间，沙多红色，碎石碍轮。五里复平旷，左右均有废屋一所。即祁、林二公所谓疙瘩井。今井为沙湮，莫知地名，但呼腰站子。四十五里苦水驿。哈密，缠回呼阿及克苏。防兵十，旅店四，泉深八尺，味苦。

从这些自然风物以及旅途见闻的描绘中，我们也可以窥见自古以来西北的地理形貌多沙石陡坡，道路时升时降以致车马难行，冬日气候寒冷且人烟稀少，总之自然条件极为恶劣，路途艰辛可想而知。那么陶保廉能于此陌生环境中一边侍奉父亲，一边赶路驾车，等到空闲时还要翻阅史籍、思考著述，确实为常人所不能，殆非出于对西北史地之学的热爱以及对强边富民的希冀，否则是很难完成这一任务的，因而又增加了《辛卯侍行记》一书的分量。再如：

> 十五里升坡，即三道岭驿，以鸭子泉塘改设，回名塔勒奇，言有寄居人也，住店，计行六十里。店旁缠回一家，有桃园，后二十丈有小泉。人多则水不足用，竭地之力，可住一二十家而已。沙碛引水，渗漏居多。光绪三年，张勤果令军士开哈密东北石城子渠，引库申图水，用毡单贴地数十里以承流，谓之毡工。所费殊巨，小民未易仿行。左文襄陈诸奏牍，夸为功绩，未几毡败渠涸。

在这一段对于泉水的描述中，陶保廉由眼前所见之"小泉"发出了"人多则水不足用"的感慨，继而联想到之前张曜（谥勤果）军队为防止新疆灌溉用水流失而采用将毡皮垫在渠底以避免渗漏的方法，并且提出了批评意见——"所费殊巨，小民未易仿行"，最终"毡败渠涸"，不足为取。陶氏在亲自考察的基础之上，对前人的作为加以实事求是的分析与评价，不虚美不隐恶，十分中肯。同时，我们从这段记录中也可以看出：因景生情、沿情而考、考评相间，这是陶氏在描述环境风物时的一种思路，陶保廉对国计民生的关注与思考不言自现。

二、史学价值——详罗史料，长于纠误

该书最大的特点就是无论记述沿途风物或历史沿革，陶保廉总是能够在浩瀚的典籍中找出相关的史料内容或补充佐证或加以修正。这一特色是同时期的大多数其他西北游记作品所不具备的。

如同样是沿途经过连木齐驿，祁韵士《万里行程记》只记自然景观与人文风情：

连木沁

　　回民丛处，风景最佳。村西河水自北而南，清澈可爱。稍东，则石罅中突出一泉。稍北，又有一溪从深林内涌出。汇合桥畔，潨潨振响，上有万柳阴云为之庇幂，炎天酷热，顿极清凉。时看人头皞皞，妇子嬉嬉，饮马捣衣，往来不绝，别有天地。徘徊半日，觉尘襟为之一涤，解袜濯足于溪头，快事！过河登岸，良苗盈亩，盖回民习于耕作，安乐之况可想。①

而陶保廉《辛卯侍行记》却引用了多部其他舆地之作，有考有记，因而从史料价值而言是更胜一筹的：

　　十里连木齐驿，吐鲁番，《西域图志》作连木齐木，旧音勒木津，《新疆识略》作连木沁。有行馆面北，光绪四年，精善马队营官王某建，有老榆，大二抱，计行六十三里。车店三，汉人及回商各二十余家。缠回九十户。温泉数处，汇成小河，西南流七十里至色尔启布岐为三：北渠西北流四十余里至鲁克沁城北，其南渠西流至鲁克沁南，其东渠向南流三十里至东湖，均溉田无余。纂修《西域图志》诸官以连木齐为汉车师后城长国。保廉按：《汉书》后城长在郁立师国之东，郁立师北与匈奴接，则后城长亦北接匈奴。今连木齐之北为车师后庭，是后城长不在此也。夜雪。

再如同样是记载哈密沿革，首先从行文篇幅上考量：陈赓雅《西北视察记》虽然有《哈密概况》专章回溯了哈密一地从汉代至民国的历史变迁，但所言甚简，仅有300余字；而陶氏《辛卯侍行记》着近万字笔墨详细考证了哈密一地的历史沿革。其次，在记

---

　　① 祁韵士著，李广洁整理：《万里行程记（外五种）》，山西人民出版社1992年版，第31页。

载当中,《西北视察记》无一处引用史料的痕迹;而《辛卯侍行记》仅在交代唐朝哈密的诸种情形时,就引用了《旧唐书》《新唐书》《旧唐志》《新唐志》《元和郡县志》《太平寰宇记》《舆地广记》《西域图考》《西域考古录》等数十种史籍进行补充,确实做到了详罗史料,使人信服。

经统计,陶保廉《辛卯侍行记》西域史料部分中,考证前人或同时代西北舆地之作失误的内容共出现了40余处,它们少则仅以一两句考辨一处地名之误,多则以数百字、上千字的篇幅条分缕析某一历史事件的记载之误。且陶氏在纠误时都有一个共同特点,即援引史料、完成分析后,用"非也""讹也""谬矣""误也"的判断句式直言错处,而非含蓄暧昧、无关痛痒的评述,这也鲜明地体现了陶保廉务实求真的思想。试看几例:

> 成帝咸康初,前凉张骏置沙洲《十六国春秋》:领敦煌、晋昌、高昌三郡,及西域都护、戊己校尉、玉门大护军三营。《晋地志》引此错误,不可读。何秋涛谓晋昌下脱"西海"二字,非也。

> 二十二年,安西提督傅魁进军盐池,莽噶里克恨准夷诛求无厌,馘十人迎降,魁欲邀功,擅杀之,以击斩告。事觉,诛魁,宥噶里克妻孥。其子白和卓隶蒙古正白旗,任侍卫。李氏《西域图考》并莽苏尔与莽噶里克为一人,又谓莽苏尔即额敏和卓,大误。

丁振铎在《辛卯侍行记》序言中说:"顾其中所过名都下邑,建置沿革,特详水道、邮程,脉络并分据悉。"[1]陶保廉对于所经之地交通道里、历史沿革的考证颇为丰富且旁征博引、言之有据。如关于黄河源头的考证,陶保廉引用诸多史籍进行考证,结论虽存在偏颇,但亦可见其对史料的熟稔程度及考证的认真态度。

> 又按:河有重源,均出昆仑,稽古证今,一一吻合,而前人拘墟之见,有不可不辨者。班固以昆仑之说为妄。《张骞传》赞曰:《禹本纪》言河出昆仑,高二千五百余里,日月所相避隐为光明。自张骞使大夏之后,穷河源,乌睹所谓昆仑者乎?故言九州山川,《尚书》近之。至《禹本纪》《山经》所有,放哉!邓展谓河源出积石,不出昆仑。《史记集解》《汉书注》均引之。欧阳忞《舆地广记》、马端临《文献通考》皆偏执一说。

---

① 陶保廉著,刘满整理:《辛卯侍行记》,甘肃人民出版社2005年版,第3页。

徐松、陶保廉等一批学者在这一问题上都持"河出西域说、重源说"的观点，从今天的地理常识看来，这些无疑都是错误的。究其原因，周轩认为："这是当时受地学发展水平的影响所致，不可以苛求前人。"①

三、语言学价值——善用音韵，见解独到

陶保廉作为晚清举人，具备一名传统知识分子所应当具备的小学功底。在《辛卯侍行记》西域史料的考证过程中，音韵、训诂的功力不时渗透其间，尤其以对西域地名的音韵学考证最为出色。另外，他还总结了翻译西北地名时的方法与禁忌，为后世学者的研究工作提供了重要参考。

地名转音是陶保廉《辛卯侍行记》西域史料中总结出的比较普遍的一种现象。所谓"转音"，朱骏声认为："古韵亦有方国时代之不同，辄或出入，如一东字也，音转如当，则叶壮部矣；音转如丁，则叶鼎部矣；音转如登，则叶升部矣；音转如耽，则叶临部矣；音转如敦，则并有叶屯部矣，即所谓双声。然其本音，自有一定，今命之曰转音，以考其异而益审其同。"②音韵学中，上古声母系统同组者为双声，旁纽、准旁纽、邻纽等也可看作"转"；韵部间更是常见阴阳对转、旁转、旁对转、通转等，以"莺窝"与"伊吾"转音为例：

> 晋敦煌郡治昌蒲县、伊吾《通典》：伊吾在晋昌县北。疑在今州东北二百余里桥湾营西境。桥湾西北一百九十里有莺窝峡，莺窝或即伊吾转音。汉、晋人赴天山之路，在今驿道之东，故立伊吾县彼钦、新乡诸县。

根据王力先生《汉语史稿》中拟定的声母系统和古韵的分部以及《同源字典》对上古韵部接近的判定，"莺""伊""窝""吾"四字的古音关系如下：

表2　　　　　　　　　　　"莺""伊""窝""吾"四字上古音韵

声韵 \ 例字	莺 [eŋ]	伊 [iei]	窝 [uai]	吾 [ŋa]
声母	影 [ø]	影 [ø]	影 [ø]	疑 [ŋ]
韵部	耕 [eŋ]	脂 [ei]	歌 [ai]	鱼 [a]

---

① 周轩：《清代新疆流放研究》，新疆大学出版社2004年版，第188页。
② 朱骏声：《说文通训定声》，武汉市古籍书店1983年版，第14页。

由上表可见,"茔""伊"古音双声,都是影母;"茔"属耕部,"伊"属脂部,两韵的主要元音均为[e],仅韵尾发音部位不同,因此为通转关系,即"耕脂通转"。"窝"为影母喉音,"吾"为疑母牙音,喉音与牙音为邻纽,声母接近可以互转;"窝"属歌部,"吾"属鱼部,两韵的主要元音均为[a],一有韵尾一无韵尾,也属于通转关系,即"鱼歌通转"。因而陶保廉说"茔窝或即伊吾转音"。

再如"吐鲁番"这一地名,陶氏记录为:

> "吐鲁番"之"番"字,缠回呼若"潘"如广州"番禺"之"番"。乾隆时,此邦回人徙乌什者,以其故乡之名名乌什,曰"图尔璊","璊"即"番"之对音也。盖西州于晚唐为吐蕃人所据,疑其时呼为吐蕃城,音转为吐鲁番耳。乐史瓜州西至伊州界吐蕃鲁儿山四百五十里。盖亦因吐蕃得名,惟此山在哈密南境。近人以蒙语谓都会、回语谓土塔释之,非探本之论。

训诂学界一般认为清人钱大昕在其《十驾斋养新录》(卷五)中最早提出了"古无轻唇音"理论,该理论认为:后代读作 f、v 声母的字在上古音里读作 b、p、m 声母。今又有学者从少数民族语言(如古壮语、藏语)中印证了此条规律。[①]因此,正如陶保廉所言,"吐鲁番"之"番",可能是由晚唐吐蕃人所据西州吐蕃声母音转而来。

当然,转音的形成原因比较复杂,加之受到少数民族语和翻译的影响,陶氏所言的"转音"也未必完全属于音韵学的范畴、严格遵从语音演变的规律。但不管怎样,从音韵学角度着眼研究可以为地名的释读提供新的参考和思路。另外,陶保廉对于西域地名的读音保持着高度的敏锐感,除大量发现并总结地名的转音问题外,他认为还有一些"音异地一"的地方是由于"谐声"或"急读"所致,如:

> 至元十二年,都哇破火州,徙屯于哈密力,旋为北军所杀,于是政令归朝廷。至元中,所设官有霍州畏兀按察司、镇北庭都护府、和州宣慰司。霍州、和州、火州,皆谐声也。
>
> 汉金满之名既沿称至唐,则唐以后亦呼金满,可知惟吐蕃、回鹘相继据有,文字不同,辗转淆讹,遂译为济木萨,此三字急读之,与金满同。

---

① 乔全生:《古无轻唇音述论》,《古汉语研究》2013 年第 3 期,第 16—25 页。

四、《辛卯侍行记》西域史料指瑕

《辛卯侍行记》作为一部游记,事关西域部分通过浓郁的文学特色以及严密的史学考证,在人口、民族、宗教、交通、土地、矿产、环境、防务等诸多方面准确详实地向后人展示了清末西域地区的自然环境与人文风貌,为后世学者倍加推崇。但正因其内容庞大充实,故而疏忽之处也是在所难免。

一是某些结论稍显武断。

如关于"星星峡"地名的由来,陶保廉记为:

> 自泾州白杨坡至此,共行甘省境三千四百三十二里。四十里路渐窄,至星星峡驿,新疆章程以军塘并入驿站,土屋五家,皆旅店,住店。井深一丈,水咸,计行七十里。乱石错落,故曰星星。

殊不知"星星峡"这一地名来源有三。据戴良佐《星星峡地名考》①一文,各家对该地名称由来有:源于星星说(因为当地后山咬牙沟盛产水晶,俗称"星星石",故名此峡为"星星峡",也非陶氏所言"乱石错落,故曰星星");源于猩猩说(未见当地有猩猩,很可能是源于对塞外边疆的歧视与偏见而造此说)和源于陨石说(也未见陨石,可能是将水晶石讹传为陨石,故此说也不能成立)等讨论。以上诸说皆有据可考,这就比陶保廉仅凭视觉观感就做出判断要谨慎、全面得多了。

二是部分考证出现偏差。

如关于苦峪城的建城时间,陶保廉认为:

> 宣德十年,沙州指挥困即来畏瓦剌、哈密之逼,东徙苦峪。正统六年,命边将助之筑城。今安西州东南一百五十里之上达里图。徐松谓苦峪城筑于明成化中,误也。

翻检《明史·西域传》,关于苦峪城的建城史有明确的记载:

> 正统元年,西域阿端遣使来贡,为罕东头目可儿即及西番野人剽敚。困即来奉命往追还其贡物,帝嘉之,擢都督同知。四年,其部下都指挥阿赤不花等一百三十

① 戴良佐:《星星峡地名考》,《西域研究》2001 年第 1 期,第 91—93 页。

余家亡入哈密。困即来奉诏索之，不予。朝命忠顺还之，又不予。会遣使册封其新王，即令使人索还所逃之户。而哈密仅还都指挥桑哥失力等八十四家，余仍不遣。时罕东都指挥班麻思结久驻牧沙州不去，赤斤都指挥革古者亦纳其叛亡。困即来屡诉于朝，朝廷亦数遣敕诘责，诸部多不奉命。四年八月令人侦瓦剌、哈密事，具得其实以闻。帝喜，降敕奖励，厚赐之。明年遣使入贡，又报迤北边事，进其使臣二人官。初，困即来之去沙州也，朝廷命边将缮治苦峪城，率戍卒助之。六年冬，城成，入朝谢恩，贡驼马，宴赐遣还。七年率众侵哈密，获其人畜以归。[①]

由上述史料可以看出，正统六年苦峪城已经建好，所以陶保廉谓"正统六年，命边将助之筑城"（言下之意正统六年才开始修筑此城，何时建好未知）说法不妥。况且陶保廉随后对徐松的指摘"徐松谓苦峪城筑于明成化中，误也"也是片面武断的。因为另据《明史·王玺传》记载：

　　王玺，太原左卫指挥同知也。成化初，擢署都指挥佥事，守御黄河七墅……十七年进署都督同知。时玺以都督佥事为总兵官，而鲁鉴以署都督同知为参将，玺恐难于节制，乞解兵柄，故有是命。初，哈密为土鲁番所扰，使其将牙兰守之。都督罕慎寄居苦峪口，近赤斤、罕东，数相攻，罕慎势穷无援。朝议敕玺筑城苦峪，别立哈密卫以居之。[②]

这段史料中明确提及成化年间朝廷敕令王玺修筑苦峪城，因此，徐松在其《西域水道记》中的记载"苦峪城筑于明成化中"也是合乎史实的。

　　苦峪者，夷言达里图。达里图有二，相去二百五十里。布朗吉尔城西南九十里至黑水桥，桥南二十里为苦峪城。今于东达里图建玉门县治，故谓苦峪为上达里图也。苦峪城筑于明成化中，《明史·西域传》不详筑城之年。考《本纪》："成化十三年（1477）十月戊申，复立哈密卫于苦峪谷。"则筑城当在是年。[③]

但其仅根据"成化十三年（1477）十月戊申，复立哈密卫于苦峪谷"就此推断"筑城当在是年"也是以偏概全的，这一问题同为何苦峪城会出现两个建城时间一样，是

---

①　张廷玉等撰：《明史》，中华书局 1974 年版，第 8561 页。
②　张廷玉等撰：《明史》，中华书局 1974 年版，第 4641—4642 页。
③　徐松著，朱玉麒整理：《西域水道记（外二种）》，中华书局 2005 年版，第 136 页。

需要厘清的——追溯苦峪城所处地理位置，乃是唐武德年间所设瓜州郡、隋敦煌郡常乐县治所、汉敦煌郡冥安县治所所处之地，最早距今已有 1700 余年历史，是丝绸之路上的咽喉地段，也是多民族杂居交汇之地，战略、交通地位十分重要。因此占领与被占、兴建（修缮）与废除（被毁）是交替进行的，这就难怪会出现两个或多个修建（重建）时间了。苦峪城最终于明弘治七年（1499 年）封闭嘉峪关后被中原政权彻底废弃，吐鲁番满速儿部落占领；其后蒙古、哈密等地少数民族群雄角逐，战争连绵不断，城址不同程度地受到损害，逐渐荒废。近代也有人将苦峪城称作"锁阳城"。该城遗址是国务院于 1996 年公布的全国重点文物保护单位，今位于甘肃瓜州东南约 70 公里的戈壁滩上。

基于以上史实的梳理，那么无论是陶保廉认为"正统六年，命边将助之筑城""徐松谓苦峪城筑于明成化中，误也"亦或徐松"苦峪城筑于明成化中"都是不全面的。

三是个别数据存在分歧。

如关于平定准噶尔叛乱的参战人数，《辛卯侍行记》的记录为："（雍正）九年三月，准夷侵吐鲁番，护理大将军事、四川提督纪成斌，令总兵樊廷率二千人往援，贼遁师旋。"而《清高宗实录》和《平定准噶尔方略前编》均记为："纪成斌闻贼人侵扰吐鲁番之信，即令樊廷等领兵四千，前往应援。"[1]《清史稿·岳钟琪传》也记录为："三月，准噶尔二千余犯吐鲁番，成斌遣廷将四千人赴援，敌引退。"[2]据此，引用《辛卯侍行记》该则材料时，尚需比照其他史料进行核实、订正。

五、结语

清代中后期至民国初年，西域行记的创作掀起了一个高潮，这批创作不仅为我们勾勒出一幅幅广阔多彩的西域风情图，也从另外一个侧面为我们提供了研究西域历史地理的参考素材，陶保廉的《辛卯侍行记》正是其中一个重要组成部分。陶氏该记中的西北边疆行程部分，比较全面地描摹了与内地迥异的西域风土民情，分析梳理了相关历史地理、民族关系问题，并且联系实际提出了解决问题的参考意见，属于同时期西北边疆游记中的精品。

通过与这一时期的其他西北舆地之作相对比，《辛卯侍行记》凭借着优美的文句、翔实的考证、独到的见解成为清代至民国以来众多西北游记中的佼佼者。同时，我们也应

---

① 《清高宗实录（卷一〇四，雍正九年三月壬午）》，中华书局 1986 年版，第 381 页；《平定准噶尔方略前编（卷二十二，雍正九年三月壬午）》，上海古籍出版社 1987 年版。

② 赵尔巽：《清史稿》，中华书局 1977 年版，第 10373 页。

当指出，《辛卯侍行记》西域史料中也存在着个别问题，如内容失误等，需要后人在使用时加以考量订正，以便更好地发挥其功用。总之，作为一本历来备受推崇的游记作品，《辛卯侍行记》西域史料具有十分重要的文献参考价值。

（作者单位：西安外国语大学中国语言文学学院　陕西师范大学文学院）

景随时移：民国旅行叙事下的潼关空间[*]

杨 博

内容提要： 随着陕西近代交通的发展与社会历史演进，游客对作为内陆关隘的潼关，产生了不同的空间感知、旅行叙事、印象。本文从"风景"叙事与"国家想象"的角度，对潼关在"五四"时期，陇海铁路交会期（1931.12—1934.11）、全面抗战时期（1937—1945）三个时期的空间感知、旅行叙事以及空间印象进行了分析，由于时代的不同，潼关形成了"闭塞的象征""现代与传统杂糅""象征了中华民族雄伟的气魄"三个不同的象征空间，本文揭示了在现代进程中，国人在内陆区域旅行的空间体验，在"移动"中的潼关风景之中，昭示的是现代中国蹒跚前进的缩影。

关键词： 潼关；旅行叙事；地理印象；国家想象；空间象征

空间转向是近年来城市研究的一个重要方向，空间本身被分为"现实空间、想象的空间、象征的空间"这三个层级不同而又相互联系的概念。本文所要讨论的重点是，现实的物理空间在何种程度上影响了游客的旅行，并形成了何种旅行叙事，并最终在旅客脑海中形成何种空间象征。

本文以民国陕西境内的潼关"风景"为研究对象，对其不同历史时期的交通地理空间形态与旅行叙事进行分析，试图揭示在不同物质条件及时代背景下，所形成的不同旅行叙事背后的话语体系意蕴，最终展现的是这一系列"移动"的风景在塑造国家认同时的作用。

随着近代陇海铁路的延伸，在 1931 年 12 月起至 1934 年 11 月之间，潼关充当了陕西乃至西部地区与东部地区的连接点。而陇海路延伸到西安后，促进了陕西旅游业的发展[①]，也带来了大量的旅行著述。据笔者考察，涉及潼关的游记有 20 种之多，涉及

---

* 本文是国家社科基金重点项目：西北抗战大后方文献资料整理研究（项目编号：16AZD037）的阶段性成果。

① 杨博：《陇海铁路与近代陕西旅游的兴起》，《长安大学学报（社会科学版）》2015 年第 2 期。

"五四"新文化运动、现代化发展时期以及抗日战争时期这三个不同的历史阶段。因此，本文以这三个阶段为时间节点，以潼关为地理空间座标，分别对不同时期的旅客移动经验加以分析，借以揭示那个时代的人们是在怎样的物质基础与外在限制下进行移动与跨越的，并通过这些旅行者的书写来考察这个物质基础所给予的空间位置与想象。

一、"闭塞的象征"（1911—1927）：作为西北内陆边界的潼关

作为"五四"时期的启蒙者，这一时期的知识分子审视"陕西"的目光，是将陕西视为"破败中国"的象征，这种视野，不仅确定了自身"启蒙者"的位置，也确定了陕西"被启蒙者"的"他者"地位。

（一）潼关地理印象

潼关历史悠久，春秋时称桃林塞，汉时称潼关。由于秦岭至此向北收缩，与黄河之间形成狭长地形，潼关就处在狭长地形的咽喉位置。清代的地理志就对潼关的"咽喉"位置作了分析与说明。

> 清康熙二十四年（1685）刻本《潼关卫志》：秦为四塞之国，举其全体而论之，河西四郡通西域诸国，犹尾闾也；上郡以北，其背脊也；度栈阁则入巴蜀，出商洛则走襄邓，皆枝蔓；唯潼关披山带河，东面而临韩魏郑宋齐鲁诸国，唐人谓其雄三辅而扼九州，良非夸语。秦之咽吻其在是乎！在昔建置不同，称名亦异，而总以一关绾全秦之口，莫不遣重臣设重兵以守之。[1]

因此，"一关绾全秦之口"的重要地理位置使得历代都非常重视潼关的防守。但由于传统社会的衰败，即使在康乾盛世的当时，过往之人仍然发出"荒凉"的感叹。

> 过此南瞻秦岭，北望河洛，岳势郁忽，河流汧浍，未尝不叹其山川之严险，而居民城郭满目荒凉。[2]

（二）陇海铁路之前的旅行叙事

在民国初期，东部及发达地区的北京、天津、上海等地，已经享受了现代交通工具的便利，在1931年陇海铁路延伸到潼关之前，民国交通专家凌鸿勋在考察潼关时发现，

---

[1]（清）高梦说、唐咨伯修、杨端本纂，清康熙二十四年（1685）刻本，《潼关卫志》，第1页。
[2]（清）高梦说、唐咨伯修、杨端本纂，清康熙二十四年（1685）刻本，《潼关卫志》，第4页。

潼关和陕西内部的交通工具为黄包车、独轮车、船只、骆驼等四种交通工具，因此，他得出了陕西的交通工具"仍在中古时期"的结论。而造成这种落后交通面貌的原因，是陇海铁路的修筑缓慢和与河南境内崤山山脉的地形影响所致。

从陇海铁路的修筑史来看，民国时期在河南境内一共存在四段，修筑时间长达 18 年。分别为：洛阳东站至观音堂（1913.5—1915.9，92.6）、观音堂至陕州（1915.9—1920.5，48.4）、陕州至灵宝（1920.5—1924.5，25.66）、灵宝至潼关（1930.11—1931.12，70.7）。其中，观音堂至陕州之间修筑了硖石隧道，陕州至灵宝之间也要穿过山脉，因此，这两端的道路状况比较困难。"查西段原有隧道十七座，民国十三年，陕潼段开始修筑复添凿十二座，惟其中第五六两座均因山头崩陷，废置路线另行改道。隧道总长度共一一三三六公尺四四，其最长者为硖石隧道，长一七七九公尺，强其次为潼关穿城隧道，长约一○七○公尺。"[1] 因此，在陇海铁路前，从河南到陕西则分为陆路和水路两条交通线路。

1. 从河南观音堂至潼关的陆路叙事

1915.9—1920.5 之间的观音堂至陕州道路状况。1919 年 5 月 24 日，教育家侯鸿鉴[2] 从河南省观音堂出发翻越崤山山脉。因硖石段山路崎岖，坐在马车当中的侯鸿鉴被颠簸得痛苦不堪。"二十五日晨乘车西行，三十里至硖石。山路崎岖，坡岭险恶，车道在深沟中，往往来车阻滞，彼此让道。至为困难，其最险处自硖石山曲折下坡，倒旋反行，与转圆环相若也……大风骤起，沙尘扑面，顷刻间飞沙满车，耳目口避，灰沙弥塞……车轮从大石上旋行，左右颠簸，较之硖石山路，尤觉难行，头脑昏眩，坐卧均不适，而身躯颠荡簸摇，无一秒之坐定，虽以两手把住车窗，指皮碰碎，足趾脉络辗转苦痛，几至哼咛不绝，而病莫能同……而将抵陕县过河，车道高低更难行矣。约三里许，浑炫呻吟，作待毙状，惟力持吾心，不使乱耳。"[3] 因此，为了克服崤山山脉造成的旅行困难，陇海铁路修建了硖石隧道，使得乘客原有翻山越岭的困难状况得以解除。但是，翻过崤山山脉后，陕州到潼关的路途也并不平坦。

1920.5—1924.5 之间的陕州至潼关道路状况。陕州至潼关之间主要依赖原有的大车道与水路运输。陆路情况依然险峻，"潼关位豫陕两省交界处，实可为地理上之重要界划。其东则为豫西黄土丘陵，盘迁险峻"。1923 年，一位名叫"隐"的游客留下了这样的记录：

---

① 中国国民党陇海铁路特别党部编：《陇海铁路调查报告》，1936 年 11 月出版，第 21 页。
② 侯鸿鉴，现代教育家、藏书家，字葆三，号铁梅、病骥、梦狮、沧一，自号病骥老人，江苏无锡人。1919 年 5 月，侯鸿鉴前往陕西考察教育，著有《西秦旅行记》。
③ 侯鸿鉴：《西秦旅行记》，民国七年（1928 年）自印本，第 2 页。

二十六日乘驴车出发，所行皆绝壁间峡道，止可容一车出入，山势之险为生平所未见。予五游瑞士，每叹赏其山水之雄奇秀丽，此处山水无可观，止险而已。地又多盗，在月光中观此群立之群山，荒凉之鸟道，颇能令人发生异常之感想。①

2. 从陕州到潼关的水路叙事

1924 年 6 月，鲁迅等人应西北大学的邀请，前往西安讲学，花费了 8 天 7 夜的时间，换乘火车、货船、汽车 3 种交通工具。在享受过津浦铁路现代交通工具的舒适之后，鲁迅等人在到达陕州，不得不花费 4 天时间，沿黄河朔流而上，从河南陕州乘货船到达陕西潼关。

本可坐车以行，然山路崎岖，颠簸殊甚，久旱无雨，尘埃障天蔽日，鼻为之塞。同行者人数较多，雇车殊不易。——此间车夫多天津人，又刁又狡。余等亦以乘船较为舒服，乐得赞成。既乘以后，觉着甚不舒服，黄河无客船，仅有载货船，前后尖，中间宽，闸头之舱不能容物。中间之舱有席顶，无木顶，席甚薄，下雨则漏。两旁用木板作围屏，板背用钉钉住，不能启闭，闷坐舱中，不能观两旁之物。前后有洞无门，无物遮护，过风则由洞通风，甚凉爽，遇雨则由洞溅水，甚沾湿。余等十七人，分乘二船，余船三舱，共乘九人，每舱三人。船顶甚低，舱甚窄，每舱又各有行李二三件，局促殊甚。余等卧则屈膝，坐则折腰，立则鞠躬，人人终日抱膝长吟，无自由回旋之余地。②

不仅如此，在黄河中，由于突遇逆流，鲁迅等人的船只甚至遇到了危险。
到达潼关之后，潼关披山带河的险峻形势给鲁迅一行带来深刻的印象。

潼关在黄河南岸，南负山，北带河，极为形胜。有东西南北四门，东西北三门皆傍黄河沿，南门在山上。城内北半为河岸平原，户口甚多，商业繁盛。南半为山麓高地，地势形胜，烟户稀疏。城墙南半在山上，北半在平原，最北之北门，则面河而开，仅容人出入。③

---

① 隐:《秦游记》,《晨报副刊》1923 年第 327 期。
② 王桐龄著:《陕西旅行记》,文化学社 1928 年印行，第 6 页。
③ 同上。

同行的另外一位民国学者陈钟凡（1888—1982 年）对潼关"天险"也作了描述：

> 潼关高据山岭，依岭筑城，雉堞丛峙，俯阚河曲，高屋建瓴，形势雄胜，信称
> 天险。由关迤南，秦岭诸山，直接商县，叠嶂悬崖，无路可通，东西往来，仅此一
> 径。杜工部所谓"连云列战格，飞鸟不能逾"者也。十四日，晨七时，乘汽车西行，
> 土路崎岖，车行颠顿，头晕至不能支。①

但是，潼关的"天险"感受很快被落后的交通状况取代。不仅如此，落后的道路状况使得现代交通工具——汽车也无法施展，进而造成损坏。在潼关汽车站"潼关东西道路太坏，汽车多毁坏，抛弃院中"②。

3. 造成交通困难的地理因素

究其缘由，民国时期的地理学家严德一分析认为。"豫西丘陵，潼关以东，以至洛阳，是为崤山山脉。崤山山脉海拔在五百公尺左右，以陕州为中心，分为东西二部，其地形又略有慢坡陡坡之异。陕州以西，深谷绝壁，高下悬殊……；陕州以东，谷形较为宽平，侵蚀作用不著，属于壮年后期地形。"③

因此，由于崤山山脉地形复杂的原因及道路发展的落后状况，为前来潼关的旅行带来巨大的困难和不便。这种落后的交通状况也影响了陕西经济社会的发展，民国交通专家凌鸿勋在潼关考察时总结道：

> 盖西北为大陆地带。无航运之便利。所赖之运输，惟背负驼载及少数之大车而
> 已。此种运输方法。需时既久，运费自昂。虽有特产，未由与他处竞争，而所有工
> 业材料、机械、教育器具用品，以及关于衣食住行之需要。为西北所缺乏者，皆以
> 运转困难，无从输入。即偶一有之。而其代价之昂。绝非经济落后之西北所能担负。
> 其结果则西北广漠之原。仍维持其古代之状况。其人民亦度其千年之前之生活。④

在这里，西北成为"落后"的代名词，凌鸿勋将西北的落后与东南便利的交通条件相对照，虽然凌鸿勋并未提及东南的交通条件，但其以现代交通作为背景的叙述则显露无疑。

---

① 陈钟凡：《陕西纪游》，《国学丛刊》1924 年第 3 期。
② 王桐龄：《陕西旅行记》，文化学社 1928 年印行，第 6 页。
③ 严德一：《陇海铁路沿线陕豫境内之地理景象》，《地理教育》1937 年第 2 卷第 2 期。
④ 凌鸿勋：《陕南杂录》，《旅行杂志》1933 年第 6 号，第 8 页。

（三）地理观感："启蒙"视野下的潼关成为思想传播的"一个大障碍"

陕西因为地处中国内陆，其地理位置使得现代交通迟迟不能进入陕西，进而也导致了信息传递的闭塞，为"五四"等新文化运动等新思潮的传播造成了障碍。因此，引起了处于运动中心的陕西学生的焦虑，一些在上海学习的陕西大学生将潼关视为"障碍"。

> 潼关号称天险，是陕西的一个东门，就是交通的一个大障碍。向来关以外的东西不容易进去，以内的东西也不容易出来。所以我想到：这几年来，由北京到广东，由上海到四川，这中间夹着几十个大城市，有许多青年学者，想什么、说什么、做什么，做了的是什么，——轰轰烈烈真是好啊！——恐怕住在陕西的青年学者，大多数还不知道；就是有人知道，恐怕也是农夫见了"火车头"似的，奇的不得了，笑的支不住，究竟不知道这件东西为什么是这样！①

面对东部地区发达的铁路等现代交通与信息传递，陕西的学生有感于此，将现代信息与"火车头"并列，说明陕西现代交通的落后和信息的闭塞，进而指出潼关这种"天险"的地理位置，反而成为新文化传播的障碍，因此，原有传统的风景不仅不值一提，在新的社会观念下，原有的"险阻"优势反而成为了新文化传播的"障碍"。

当时内陆社会的落后状况和军阀割据的景象也给旅途中的学者以很深的印象，同行的蒋廷黻看到了内地群众的困苦生活：

> 沿岸的村落和居民贫穷得几乎无法形容。我实在想不到中国会有那么穷的人，他们竟然赤身露体穿不上裤子。河南岸，属于河南省的地界，是一片不毛之地。北岸属山西，常常可以看到绿树，我们希望船夫把船停在北岸，如此，我们可以看看山西。但是船夫告诉我们山西省长阎锡山，不准非山西的船只接近他的势力范围。一九二五年（实为 1924 年），中国显然又回到了战国的割据时代。②

蒋廷黻对潼关的地理位置也作了观察和描述：

> 潼关是一个战略上的要路咽喉。在古代，据说一夫当关万夫莫入。潼关东部为高山所阻，在黄河沿岸只有一个小口子，往来的人都要从小口子经过，所以非常险

---

① 魏凤标：《潼关外新思潮》，《秦钟》1920 年第 1 期。
② 王桐龄：《陕西旅行记》，文化学社 1928 年印行，第 6 页。

要。过了潼关，我们进入古中国的中心地带。①

这里，地理上的险阻成为偏远的象征，因此，蒋廷黻得出了"进入古中国的中心地带"的结论，古代历史的时间与现实空间延续在一起，现实的地貌进入到了古代的时间当中，这种叙述方式将古代与现代联系在一起，突出了当下潼关的落后。

> 我们所能看到的就只有秃山、干河、带病的农夫、土房、白骨、野狗。我看见有许多圆石子散布田间……后来我到北非时，曾感到奇怪：为什么地中海南岸的阿拉伯国家，过去文明那样进步，如今却远落于地中海北岸的国家之后。我对中国的西北也常兴起类似的感觉。②

非洲是近代"落后"的代名词，因此将"西北"与"非洲"并列，也将西北处于"落后"的景观语序当中。

民国初期的陕西，战乱频仍，作为陕西东部门户的潼关，在新的历史时期，原有的历史地理的积淀，反而成为"障碍"和"落后"的象征。而随着"五四"新文化运动和国家现代化的发展，对潼关的一瞥成为"回瞥体验"③（是指现代中国人对于自身古典传统神韵的怀旧体验）。

（四）残酷的现实：内乱频仍下的潼关

在 1911 年至 1931 年陇海铁路延伸到潼关之前，陕西受到社会动荡和旱灾、瘟疫等各种灾害的影响。陈树藩投靠北洋军阀，开始在陕西境内征收"烟款"，强迫农民种植鸦片。而后的陆宗祥与"靖国军"发生激战，河南军阀刘振华借机"调解"，进入陕西，赶走陆宗祥，并在一段时间内和"靖国军"处于对峙状态。为了把持陕西的统治，刘振华包围杨虎城和李虎臣镇守的西安长达 8 个月之久，后被冯玉祥率领的国民革命军驱逐。而冯玉祥又挥军参加驱逐段祺瑞政权，导致北洋政府垮台。而在国民党"北伐"胜利后，冯玉祥又参加"中原大战"，失败后下野。杨虎城受国民政府委派接管陕西政权。而其中还伴随着"白朗起义""靖国军起义"，以及 1929 年至 1931 年的灾害（陕西人称之为"年馑"），1931 年的"虎烈拉"（疟疾）瘟疫的灾害。因此，外界对于陕西的印象是"人间地狱"。

---

① 蒋廷黻：《蒋廷黻回忆录》，岳麓书社 2003 年版，第 112 页。
② 同上。
③ 王一川：《美学教程》，复旦大学出版社 2004 年版，第 118 页。

从前读过书的时候，因为受了关中"天府之国，沃野千里"一类话的影响，脑筋里总以为关中非常险要，非常富庶。近十年来看报纸，时时见到许多军阀、土匪，在那里打进打出，旱、蝗、瘟害，继续不断，死起人来总是成千累万，又叫我觉得关中比各处还坏，是人间地狱！古书同报纸正成反比例。①

而作为交通要道的潼关深受过往"兵灾"的肆虐。

城之东西相距约有四里余、南北不过两里。街市马路都颇齐整，旅馆饭馆也还可观。但是旅馆近半年来统统驻兵，迄未曾闲着。有一位旅馆经理告诉我，说他的旅馆，以前生意很好，自从战事起后，冯军驻在这里，源源不绝，他旅馆中的汽车既被冯军借去不归，而旅馆里的器物，也尽行被军队零星拿去拍卖了，到今日只剩一所破屋子和一个光身人，言下不胜叹息。当然的，在这次大战（指中原大战）期间，潼关先后经过的兵不下四五十万，人民所受的损失还数得清么！②

因此，《潼关新志》沉痛地总结道：

民国攻守频仍，迭为宾主，虽有得失，无关兴亡，不必书，抑亦不暇书矣。③

因此，对于陕西来说"只要从今以后，一方赶紧兴修陇海路陕州到西安铁道，则不但教育实业将日有起色，即关中人的生活状态亦将大有改变"④。而随着1931年12月，陇海线由河南灵宝延伸到潼关，潼关成为现代铁路交通连接陕西与东部地区的节点，其交通面貌发生了显著的变化。

二、现代视野下的杂糅（1927—1934）：铁路、旅馆、风光、鸦片

1947年5月，国民政府交通部编制的《1946年度交通状况》（铁路部分）显示："陇海铁路横贯甘肃（简称陇）、陕西（简称秦）、河南（简称豫）、江苏海州（今江苏北部）四省，原名陇秦豫海铁路，简称陇海铁路。西起甘肃天水，途经宝鸡、西安、潼关、洛

---

① 吉云：《关中见闻纪要》，《独立评论》1932年第28期。
② 陈必觊：《长安道上纪实》，《新陕西》1931年第1期，第118页。
③ 《潼关新志》，《中国地方志集成　陕西府县志辑29》，凤凰出版社2007年版，第236页。
④ 孙伏园：《长安道上》，《晨报副刊》1924年第193期，第3页。

阳、郑州、开封、徐州、海州，东至黄海之滨的连云港，全长 1382 公里，是近代中国东西交通的大动脉。"①它是在清代汴洛铁路的基础上，在不同的历史时期，逐渐向东西延伸，分成洛潼、开徐、徐海、海连、潼西、西宝、宝天和天兰各段，逐段修成通车的。其中，1934 年 11 月修成的潼西段（潼关至西安），1936 年 12 月修成的西宝段（西安至宝鸡）使得近代以来的陕西第一次有了铁路交通。

当陇海铁路西展至潼关时，潼关作为陕西连接东部现代交通的节点，陕西和甘肃物资东运的集中地。"陕甘土特产之东运者，大多集中于此，其中最为著名的是朝邑、三原、大荔、高陵、泾阳、渭南、华县和富平等县的棉花，年产量当不下 80 万担。"②因此，在现代交通因素影响下，使得潼关的交通地理位置显得更加突出，陇海铁路改变了原有落后的交通地理面貌，使得潼关的地理印象打上了"现代"的烙印。

（一）现代交通影响下的潼关地理印象

1927 年，国民党领导的北伐取得胜利，从而为国家和社会的发展建立了一个初步统一和平的环境。陇海铁路的建设也被提上议事日程，"现值革命成功，开始建设"③。随着国民政府对"西北开发"的投入，陇海铁路至 1931 年修至潼关，潼关的经济地位陡然上升。

> 自陇海路直达潼关，通车至西安咸阳以后，西北货物的输出入，行旅商贾的往来，必需经过此间。今年一月初旬，同成路又通车至潼关对面——黄河北岸的风陵渡了。所以潼关在全国经济和交通的意义上，尤为重要。④

不仅如此，当铁路修至潼关之后，潼关的经济一时呈现了繁盛的状态。

> 当陇海路初达潼关时，商业上曾极一时之盛，东大街、三民街、西大街都开设着不少的新商店，而一出西门，直达陇海路车站半里多长的西关，许多商店住宅，都在那时兴建的。什么旅馆、舞台、妓院，也随着商业发展而产生了。潼关境内并不丰富，大多数的棉花，是从关中产棉区域连输至此，销行上海、天津、青岛、郑州等处。⑤

---

① 中国第二历史档案馆：《中华民国史档案资料汇编：第五辑第三编财政经济七》，江苏古籍出版社 1994 年版。

② 陇海铁路车务处商务课编：《陇海全线调查》，1932 年出版，第 185 页。

③ 佚名：《陇海进行完筑》，《铁路世界》1928 年第 1 期，第 80 页。

④ 镜东：《潼关印象记》，原载于《申报周刊》1936 年第 1 卷第 14 期，第 332 页。

⑤ 同上。

在 1931 年至 1935 年陇海铁路延伸到西安之前，潼关一直作为陕西棉花输往东部的集散地与中转枢纽。

（二）旅行中转地：陇海铁路修通后的潼关旅行叙事

1. 铁路交通交通体验及叙事

陇海铁路的修建，因为政治局势和社会经济条件的限制，可谓波折不断。从陕州至潼关，从 1925 年开始动工，经历了陕州至灵宝段、灵宝至潼关段两个区段，修建时间从 1925 年至 1931 年 12 月，长达将近 7 年。主要原因为穿越崤山山脉的原因，而旅客也记录了隧道的风光与沿途景观。

> 列车驶出潼关而东，计自潼关而达郑州，陇海铁路所穿凿山洞大小凡有二十八座。距观音堂西九里之硖石驿隧道，长 1780 公尺，火车经行约 3 分钟，实为全国铁路中最长之隧道。车行所经，黄土丘陵起伏，峰回路转，隧道出没，车身时隐时现。初出潼关，铁路旁河而行，凭窗即可见黄河，隔岸远望山西高原，如台如桌。大河以南，豫西境内，沿河有狭窄之丘陵滩地，可资耕种。人民则多穴居于黄土坡上，聚为村落。①

不仅如此，火车大大缩短了从河南到潼关的旅行时间。从当时的列车时刻表来看，快车从陕州至潼关，运行时间为 2 小时 56 分（9：15 发车，12：11 到站），慢车运行 4 小时 14 分钟（2：31 发车，6：45 到站），相较于鲁迅等人在黄河上近 4 天的水路行程，可谓天壤之别。

还有的旅客对于传统"骡车"和铁路进行了对比，展示了现代交通的便利。

> 豫西的地方，丘陵起伏；尤其是从灵宝到潼关的一段，路轨常常穿山而过，于此可见当初开时的繁难。……火车到了潼关，就是陕西的境界，从潼关到西安，完全是平坦的路径，可以再不尝受山洞的黑暗。不过当我看见铁路旁边的小道的时候，我便回忆到十年以前我是曾经乘着迂缓的骡车，从扬尘的途中去。如今我却是坐着时代的快车，由平稳的轨道中来，这我应该感谢交通利器的赐予。②

江亢虎在《秦游杂诗》中对铁路的快捷方便作了形象的描述，"崤函漫诩泥丸固，

① 严德一：《陇海铁路沿线陕豫境内之地理景象》，《地理教育》1937 年第 2 卷第 2 期。
② 阎重楼：《陕行速写》，《旅行杂志》1936 年第 10 期。

百二关河一日程"①。

2. 新旧旅馆之比较

一般而言，可将民国旅馆划分为"新式旅馆"和"旧式旅馆"，这也是近年来学者采用较多的分类方法之一。"新式旅馆"采用新式的建筑设计与设施设备的旅馆，管理方式较为先进，在名称上大多使用饭店、旅馆等名称，与传统旅馆不同，因而称为"新式旅馆"。相对应地，以客栈、客店、旅店为代表的中国传统设施则称为"旧式旅馆"。相对新出现的西式饭店而言，传统旅馆大多规模较小、收费较低、设施简陋、服务简单，一般称为旧式旅馆。由于当时社会经济条件的限制和经营管理的传统习惯，旧式旅馆以客栈居多，不供应被褥，设施简陋，一般卫生条件比较差。而当时的潼关则"新式旅馆"和"旧式旅馆"并存，形成了鲜明对比。

"旧式旅馆"的住宿条件、卫生状况都令人难以接受。

　　　悦来店，为一小旅店，甚龌龊，无小房间，数十人同卧一炕，倒锁其门，无窗户以通空气，庞杂之气，紧闭一室，促促不可终夜，其难堪有不可思议者。晨起，急坐院内，向天呼吸，夜间之气，犹在鼻端，令人欲呕，甚矣：西北之难堪也！②

而"新式旅馆"是由中国旅行社设立的"招待所"。

　　　潼关招待所设在潼关城内西大街，设备完美，管理周密，无论食宿两方面，均极清洁卫生，招待之周到使游客舒适满意，虽处在异乡僻地，仿佛在家里一样，完全不感到征尘之苦。房间价目双床房，除卧室外，并备会客室一间，每日房金洋三元。单床房分甲、乙、丙、丁 4 等。甲等，两间，每日房金洋两元，乙等四间，每日房金洋一元六角。丙等五间，每日房金大洋一元二角。丁等四间，每日房金洋一元。膳食价目每餐大洋五角，早餐大洋二角。③

此外，中国旅行社下属的潼关招待所还提供华山住宿的延伸服务。

　　　离四十里外的西岳华山，是中外闻名的好地方，华山为五岳之冠，其风景以险奇著，由潼关乘早车出发，当日午后，即可到达北峰，在彼处住宿。潼关招待所

---

①　江亢虎：《陇海道中》，《文艺捃华》1936 年年第 3 卷第 1 期。
②　林散之：《漫游小记三》，《旅行杂志》1936 年第 10 卷第 2 期，第 38 页。
③　《潼关招待所》，《旅行杂志》1935 年第 9 卷第 9 期，第 63 页。

为便利游旅客起见，备有床铺被褥，以供旅客之需。①

（三）地理观感：作为"风景"的潼关

在现代游客眼中，作为"风景"的潼关呈现了"城垣的雄伟高大"的自然人文风光。而其民俗，在东部上海《申报》记者眼中，则呈现出传统的历史风貌。

> 现在的潼关县城，系唐天授二年所建，宋元明清诸代，均加修葺，其城垣的雄伟高大，可与西安汉中二城相并称，东西南北四城楼，矗立云霄，均极雄壮，尤以西门的五层城楼为最伟大。发源于秦岭的潼河，自南而北，横贯县城，将全城划分为二，注入黄河，故南北二门，都设有极大的水闸。今则闸门毁坏，不能启闭了。县城东南，跨麒麟笔架二山，西南绕象山凤山，嵯峨耸峻，愈加增加潼关雄壮的形势。登高远眺，潼关八景；雄关虎踞、风陵晓渡、黄河春涨（均在城之东北）、中条雪案（在黄河北岸的中条山）、秦岭云屏、禁沟龙湫（均在城南）、谯楼晚照（即西城楼）、道院神钟（在城中），一一在望。而城外形势，至为险要：关之南，有秦岭雄峙，设十二连城关，以防秦岭诸谷之险，旧时各关均驻重兵把守；西北有洛水渭水汇合黄河拥抱而东下；西有太华山，重峦叠嶂，高出云表；城东的金陡关，系绝壁筑城，足抗东来的劲旅。此种形势，诚所谓'天险之地'。而'百二初经得大观，岩关高峙碧云端；两边夹束黄河去，万仞根连太华幡；天险西来凌绝塞，地形北折拱长安；如今世事虽非昨，犹作当时要处看'。这样描写，也不是过分的。②

1934 年，鲁彦因生活所迫，从上海来到到陕西的合阳县一所中学教书，途经潼关，从繁华的"十里洋场"来到西北，鲁彦对潼关的印象是"古旧，冷落，衰败"。

> 潼关的夜，冷静而且黑暗。除了从火车下来的很少的旅客和几辆人力车外，便没有别的人迹。街上没有路灯。城门已经关了，等到了一辆要人的汽车，才给开了，一齐进城。气候并不觉得冷，似乎和上海的差不多……潼关城厢的后背是华山脉，往东去叫做崤山，起伏重叠，形势很险。但和郑州以西的山一样，没有草木，没有石头，都是灰白色的粘土，山上一层层的平地，是种麦子的，一个一个的洞，是住人的窑洞。古旧，冷落，衰败，这便是现在的潼关。③

---

① 《潼关招待所》,《旅行杂志》1935 年第 9 卷第 9 期，第 63 页。
② 镜东:《潼关印象记》,《申报周刊》1936 年第 1 卷第 14 期，第 17 页。
③ 鲁彦:《关中琐记》,《中学生》1934 年第 47 期，第 23 页。

从中，鲁彦称"潼关的夜，冷静而且黑暗"，其所映衬的是上海的夜"繁华而明亮"，上海的夜生活之繁华和热闹，与内地没有现代化照明工具的路灯的潼关相比较，则显示出内地现代化进程的缓慢与落后。

不仅如此，作为现代化的"他者"，上海的都市繁华与以"大世界"为代表的都市游艺与潼关民俗形成了鲜明的对比。

> 腊月下旬，潼关的妇女，特别忙碌，尤其是那些初嫁的女子，既要预备夫家的过年食品，又要到娘家去帮助工作。在廿一二的时候，家家户户必用麦粉炸成花样的俘子，红的名为牡丹，白的则称莲花，预备过年时请客之用。大户人家炸俘子数十斤，穷困的亦必炸几斤。二十五六七三日，各家就大做麦食，有些人家做二三百斤，作为正月初十之前的食粮（民间大概在正月初十前不再做馍）。麦食的种类，有白糖枣糕（馒头上夹一红枣）、油包子、菜包子、汤包子以及专献各种神佛所用的兔头（献土神）、谷集（献天地）、麦集（献灶神）和用大小的馒头堆成的馄饨山、粉元宝、面猪头（均献财神）之类，廿七八两日，则烹调各种肴馔以备在元旦后的食用。
>
> 潼关风俗，年底并不谢年，然在腊月二十三送灶神时，每家准备牺牲，颇为隆重，而欢送灶神时，据说必念着："好话多说，坏话不说，下年来时，金银财宝多带些"的送辞。盖因民间以为是日灶君升天，向玉皇上帝报告其所司住户的善恶。
>
> 除夕，则必贴对联，安神祀，全家相聚吃"钱串子"，——是用馄饨和挂面同煮的食物。——临睡时，必放鞭炮。元旦日，男主人在天黑时即起床接神，又在院内焚烧柏树枝，再点一束稻草，送到各房间去熏烧，以为可驱瘟神。及至天明以后，男女老小，穿着新衣。到邻居亲戚去拜年，然妇女必在初三以后。赌博在潼关新年时也很盛行，大街小巷都有成群的人聚看打马吊、掷骰子或压宝麻将，挖花在那里还未通行，初五日俗称"送五穷"，剪红纸人二，一送出门为穷神，一奉家内为财神。而亲友邻居，也在此日以后互相邀宴，但客人不得住宿。
>
> 元宵那天，潼关民间也要挂灯接神，不过那些死狗们——即游民，在这一天，要玩着"社虎"（社火）的玩意。二人背着纸糊的虎头和虎尾，中间扮演大头和尚与细柳翠，沿街求乞，即所谓"社虎"（社火）。正月二十日，民间必煎饼掷屋顶，名为"补天"，想系黄河中有女娲氏风陵的传说所致，其它节日，和各地大同小异，不复多赘。[①]

---

① 镜东：《潼关印象记》，《申报周刊》1936年第1卷第14期，第19页。

　　其中，面食"㗌子""送灶神""补天"等带有地方特色的传统民俗与食品，组成了与都市迥异的传统社会景观，随着现代社会，尤其是都市文化的发展，传统的节庆被视为"迷信"和"落后"遭到贬抑，国民政府甚至发起了一系列"废旧历"的活动，试图将传统节庆活动所附着的时间基线一并被现代"科学""现代"的时间轴线取代。因此，这里的潼关民俗不仅对于现代上海的读者有着"猎奇"的意义，也展示了现代化视野下的西北内陆城市景观。

　　不仅如此，潼关本地知识分子也表现出了和社会潮流的差异，显示了保守的一面。

　　　　吾志节妇已作而叹曰：观节妇之多，鲜不谓此吾国礼教之结晶也，又孰知其功用之至弘哉！予按榛狉之世，伦理未彰，人欲横流，其去禽兽也几，希有圣人者出，因之定婚制崇节义，以为之防。故吾国女界咸知以贞纯自矢，一与之盟终身不改，既嫁而寡，耻为再醮，遂养成高洁纯懿之闺范，冠绝宇内，而人类之发达实基与此，盖尝以物理学证之，男女之媾和，一则纯、再则乱、三则病，而孕育之天机，即隐受其戕伐。观守正者多子，淫本者寡嗣，其明徵也。彼不达生物之理者，又恶知明伦之足，尚哉！然此意亦惟吾国之先哲知之，而他族罕悟……故可深长思也，而醉心欧化者，犹以自由恋爱为美谈，津津然乐道之，袭彼外人之陋习，忘我内地之懿行。[①]

　　《潼关新志》的作者对贞洁烈妇的"懿行"称赞有加，而且从"物理学"的角度论述"一则纯、再则乱、三则病"，进而论述欧化的"自由恋爱"是一种外国的"陋习"。在这里，我们不能站在今人的角度讥笑他们生理卫生知识的浅薄，而是要对其对"地方""懿行"的表彰进行理解，从而揭示与理解现代城市与内陆城市的文化差异。

　　（四）混杂的现实：潼关世象

　　1934年12月底，陇海铁路延伸到陕西省会城市西安，大宗货物的集散地由潼关转移到西安，渭河及黄河水运也随之而衰落，传统的交通工具被现代交通所取代。[②]潼关作为关中与东部省份交通的中转地位受到影响，城市经济也呈现衰落之态。

　　　　所以潼关也跳不出这个泥沟，同时陇海路西展以后，减少了一部分的过客，我们只能看到这个暂时繁荣的过路码头——潼关，一天天地走向衰落的途中了！潼关那些通衢大街上的商店，时常竖着"大减价""大赠品"的旗帜，斗大的字在空中

---

① 《潼关新志》，《中国地方志集成　陕西府县志辑29》，凤凰出版社2007年版，第223页。
② 郭海成：《陇海铁路与近代关中交通体系的重构》，《兰州学刊》2013年第3期。

飘舞。好些旅馆客栈都是关门大吉。从事商业的人们，见面时总说："现在生意难做！"①

但是，另外作为一种特殊商品的"鸦片"，仍然由陕西源源不断输往东部。据朱庆葆的《中国禁毒历程》记载，清代河南、山西流入陕西的鸦片多经潼关输入。而到了民国时期，陕西反而成为鸦片输出的大省。其起因为军阀陈树藩强迫农民种植鸦片，大量征收烟款。

> 1918年春，陈树藩明令各县农民公开种烟，强令各县按耕地面积的50%交纳烟款，给陕西人民带来的痛苦和损失则无法估算。粮田逐年减少，从产粮区变成缺粮区，陕西吸食鸦片烟人数达十之二三，造成极大社会危害。②

因此，作为运输要道的潼关，仍然大量输出鸦片。

> 去年东南各地，愈不景气，故潼关棉市，亦极清淡，每担棉花跌至三十元以内。至于鸦片的营业和往年一样，并无衰落现象。本地鸦片市价，每两仅售六七角，运出潼关即需一元半以上。大概每月由潼关运出的鸦片，平均总在一千箱（每箱千两）以上，每箱抽税六百元。

因此，铁路、现代化的旅舍、传统民俗、鸦片，构成了一幅奇特的新旧杂糅的潼关风景，展现了陕西现代发展的艰难与曲折。

三、国家视野下的空间想象：抗战中的潼关风景

随着1931年"九一八"事变的爆发，中国面临巨大的民族危机，铁路成为国家抵抗日军侵略的重要工具。

> 陇海铁路贯穿中原，以通达兰州为目的。固负有开发西北之使命……即九一八事变突起，国人儆于边陲危急，日蹙百里，时贤谋国，因转注意于西北，对于完成

---

①　镜东：《潼关印象记》，《申报周刊》1936年第1卷第14期，第22页。
②　杜文玉主编：《陕西简史》，陕西师范大学出版社2014年版，第492页。

陇海，因之亦认为急务。[①]

而随着1937年"七七"事变后，全面抗战爆发，8年时间内陇海铁路作为支援中原地区战场的主要交通运输线路，共运送中国军队813.4万人次，军品189万吨，分别占中国铁路运量的30.7%和34.7%。[②]

因此，潼关与黄河及山西境内的中条山形成了抵抗日军侵略的战争防线，陇海铁路发挥了战时交通生命线作用，因此，围绕潼关这一"战略要点"和铁路"交通生命线"的轰炸与维护，旅人在经过防线或沿陇海铁路旅行时，感受到的是国土被侵略的危机，这一地理空间刺激和促进了"国家想象"。

（一）抗战中的潼关地理：作为西北抗战"战略要点"与"关口"的潼关

随着抗战局势的发展，日军占领潼关对岸的风陵渡，潼关成为抗战前线，其形势关乎整个"西北各省的命运"，潼关空间从原有现代交通空间变为具有象征意义的"国土"空间。

> 一方面敌人由绥远越过河套而进攻宁夏，一方面或由晋西北渡黄河而进攻陕北，另方面即由豫西，晋西南两路会攻我们西北与中原的咽喉——潼关附近地区。从战略意义上观察，潼关附近的地区，是西北各省的"战略前卫"，潼关是"战略要点"，潼关附近地区，从河南省闵乡县至陕西省朝邑县，这一带地区都是"战略要点"，这一地区的安危，其意义不仅是关系着陇海铁路交通，晋南豫西以及西北重镇——西安的安危，而且关系西北各省的命运。[③]

而一旦敌军突破潼关防线，则整个中国面临覆亡的危险局面。

> 中国历史发展变化的关键多半也在这个"关口"，东周战国如此秦汉如此，隋唐亦复如此，时局的焦点在这个"关"，政局的转变在这个"关"，得关者胜，入关者王；失关者败，亡，比近代欧洲的烈日要塞，马奇诺防线还重要，那真是秦赵孔道，晋豫咽喉！抗战期间，这关是关系整个北方战局的，假如潼关失守，敌兵一下子便可控制整个陇海线西段，从华阴到宝鸡，切断陕西的南北，再进而掠取天水兰州，不但整个西北完毕；向南走诸葛亮的旧路，便可直扣剑阁，万一再来一次邓艾

---

① 凌鸿勋：《陕南杂录》，《旅行杂志》1933年第6号，第8页。
② 西安铁路分局志编纂委员会：《西安铁路分局志》，1997年1月，第8页。
③ 希明：《保卫西北　保卫潼关附近地区》，《国讯》第185期卷，第6页。

渡阴平的把戏，成都而后重庆，中国也就早已不国了。[1]

（二）战争中的旅行叙事与应对

在全面抗战时期，日本飞机对陇海铁路沿线、进行了"战略轰炸"，妄图用这种"战略轰炸"摧毁中国政府和军民的抗战意志。所谓"战略轰炸"，又称"政略攻击"和"无区别轰炸"。

据日本军方制定的《航空部队使用法》第 103 条规定：

> 政略攻击的实施，属于破坏要地内包括重要的政治、经济、产业等中枢机关。并且至关重要的是直接空袭居民，给敌国民造成极大的恐怖，挫败其意志。[2]

这种空袭对陇海铁路造成了严重的破坏，日机在潼关县城投弹即达 3264 余枚，日军对潼关县城和陇海铁路潼关段的炮击也达 52652 次。日军轰炸和炮击共炸死潼关平民 358 人，毁坏房屋 5455 间，炸死牲畜 162 头。[3]此外，对陇海线潼关段也造成巨大损失，共炸毁钢轨 36 根、枕木 650 余根、击毁机车 12 台、客货车 34 辆。

1. 战争中的旅行遭遇

日军的轰炸和炮击主要针对陇海铁路、桥梁、涵洞、车站、沿线重要城市等重要交通枢纽，旅客在经过潼关时记录了潼关附近的涵洞车站、潼关城区被日军炮火毁坏的情况。

> 东关外的第一个大山洞，就在离开这里不远的地方，希望村的敌炮兵，每天不断的射击，打算毁塌了东门，堵塞了铁道，断绝我们的交通。可是这正像在从前城里的大桥一样，成千成万的炮弹都虚耗，现在走到那里的人们看到了桥对面南水门的城墙，开花般的炮弹痕迹，大桥那样的百孔千疮的躺着，可是火车呢，仍然是在那悬崖绝壁上通行着，东关外的山洞口也是安然无恙，也正是铁道员工用生命换来的代价呢。

1943 年蒋经国到潼关考察，听闻了"撞关车"的传闻。

---

① 鲁莽：《潼关来去》，《旅行杂志》1946 第 1 期，第 39 页。
② ［日］前田哲男：《重庆大轰炸》，李泓等译，四川大学出版社 2005 年版，第 38 页。
③ 陕西省委党史研究室编：李忠杰主编，李蓉、姚金果、霍海丹、蒋建农副主编，《陕西省抗日战争时期人口伤亡和财产损失》，中共党史出版社 2015 年版，第 80 页。

潼关的对面，因为黄河河面很狭，能够很清楚地看到这边，所以敌人时常把两尊大炮瞄准我们这边铁路上的一点，当火车开过去的时候，他们就开炮轰击火车。但是我们这边仍时常有火车通过去，这种火车叫撞关车。他开驶的方法是这样的，当火车快近敌人大炮的瞄准点时，就不断的拉回声，当刚接近瞄准点时，就很快的向后退，敌人那时以为已经到达，就开炮，等炮开过去，火车就很快的闯过去，所以叫撞关车。①

但是，在陇海全路员工的努力下，陇海铁路——

每天还是照常行车，纵因铁轨、桥梁、山洞、电线，有时被敌轰坏，交通暂受阻滞，亦不过经数小时，或数十小时，最多一百余小时即行修复，负担西北重要交通使命之陇海铁路，在抗战三年当中，未曾停顿一天。②

2. 铁路当局的应对：闯关车、抢修便道

为了应对日军的轰炸适及应战时的运输需要，1937 年 7 月 24 日，国民政府颁布了铁路战时运输办法，并根据 1936 年 12 月军事委员会颁布的铁道运输司令部组织条例，正式组建了铁道运输司令部，任命陇海铁路局局长钱宗泽为总司令，负责"掌理指挥全国铁路军事运输"。陇海铁路管理局及广大铁路员工，采取修筑护墙、改变隧道走向、改挂钢甲车及夜间行车等措施，闯险开行客货列车等多种手段来保障潼关的列车正常运行。

陇海路潼关以东至会兴镇段，沿黄河岸行车，黄河北岸被日军占领，日军瞄准潼会段间车站安置炮位，不断向该段铁路、车站发起炮击。潼关距敌人风陵渡据点只有 800 多米，受敌炮击尤烈，潼关大桥多次被炸损毁，铁路员工冒死抢修，死伤20 多人。敌炸我修，中断数日复又通车，再炸再修，间断保持通行列车。为此多人被授予军功勋章。③

抢修铁路抗战二年余来，敌寇占据风陵渡，每日隔河炮轰潼关，阌底镇，七里村，各站不分昼夜，路线屡被破坏，然皆随毁随修，好无畏却。不料二十七年

---

① 蒋经国：《伟大的西北》，天地出版社 1943 年版，第 89 页。
② 刘春海：《陇海铁路之三年抗战》，《抗战与交通》1941 年第 55、56 期，第 419 页。
③ 李占才主编：《中国铁路史（1876—1949）》，汕头大学出版社 1994 年版，第 282 页。

十一月十二日，潼关西端桥梁全被轰毁，经由道木整修，至十八日勉强通车，乃翌日又被轰毁。此次毁坏益巨，难再修复，不得已决定用土填塞孔桥，利用夜间迅速工作，当时敌炮仍然密集射击，死生呼吸，赖工作员工均不顾一切，奋勇从事，经十二夜之努力，卒底于成。[①]

不料至十六日敌人又将东孔击毁。只得仍用前法抢修，迫至二十日夜间行将竣工之际，敌炮施放益烈。北面山头被震坍塌，路堑埋没，将在当地工作员工二十人悉数被压，除四人因虚土掩埋半截，立时得救外，另有十六名则被塌土深埋，虽经挖出，亦施救无效，均壮烈殉职。但当时桥工意赖以成，交通得以恢复，烈士精神，将与本路同垂不朽。[②]

由于华东、华中大片国土沦陷，到 1943 年时，陇海铁路可以通行客货车之路段，仅余——

东起洛阳，话迄宝鸡，计程五百四十二公里，惟东段客车，仅以洛阳至灵宝为限，西段客车东泉店至宝鸡为限，灵宝至东泉店间因路线窄迤，河防受敌人炮火威胁，时通时阻，常以闯关交通车及汽车接送旅客。货车则东段仅以洛阳大营间为限，大营至东泉店间以闯关车或架子车接运。[③]

为了躲避日军的炮击，潼关之间的线路不得不向南改线，修筑了长达"一千七百公尺"的便道。

抢修便道。二十八年五月风陵渡敌寇向东骚扰，沿河北岸各县镇先后沦陷，本路阌底镇东九〇七公里九八一公尺处大桥，于是月二十七日被隔河敌人集中炮火将江东端一二孔之测梁及墩座均行炸毁，交通阻断，是处地位显露，在敌人炮火控制之下，无法修复，乃于正线之南修筑便道一段，计长一千七百公尺。各员工不必艰难，夤夜抢修至七月十八日始修竣通车。[④]

此外，为了保护旅客安全，应对对岸风陵渡日军的炮击威胁，铁路与地方政府在侧

①　钱宗泽：《抗战以来之陇海铁路》，《抗战与交通》1940 年第 33 期，第 124 页。
②　同上。
③　沈昧之：《豫省战时之交通》，《旅行便览》1943 年第 4 期，第 47 页。
④　钱宗泽：《抗战以来之陇海铁路》，《抗战与交通》1940 年第 33 期，第 124 页。

后方沟里修建了"长达数里"的交通沟，以供游客通行。

> 　　对面便是敌人炮兵阵地所在的"风陵渡"，刚开过炮，路上的人，余悸犹在，车夫却满不在乎地向前直开。不久，车即深入于潼关一带华山山脉新开的深沟中，这深沟便是坐在跳舞厅里的一些上海人所不能想象的工程，简单的说，就是把大山分作两半，不过是十分弯曲的两半，曲曲折折，长达数里，人在沟中，除掉抬头见一线之天而外，其余便都是高达数十丈、数百丈的山壁了，那一带并非石山，可是土质很黏滞，尽管土山，一样的不会崩溃，然而这深沟高垒的工程是大得比填满几千条'洋泾浜'还大呵！这样，任凭你炮弹再多，也未必能有几颗落在沟中，因为沟是这样的曲折，你如何瞄准？就算炮弹落入沟中，沟中的人也并非是摩肩接踵，打中的机会也就少了。①

　　为了保证旅客的安全，火车要在潼关之前的临时车站"东泉站"停车，空车行驶通过潼关，旅客需要乘车或者步行穿过潼关，然后在潼关东侧的临时站点上车，这也给旅客带来了极大的不便。

　　同时，潼关守军为了保证交通运输和旅客安全，往往要求旅客在黑夜穿过潼关，避免被对面日军发现而被炮击。

> 　　"不能过，等天黑了才能走！"同行这端那位军官到前面看了一下回来说。
> 　　"啊这个着了，今天赶不上车，还得在阌底住宿。"
> 　　许多人都去和守城的哨兵交涉，哨兵因为责任所在死活不答应，一定要等到天黑时才放行。因为一方面恐怕车辆多了敌人发现目标要打炮；另方面因为城门外运煤很忙，怕耽误了运煤，陕西的燃料到要大起恐慌。
> 　　谁都知道守城的哨兵的苦衷，但都不愿意等到天黑再走，于是你一嘴我一舌的向他交涉，但得到的答案还是否定的。②

　　为了保证从潼关到灵宝段铁路段的安全，当地群众"建筑一座硕大无比的土墙"，以遮蔽敌军的炮击视线。

> 　　现在，又发现一个伟大的奇迹了，便是从"灵宝"到"常家湾"，在建筑一座硕

---

① 鲁莽:《潼关来去》,《旅行杂志》1946 年第 1 期, 第 39 页。
② 华而实:《过潼关》,《国讯旬刊》1942 年第 268 期, 第 16 页。

大无比的土墙，无异是一座百里长城，做什么呢？便是遮蔽这一代的铁道，使火车在墙内通过对和的敌人永远看不见，要是敌人发了傻劲，炮打长城，那突然是浪费炮弹于事无补一条狗一堵墙围成的潼关内外的交通，保护儿童观内外的安全。自然这功劳多半是应该归于当地的民众的。[1]

（三）地理观感：作为抗争空间的潼关风景

段义孚认为风景以及环境"不仅仅是人的物质来源或者要适应的自然力量，也是安全和乐的源泉、寄予深厚情感和爱的所在，甚至也是爱国主义、民族主义的重要渊源"[2]。

1. 抗击的地理与地形

首先，为了巩固黄河潼关的防线，国民政府不仅修建了堪与"欧战时所用坚强工事"媲美的工事建筑，而且配备了"最新武器大炮、高射炮、机械化部队之类"。

> 第一，沿河防御工事之坚固。沿河防御工事的建筑法，它是一种最进步最有实效的某某式的工事建筑，其坚强性不怕飞机来轰炸，不怕大炮来攻打；而且因为它完全没有"死角"。其火力可以压迫并消灭进攻逼近面前之日人，据曾作远距离河防视察的某集团军副参谋长曾继远说："关于此种工事，最近有英法苏各国军事家前往参观，均倍加赞美，谓欧战时所用坚强工事不过如是。"同时我们在河防线上还充分配备最新武器大炮，高射炮，机械化部队之类，尤其是新购自某国之大炮，其性能更特别超于日炮之上。[3]

其次，利用黄河两岸天然的险峻地形与变幻无常的流速作为防御，来抵抗日军的进攻。

> 第二河流河岸之天然特殊性。黄河河流因夹泥沙成分甚多，且两岸多系危岩峭壁，故形成与其他河流不同的种种特性。惟其泥沙成分甚多。以致影响航线变迁无定：今日忽在东，明日忽在西；虽习知黄河水性的土民，亦往往捉摸不定。且沿河数百千里，渡口寥寥无几。其平时过渡之困难，在某地以南，每次需时至少二小时，多则五六时不等。譬如潼关风陵渡是个比较普通的渡口了，可是水涨时河西实达两

① 鲁莽：《潼关来去》，《旅行杂志》1946年第1期，第40页。

② Yi-Fu Tuan. Topophilia: *A Study of Environmental Per-ception, Attitudes and Values*,. New Jersey: Prentice-hall, Inc, 1974.

③ 陈赓雅：《天险潼关》，《杂志半月刊》1939年第2期，第54页。

千七百公尺，深度平均仅六公尺左右，水流之湍急，每秒钟可达五公尺，若是有大
风助势，愈更见其奔腾澎湃，而容易发生覆舟之事。故当地尚有"走遍天下不难，
惟有风陵一渡"之谚语。至于其他的渡口，虽有最快不过二三十分钟的渡口，但水
更特别迅急。且两岸全属崇山峻岭，当然更不便于日军之活动，黄河天然特性如
此，故使日人偷渡技术极感困难，重兵器显然无法过河，轻兵器可用橡皮筏冒百死
而冲运过渡口，但过来亦必被我久已部署之大军利器所歼灭也。[1]

因此，人与地形、交通的结合，形成了立体的防线与"中华民族的伟大浩气"。

　　　这里的地形，与我们是有力的，壁立的山崖，断层的山岭，都被我们利用了，
蜿蜒的沟壕，狩视北岸的枪眼、炮位，在尽量发挥护庇我们健儿莫大的作用，它和
滔滔东流的黄河，护卫国士的功劳是可以相互媲美了。河岸，山脚，有好多的山
洞，是我们健儿休憩睡卧的处所，土台、茅草成了很好的卧具，所有的健儿，对于
这些，都感到非常的快活，不但没有丝毫避匿的心理，反而打算在这里长久居住，
等到驱走倭寇，再行开远去。路上很少看见行人，来往的都是灰色军装，弟兄们走
到两山相夹的道路里觉得异常的沉寂，可是静默里带着异常严肃壮伟的气氛，抬头
可以看见荷枪英武哨岗，毫不懈怠的来执行守土的职务，低头看到工程艰巨的铁
道，在维持东西交通的命脉。山河景色，辉映着中华民族的伟大浩气。[2]

2. 由"痛苦"向"意义"的转换的历史记忆

按照文化记忆的理论，文化记忆必然向"意义"转换，方才能流传下来。赋予建筑、
日常生活以意义，使"记忆"得以流传。

　　　间或有几个卖零吃的小铺子，利用着幸而没有打坏露天的房子做买卖，几个老
太婆聚集在阳光底下缝制棉衣服，老汉很闲散的坐在门外吸烟，三三五五的小孩子
肩着木杆，排上队伍，唱打日本的歌。再前行，雄伟的潼关西门已经映入我们的眼
帘，"固守黄河　保卫大西北"的大字标题打动了我的心。
　　　记者走在碎砖断瓦的街道上，很少看到几个行人，大树倒的倒了，还有的仅仅
剩下半个身子。电杆顶，连着电线垂下了头。文庙仅有四周的砖墙。城隍庙仅剩下了
两根矗立的铁旗杆。潼关城市被敌机或敌炮半年来不断的轰炸，已经毁灭了，化成焦

---

[1]　陈赓雅:《天险潼关》,《杂志半月刊》1939 年第 2 期, 第 54 页。
[2]　浪花:《潼关烽火》,《益世周报》1938 年第 11 期, 第 173 页。

土了，记者在极端的愤慨里，默祝着这座雄壮的山城早日随着中华民族复兴起来①。

赋予潼关日常生活以意义。在潼关附近的山中恢复的"新生的细胞"临时的潼关城，被赋予了"中国将在艰难困苦里，努力更生"的国家意义。

　　死灭的是死灭了，可是新生的也生长出来，这是潼关城毁灭后一个新生的细胞，地点在潼关×门外山沟里的一个小村上，好多的人，都把破毁的家具、木料，搬运到那里，重新在艰难困苦里，搭架一个临时的潼关城。记者曾从山道走到那里，两三个饭馆，在那里开了张，菜场里，也有少数的猪肉和青菜，卖零星日用物品的小铺，比较多些，此外，还有一两个粮米铺，一车子一车子的家具、木材，还是在那边涌去，好多的老乡。正亲手提起泥板来，在随山崖搭建小屋，挑着泥土，这象征中国将在困难艰难困苦里，努力更生！②

　　次日清晨，团长从团部领导我们视察河防及被炮火摧毁了的城市，这座古城沿着黄河，自从敌人侵占风陵渡以后，整个市区都在敌军炮火范围之内，大部分的建筑已被摧毁，到处断瓦残垣。然而，经整理后，我们仍然可以辨认出他原来面目，东关城门面对着风陵渡。城楼曾经为大炮轰去了一角，可是那富有历史意义的"潼关"二字依然无恙。寂静的街道两旁仍然有少数的菜摊贩和小贩，行人特别稀少，点缀出战时的景象，曾经生活在这个城市里的居民。大部分迁到城外，另起炉灶，度他们的生活，最近因为北方战事的沉寂，潼关很少听到炮声，居民还回来的也很多③。

　　这个潼关城很大，百分之九十被敌人的炮火所摧毁了，东大街那边还比较好一些，有一些店铺开了板，但是都是卖吃食和日用品的，靠东门有一个短期小学照常上课，还另设一个妇女识字班。潼关的建筑被敌人的炮火所摧毁，潼关人们的心却反而更为坚强，看他们沉着坚毅的在那里做买卖，卖力气，真令人敬佩！敌人不知花费了多少炮火，把潼关打得这个样子，除了得到断瓦残垣以外，可以说什么也没有得，潼关仍然坚强地站在那里，作为中国的一个堡垒，西北的一个屏障。④

---

① 浪花：《潼关烽火》，《益世周报》1938 年第 11 期，第 173 页。
② 浪花：《潼关烽火》，《益世周报》1938 年第 11 期，第 174 页。
③ 光：《潼关前线》，《中国女青年》1940 年第 4 期，第 12 页。
④ 华而实：《过潼关》，《国讯旬刊》1942 年第 268 期，第 18 页。

3. 抵抗行为与地理融合为"抗战空间"

民族危亡下的风景叙事。段义孚认为风景以及环境"不仅仅是人的物质来源或者要适应的自然力量，也是安全和乐的源泉、寄予深厚情感和爱的所在，甚至也是爱国主义、民族主义的重要渊源"[①]。

在叙事中，记叙者往往将潼关河防部队的抵抗行为与潼关城楼的巍峨壮观融合在一起。

> 假如你能壮起国民一份子起码应有的胆量，随时把视线移向风陵渡北岸去欣赏。黄河水怎样的奔腾澎湃，中条山怎样的伟大高崇。以及日人狐视鹰瞰的哨岗，会很清楚地映入你的眼帘了。当然了，我们这面与日人针锋相对的河防部队，他们也正在卜昼卜夜抖擞精神执行着保卫的任务：你打我几枪，我回敬你几炮；你想擅越雷池一步，我就予以迎头痛击。

作为抗战前线的潼关，"象征了中华民族雄伟的气魄"。日寇占据潼关对岸的风陵渡，

> 不断的总从对岸用大炮来轰击，从上空用飞机来狂炸，其情形之凶，像是非把整个潼关生吞活剥地吃了不可。
>
> 他们每于狂炸猛袭之后，总要硬着头皮来偷渡，结果除向黄河怒流白送上几只橡皮船之外，试看那"高耸云霄"、"雄视山河"的潼关，唐建五层高楼，不是始终在那里安然无恙'远迈千古'地使他们可望而不可即么？

蒋经国在其游记《西北西南》中赞叹道：

> 我看过中国许多的城市，从没有看到像潼关一样的雄壮，前面是黄河，后面是高山，它真是象征了中华民族雄伟的气魄。[②]

在战争背景下，满目疮痍、伤痕累累的"风景"被赋予了民族之根本的特殊涵义，承载着作家对寻找民族出路的各种想象。

---

① Yi-Fu Tuan.Topophilia: *A Study of Environmental Per-ception, Attitudes and Values*,. New Jersey: Prentice-hall, Inc, 1974.

② 蒋经国:《伟大的西北》，天地出版社 1943 年版，第 90 页。

月光下雄伟的潼关关楼，月光下滔滔的河流，月光下，这一列铁的火车；对岸起伏的山丘，山丘上立着、坐着、伏着的可怜的敌人。他们也一定在想月光下的东京，月光下的三岛，月光下的父母妻子……然而他们是枯立在这大陆上雄关的北岸，无所作为。现在是让他们回去了，是潼关解放了他们，因为潼关没有让他们攻下，他们无法取得短期的胜利，所以他们能够踏着侵略进来的原路回去了。我们，他们，都该感谢这雄伟的潼关！①

原有空间被入侵者打破，是构建新的叙事空间的逻辑基础。一般而言，国族主义运动所采取的"自然国族化"（nationalization of nature）的叙事策略，在这种模式下——

国族将其历史、神话、记忆与"国族特质"投射于一块地理空间或特殊地景之上，从而将国族共同体与其特定疆域联系在一起，使后者转化为国族的"家国"。这种使国族疆域"熟悉化"（familiarized）的方式，所强调的面向，乃是国族历史与文化对土地空间的形塑与印刻（imprint）。②

正是这种富于流动性的空间（感）为个体或民族提供了与异质文化面对面的可能，进而塑造了现代人新的身份意识。③

国家疆域内进行的旅行成为近代中国的一个时代命题，而抗战时期的旅游者在陕西这片土地上进一步创造着国家与民族文化的记忆。正如中旅总社社长潘恩霖在 1943 年出版的《西北行》中所总结的："盖在今日而言旅行，如仅以遨游揽胜为事，已非社会所许可，如顾亭林所言：必有体国经野之心，而后可以登山临水。"在抗战游记中，几乎所有旅客都打上了"体国经野之心"的烙印。④

四、结论

无论是陕西本土的知识分子还是外来的知识分子，内外两种知识分子所见即是作为"内陆"关口象征的潼关之"闭塞"，所欲强调的是对"中国"内陆的改造与启蒙，其所

① 鲁莽：《潼关来去》，《旅行杂志》1946 第 1 期，第 40 页。
② 沈松侨：《江山如此多娇》，《台大历史学报》2006 年第 37 期，第 175—176 页。
③ 冯雪峰：《旅行体验与视觉再现——赵望云早期旅行写生画为例》，《艺术评论》2009 年第 5 期，第 38 页。
④ 赵君豪、潘泰封：《西北行》，《旅行杂志》丛刊之一，中国旅行社 1943 年版，序言第 2 页。

希冀的是一个现代、统一、人民生活幸福的"中国"。"五四"以来的知识分子,以他们的话语,不仅促进了对"中国"的思考,也促进了现代化的发展。

从本文来看,潼关的风景经历了启蒙话语下的审视,其"重楼关堞"与"天险"成为闭塞的象征,而随着陇海铁路这一现代化交通工具的深入,潼关成为东西省份的连接点。在现代化的眼光看来,潼关一方面呈现出现代化的发展;但另一方面,以与发达的东部城市相比,则显示出落后与发展不足的一面,而且随着陇海铁路的向西安延伸,作为公路与铁路交通枢纽的地位有所削弱,潼关经济也呈现出衰落的景象。到了在抗战时期,潼关的"天险"成为阻击日寇的天然地理优势,而"巍峨的城关成为民族抗击精神的象征物"。因此,随着时代的转移,潼关叙事者身上的时代烙印折射到作为"景观"的潼关之上,就呈现出不同的时代面向,也折射出在"国家"这空间背景下,不同游客的"家国"之思,显示出在"国家这一共同想象物"下的不同时代风貌。正因如此,"移动"中的潼关风景,昭示的是在现代中国蹒跚前进的缩影。

（作者单位：陕西师范大学文学院）

论昌耀诗歌中西部符号的审美意义

李 骞

内容摘要：昌耀是中国当代文学史上比较优秀的抒情诗人，他对西部的审视是自我的，但这种自我又具备了大我的情感元素。诗人把自己的生命与西部的生活、西部的外在物象融为一体，所以他诗歌的言语、他的灵魂已经成为"大西北无数生命的灵魂"，表现在诗歌文本中就是符号审美的西部化。西部不仅是昌耀诗歌创作的语言境域，也是他作品内在意蕴表达的母体，更是诗人生命深处实实在在的生存审美体验。

关键词：昌耀的诗歌；西部符号；学美价值

符号学之所以被称为生命科学、生物符号学，是因为人在社会生活中的符号活动与人的生命的发展轨道是一脉相承的，一个人的生存环境与他文学作品的言语表达密切相关。由于符号活动具有区域性的原因，所以，符号表达者的生命历程与符号在文本中生成的进程有着相互耦合性。著名诗人昌耀人生的大多数时光都是在青海度过的，"在他的诗中，土地所繁衍的一切已与心灵、语言融为一体，他，是大西北无数生命的灵魂"[①]。这是已故著名诗人韩作荣发自内心深处的对昌耀的中肯评价。因为诗人把自己的生命与西部的生活、西部的外在物象融为一体，所以他诗歌表达的言语、他灵魂的情感，已经成为"大西北无数生命的灵魂"，表现在诗歌作品中就是符号审美感知的西部化。本文将从生活、生存空间的物体意象化、符号的象征内蕴着笔，探究昌耀诗歌中西部符号的意涵，以此抵达昌耀诗歌卓尔不群的特殊审美品质。

---

① 韩作荣：《诗人中的诗人》《昌耀的诗·序》，人民文学出版社1998年版，第2页。

一

　　昌耀于 1955 年调青海省文联，1958 年被错划成"右派"，后颠沛流离于青海农垦区，直到 1979 年平反。这段人生履历对于他诗歌中的西部表述，有着不可分割的联系。已故著名诗歌理论家陈超认为："人与人之间巨大的差异之所以被凝集为一种相对的理解，原因乃在于一部分人最终掌握了生命瞬间的状态并将之化为语言。这部分人我指的是诗人。"[①]诗人与普通人的区别在于诗人的先验性意识中，总是把生活中的外在物象用诗意符号的方式表达出来，并将生命中某种特殊的状态表现在诗歌上。昌耀的生命里有一种纯精神的存在形式，虽然身处逆境，但依然在诗歌创作中，通过西部的各种生活符号不断深化自我的生存方式，用诗意的表白，展示人与人、人与自然共生的温情。如他的《夜行在西部高原》：

　　　　　　夜行在西部高原
　　　　　　我从来不曾觉得孤独。

　　　　　　——低低的熏烟
　　　　　　被牧羊狗所看护。
　　　　　　有成熟的泥土的气味儿。
　　　　　　不时，我看见大山的绝壁
　　　　　　推开一扇窗洞。像夜的
　　　　　　樱桃小口，要对我说些什么，
　　　　　　蓦地又沉默不语了。
　　　　　　我猜想是乳儿的母亲
　　　　　　点燃窗台上的油灯，
　　　　　　过后又忽地吹灭了……[②]

　　这首《夜行在西部高原》，初稿完成于 1961 年，20 世纪 80 年代末又进行了修改。创作这首诗时，昌耀因错划为"右派"而被放逐青海高原，因此，这首诗也可以说是诗

---

① 　陈超：《打开诗歌的漂流瓶——现代诗研究论集》，河北教育出版社 2003 年版，第 24 页。
② 　昌耀：《昌耀的诗》，人民文学出版社 1998 年版，第 9 页。

人当时心境的一种写照。诗中的"西部高原"是一个区域性较为明显的总体符号，说明了叙事主体所生存空间的广阔无垠，是千里戈壁、茫茫瀚海的喻示，是荒凉、空旷、无人烟的自然外境的象征。而"熏烟""牧狗""泥土""窗洞""绝壁""窗洞""油灯"则是生活符号的具体呈现。这些实实在在的生活符号，是"我"走出内心阴暗、远离孤独的关键实体。

诗的前两句是这首诗的第一个层次，既是点题，更是提出问题。一个人在黑暗的西部高原的夜晚行走，在这样的环境里应该是很孤独的，但诗人的内心世界并不孤独。而且这种不孤独的心境并不只是行走的这一个夜晚，而是长年生活在这片戈壁滩上的抒情主人公，就从来没有感觉到形单影只的孤寂。表达了"我"虽然被社会边缘化了，但是还生活在符号化的人间，"我"的灵魂和肉体都与底层人民的生活密切相连，这是作品的内在意蕴。

第二个层次共10行，从远到近、又从近到远，用水墨画的大写意笔调，回答了一个人在一望无际的戈壁滩行走"从来不曾觉得孤独"的原因所在。"低低"是形容"熏烟"很辽远，是对古人的"风吹草低"的模仿，表达的是戈壁滩虽然人烟稀疏，毕竟有人间烟火。熏烟被牧狗看护，当然是一种象征，因为"熏烟"的符号意义就是证明有人生存。在遥远的地平线上，炊烟升起，牧羊犬忠实地守护着家园，因而外在荒芜的戈壁滩在诗人的内心里，有着"成熟的泥土的气味"。"成熟"的含义是不仅有人居住，有牛羊，还有庄稼，这些都是人间的生活符号的象征，是底层民众"气味儿"的生存状态。所以，作为人间存在的生活符号，"熏烟"、"牧狗"、绝壁上的"窗洞"，在空阔的沙漠虽然稀有，但毕竟是人间温暖的证明。"大山的绝壁"是实写，而"推开一扇窗洞。像夜的樱桃小口，要对我说些什么，蓦地又沉默不语了"是虚写。把绝壁人家的窗洞比喻成"樱桃小口"，既形象又具有一种似有似无的朦胧美感。在夜晚的戈壁深处的绝壁上，有一扇亮着灯的窗洞，这样一幅虚实相间的生活图画，为空旷的大自然增添了一抹亮色。"说些什么"和"沉默不语"，是诗人内心深处的自问自答，是为了增强自我的存在。诗的后面三句，画龙点睛，诗人联想到可能是母亲为了哺育婴儿点亮油灯，所以一会儿灯就熄了。广袤的西部高原的夜晚，绝壁上忽明忽暗的一点点灯火，两相对比，整个戈壁滩突然有了生命的气息。戈壁是粗糙的，但又是简单而明亮的，在这样天人合一的大自然的怀抱里，有了人间生活符号的存在，现实生活中孤独的"我"，内心世界并不孤独。

西部生活的符号化描述，是昌耀诗歌最常见的特征。在他的诗歌中，现实生活与幻想的景象具有内在的逻辑关联，通过生活符号的意义描述，加深了生存现场的诗意化，使他的诗歌获得生命与自然共融共通的境界。西方学者认为:"符号活动是生命的标准属性，即一切生命的标准性标志是符号活动。"①这说明人在现实生活中的活动虽然具有社会属性，但这活动本身就是一种符号化过程，只要生命存在，生命的各种动态就是标准的符号活动。生活在逆境中的昌耀，他的人生过程虽然有着骨肉疼痛的表现，但是他却用一种纯粹的诗性语言，将自我的生命与西部的人文风俗、外在景观融会贯通，用本真的生命符号言说西部精神。如《高车》中青海"威武的巨人"的崇高象征，《凶年逸稿》中以戈壁滩上的微尘"娇纵我梦幻的马驹"的浪漫情愫，《猎户》中人生而平等的帐篷外品尝猎物的幸福笑声，《莽原》中"我"与羚羊纵横驰骋的梦幻，这些都是诗人生命话语的西部符号的集中体现。诗人的生命个体与西部的群体物象成为诗歌创作中明晰的细节表征，在诗人的精神世界里，西部就是他诗意的栖居之所，而诗中抒情主人公的精神意向，体现的则是西部的生活价值理念。西部以一种全新的诗意化的实体，成为诗人灵魂深处无孔不入的词语。昌耀诗歌中的西部符号不是故弄玄虚的匠艺写作，而是从心灵里流淌出来的匠心独运，是用生命体验西部的自我生存的言语世界。这也是他的诗歌成为20世纪中国诗坛上另一种风景的原因。

昌耀是我们这个时代的优秀抒情诗人，他对西部的审视是自我的，但这种自我又具备了大我的情感元素。西部不仅是他诗歌创作的一种语言境域，也是他作品内在意蕴表达的母体，更是诗人生命深处实实在在的生存的审美体验。正是西部人生活的旷达与真实，成就了他的诗歌对西部精神的建构和审美还原，他诗歌中西部生活的符号，才具有探究生命的不朽旨意。如《草原》:

　　草原新月，萌生在牧人的
　　拴马桩。在鞍具。在鞍具上的铜剑鞘。
　　湖畔的白帐房因宿主初燃的灯烛
　　而如白天鹅般的雍容而华贵了。

　　夜牧者，
　　从你火光熏蒸的烟斗
　　我已瞻仰英雄时代的
　　一个通红的夕照

---

① 〔意〕苏珊·佩特丽莉:《符号学疆界:从总体符号学到伦理符号学》，周劲松译，四川大学出版社2014年版，第184页。

听到旋风在浴血的盆地

悲声嘶鸣……①

在诗歌中，"草原新月"是整体意景，"我"是一个旁观者，而草原的原生状态却因为"我"的出现而具有"英雄"的意义。"牧人""拴马桩""帐房""灯烛""烟斗""盆地"等西部特有的符号，使"我"对生命进行不断的重组和超越。因为有牧人"初燃的灯烛"，月光下的"帐房"才因此而雍容华贵，正是在"火光熏蒸的烟斗"的草原之夜，"我"终于明白了每一个普通的草原牧人，都属于一个"英雄的时代"。诗歌的真正意义来源于生命对于生存环境的深刻理解，外在的物质符号与诗人自我的生命体验同步，共同构成了作品深厚的审美价值。《草原》中的所有符号活动都是以诗人的生命的行动为前提，"草原的新月"之所以在牧人的"拴马桩"上，是因为诗歌中的"我"的审美意象的转移，因为"夜牧者"的"烟斗"点燃的"通红夕照"，才有了"浴血盆地"里代表草原精神的"悲声嘶鸣"。在"我"的眼里，草原的所有符号都有着生命的意义，而这些符号所表达的则是人与自然和睦共处的生存哲理。

在昌耀的诗歌中，符号活动随着"我"的生命的颤动而生发出审美价值，尽管符号是客观存在的，但符号的意义却是因为个体的生产、生活的行动而产生意义。也就是说，诗人在进行诗歌审美创作时，作为客体的西部符号因为自我生命的审美关注，从有机的物质蜕变为一种生命的形式，原初的外在符号的功能与表现自我的审美创造融为一体，构筑了诗的审美本质。

二

诗歌符号审美的意象魅力，使昌耀描述西部的作品充满生命的力度和对宇宙万物的洞察力量。意象是现代诗歌符号化的一种审美艺术，是客观物体经过诗人的审美情感过滤之后产生的智性的图景。用符号学的话语来说，就是诗人努力从诗歌文本中建立起来的一套解释代码。当然，这个代码必须是诗人的内在情感对客观物象的再创造，是诗人审美理想的隐喻的扩展。美国符号学家罗伯特·司格勒斯认为："句子在一个特别的叙述话语环境中，才是有意义的，它们所指的事物，仅仅是那个环境而已。"②诗歌中的句子之所在"叙述话语环境中"才具有特殊的审美意义，是因为这个语境必须要有产生作品

---

① 昌耀：《昌耀的诗》，人民文学出版社 1998 年版，第 88 页。
② ［美］罗伯特·司格勒斯：《符号学与文学》，谭大力、龚见明译，春风文艺出版社 1988 年版，第 69 页。

审美意义的环境，而且诗人所展示的话语要与物象的外在环境相一致，诗歌的意象符号才能创造出积极的美学意义。西部的人文景观、风俗文化、地理特征，都是昌耀的诗歌表达的主体内容。诗人笔下创造的西部世界的艺术化意象，既是自我心灵点亮的图景，更是他生命历程的心象表露。西部景物的形象化以及形象化所指涉的意义，是打开昌耀诗歌意象群的一把金钥匙。

昌耀对西部景物的符号化描写，不是自然物象的简单复制，而是主观审美意识的再建构。是根植于表象的存在方式，用审美的生命话语激活外在景象的潜在内涵，自我的感情与西部的景物构成诗歌中的复合体，并以此确立诗歌深广的审美价值。如他的《享受鹰翔时的快感》：

> 痛快的时刻，一个烤焦的影子
> 从自己的衣饰脱身翱翔空际。
> 我，曾经干着这样的把式，
> 巧妙地沿着林海穿梭飞行。
> 奇怪，每一株树冠顶端必置放一只花盆。
> 我感觉自己是一只蹲伏在花盆的鹰。
> 我不想为自己的变形狡辩：这是瞬间逃亡。
> 永远的逃亡会加倍痛苦，而这纯属猜想。
> 须知既已永远而去谁又曾回来复述其乐？
> 只有这一次我听到晨报刊载一条惊人消息，
> 说是昨夜人们看到诗人只身翱翔在南疆天宇。
> 我怀着一个坏孩子的快乐佯装什么也不曾得知。[1]

翱翔空际的鹰是诗人幻想的意象，诗人把自我的灵魂想象成在天空飞行的雄鹰，每当情感"痛快的时候"，肉身的影子从紧裹的"衣饰脱身"而出，穿越林海，蹲伏于树冠之上的花盆。当然，这样想象式的飞翔，是对现实生活的一种"瞬间逃亡"，而且是一种"加倍痛苦"的逃离。逃亡/回来的双向性选择，实际上对长时间劳苦在西北的诗人而言，完全是"纯属猜想"，因为灵魂虽然瞬间从肉身分裂而翱翔太空，但身躯还在西北的戈壁滩行走，因此灵魂自由的飞舞仅仅是一种快感的变形的想象。意象来自诗人的感性

---

[1]　昌耀：《昌耀的诗》，人民文学出版社1998年版，第278页。

生活，是诗人对现实存在的诗性注解。鹰是西北高原常见的勇猛强悍的飞禽，对于在西部生活的诗人而言，鹰不但在他生活中成为永不磨灭的记忆，而且是镌刻在诗人灵魂深处的符号。对于一个行动被限制自由的诗人而言，他在情感深处对于鹰在天际的自由飞行或许有一种迫切的向往。所以当平反后可以自由地"只身翱翔在南疆天宇"时，"我"也只能像一个坏孩子一般佯装不知道这种快乐，因为这种飞翔的快乐，"我"早已在灵魂里享受了无数遍。《享受鹰翔时的快感》的"鹰"是自然的，是"我"的情感生活中最敏感的外在物象，但"飞翔"却是"我"的主观想象，两者结合所产生的意象，是个人化的人性审美体验。因此，"鹰"的符号意象是崇高、勇敢、快乐、自由的美学内涵的注解，是人的生命力强大的暗示。

如果说"鹰"的意象符号是经过诗人情感变形之后产生的具有审美力度的意象，那么在昌耀的另外一些作品中，还有一种自然天成的意象符号，这些符号的意义具原生态的审美品质，既清澈明晰，又令阅读接受者沉醉。如《月亮与少女》中的"幽幽空谷"，《荒甸》里色彩鲜明的夜夕"篝火"，《湖畔》明亮的"金银滩"，《风景：湖》中具触感律动的"湖光"，这些原始的自然景象在诗人的笔下，不但充盈着纯静的美，而且高度彰显了语言表达的意指效果。英国学者玛·布尔顿认为："许多诗人有自己心爱的意象，这些意象在他们许多诗作中不时地重复出现。"①诗人为何总有自己钟爱的意象，而且这种意象会在诗歌作品里反复出现，最主要的原因是与诗人的生命旅履的生存空间有内在关系。作为长期生活在西部的昌耀，他心爱的意象当然与西部的各物象有关联，西部广袤无垠的生存空间，是他创作灵感的不竭源泉，每当某种外物震动诗人的灵感时，他便用一种诗性的智慧客观地将之描述出来，并通过诗的结构审美原则将其生还。

昌耀诗歌中的自然意象，并非放弃对原生态物象的再认识，而是在人与外在物种的关系上寻求和平共生。他诗歌中的自然意象表达的是人对自然的回归，探求人性与自然修好的途径，因而他的诗歌凸显了原生态的审美趣味。正如诗人所说："诗美流布天下随物赋形不可伪造，是故我理解的诗与美并没本质差异。"②诗人的意思是指诗歌中的原初意象是不可改变的，是诗人"随物赋形"的审美表达。有了这样的审美理念，他的诗就有一种自然的大爱情怀，以一种开放的心灵接纳自然，并赋予人与自然的亲密关系。如《立在河流》：

① ［英］玛·布尔顿：《诗歌解剖》，傅浩译，生活·读书·新知三联书店1992年版，第167页。
② 《昌耀的诗·后记》，人民文学出版社1998年版，第423页。

立在河流
我们沐浴以手指交互抚摸
犹如绿色草原交颈默立的马群
以唇齿为对方梳整肩领长鬣。

不要耽心花朵颓败:
在无惑的本真
父与子的肌体同等润泽,
茉莉花环在母女一式丰腴的项颈佩戴。

立在河流我们沐浴以手指交互抚摸。
这语言真挚如诗,失去年龄。
我们交互戴好头盔。
我们交互穿好蟒纹服。
我们重新上路。
请从腰臀曲直识别我们的属性。
前面还有好流水。①

　　这首诗通过感官、肌肤的亲密接触,立体地展现了河流及其相近的原初意象的符号意义。人与河流简单而安宁的相处,体现了人与自然不是支配与被支配的关系,而是作为相互存在的证明。站立在河流之中沐浴的人们"手指交互抚摸",人成为自然生态系统的一个组成部分,如同草原上"交颈默立的马群"一样自然。自然流淌的"在无惑的本真"的水的动态感,就像父亲与儿子的"肌体同等润泽"。"戴好头盔""穿好蟒纹服""重新上路",是作为符号的人的活动的表现,而人的活动过程与"前面还有好流水"有着直接关联。河流的符号意义表达的是自然与人的生活相融相通,流动的河是人的生命的栖居之所,而人的生命在河流里实现了永生。在《立在河流》中,社会属性的人与自然符号的河流,构成万物平等的生存理想,批判了人与自然对立的人类中心主义的生态观,展示了人与河流你中有我,我中有你的生命互补的景象。
　　昌耀在他的诗歌作品里营造了一个庞大而繁杂的西部意象符号群,虽然每一个意象

---

　　①　昌耀:《昌耀的诗》,人民文学出版社1998年版,第154页。

符号的内涵有着不同的审美意义，但所有意象符号的能指和所指，都与诗人在西部的生存有着内在的逻辑关联。或者说，他诗歌中的西部符号就是渗透在诗人灵魂里的记号。法国著名符号学家罗兰·巴尔特认为，诗歌符号的"意指作用可以被看成是一个过程，它是一种把能指和所指结成一体的行为，这个行为的结果就是记号"①。昌耀诗中的意象符号具有明确的意指方向，这些意象是他的诗歌审美形式和审美内容的统一，也是诗人的生命在西部活动过程中的复杂体验，更是他人生的审美记号。

三

西部区域的符号象征化，是昌耀诗歌审美本质的又一显著特征。这些象征符号有生存境况的隐喻，有人生理想的质询，也有悲壮情怀的书写。作为美的感性材料，西部的所有外在物象都在诗人内在精神的观照下，形成贯注生命诗学的自然象征体。黑格尔说："象征首先是一种符号。"关于象征的内涵，黑格尔进一步认为，"象征一般是直接呈现于感性观照的一种现成的外在事物，对这种外在事物并不直接就它本身来看，而是就它所暗示的一种较广泛较普遍的意义来看"②。按照黑格尔的观点，作为一种符号，象征是通过作者对外在物的"感性观照"后，所产生的具有人类普遍意义的社会内容。当然，这样的内容并非完全是外在物象原有的内涵，而是诗人的审美情感所赋予的。

以 1990 年为界，昌耀诗歌象征符号化的作品表现出两种类型：一种是将个体人生附丽于西部外在景物的直接象征，另一种则是自我的灵魂对于外部环境的穿越，即主体对客体的象征感应。前者表达诗人对生活的无限热情，后者则是诗人内心深处的隐痛。这两种表达方式都试图将外在的物象转化诗人的精神追求，并通过诗意的审美崇高来实现人的生命力的无形价值。

在早期的诗歌中，昌耀更多是对西部自然景物的复写，表达人与自然的平等交流，体验人在自然环境中的愉悦心情。在这一类型的诗歌中，原初的自然物象是符号象征活动的基本要素，但又不是单纯地对自然进行逼真的摹仿，而只是作为人性快乐的外在基础。符号的象征观念所指向的是人对自然的发现和热爱，符号所表达的意蕴，是基于人与外在景象是互为生存的对象而非占据。也就是说，西部的环境是昌耀诗歌象征符号发生的原点，西部物象传递出来的信息构成了他诗歌作品的象征代码，而由外在物象转化为象征符号的过程，就是诗人情感文化心理的生成，是诗人在特定时代、特定环境的情

---

① ［法］罗兰·巴尔特：《符号学原理》，李幼蒸译，生活·读书·新知三联书店 1988 年版，第 140 页。
② ［德］黑格尔：《美学》第二卷，朱光潜译，商务印书馆 1979 年版，第 10 页。

绪转换。这种转换，按照意大利符号学理论家乌蒙勃托·艾柯的解释是："环境预设涉及发送者和接受者二者所知道的内容，或被认为知道编码过或未编码过的实体和事件。"①诗人生活的空间是象征叙事的基石，也是符号编码的载体，当诗人从环境所预设的符号中获得信息后，便将符号的象征内容通过诗歌的艺术形式表现在文本之中，将外在的图像转化为诗性的话语，从而形成昌耀诗歌独树一帜的西部象征体系。这样的诗很多，比如《天空》中和平与爱的隐喻，《断章》里象征华夏文明的山的顶峰、河的源头，《记忆中的荒原》以"荒原"暗示生命不朽，《净土》中劳动者灵魂的高尚表现，《山旅》中关于山河、历史、人民的想象性叙述。这些作品既有诗人厚重的审美意识的表达，也有"环境预设符号"的信息给诗人的启示。诗人于1956年创作于兴海县阿曲呼草原的《鹰·雪·牧人》，就是典范之作。诗人写道：

　　鹰，鼓着铅色的风
　　从冰山的峰顶起飞，
　　寒冷
　　自翼鼓上抖落

　　在灰白色的雾霭
　　飞鹰消失。
　　大草原上裸臂的牧人
　　横身探出马刀，
　　品尝了
　　初雪的滋味②

　　在这首诗中，作为被表示成分的外在景物"鹰""冰山""风""雾霭""大草原""初雪"的语符，既有每一个个体事物象征内蕴的直接表达，但更多的则是诗人审美概念的推衍。"鹰"的符号所指不完全是飞禽的"鹰"，而是一种力量和自由的象征，它不仅扇动起大自然"铅色的风"，而且将冰山峰顶的寒冷从翅膀上抖落。"鹰"是寒冷、空旷的西部人的形象化书写，是西部人不屈精神的写照。"飞鹰消失"后伫立在"大草原"的"裸臂的牧人"，则是"鹰"的符号意义的补充。诗歌中的"鹰"与"牧人"是互相共融的两个符

①　[意]乌蒙勃托·艾柯：《符号学理论》，卢德平译，中国人民大学出版社1990版，第127页。
②　昌耀：《昌耀的诗》，人民文学出版社1998年版，第2页。

号，是西部人民强悍、坚韧、不畏艰险的崇高精神的象征。"冰山""风""雾霭""大草原""初雪"是"鹰"与"牧人"生存的外在环境，这些物象是衬托"鹰"和"牧人"存在的环境预设符号，是"鹰"和"牧人"生命价值升华的环境基点。诗歌中的所有符号都是围绕"鹰"与"牧人"的审美叙述来完成，所以，这些外在景象是诗人审美情感的理想表达。

在昌耀的后期诗歌作品里，诗人将西部的生存境遇和外在自然物象纳入诗歌的叙事结构，通过外在物象来表达诗人对宇宙、对人生、对社会的思考。因此，他的这一类象征类型的诗歌，是人的生命生存的写照，具有深刻的暗示性和遮蔽性。例如《边城》对原野环境下爱与被爱的思考，《这是赭色的黄土地》通过西部特有的赭黄色土地暗示人生道路的沉重、磨砺，《峨日朵雪峰之侧》渴望"雄鹰或雪豹与我为伍"的自然宇宙观的探索，《驻马于赤岭之敖包》中生命来去匆匆的悲伤与壮烈，《玛哈噶拉的面具》里神的舞蹈所蕴含的精神故乡。特别是在20世纪90年代的诗歌作品里，昌耀努力追求从西部大自然的外景里寻求智慧的诗性表达，通过具体的生活现场抽象出内在的审美理想。如《荒江之听》：

> 远听荒江之夜一个隐身的人寻求对话的呼喊，
> 可以感受到一种毛发流荡张扬的生命形式
> 升起在森林上空：一种强制的自我变形。
> 一种可怖的异己力量。
> 人们听到了。很远。然而洞睁双眼保持沉默。
> 于是那弥散的大呼更继在着一种不失信心的探试。
> 人们听到了。很远。或者——虽之颇近。
> 那生命却是恳切、率直、坦然、主动且缠绵。
> 但是人们持守沉默一如沉默的大地，
> 而坚信在情节莫名的荒江之夜厚墙内的安泰更为可靠。
> 但那大呼顽劲地继在着直至浑然不察隐入白昼。[①]

这是一首从心灵里创造出来的象征意味浓厚的诗。诗人用具体的物象来呈现自我意识，进而表达诗人对人、对神、对大地的审美思考。诗歌中"隐身人"的符号意义所包

---

① 昌耀：《昌耀的诗》，人民文学出版社1998年版，第306页。

含的是灵魂里的另一个精神自我，"寻求对话"是"自我"对外在事物的再认识。"毛发流荡张扬的生命形式"，是"隐身人"的人性变形的夸大性描述，也是生命的现代意义的隐喻，表达了现实生活中还有另一种看不见的"异己力量"的存在。"隐身人"寻求与现实社会对话的声音虽然迫在眉睫，如同烟雾、气味向四周扩散，但人们对这种来自人性深处的变异的精神诉求，只能在很远的距离下"保持沉默"。尽管异己的生命所表现出来的力量"恳切、率直、坦然、主动且缠绵"，但因为是一种全新的现代精神理念的体现，循规蹈矩的普通人民还是保持着看客式的沉默态度。所以，自我的"隐身人"无法融入所生活的社会环境，只好把自己的理想诉诸希腊神话中的巨人"安泰"，他相信神会接受他不同寻常的世界观，所以无论白昼，"隐身人"都要不停地、顽强地向神表白自己的观念。《荒江之听》的象征符号所表达的意涵深广而复杂，表达了抒情主人公超前的人性体验与外在环境碰撞之后的不合拍性，只有神才能感应到这种超人的力量。诗歌中"荒江之夜"的符号所指是"隐身人"所生存的具体空间，在这个空间中生活的人们对"异己力量"对话的不认同，则暗示了具有先锋意识的启蒙者面对芸芸众生的孤独无奈。

　　类似《荒江之听》的后期诗歌，是昌耀具有象征符号多义性的作品，如《干戚舞》《哈拉库图》《给约伯》《拿撒来人》《傍晚。篁与我》等，这些诗歌作品突破了现实生存对人性的桎梏，其诗歌的话语力度倾注于人性的精神世界对外在环境的穿越。昌耀后期创作的这些诗歌作品，重视生命的感知，以人性本真的表达实现诗歌审美的最高形态。也就是说，昌耀诗歌中这些凝聚了诗人智性的象征符号化的文本，是诗人独具的审美风格的体现，这样的文本具有诗人对生活的先验性的神秘感知。关于诗人独具审美光泽的象征符号化的诗歌文体，法国符号学者家 R.巴特是这样界定的："文体作为个人的封闭步骤，与社会无关而又易于为社会明瞭，它绝不是选择的产物和对文学思索的产物。它是惯例的隐私部分，产生于作家的神秘的深沉处，展延于它的责任之外。它是未知的血肉之躯的装饰音。"[1]昌耀 1990 年以后的诗歌，象征符号的内蕴深邃而宽阔，具有自我的主体性。符号所抵达的旨意虽然与自我的生存环境有关，"易于为社会明瞭"，但符号的象征意涵却是诗人心灵"神秘的深沉处"对人生的体验，以及对生命的透彻感悟。在他后期的诗歌中，其象征符号有诗人的人格风范的因素，更有诗人"惯例的隐私"的精神情结，是诗人的"血肉之躯"长期生活在西部的文化心理的积淀。这些具有多层次意涵的象征符号，拓宽了诗人表达的空间，建构了属于昌耀自我的诗歌审美话语，这也是他的诗歌

---

① ［法］R.巴特:《符号学美学》，董学文、王葵译，辽宁人民出版社 1987 年版，第 148 页。

能够带给读者永恒审美享受的主要原因。

面对昌耀诗歌中浩繁复杂的西部符号，我们的解释仅仅是基于文本细读之后的审美判断，这样的判定也只是冰山一角。与昌耀博大厚实的诗歌所指的内涵相比，这篇文章不过是对昌耀西部诗歌的符号意义作了一点表象的阐述，希望能在昌耀诗学的研究领域尽一点绵薄之力。

（作者单位：云南民族大学）

论铁穆尔散文中的生态意识[*]

孙　强　王雅楠

内容提要：铁穆尔的散文真实地再现了现代社会背景下裕固族面临的生态危机，揭示了自然生态与人文生态的双重失落，展示了试图重建族群文化的种种思考和努力。在关注族群生态问题的同时，他也进一步观照人类的生存困境，在游牧文明日益衰落的今天，重新思考人类存在的环境问题和价值立场，表达了回归自然和人性的愿景。

关键词：铁穆尔；散文；生态意识

20 世纪以来，随着现代社会的高度发展，工业文明华丽外表下的种种隐患也逐渐暴露无遗，片面追求经济效益导致了对大自然的无度开发，破坏了自然界的生态平衡，引发了诸多生态问题。许多作家凭借其敏锐的直觉率先对这些问题给予关注与反思，生态文学便应运而生。裕固族作家铁穆尔出生于西北草原，他所属的尧熬尔部族是游牧于西北草原的"众小民族"之一。一方水土养一方人，铁穆尔自幼在草原上成长，深受草原游牧文化的熏陶。出身牧民家庭的他大学期间选择了历史学专业，专攻西北民族历史研究。异乡求学之后再次回到故乡，独特的人生经历使他目睹了草原环境几十年的变迁，如今的现状与童年的记忆形成强烈的对比，更为真切地感受到了草原生态的变化，内心受到极大的震撼。近年来，他始终密切关注家乡草原生态环境的变化，以非虚构的真实描写，将草原环境遭受破坏及裕固族社会生态逐渐恶化的现状呈现在散文创作之中。《苍天的耳语》《尧熬尔河》《星光下的乌拉金》《北方女王》等散文集以草原生态为切入点，自觉肩负起知识分子的生态责任，进行了深刻的文化反思，为族群以至人类的存在寻求出路，流露出焦灼感伤的忧患意识，蕴藉着强烈的生态意识。

---

* 本文系国家社科基金项目"晚清民国时期中外行记中的西北形象研究"（项目编号：17BZW151）阶段性成果。

一

　　受全球变暖、气候干旱和人为不合理利用等多重因素的影响，近些年来，中国的草
原每年约减少 150 万公顷。且这种趋势还在持续。这一严峻的事实对于大多数人来说过
于抽象，但于亲历草原变化的铁穆尔而言，却有着切肤之痛。尧熬尔部落赖以生存的祁
连山北麓草原环境逐步恶化，这让他的内心充满了愤怒与苦痛。草原荒漠化、水土流失、
林木枯竭、物种灭绝都是摆在裕固族面前的生态困境。《长满狗牙草的冬窝子》《夏营
地·夏营地》《失我祁连山》《狼啸苍天》《草原挽歌》《山那边有个地方叫友爱》等多篇
散文集中揭示了草原生态恶化的现实。"约有上千亩灌木林草原被毁，无疑今后将寸草不
生！沙土在不断流失，雪水河源头被污染，下游的牧人们一直喝着污水！有些地方可以
看到大片大片的沼泽在坍塌后露出黑土，形成深不见底的黑洞和土崖，可能是因为煤矿
抽采地下水引起坍塌！"①铁穆尔将草原残酷的现实呈现给读者，以唤起人们的生态保
护意识，拯救日益恶化的家园。

　　铁穆尔在揭示祁连山下草原现状的同时，也对整个中国乃至全球草原生态危机提出
预警。许多专家将草原退化的原因归咎为游牧民族的肆意放牧，从而提出开展"退牧还
草工程"和禁牧政策来应对生态危机。对于此种言论，铁穆尔并不认同。怀着知识分子
的良知和为族群发声的使命感，他多次深入草原，进行实地考察，对草原生态危机进行
仔细的审视，揭示了草原生态环境恶化的真正原因。追根溯源，他认为煤矿油田的开采、
城市化的进程、大型工厂的兴建是草场急剧退化的罪魁祸首。铁穆尔以煤矿开垦对故乡
夏营地的肆意破坏等事实，有力地证明了工业化、都市化进程对整个草原生态系统的破
坏，一针见血地指出了破坏生态的元凶，将矛头直指工业文明，批评了一味注重发展而
人为破坏草原生态系统的行径，明确地提出保护草原生态的诉求。

　　草原生态环境的变化和现代化给牧民的生产生活带来极大的冲击，社会生态的变化
也成为必然的趋势。首先是生产方式的改变。自上世纪 60 年代以来，由于国家政策的驱
使，垦荒热潮持续了半个世纪之久。周边农业区不断挤占牧场，加之军事用地的圈占，
草场面积一再缩小，导致牲畜因乏弱而饿死，牧民的生活陷入困顿，生存一年比一年艰
难。各家各户为了维持游牧的生产方式，不得不在草原上安置铁丝围栏以保证自家畜牧
的生存。即便如此，因草场纠纷而打架的事件仍旧层出不穷。铁穆尔以自己的亲身经历
叙述了这一现象："十几个手拿棍棒的汉子在牛群边等着，他们围着阿爸用手戳着他的额

---

① 　Y.C. 铁穆尔：《北方女王》，甘肃文化出版社 2008 年版，第 139 页。

头辱骂。有几个要打他，其中一个年龄稍大的人看着阿爸年老体弱，说这个人太老了，打了怕出人命，准备打他的人才停了手。直到他们骂累了以后，才让他交了罚款，再赶走牛群。"①一向宽厚质朴的牧民面对生活的窘境，也不得不变得苛刻。生产方式的改变不仅仅影响了牧民的物质生活，也在侵蚀着他们纯净美好的精神世界，这是铁穆尔最为痛心的地方。农耕经济以进步者的姿态居高临下，游牧经济在竞争中一直处于弱势，生存空间越来越小，但是，在农耕风险较大的地区，畜牧才是最为适宜的生产方式。铁穆尔在字里行间流露出对于忽略自然条件，强行以耕占牧经济发展方式的不满，幽愤之情跃然纸上。

在全球化的语境下，一方面由于帮扶政策的善意驱使；另一方面源自游牧民族的自觉接受，现代化对草原的影响也越来越深远。"牧民安居工程"的开展使得楼宇林立，促进了草原地区的城镇化进程。10多年前人人骑马的牧民现多用摩托和汽车代步，昔日彰显游牧文化的蒙古包如今换做了砖房。牧民的生活方式、行为习惯已发生很大的变化。现代化给草原民族带来了更为舒适的生活环境，但实际上也破坏了原生态的游牧民族的生存空间，随之也出现了许多问题。帐篷作为千百年来牧民的居所有其存在的价值与意义，楼房的出现或许事与愿违。此外，铁穆尔注意到车祸、家庭破裂和酗酒之后的暴力等形形色色的"新生事物"给牧民带来了伤痛。对于这一福兮祸兮的转变，作家的内心充满了忧虑。身处逼仄的境况中，铁穆尔审视现代化带来的利弊，在趋之若鹜追求现代化的潮流中，他依然坚守着自己的追求，对裕固族清苦但却温馨的游牧生活充满眷恋，对以现代化为主导的发展主义心生疑窦。他认为强行的同步发展打破了属于草原的宁静祥和，淳朴的灵魂要比舒适的生活更为难能可贵，因此，作家试图通过自己的书写来捍卫工业文明时代失落已久的生态文明。

二

铁穆尔对裕固族生存状态的关注和描写，并没有停留在自然和社会层面，也深入到了文化生态层面。作为尧熬尔的知识分子，探讨族群的生存道路，思考族群的历史文化更是他的重要使命。文化生态包括人类适应环境而创造出来的历史传统、社会伦理、科学知识、宗教信仰、文艺活动、民间习俗等，是人类在一定时期形成的生活方式与观念形态，体现在各地区各民族原生性的世代流传的日常文化生活中。铁穆尔是接受了汉文化教育的北方游牧族裔，两种文化的交融与碰撞使得作家自觉观照族群的文化处境，考

---

① Y.C.铁穆尔:《星光下的乌拉金》，甘肃文化出版社2006年版，第180页。

量尧熬尔文明在全球化语境中的价值与出路。裕固族是诸多濒临灭绝的"众小民族"之一，从族群历史和文化传统来看，尧熬尔属于典型的"流亡者"群体，其原生性的族群文化处于边缘地带，很容易在异质文化的浸染下被湮没。铁穆尔对于族群历史传承、文化传播等方面的尴尬境遇充满了疑虑：尧熬尔这一族群究竟从何而来，将要去向何方？他试图通过文化寻根，重述尧熬尔历史，传承尧熬尔文化，唤起族人的原乡意识。

族群文化的衰落是尧熬尔面临的主要困境。尧熬尔是世代流浪在草原上的族群，人口数量少、所处地域封闭、历经磨难、历史文化的断代等等，决定了其文化的脆弱性。此外，主流文化以及现代性的席卷又进一步加剧了族群的文化危机。作家饱含着泪水将文化消亡的残酷现实记录在自己的作品中，写就了一曲曲草原的挽歌。早从"文革"时期开始，在"破四旧"的声浪中，政治话语对族群传统文化就造成了很大的冲击。牧民们脱下身上的长袍穿上了制服，随身佩戴的念珠、护身符换成了毛主席像章和忠字牌；女萨满罕达奶奶无可奈何地将祖传的萨满工具永远埋在了地下，导致萨满习俗彻底失传。政治话语的介入导致尧熬尔抛弃民族传统。上世纪80年代以来，现代化与全球化的侵袭使得族群成员再一次疏离了自己的文化传统：尧熬尔祖辈们喝"胡穆孜"（马奶子）的习惯如今已经消失；小镇上父辈们熟悉的寺院、红衣喇嘛已荡然无存；穿着羊毛长袍讲述英雄史诗的习俗已成为传说。面对传统文化的失落，字里行间无不流露着作家的感伤情绪。游牧文明的衰落导致民族文化认同的缺失，铁穆尔真切地感受到了族群文化认同的危机。一方面，尧熬尔人的语言、习惯风尚正在逐渐消失，人们对游牧文明已经丧失了信心；另一方面，异族群众特别是人口占大多数的民族，由于对"众小民族"的历史文化缺乏理解，因此，身处相对闭塞的环境中，濒临灭绝的少数族群尧熬尔很难被世人认识了解，族群成员也因此产生迷惘感。

面对文化认同的缺失，作家的内心是焦灼的："一个民族毁灭于当他们的记忆最初丧失时。"[1]所以，在他的散文中，反复书写着一个相同的主题：追寻族群的历史与文化记忆。作家大量阅读民族典籍，走访亚欧草原，辛勤考证史实，在族群文化的历史长河中上下求索，试图追根溯源重构裕固族的历史传统，弥合民族记忆的创伤，从而唤起族群的文化认同。《尧熬尔之谜》《族群、历史与草原》《苍狼大地》《白马母亲》《北方女王》《苍天的耳语》等多个篇章书写了尧熬尔的民族起源、迁徙历史、民族图腾、民间信仰、神话传说、故事歌谣等等，重述族群千年历史，重拾民族的文化传统，蕴藉着浓厚的家园情怀。铁穆尔深谙一个民族的历史和文化记忆是民族共同体得以延续的精神基础。只有找回文化记忆才能凝聚一个民族的精神力量，使生存空间逼仄的族群得以薪火相传。通

---

[1]　Y.C.铁穆尔：《苍天的耳语》，甘肃人民美术出版社2014年版，第62页。

过文化寻根，唤醒族人的原乡意识，拯救即将失落的民族文化是其写作的主要动机。与此同时，铁穆尔也希望有更多的人们了解"众小民族"的历史与文化，"我们每一个人都要承认少数族裔独特而伟大的文化，承认这些文化为整个人类带来的独特贡献，如果不承认不同的文化，如果不平等地对待所有的文化，那么就不可能建立起对他人的尊重，不可能建立起人与人之间的平等"①。作家呼吁主流群体至少应该从文化平权的角度为尧熬尔以及同样濒临灭绝的其他族群争取一定的生存空间。

基于强烈的民族尊严感，铁穆尔从文化人类学的视野对母族的文化命运进行深刻反思，在机械复制的时代坚守自己族群的精神家园，毅然承担起了传承民族文化的重任。作家舍弃汉名恢复族名"Y.C. 铁穆尔"，使用尧熬尔语汇书写文章，在日常生活中保留着尧熬尔传统的生活方式。面对全球化语境的强势话语，铁穆尔四处奔走，以寻找族群文化之根为己任，为恢复民族传统文化倾力而为。在本族与外族青少年共同参与的夏令营中，他给孩子们讲述尧熬尔的历史、文化、习俗，希冀更多的人群能够关注认识少数族裔独特的文化。此外，他在游牧部落中不断寻访，按照长者们的嘱咐和族人的回忆描述重新制作了早在政治运动中悉数被烧毁而险些失传的尧熬尔族乐器毛日英·胡尔（马头琴），以种种方式切实地为族群文化拓展生存空间。面对日渐严重的文化危机，他也不时流露出悲观的感叹："尧熬尔人从混血到消失，也是历史的必然，人只能顺应历史发展。"②文化生态的重建任重道远，需要整个族群共同为之努力，也非一朝一夕便可骤见成效。凭借一己之力拯救失落的族群文明难免会有杯水车薪的悲壮，然而总是需要先行者的呐喊和鼓动，在忧患中艰难寻求民族的发展道路。在传统与现代、自我与他者、个性与共性的多重语境下，铁穆尔力图通过文学书写与身体力行的实践活动，重述族群历史文化，重拾逐渐失落的游牧文明，唤醒族人的原乡意识，重塑族群成员的身份认同。

三

铁穆尔在揭示草原生态危机的同时，也表达了自己普遍的生态理想。面对日渐严峻的生态危机，为了摆脱目前的困境，作家呼吁必须返璞归真，重建人与自然的和谐关系。正如鲁枢元所言，敏锐的艺术家和诗人最早感受到了现代社会面临的精神危机和生态危机，"诗人、艺术家们采取的抗争方式多半只能是'逃避'。当时代一日千里飞速向前发展时，他们却想逃往远古；当科学日新月异步步攀上尖端时，他们却想退回简朴；当城市

---

① Y.C. 铁穆尔:《苍天的耳语》，甘肃人民美术出版社 2014 年版，第 79 页。
② Y.C. 铁穆尔:《北方女王》，甘肃文化出版社 2008 年版，第 44 页。

化已经成为人类社会的主导生活方式时，他们又倾心向往着乡村的牧草和田园"①。事实上，铁穆尔便是生态回归思想的提倡者，一方面是回归自然的理想，一方面是复归人性的美好与纯净。

强烈的家园意识，驱使作家产生了回归自然的愿望。提及家乡的草原，铁穆尔总会说："我感觉到我对这片谜一样的大地有种强烈的渴望和依恋。"②家园意识具体表现为特定地域的书写，地域在形成主体意识结构的过程中具有建构作用，特定地理环境提供了生存的天然基础，形成个体的生态意识，它使人产生安全感和心理认同感。美国自然文学作家玛丽·奥斯汀认为最好的作家就是能够彰显乡土本色的作家。成长于草原环境的铁穆尔眷恋早年的草原生活，心系草原故乡与族群文化，始终关切草原环境和游牧民族的发展。他的散文真实地展现了昔日水草丰茂的草原风光，细致地描绘了草原生活的和谐与宁静，注重开掘草原生态的价值和意义。

尧熬尔的牧民逐水草而居，依托环境繁衍生息，对于生存空间的保护极为重视，他们具有极强的生态意识。铁穆尔多次论及了游牧民族的天地信仰和万物有灵信仰，认为尧熬尔的天地信仰和万物有灵信仰蕴含着丰富的生态思想，将给我们带来诸多启示。尧熬尔的天地信仰主要表现为对苍天和大地的敬畏之心。尧熬尔人信奉"腾格里"和"于都斤·额客"。"腾格里"意为天，即尧熬尔人的天神；"于都斤·额客"则是地母的称呼，族人自称"腾格里·库克"，意为"苍天之子"。如子女对父母的敬爱与忠孝，尧熬尔人拥有一颗与大自然和谐相处的敬畏之心。谈及牧民的迁徙生活，作者写道："我们为什么总是赶着畜群在不停地走呢？这是因为我们的神是汗腾格里和大地母亲于都斤·额客。地上的河流是大地母亲的血管，截断河流或挖地都会让大地母亲受伤，在一个地方住得太久大地母亲也会很痛，我们只有赶着畜群不断迁徙，住在用畜毛做成的帐篷里大地母亲才不会受伤。赶着牲畜离开一个营盘时。一定要面向苍天和大地跪下诵说感恩的颂词、祭洒纯洁的奶汁，腾格里和大地母亲于都斤·额客都会听见。"③从此可以看出尧熬尔对于天地的敬畏，他们的意识里具有"天人合一"的生态理念。尧熬尔人对于天神"腾格里"和地母"于都斤·额客"的信奉，契合于拉夫洛克提出的"盖娅假说"，体现了牧民对于自然的崇拜和尊重。除了对天地的信奉，游牧民族还拥有虔诚的万物有灵信仰，这表现在牧民对于马、牛羊、狼的友爱或崇拜。游牧民族常常将动物视为神性的表现，认为其能与神相通，是神的使者或者象征。《白马母亲》一文中，白马在危难中哺育了游牧民族的祖先马头琴手，白马被视为族群的"母亲"。因此，尧熬尔人认为纯白马是白马母亲的

---

① 鲁枢元：《走进生态学领域的文学艺术》，《文艺研究》2000年第5期。
② Y.C.铁穆尔：《北方女王》，甘肃文化出版社2008年版，第211页。
③ Y.C.铁穆尔：《苍天的耳语》，甘肃人民美术出版社2014年版，第62页。

后代，是吉祥美好的象征。由于动物崇拜，牧民能够平等地对待生灵，认为人与动物要和谐相处。他们春夏季从不大规模狩猎，禁止射杀母狼等等。《啊！傍晚的大地》中阿格纳与小黑头羊伙伴般的情谊;《火红的夏安格德斯》中阿爸与骏马夏安格德斯的深情;《草原挽歌》中佐娜对于杜鹃鸟的喜爱等，都真实地展示了人和动物的和谐关系。游牧民族的动物信仰很好地体现了"敬畏生命"的理念。铁穆尔对游牧生活满怀向往，希冀借以回归的方式，弥补人与自然的疏离。

　　铁穆尔的生态理想进一步上升到了对人类生态环境的终极关怀。迄今为止，人类文明已经取得了巨大进步，但也造成了人类过度的自我膨胀，人类中心主义大行其道，从而错置了人类在宇宙中的地位。当人的利益成为了衡量万物的尺度和标准时，轻率盲目地掠夺自然成为理所当然，这必然引发严峻的生态危机。人与自然平衡状态的破坏给人类和自然造成了双重创伤。铁穆尔指出，人类文明的进步不仅仅取决于社会文明的发展，生态文明的进程同样重要。在很大程度上，造成现在环境问题的主要原因就是游牧文明的衰落。要恢复生态环境，需要借助游牧文明，游牧民族可能是恢复世界平衡与和睦的自然引导者。草原文化很好地体现了天人合一理想，能够缓解社会急速发展下的生态压力，因而作家将草原作为理想的净土，希冀回归自然。从这个意义来看，草原已不仅仅指作家的故乡，而是人类赖以生存的大地母亲，是人类生存的家园。海德格尔说:"诗人的天职是还乡，还乡使故土成为亲近本源之处。"①铁穆尔的还乡愿景便是回归人类存在的本源，即大自然，其作品中呼唤的归属感不仅仅是回归故土的希冀，也是返璞归真与天人合一的自然境界，是走向人类文化根柢的终极理想。

　　人性的异化是工业文明时代的突出病症。工具理性的不断膨胀，使得技术崇拜甚嚣尘上，功利主义大行其道，片面追求功利而漠视价值导致人性的缺失。相反，远离城市文明的游牧社会却保留了纯真质朴的美好品格，拥有原始的自然人性。阅读铁穆尔的作品，能够深切地体会到游牧民族的温情与爱，感知游牧民族内在的真善美。作者多次提及尧熬尔古词"奥亚尔"，汉语翻译为感动，即心里充满了爱、善良和温情，"奥亚尔"正是游牧民族爱的伦理。这种爱的伦理既包括人对自然的敬爱，人对动物的友爱，也包括人与人之间的亲爱，体现在尧熬尔人恪守的天地信仰以及人与人之间的行为准则之中。以爱为根柢的族群蕴藉着真诚、质朴、善良、感恩等等美好的品质，爱成为一种文化在族群间传承。这种爱的文化不仅属于尧熬尔，更是全人类亟须找回的自然人性。此外，铁穆尔认为人性的复归需要诗歌的帮助，诗歌能够陶冶心灵，使人类回归故乡。尧熬尔是一个喜欢吟唱诗歌的民族。"天神汗腾格里说，人们要得到救赎需要颂唱诗歌。地神于

――――――――――

① ［德］海德格尔:《人，诗意地安居》，邸元宝译，广西师范大学出版社 2000 年版，第 69 页。

都斤·额客说，人们要感恩就需要颂唱诗歌，祝福也需要颂唱诗歌。"[①]诗歌用充满爱的语言陶冶心灵，培养性情，能够宁静从容地瞻望未来。铁穆尔假以诗歌回归人性的观念和马丁·海德格尔的"人诗意栖居"的思想不谋而合。"栖居"是人在大地上的生存方式，是人类最为本真的生存方式。栖居以诗意为根基，通过诗歌的方式将万物引入真理的明净澄澈之中，故而写作诗歌是人类存在的本真行为。铁穆尔希望人们在喧嚣浮躁的时代重拾诗歌，能够从游牧民族诗意的栖居中受到启示，唤起被功利和世俗湮灭的心灵，回归纯粹而美好的人性。

铁穆尔的散文真实地再现了高速发展的现代社会背景下尧熬尔面临的生态危机，揭示了自然生态与人文生态的双重失落，展示了试图重建族群文化的种种思考和努力。他对于族群命运的思考虽有偏颇之处，但却一针见血地指出了其中的利害，反思根源，寻求出路，体现了独特的观察视角和文化立场。铁穆尔在关注自身族群的生态问题的同时，进一步观照人类生存家园的困境，在游牧文明日益衰落的今天，重新思考人类存在的环境问题和价值立场，表达了回归自然和人性的愿景。他的生态理想有其合理性，但也有些过于理想。与农耕文明和工业文明相较，游牧文明具有明显的脆弱性。以游牧文明抵抗高度发展的工业社会无疑是以卵击石，时过境迁，人类社会很难返回游牧社会，回归的念想也仅仅是作家美好的愿景。但是，回归的理想也并非一无是处，正是作家的吁请和倡议，唤起了人们的生态意识，才使得更多的人们直面严峻的生态形势，认识到生态文明中的真善美。总之，铁穆尔为现代工业社会的生态危机敲响了警钟，回归自然和人性的理念也将给后工业文明的生态和精神问题以很大的启示。

（作者单位：西北师范大学）

---

① Y.C.铁穆尔：《苍天的耳语》，甘肃人民美术出版社2014年版，第69页。

困境与超越：帕蒂古丽作品的
身份认同意识解读

刘长星

内容提要：身份认同意识是帕蒂古丽作品的重要内容。从其散文和长篇小说创作来看，她的身份认同意识呈现出多个层面的复杂性：第一，是其清醒的民族身份认同，她对回族、维吾尔族有天然的认同感。第二，成长经验形成了她对多民族文化汇聚融合的认同。第三，因为教育、民族、地域等多种因素，她不断面临身份问题的焦虑与困惑。第四，她对身份认同问题持开放态度，坚持多元文化在相互包容与融合中共同向前发展的现代观念。

关键词：身份认同；焦虑；困境；包容

帕蒂古丽是新疆当代作家中非常特殊的一个。特殊在，她把自身经历体验融入到了半自传的文学创作中，她的作品显现出极为浓厚的文化身份意识。她是维吾尔族与回族混血而生，属于新疆的少数民族，祖籍在新疆喀什（南疆），生长在新疆沙湾县（北疆）大梁坡村，如今生活在江南，在浙江余姚日报社任职。无论是在散文创作还是在长篇小说中，其作品都流露出对自我身份问题的不断思索。"我"是谁，从哪里来，又去往何方，帕蒂古丽在不断追问。她的身份认同意识涉及民族、宗教、地域、文化等很多方面，时而明确清醒，时而焦虑重重。她追问的是，作为混血个体，自己如何与父母、祖辈在血脉与精神上相连；追问的是，在流变的现代社会中如何看待本民族文化与生活。追问的是，在当下社会多元文化的相互影响与交融中，自己以及下一代要如何处理好现实文化关系与生活选择。主动与被动，焦虑与坚持，家族的传奇动荡，个人爱情婚姻、职业的漂泊与坎坷……这一切让帕蒂古丽和她的文学世界显得既绚烂多姿，又意味深长。在新疆当代众多作家创作中，她的作品因深切的身份意识追问而显得颇具独特性。

一、始自童年的身份困惑

"妈妈是甘肃天水的回族，不识字，爹爹是维吾尔族，从小熟读《古兰经》。"[1]帕蒂古丽是维吾尔、回族混血出身，混血身份是她作品叙事的起点与基础，她对维吾尔族和回族身份有天然的亲近感。

从童年开始，帕蒂古丽就被人嘲笑为"二转子"，她开始意识到身份问题的重要性，她想抵制嘲笑被周围人认同但并不如愿。她又改变策略采取主动模仿的方式重新塑造自己。在《变种者》一文中，为了让自己看起来像回族，"你"用乌斯曼叶子想把黄头发染黑，专门扎了像回族表妹的两个小辫。"你"跟着回族表哥去看秦腔，觉得自己快要变脸了："你不再是那个高鼻子凹眼窝的黄毛维吾尔女孩，你变成了细眉凤眼的黑发回族女孩。"[2]《尤尤》中，少女喜欢男孩尤尤，她的爱恋意识使她急切想成为回族，因为妈妈是回族，她觉得自己应该找个回族男孩，"尤尤上汉语学校，你可以跟着尤尤讲汉语，还不触犯穆斯林女人不嫁汉族人的禁忌。或许这样你的种又可以变回到回族，起码不再是半回半维的二转子，能利利索索当回族人了"[3]。《气味》中的"你"，在三姨家成了地道的回族姑娘：穿了三姨做的长裤，头发梳了辫子盘在头上，并戴上头帕，跟表妹进回族寺学经。三姨家花卷的味道就是正宗回族人的味道，"卷着一层一层墨绿色的香豆粉、红色的红花粉和褐色的花椒粉味"，这些味道一度盖住了"你"身上维吾尔人特有的"羊肉、羊奶和羊圈气息"。[4]帕蒂古丽从味觉写出了维吾尔族和回族生活上的明显差异，她要做纯粹的回族来摆脱"二转子"身份的尴尬。当然，母亲的回族身份也是她亲近回族的主要原因。

从小形成的身份困惑也和帕蒂古丽的教育经历有关。虽然家里没有一个人懂汉语，但父亲还是很坚决地把她送到汉校接受国家通用语言教育。为了融入周围人群，她又开始模仿汉族，她将一头黄发染成和汉族一样的纯黑色，用黑色染发剂把眉毛、眼睫毛也一根根刷成黑色。《气味》一文中写道：她用汉族老师的珍珠霜、香皂、香粉打扮一番，"你不再是那个羊圈里的维吾尔族黄毛丫头，你在段老师的宿舍里当了一个下午的香喷喷的汉族姑娘"[5]。回到家中，她用香皂、卫生香改变家中原有的气味；她按照汉族姑娘的标准打扮自己，用花露水、洗发精，梳起光亮的马尾辫，觉得自己"已经开始像汉族

---

① 帕蒂古丽：《隐秘的故乡》，北京时代华文书局 2013 年版，第 25 页。
② 帕蒂古丽：《隐秘的故乡》，北京时代华文书局 2013 年版，第 41 页。
③ 帕蒂古丽：《隐秘的故乡》，北京时代华文书局 2013 年版，第 75 页。
④ 帕蒂古丽：《隐秘的故乡》，北京时代华文书局 2013 年版，第 97 页。
⑤ 帕蒂古丽：《隐秘的故乡》，北京时代华文书局 2013 年版，第 102 页。

了"。但模仿式的改造自我并没有成功，"我褐色的眼珠和金黄的瞳孔还是出卖了我"，伪装适得其反，大家嘲笑她是四不像。这让幼年的帕蒂古丽充满沮丧："我彻底暴露了在他们中间一个异类的身份，并被他们用语言标记。"①

　　经过对回族、汉族不成功的模仿后，随着生活阅历的丰富，成年后的帕蒂古丽的身份意识逐渐清晰起来，对维吾尔族身份的认同还是占了上风。她用更多的笔墨描写她的父亲，父亲代表着她对维吾尔族身份和文化的认同。父亲身上的气味是维吾尔族人的味道，父亲的生活与经历彰显了维吾尔族文化的特性，帕蒂古丽对父亲的精神追问完成了作家本人自我身份与精神故乡的寻找。《思念的重量》一文写于她父亲去世以后，这封写给父亲的信透露了帕蒂古丽创作的动力，她的文字其实一直在寻找一种方式靠近父亲，靠近她的家族，她在寻找这个维吾尔家族的文化气息。在重新理解父亲的过程中，她坚定了自己的少数民族身份。"帕蒂古丽·乌拉伊穆·麦麦提，这才是我完整的名字，这样的我，才算是一个真正的维吾尔族人的孩子。"②名字即立场，本来是两个少数民族混血的后代，但她视父亲为血脉与文化之源，维吾尔族是她的主要身份。我们可以看到，帕蒂古丽把父亲描绘为一个思乡者，一个身处北疆沙湾却始终思念故乡南疆喀什的漂泊者。"我看见你失重的人生里，只刻着两个字：故乡。""我由此来判断你生命的轻重，一个离乡者思念的重量，就是他生命的重量。"③故乡喀什是父亲的精神之地，是维吾尔族的地理与文化标志。这封写给父亲的长信，是对父亲一生命运的探寻与追问，也完成了她与父亲在精神、文化层面的对话，清晰地显示了维吾尔族身份与维吾尔文化之于帕蒂古丽的重量。

二、成长过程中对混血文化的认同

　　血缘上帕蒂古丽是维吾尔、回族混血，但在现实生活中，她又不仅仅属于这两种少数民族文化。她出生、成长在北疆沙湾县的大梁坡村，那里是一个多民族共居的乡村。同属于沙湾作家，"乡村哲学家"刘亮程诗意地创造了"一个人的村庄"，而帕蒂古丽则踏踏实实书写了一个"混血的村庄"。她清醒的身份意识中首先是对家乡多民族文化相互融合的认同，即帕蒂古丽所说的"混血的文化"。

　　大梁坡村是混血的村庄，混血文化源于多民族的共居。从民族成分看，大梁坡村是维吾尔族、哈萨克族、回族、汉族多民族生活的村子，"我家后边连着哈萨克族人的羊

---

　　①　帕蒂古丽：《隐秘的故乡》，北京时代华文书局 2013 年版，第 199 页。
　　②　帕蒂古丽：《隐秘的故乡》，北京时代华文书局 2013 年版，第 155 页。
　　③　帕蒂古丽：《隐秘的故乡》，北京时代华文书局 2013 年版，第 163 页。

圈，前边隔着条小渠沟就是回族庄子"。汉族庄子有两大片，老庄子"那里住着从甘肃、河南、江苏、四川、山东来的五十几户汉族人家"。村庄最东边是新庄子，"新庄子里住着从河南和甘肃来的十几户汉族人家"①。从语言交际来看，多民族混居生活有语言融合为基础：在大梁坡村"各地、各族的人说着各自的话，吃各自的饭，几十年下来，发现你能听懂我说的，我也能听懂你说的"，"用爹爹的话说：麻雀和燕子待久了，也能听懂对方的歌呢"②。从饮食看，大梁坡人喝一样的水，吃一块土地上长的粮食，"人身上的气味也都变得差不多了"，汉族庄子的饭菜是"转子味"，民族庄子的饭菜也是多民族味道的"混血"③。混居多年的村庄，各民族血脉相连。在《混血的村庄》一书中，帕蒂古丽极富象征意味地写道：身为回族的妈妈生过几个孩子，给她接生过的，既有汉族医生也有哈萨克大婶，"哈斯木家的小摇床和吐尔逊家的大摇床上睡过村里维吾尔族和哈萨克族的每一个孩子"。从生命诞生初始，民族身份就不是界限，混融的生活才是真实的村庄存在。

帕蒂古丽写出了新疆很有代表性的一个村庄，村庄文化是多民族共同生活形成的一种自然状态。"几十年，人们在一个村里过活久了，谁离了谁都不行。羊跟羊混着放，狗跟狗混着耍，鸡跟鸡混着喂，牛跟牛混着养，驴跟驴混着配，人跟人混着活，这样的村庄怕跟混血的人一样，最后也算是混血的村庄了吧。"④混血文化不仅源于帕蒂古丽血脉中维吾尔族和回族的融合，更大程度上是她在家乡沙湾县成长过程中对多民族文化相互融合的认同感，她是在多民族文化的沃土上出生、成长起来的。在《混血的村庄》《隐秘的故乡》《散失的母亲》等多部散文集中，作者对自小生活的混血村庄充满了自适与赞赏，颇有"月是故乡明""谁不说俺家乡好"的自豪与乐趣。

喀什是父亲的故乡，大梁坡村是帕蒂古丽出生与成长的地方。两地都是故乡，却代表了两种文化、两种不同的生活状态，蕴含了新疆少数民族文化过去与现在的比对，勾勒出作者家族历史前代与当下的变迁。帕蒂古丽对父亲的追忆深沉绵长，她的成长经历也描绘得质朴生动、情趣盎然。对维吾尔文化的认同，与多民族混融文化的认同，是帕蒂古丽身份认同意识中的两种维度与状态。

三、多元文化中的身份认同焦虑

无论是在大梁坡村，或是回到南疆喀什，还是后来迁居浙江余姚，帕蒂古丽似乎都

---

① 帕蒂古丽：《散失的母亲》，北京时代华文书局 2014 年版，第 4 页。
② 同上。
③ 帕蒂古丽：《散失的母亲》，北京时代华文书局 2014 年版，第 9 页。
④ 帕蒂古丽：《散失的母亲》，北京时代华文书局 2014 年版，第 12 页。

能自如游走于多元文化交织的现实中。在"维吾尔文化—混血文化"两种身份定位下，在清醒的身份认同意识中，她依然有摆脱不了的身份问题焦虑、不适与困惑，身份所涉及的民族、地域、文化等问题不断冲击着她敏感的神经，成为她异地浓烈乡愁的"始发站"。

身份认同的焦虑源于混血出身。"我是村里唯一的二转子，二转子就是先天赋予我的身份。""二转子"这个听起来不光彩的身份，激发了幼年帕蒂古丽内心最大的抗拒，"谁叫都不吱声，或装作听不见"[①]。但反抗于事无补，"我"只能妥协去改变自己。对回族、汉族的模仿并未改变帕蒂古丽的身份意识焦虑，是彰显、保持自己少数民族身份的独特性，还是主动融于周围群体与生活文化，是她自小就碰到的身份难题。她想和人们"一起参与重要的仪式和交流活动，来确立自己的身份，并且渴望变得强大，取得认同"[②]。

帕蒂古丽用汉语创作，跟她自小接受国家通用语言教育有关。《变种者》一文中写到，"你"替爹爹写的请假条，成了大梁坡村有史以来第一份维吾尔族人用汉语写的请假条，被队长评价为"代表了大梁坡维吾尔族很高的汉语水平"[③]。成功接受国家通用语言教育，主动融入国家主流文化，这让坚持送孩子进入汉校的父亲颇为自豪。即使如此，帕蒂古丽的身份焦虑也常常存在。幼年的她上学时始终戴着头巾，"你是汉族学校唯一戴着头巾来上课的学生"。在作者笔下，"头巾"似乎成了身处汉校的她与汉族学生的区别，成了她保持母语身份的暗示与象征。一方面，她主动接受国家通用语文化教育；另一方面，别人的嘲笑、排斥也让她意识到自己身份的特殊性。"心里像打鼓一样，脑袋里嗡嗡作响，两腿瘫软，人快要陷入晕厥。"[④]这种不适感可以说从小就伴随着帕蒂古丽，多元文化的相互影响、走向融合在一个小女孩身上得以实现并不是短时间就水到渠成的过程。幼年时代的她不被周围同学接纳，下课后常常蜷缩在教室一隅，无法加入别人的游戏，成为一个自卑的"旁观者"。

在家庭内部，帕蒂古丽同样避免不了因混血出身带来的尴尬。父亲和母亲不同族别的亲戚，"他们一半想观察出隐藏在我身体里的母亲，一半想从我身上找出父亲的影子，他们各自接受了我的一半，争抢着改造他们所陌生的另一半"[⑤]。"长期生长在两个民族夹缝中的我"，不得不适应两种文化与生活，被两种力量所争夺。"种种习俗交织，互融或者相争，慢慢地我理解了母亲和外婆，父亲和姑姑，双方都希望我在接受另一种文化

---

① 帕蒂古丽：《隐秘的故乡》，北京时代华文书局 2013 年版，第 196 页。
② 帕蒂古丽：《隐秘的故乡》，北京时代华文书局 2013 年版，第 202 页。
③ 帕蒂古丽：《隐秘的故乡》，北京时代华文书局 2013 年版，第 34 页。
④ 帕蒂古丽：《隐秘的故乡》，北京时代华文书局 2013 年版，第 35 页。
⑤ 帕蒂古丽：《散失的母亲》，北京时代华文书局 2014 年版，第 211 页。

的同时，竭力维护好他们各自的民族自尊心。"①自尊心就是民族自身的文化认同感。文化认同的一种倾向就是，一个集体、一个民族共有的历史经验、文化符码，要保持其同一性和稳定性，使相关联个体都成为"我们"的一员，而区别于其他集体。是要属于维吾尔还是回族，帕蒂古丽似乎只能选择一种，这是家族内部的她在生活、精神、思想上被争夺、撕扯的原因。

从家族内部、学校教育到自己所生活的村庄，帕蒂古丽的成长过程因多元文化之间的共存关系而增加了身份问题的敏感，身份差异带来的问题让幼时的"我"总觉得是"另一个物种"，"由于过度的紧张和担忧，我经常梦到自己长出了类似尾巴一样的东西。醒来，总下意识地摸摸屁股后面，然后莫名地悲伤，好像真的有根尾巴随着我"②。在《苏醒的第六根手指》中，"我"关注张校长女儿的原因竟然是，她右手长了六根手指，"我"担心自己也会长出第六根手指。手指间长了瘊子，让"我"惊恐不已，不仅怀疑被张校长女儿传染了，还把右手缠上纱布要隐藏起来。这是作者幼年时期因身份焦虑而自我庇护的一种表现，她不想因"第六根手指"的出现而让自己异于他人，难以从众。不做特殊的"一个"，"我"要融于周围的群体、生活来达成自我的存在认同。

随着迁居南方，帕蒂古丽的身份认同焦虑更加明显。在新疆，她身处维吾尔族、汉族、回族等多民族文化与共同生活之中。到了南方，地域文化的差异也成为身份焦虑的来源。新疆—浙江，北方—南方，少数民族—汉族，维吾尔族—回族，帕蒂古丽的文化乡愁涉及了更多的层面与维度。"我"到底是谁，应该按照哪种方式生活，文化身份的界定显得越发模糊。帕蒂古丽的内心世界在《苏醒的第六根手指》一文中暴露无疑："在南方无法定位的尴尬身份使我成了新疆生活的局外人和江南生活的观望者，矛盾、碰撞和分裂，让我在任何一种文化中，都显得格格不入。我只有不断地在两种文化间平衡自己。"③作家这样描述南方的自己："在南方，我其实是一个缺失了部分身份的人，我常常渴望在生活的细节中找回自己确切的身份。初来南方的那段日子，物质和精神的双重夹逼，使我有更多的机会细致地审视和关注自己的内心。我常常发觉真正的我在远离，从梦中惊醒，我感觉那个主我在向这个客我挥手告别，客我像一个被遗弃的孩子，站在江南三月的冷雨中无人认领。"④

文化身份的焦虑也表现在了下一代身上。在江南，帕蒂古丽的儿子被同学取了"切糕王子"的外号，这让她震惊不已，在她看来，儿子出生、成长于浙江，少数民族身份

---

① 帕蒂古丽：《散失的母亲》，北京时代华文书局 2014 年版，第 211 页。
② 帕蒂古丽：《隐秘的故乡》，北京时代华文书局 2013 年版，第 199 页。
③ 帕蒂古丽：《隐秘的故乡》，北京时代华文书局 2013 年版，第 195 页。
④ 帕蒂古丽：《隐秘的故乡》，北京时代华文书局 2013 年版，第 237 页。

已经极其隐蔽、弱化了。由此，她意识到少数民族身份的烙印是难以消除的，新疆的维吾尔族人来到江南成了精神上的异乡人，再怎样融入当地文化、风俗、生活习惯，依然摆脱不了"异乡异地失魂落魄的感受"，似乎真正的自我无法着陆，"隐藏的第六根手指"就是身份焦虑与危机的隐喻、暗示，是维吾尔族的帕蒂古丽在南方精神漂泊的概括。与周围众人相比，她的精神指向里因为多了少数民族、地域等多种因素，在江南生活只能负重前行。到了浙江，等于选择了新的一块地域，一种文化，一种不同的生活方式。焦虑、危机、隔阂、妥协，身份认同意识如此鲜明而又复杂，迁居江南的帕蒂古丽经历着精神深处独特的文化感受和心理体验。

四、多元与包容——身份认同的现代性

在文化碰撞的阵痛与焦虑中苦苦追寻，帕蒂古丽的身份认同意识逐渐开阔，经历了更多坦然与释怀的过程，不断加深的文化感悟让她有了达到自我身份认同而自适的时刻，身份问题逐渐不再成为精神困扰。

帕蒂古丽写道："在别人的生活和喧闹的文化里蛰居多年，或许正是认识一种文化和接受另一种文化的必然过程。这种意识的苏醒，不是让固有的文化转向，而是意味着多了一种被认可的文化空间。"①文化身份并不是封闭的空间，接受自我之外的文化，并不是对自我身份与文化的打压和消灭，对抗、排斥、抵制他者文化并不是一条实现自我认同的合理之路，文化上相互的认同才是对话的基础，才能打开新的文化空间、心理空间。这也正是哈贝马斯在解决现代性问题时所强调的主体间性的必要性。当不再刻意把某一种民族、文化、身份单向主体化，正常的、双向的对话与理解才是可能的，由此而来的认同意识也是双向的，"一个人对另一种地域文化的认同里，恰恰伴随的是他人对自己身份的认同"②。

《苏醒的第六根手指》一文吐露了作者身份意识的纠结与释怀。从小学接受国家通用语教育开始成长的经历，从新疆到南方的地域和心理、文化的转变，从自己的孩子所面临的身份问题，从对父亲作为一个维吾尔族人所具有的宽阔胸怀和文化观念的肯定，作者意识到："身份是在一系列认同过程中形成的。"③"我的身份也因此由经历、选择、和社会力量混杂作用而逐渐被界定。"帕蒂古丽的身份意识逐渐超越了个人经历而变得更加开阔。她考察历史发现："人类历史本身就是一部混血史。混血本身就是杂交的结果。"

---

① 帕蒂古丽：《隐秘的故乡》，北京时代华文书局 2013 年版，第 204 页。
② 同上。
③ 帕蒂古丽：《隐秘的故乡》，北京时代华文书局 2013 年版，第 212 页。

困境与超越：帕蒂古丽作品的身份认同意识解读　　　·207·

从社会历史看，从家族发展看，从自己的经历与体验看，从下一代看，"我"终于不再纠结："在两种文化间徘徊多年的我，也因此释然了，心里不得不认同了中国自古就有的这种'混血文化'的概念。"①长篇小说《百年血脉》可以说是作者对身份问题的集中思考与表达。小说写了"我"家族五代的历史，暴力与冲突贯穿其中。20世纪初，家族第一代的太外公是甘肃的回族，因为与仇家的冲突导致妻子与儿子惨死，他的残忍报复也让仇家几乎灭门。命运波折中，他竟然收养了仇家唯一的后人以求得上天的宽恕与自我灵魂的救赎。收养的汉族孩子即是家族第二代的外公。到了家族第四代、第五代即"我"与女儿之间，竟然因为文化观念的冲突引发了长时间的心理"战争"，强大的冷暴力让母女关系难以正常，日常生活充满隔阂、压抑。整部小说六章内容，"不仅展现了民族冲突由暴力向冷暴力，向和解与关爱转化的一个过程，更是探讨了民族交融、文化交融的可能性"②。作者有意打乱家族历史的正常时间顺序，让太外公收养仇家唯一后裔的情节作为小说结尾，寓意深长。"这一世里，他注定要成为这个人的儿子，在他弥留之际，那个声音让他重获新生。而他，也让仇人重生。"③这里的"新生"是属于外公的，也是太外公的，是两个曾经互相仇恨的家族的，也是作品中回族、汉族两个民族重新融合的象征。一种超越了家族与民族的宽容、和解、爱与善给家族五代历史的发展画上了句号。

　　走出家族历史，在长篇小说《柯卡之恋》中，帕蒂古丽对历史的思索更加深远。这部历史小说以新疆最后一个库车王爷为原型，写了库车地方社会从民国时期到新中国成立动荡的历史。作品对历史的叙述并不宏观复杂、波澜壮阔，反而深入到麦尔丹王、艾则孜、苏里坦等主要人物的内心，去捕捉社会变动中人物个体的心理动态。作为最后一个库车王爷，主人公苏里坦在政治、爱情、身世、生命等方面经历坎坷，他所拥有的库车王爷的封号，"让他承受了更多的人生磨难，一直到后半生，他才拥有了一段安宁的日子"④。民族、宗教、历史、政治、爱情、地域风俗文化是小说涉及的内容，但又被作者时而抒情时而写实的笔墨淡化、超越。作者思考的是个体的人——苏里坦王爷，他克服各种病症和焦虑而达成自我内心的宁静，身份认同不再是因不同民族与文化而产生的焦虑与困惑，而是在历史纷纭变幻之下个体生命如何面对自身的生存境遇问题。在宏大的社会历史前进之中去关注个体的存在与命运，进而求得自我精神与灵魂的安宁，这应是帕蒂古丽追问库车历史之后想要在这部长篇中把握的内核。

　　从《百年血脉》到《柯卡之恋》，从家族史到地方社会史，帕蒂古丽的思考视野更

① 帕蒂古丽：《隐秘的故乡》，北京时代华文书局2013年版，第213页。
② 邓思迪：《从磨难到重生》，《文学港》2015年第7期。
③ 帕蒂古丽：《百年血脉》，北京时代华文书局2014年版，第289页。
④ 帕蒂古丽：《柯卡之恋》，北京时代华文书局2017年版，第260页。

加开阔，她的创作意图也越发清晰："我相信人类是同一个相互联接的肢体，每一个器官的疼痛，都是人类共同体的疼痛。每一个生命个体，都是人类这个巨大身躯上的一分子，彼此相连，牵动一个便会影响到另一个。""不同的文化就像正电荷和负电荷，撞击时会发出刺耳的噪声，也会产生耀眼的火花。""这种撞击与交锋，也许正是人类进步的前奏。"①帕蒂古丽站在人类进步的角度看待命运，跳出界限，用更广阔、更包容的语言，客观、冷静地去思考社会与历史。她小说中展现的心理冲突只是来自于客观真实的一部分，但那不是全部。因此，她肯定地写道：包容才是她小说的主旨。这也正是帕蒂古丽小说的深刻之处，当她超越了个体身份意识的局限后，她开始从人类共同体的高度去面对身份认同问题，这种眼光无疑是开放的、包容的，更具现代性的。

　　帕蒂古丽身份意识的变化也是她对历史与现实不断深入认知、不断改变观念的过程，新作散文集《水乳交融的村庄秘境》让我们看到了她在文化态度、身份意识上的坚定与成熟。书中帕蒂古丽不再局限于个人生活经历，而是把视野转向了新疆的现实社会生活。她以一种纪实的方式，捕捉到了祖国大西北新的变化。以南疆库车县为代表，经过对库车县的康村、亚喀守努特村、莫玛铁热克村等多个乡村亲身体察之后，她发现，国家的援疆政策让当地维吾尔群众开始有了对自身的反思："语言的舌头更是人们参与主体社会生活的情感搅拌机和精神融合剂，""他们的舌头对于汉语的迟钝与滞后，已经使得他们在许多方面滞后于这个飞速发展的社会"。②援疆也让像章礼斌一样的内地人意识到，只有通过亲密无间的相融，才能真实地触摸到维吾尔族群众血液的温度。在阿格乡的康村，"来自宁波地区的热情援助让阿格乡维吾尔族兄弟姐妹的血液'嗨伊那'起来，两个地域、两种民族的血液热到了一起"③。在墩阔坦镇的亚喀守努特村，汉族墓地与维吾尔墓地是紧紧挨着的，"中间仅留出一块砖的距离，方便人们通过"。在周立平和乃吉米丁日常的互致问候的短暂瞬间，作者发现了两个民族长期生活后不断互相熏陶而达成的文化礼仪融合与心理的贴近。"在一样的环境下一起生活了四十年，亚喀守努特村的维吾尔族村民和汉族村民语言互通了，习惯互相懂了，吃的喝的几乎一样了，似乎连模样也变得相像了。"④在齐满镇莫玛铁热克村最茂盛的桑树林，"就在克里木父亲躺着的那块墓地里。侯书记父亲的坟，紧挨着克里木父亲的坟地"。越深入现实，帕蒂古丽越意识到："两个民族的村民，在长达半个多世纪的共同生活中，已经深谙这种由生活教给他们的朴素哲理，对生死、对人生共同的领悟，让两个民族在生活的诸多方面变得十分默

---

①　帕蒂古丽：《百年血脉》，北京时代华文书局 2014 年版，第 293—294 页。
②　帕蒂古丽：《水乳交融的村庄秘境》，文化发展出版社 2017 年版，第 21 页。
③　帕蒂古丽：《水乳交融的村庄秘境》，文化发展出版社 2017 年版，第 4 页。
④　帕蒂古丽：《水乳交融的村庄秘境》，文化发展出版社 2017 年版，第 55 页。

契。"①不同民族的身份问题不再是需要刻意提及的问题，水乳交融的村庄，这是新疆多民族群众长期生活的结果。南疆农村的现实生活给了帕蒂古丽更多的启示与创作的力量。相互融入，共同生活，奔向现代，身份焦虑也就得以超越。作为中华民族的一员，作为现代中国的一个公民，地域、民族身份不再是也不应是焦虑的问题。

总之，无论是散文还是长篇小说，帕蒂古丽的创作有着浓厚的身份意识与思索。她有身份认同上的困惑与焦虑，但她始终持开放探索的眼光与态度，在追问历史与思考现实之中，有了更为包容的心态与观念。她坚持多元文化的汇集与相融，不仅身体力行，充当新疆和内地文化交流的使者，而且在更多作品中表达出中国少数民族作家所持有的现代观念：不封闭保守，在相互认同与理解之中坚持中华文化，以国家文化为导向，拥抱现代中国丰富多彩的多元文化生活。多元文化正是在相互包容与融合中共同走向中国特色社会主义新时代的。这种包容思想正是帕蒂古丽作品动人光辉之所在。

（作者单位：新疆师范大学）

---

① 帕蒂古丽：《水乳交融的村庄秘境》，文化发展出版社 2017 年版，第 81 页。

朔方之处的当代中国想象者

——以张学东长篇小说《家犬往事》为例

舒 跃 陈 静

内容提要：张学东用"往事"的讲述形式，钩沉过往、介入当下，《家犬往事》付梓之际，他用大历史和细民稗史下的匹夫匹妇进行桥接、以轻博重，用离题、切题、题内离题的叙事策略在锋利的现实姿态下周旋，于朔方之处呈现当代中国的文学想象。

关键词：张学东；大历史；细民稗史；题内离题；想象

尤瓦尔·赫拉利在《人类简史》中涉及一种观点："'虚构'这件事的重点不只在于人类能够拥有想象，更重要的是可以'一起'想象。编织出种种共同虚构的故事，不管是《圣经》的《创世纪》，澳大利亚原住民的'梦世纪'，甚至连现代所谓的国家其实也是这种想象。这样的虚构故事赋予智人前所未有的能力，让我们得以大批集结人力、灵活合作。"①在文学的应许之地上，因为时代议题的巨大虹吸，人们得以聚集在此，展开对于各自当下的全息想象。这呼应了一个世纪以前，梁启超把处于社会边缘的小说拉进文艺创作中心，希冀小说兼任改良社会的能力，其内涵大体如此。一百余年以来，中国筚路蓝缕，春秋代序，浓缩演绎并快进了各段历史进程，在各个时期相应的文艺创作中，小说均扮演了举足轻重的角色，不但作为文化哨点记录时代面貌，并不时反作用、影响历史进程。

2006 年，张学东的《西北往事》落停。冷峻的笔风，温暖的故事内核不啻于是西北之地对于当代中国的形象侧写，不同于贾平凹的西京繁华，也并非陈忠实对农耕文明的全景回顾，冷与热的辩证佐引成为他的美学性格。这种两面性还体现在题材的配重上，

① ［以］尤瓦尔·赫拉利：《人类简史》，林俊宏译，中信出版集团 2014 年版，第 23 页。

他用细民稗史化的文学故事执柯作伐，为历史情绪找到纾解之地，为人生悲欢的内容找到哲学说辞，进而把两者桥接，呈现对当代中国的文学想象。所以在他笔下，精致人事往往质小谋大，直接承担起对于世事变迁的文学佐证。历史与个人，并不对等的叙事体量随之成为一种文学策略上的弄险。"投身本土，倾心乡情，从朔方大地汲取水土的养分和情韵，小说里凝聚着对西部的热爱和企盼，把对现实严酷的感悟、对人生困顿的悲悯、对弱势群体的关怀，化为心果，甜美而苦涩。"①张学东依靠自己念兹在兹的情感和不偏不倚的写作立场去应付现实议题的波谲。如此，历史宏大叙事和细民故事的双线才得以并存，并在各自立场为对方质证，使之成为一种文学奇观。这恰如《人类简史》对"虚构"的定义一般，以此为肇始，他方能在现实之基和文学文本的虚构指向上履行文史互证的实践。

　　这种对文学的执念在《家犬往事》中得到明确和落实，虽然他一再指出这是一本写给女儿的书，甚至不惜用"童话"进行包装："后来在女儿热情的提议下，我答应要为她好好写一部小说了。女儿说，故事里一定要有孩子。我说好。女儿说，还要有动物，比如狗狗，我也答应了。"②但正是欲说还休的动机修辞才愈加显露出作者创作动机的不同寻常。人物故事从寻常百姓、市民俚俗延伸至拟人化的角色分配上，不妨理解《家犬往事》的野心和抱负意图对冲的是更加冥顽的人情与历史和现实的坚硬。他把自己的表现欲具象在字里行间的点到为止中，愈是把故事写得温柔，愈是反衬出这种观照之下的文学策略的用心良苦和写作对象的巨大体量。随即呈现的是文本之外的既定存在和文本内的故事所构成的对望关系，执笔的张学东与即将阅读《家犬往事》的读者形成所谓相互期望的状态，他们共同对抗历史的离心力和现实的裹挟性，群体认知上最终达至交集的也恰恰是在近期《家犬往事》的认可和相识的前提上。

　　所以无论是《家犬往事》还是之前《跪乳时期的羊》等，个中的生命单元演绎出的是历史永动的诱惑，直指分处历史其中的你我和面对历史时，这中间相生相克的无尽循环（他们一再从当下醒来，寻找下一段人生动机，却又一再重蹈着历史的宿命）。所谓童话，那可能只是张学东的慈悲托词，他用朔方之处的冷冽打磨各段历史热切，不自觉用欲说还休的离题和切题进行置换，随即把当下嵌入历史。如此说来，《家犬往事》似乎是一本写给女儿的书，更确切地讲，它是一本属于共和国儿女的书。所以"朔方"之上的生命姿态，是"跪乳时期的羊"，是《家犬往事》里的"大黄蜂"和"坦克"们："没有悲欢的姿势，一半在尘土里安详，一半在风里飞扬。"

---

① 张锲，崔道怡：《又一簇新星从这里升空》，《跪乳时期的羊》，作家出版社 2003 年版，第 7 页。
② 张学东：《写给女儿的一本书》（代后记），《家犬往事》，北岳文艺出版社 2020 年版，第 260 页。

一、细民稗史题材下的以轻博重

张学东的作品有着明显的历史余痕和对时间的反思，具体表现在文本人事之后宏观背景处的具体历史事件坐标可查，以及对时间循环的验证上。他把这种创作倾向放在平民故事的表达里，通过这类故事载体，摆脱大历史观的每每一笔带过，聚焦于历史和细微人事间互搏出的哀怨悲欢，从而使得概念性和抽象性的线性时间得以实体化。

"其取材大多是平民百姓的寻常岁月，把柴米油盐酱醋茶中的艰辛与烦恼一一细数。由于他所面对的异常艰苦的生存环境，所以他不是也不可能是一地鸡毛地展示庸常人生的无意义，在艰苦的生存条件下，解决柴米油盐酱醋茶的问题，常常连接着最深刻的生命之痛。"①

寻常岁月和历史现实是为其文学天平两侧的砝码，为了取得和所处当下对弈的重量，他毫不迟疑把个人的命运牵引至分崩离析的局面。无论是《西北往事》里，那个家庭在一轮轮浩劫之后，个中人物都陷入情绪的声嘶力竭中；还是如《你或许知道陆小北的去向》里，在叔嫂关系矛盾由只微不足道的死鸡触发后，农村残酷的生存逻辑获得剥离；及至如今的《家犬往事》，直接用看似温和的拟人角色，去触碰人类世界的种种文化表征……弱势的一方都在文学策略的对垒中，因为自身命运的不忍卒读而获得足以匹配现实的分量。两者间的较量形成一种海德格尔式的存在，"存在者"就是"现成存在""实在""现成性""持存""现实性"等的写照，就是确定的东西。②为了获得生存的重量与合理性，时间、情绪、命运等都成为弱者存在的理由和参数。这也是张学东擅为弱者发声的信心与根本，他毫不避讳把角色放置在一种极端情境下去意会言传，如《最后一枚弹壳》里的跛腿人，《家犬往事》里因火灾毁容的刘火等等，均是在各种逆境中穷通塞达，抑或悸惧命运的无常，最终却又和生活达成谅解。极端的命运轨迹使得人物获得直面现实的重量和资格，他们甚至可以在文学故事中要着阿Q式的无赖，但是文学场景的转换，又使得这种行为有着动人的魅力和可以被理解的动机，这是在拿赢弱的生命对赌历史的无常，一方面在文学性上获得更大的悲剧性，一方面在对现实的求证过程里险中求活。

因循此理，平民故事的自不量力必然事出有因。屡屡置近在眼前的生老病死于不顾，而总是在宿命论中寻求一劳永逸的动机与答案，这是张学东文学故事的交集。《西

---

① 牛玉秋:《序言:寻常岁月里的生命之痛——有感于张学东的小说创作》,《西北往事》,河南文艺出版社2007年版,第1页。

② 牟成文,吕培亮:《论海德格尔"存在"概念》,《宁夏社会科学》2020年第6期。

北往事》从 20 世纪 70 年代末一直贯穿到改革开放的余声，讲述了一个家族的悲欢离合，人物的纠结也从混沌不知的自寻烦恼逐渐走向追求物质利益的明确。绵密的人事铺陈反映了作者对于现实的关怀，他折冲于此，并以具体生命内容里的波澜和历史转折的高频率重合，彰显了历史和具体人生扭矩后的巧合——究竟是寻常百姓在找寻现实规律松动下出现的机遇，还是细民的哀怨悲欢干脆就是当下和历史的一种镜像。"写生命的生存状态，审视万物生存的法则"①，这种互相的关系理应在主客体间发生，只是能指和所指的位置却在张学东那里有意地在进行模糊，当然，也确是在这种模糊性中获得了更大与更广的涵盖可能与解读空间。

《看窗外的羊群》讲述了一个普通牧羊家庭的命运起伏，通过"我"的视角，记录了为生计所迫的父亲如何把一家的命运和羊群形成一荣俱荣、一损俱损的共生关系。互为因果的生存法则，在羊群和寻常百姓之间得到落实，这种平稳的过程逐渐化为一种历史性的自觉且不自知的演进，直到素来叛逆的"我"被录取到广州的一所大学，这种静态的生活才被撩拨起一圈涟漪，进而被注入进怀疑的因子。"我不是在刻意欣赏这片景致，说实话我的确是在发呆，透过时空悠长的隧道，我忽然感到许多东西正被记忆的手渐渐地勾勒出清晰的轮廓来。"②这解答了平民稗史如何成为共和国大历史镜像的设问，历史的逻辑往往落实在平凡生活的稀松与平常中，且所有喜怒哀乐都能在历史的机遇里锚定自身存在的因与果，主人公一家囿于生计的困顿，而又在高考的情节设定中，通过"逃离"获得了一种间离感，得以清晰去审视自己的前世今生。正如题目所陈，看向窗外的羊群又何尝不是看向历史中的自己与万千众生呢。

于是，故事的琐碎成为大历史观的一种反证，他愈是逼近世事无常的真相与成因，就欲罢不能地把巴洛克式的文学铺陈和故事反刍作为一种方法论上的终南捷径。普鲁斯特借助直觉的无意识性构建他那似水年华般的世界观，张学东恰恰反其道而行之，通过灵与肉的真实淬炼，获得物质文明和市民文化碰撞出的痛感与快感，并实体化意象指标。历史和具体人事已无关本末倒置的因果关系，人性和命运的挤压获得了通向当下真相的虫洞，大历史的出处与落实又何尝不是如此。当无理性的细微故事出现得愈是频繁与离奇，恰如《家犬往事》中刘火修建的那条脱离真实世界的地道一般，这个世外桃源般的存在恰恰是记忆的罅隙，既审视了以往发生的合理性，又用一种陌生化的距离感把文本之外的思辨放任到变本加厉的阈值中。张学东和他的故事人物真是辛苦，一面把过眼云烟的万千资讯吐纳消化，一面又自寻烦恼承担起世事无常的布道，而不是想当然的一劳永逸，把所有现实进行平铺直叙，看作一种理所当然的自然而然。

① 白描:《宁夏青年作家群与张学东的小说创作》,《跪乳时期的羊》,作家出版社 2003 年版,第 3 页。
② 张学东:《看窗外的羊群》,《跪乳时期的羊》,作家出版社 2003 年版,第 24 页。

如此看来，他似乎不应该有历史的包袱，既不用为上世纪 80 年代文学的繁荣沾沾自喜，也不用为市场经济勃发后文学时代的暂时落幕而暗自神伤，更不需要通过先锋文学的形而上学进行不明就里的哲学阐释。但是细民化的现实主义恰恰其来有自："以普通的文体，记普遍的思想与事实。我们不必记英雄豪杰的事业，才子佳人的幸福，只应记载世间普通男女的悲欢成败。"①这是新世纪文学的能动选择，更是一个世纪首尾的文化呼应。

百年以前，周作人给平民文学正名，百姓俚俗难登大雅之堂式的缺席得到匡正，进而给世俗稗史把握时代脉搏的思路提供可能。进入新千年以后，文学创作呈现新的艺术表征，究其根本却大多逃脱不了平民文学的牵制，无论是阎连科的魔幻现实，贾平凹的乡土写作，王安忆"新海派"的城市里弄等等，变的是文本中的人事催化剂和地理经纬坐标，守恒的是观照当代中国的寻常百姓故事线索牵引。

作家把平民阶层纳入为新世纪中国作传的取材源泉，曾经付之阙如在务虚层面上的牺牲不前，到如今成为观察当代中国纹理的重要思路，其本身就是对"五四"文学革命的一次呼应，形式虽有不同，揭橥的却是相同的文化气象，《西北往事》到《家犬往事》正是这样大纛下的典范。物质几何体量的倍增以及文化的新气象，恰恰需要细致入微的百姓故事形成的矩阵化叙述模式才能对冲当代的文化与物质体量，而非空中楼阁式的坐而论道。

"大时代背景下的小家庭、屠弱无助的少男少女、两条忠诚不渝的看家犬……这些都将在故事里得以重现。我在写下这段涵盖了苦难和坚韧的少年心灵史的同时，更愿意以'良善、真诚、坚强、隐忍'等品质来塑造少年的情感和心灵，使之成为一部蕴藉之作。"②这种方法论上的再生与挪移参与构建了新世纪的文学秩序，张学东也在一边解读历史，一边成为历史，并因为故事范本中良好的循迹性和厚重的人事内容性得以对当下与过往，进行以小博大、以轻博重。

二、离题、切题以及题内离题的悖论式求证

诚如前文所言，大历史与小人物是为张的主要文学内容。两者的张望状态，本身就分处在一种不对等的角力中，这样自然会在文本结构上造成文不对题与词不达意的险境；再者，体量上的不对等，使得两者间形成巨大的文学张力，并在这种双向性的牵引

---

①　周作人:《平民的文学》，《中国新文学大系·建设理论集》，第 1 集，胡适编，上海文艺出版社 1980 年版，第 211 页。

②　张学东:《写给女儿的一本书》，《家犬往事》，北岳文艺出版社 2020 年版，第 261 页。

下，成为一种具有极强先设性的离题式框架，确是难以在两处笔墨上分配均匀、收放自如。作者似乎不以为然，反而愈加弄险，在两种题材的尖锐对比中游走，粉碎了一向习焉不察的线性史观和趋于平面化的文学观。每每当我们自以为是地把握了某一文本中的奥义，他忽然笔锋急转，在目力所及的不远端搭建起又一蜃像，由对比到互文，辩证性的文学修辞在他的文学世界中不一而足，并表现为不同的文本内容。这种复杂性直接使其兼具保守与激进双面夏娃的性格，并用一种虚构故事的不确定性来验证客观历史的不唯一性。

当近期推出的《家犬往事》和《西北往事》构成"西北"的一个系列，其中场景的嬗变和内容的过渡直接推演出所谓因果不过是众生法相的自我安慰与投影，德勒兹在谈到"重复"美学时曾有涉及："一类是切切复制原本的真迹，建立真伪的秩序；另一类却以播散为章法，造出种种似是而非的对应，而终于引起始原模式本身真伪的疑惑。"两处文本多数情况下的不谋而合，且在细枝末节上故意出入与错位，直接激活怀疑的动因，内容不停的切题与离题形成的巨大张力粉碎了居之不疑的盲动性，并在类似父亲角色的把握上题内离题，直指中国传统伦理观中的歧义与多重解释的可能。

从《西北往事》《跪乳时期的羊》等一批作品被经典化开始，张学东的创作选择其实就非常有限：在文学性上既要与前期作品保持一致，在精神内烁性的探索上更要有所突破。事实确实如此："我要时刻提醒自己，它是写给谁看的，更重要的是，这部书可能得花上好几年……我不能把他写成童话寓言之类的，它的文学性和思想性必须上乘……"①因此，从前期对历史打底类型文类的偏爱，到近期10余年以来从大历史书写的宏观叙事过渡到对人生命运的关注，这本身也便是世纪之交以来，中国文学叙事转变的一处类型化缩影："我的写作方向发生变化，应该是在2008年以后，同绝大多数中国作家一样，由于受底层文学思潮的影响，至少有那么六七年光景，不再去写与二十世纪那段特殊历史相关的小说。"②这从宏观层面的无意识继承到自觉性发展，体现在自身文学表现对历史积极的迎接与对应上，再到自身有意识的背离抑或是与前期的创作倾向割席，这一转变本身就是一种切题与离题式的现象性注脚。这不佯于是一种结构主义上的拆解，用自身的分崩离析去解释身外的大历史环境的不可言说与相应文学阐释的力有不逮，同时为探索更加丰富的文化结构上提供更多的可能性。也正如2008年以后，张学东在《艳阳》《工地上的女人》中对历史的离开一样，把文学的感知更多地放在当下，从而用当下和历史进行区别，同时把现实和过往进行剥离一般。

无论是这两种主题的体量和实质内容上的背道而驰，还是张学东行为上的主动离开

---

① 张学东：《写给女儿的一本书》，《家犬往事》，北岳文艺出版社2020年版，第261页。
② 张学东：《写给女儿的一本书》，《家犬往事》，北岳文艺出版社2020年版，第260页。

随即表现在创作风格上的嬗变，拉扯出的空间都践行了艺术在表达不可言说之物上的巨大功用。这种间离性获得的阐释能力是巨大的。罗兰·巴特在《写作的零度》中曾提出"零度"写作的概念，即绝对杜绝外界客观因素的干扰，从而杜绝功利性的先入为主，完成绝对公允化的文学介入。张学东在表现历史宏观性到个人生存意义的转变上，恰恰也是一种对于自身主体认知的反省，唯有通过这种极具痛感的抽离与转身，并在不同的形式主题间游走，方能使作者自身一向熟悉的合理与合情性摇摇欲坠。这在其后巴特的"作者之死"的主题中得到进一步明确，张学东放弃自己熟稔的造景技术，另辟他径，完全陌生化的处理空间中，受众的接受权力被最大限度放大，随即迎来的便是读者的诞生，多重化的理解直接锚定住了作品被经典化的坐标系，包括文本的多重性理解与不唯一的主题限定，这未尝不是用细民故事在历史题材的离题中完成对现实认知的重新建构。

所以从《西北往事》到《家犬往事》，作品的指向性越来越模糊。前期的创作中，还可以轻松钩沉出具体事件符号，并多以具有质感化的"赤篇""橙篇""黄篇""绿篇""青篇""蓝篇""紫篇"来进行人生形式上的归类，哪怕这种意象明显具有模棱两可之嫌，很容易被各种事件与人生内容进行代入并置换，总体来讲，也正是这种概念化的处理方式才搭建起一种集体无意识，方能坐而论道、抵抗遗忘。到了《家犬往事》，人物单元间的泾渭更加明显，既有成人与儿童世界的视角，也包含动物与人类的截然区分，包括刘火在挖出一条地道后，不但直接从现实中完成抽离，更进一步完成对历史的审视，文本多重复调间的故事走向直指历史与人类间的互动，对垒式的叙述阵营自然会让《家犬往事》的雕琢感更加分明，不同分组的两极之间，包括刘火与"坦克"的绝地求生，都用生命的偶然诠释了物竞而天未必择的道理，存活的事物未必是进化法则过滤后的胜者，也可能是历史每每交集处的唯一公约数。他一再用全知的视角来综览过去，甚至用"我们这座西北小镇就像一只被踩扁的麻雀那么单薄"①这种谶语式的判词来表达自己统揽全局的自信。但是命运的偶然恰恰在宏观的文本中完成逃逸，到"往事系列"的每一个案件中均能寻得逆天逞英雄的平民案例，所谓题目下的全知姿态貌似掌握着历史的所有权，但是自外于历史的一个个活生生的生命的存在，无疑也在用文不对题的生命内容发聩：谁又能为过去的历史和所谓既定的现实言之凿凿、塑造全景。

和张学东前期的作品相比，那些并不算遥远的文本背负的责任过于沉重，对飙的文学主旨也极为宏大，《西北往事》中的家国情怀，《跪乳时期的羊》中对生命形而上到形而下的哲学性探讨等。即使如此，文学中的意象也是明确的，作者正是在明确的故事体

_____

① 张学东：《西北往事》，河南文艺出版社 2007 年版，第 1 页。

系与生命内容架构中，一点点填充进对四周价值观念的认知，并在左支右绌的文学语境中用历史和文学达到离题与切题的文学性两难。以虚入实或是以实入虚的频繁游离，自然使得作品具有宏大的阐释空间，当然，也就不可避免的呈现符号化倾向，比如"往事"的集体性记忆。

这种用心与目的到了《家犬往事》中得到确认，文史在人类与动物双重的复调叙述间出现剥离，这需要把作者的系列作品进行并置。作者擅于在自己的文学世界中处理共通性的系列议题，比如"父亲"。如《西北往事》中，"父亲"完成了从出走到归来的循环："我心惊肉跳地躲在人群中远远观望着。我爸老老实实地跪在水泥地上，他这辈子好像从来没有那么守规矩和屈服过"①到"正是在这样一个美丽得有些不切实际的黄昏，我爸终于回来了。他的突然归来让我们每一个人都瞠目结舌"②。于是乎，在大历史的框镜之下，传统父权家庭的内涵与所指完成一整套的近观到远景的演绎，并在缺席和在场的对比中切入传统伦理认知体系下的诸多习焉不察的想当然。如母亲在父亲失踪后，无论是出于生理还是心理上的所需，甚至于是物质层面上求生而出轨，一切的合情合理的预置都把传统男性家庭的人伦体系拆解得体无完肤，无论是出于读者还是为书中人子的"我"而言：卫道的公允情绪越是浓郁，越表现了先前男性家庭以及雄性化历史的衰弱。在父亲离开后，蓝丫并未因为成为女人而理解母亲，却独自进化成为商品经济下的异类，靠着身体上的特立独行来获得存在感并清晰身份上的困惑；而男人无论是四孬的处处留情，"哥哥"对待感情的变态式的偏激与执拗，甚至于"我"愈洁何曾洁的自我撇清，都在父亲的消失与归来后的两种生活语境里表现出了极具戏剧化的反转。男性与女性成为对比，自己与自己成为左右悖反的镜像，这种不唯一性直接肢解了传统社会价值观中对于性别责任的默认。

在《家犬往事》中，父亲干脆就是以缺席的姿态出现："狗一叫，像是下了最后的逐客令，那个男人便再也坐不住了，他匆匆起身，惶惶告辞走了。"③因为儿子刘火惹出的事端登门道歉，到出门寻找避祸的儿子，"父亲"直接在全书的前半段便匆匆谢幕，这使得文本的角色分配从始至终便处于一种失重的诡异中，在"往事"这样具有家族史诗色彩的文本里，父母之类的传统角色是必不可少的，哪怕用童话的框架跳出了此类先入为主理念上的困囿，作者在不停地用拟人化的动物角色和情节的传奇性进行填充与平衡，但是技巧的复杂反而激发了文本的另一层次的设问：究竟这种离开是种偶然还是另有玄机？

---

① 张学东：《西北往事》，河南文艺出版社 2007 年版，第 5 页。
② 张学东：《西北往事》，河南文艺出版社 2007 年版，第 35 页。
③ 张学东：《家犬往事》，北岳文艺出版社 2020 年版，第 31 页。

因此《家犬往事》父亲的离场其实恰恰就是一种在场，并以一种问号的形式而不停在阅读的过程中存在，激发对于父权社会与历史的反省机制。在父亲离开后，儿子刘火自然在一种颠沛流离的孤独中，他无法回避，而只能在似是而非且牵强的大黄蜂和坦克的动物角色上获得认同。因此《家犬往事》愈是写得感人温婉，愈加暴露出父亲在中国家庭中的复杂性与无法摆脱的巨大惯性，只有在情节极具离奇化的框架里，才可以把父亲或是男性的缺失抹平得毫无痕迹。自然，一旦进入文本之外的思考向度，《家犬往事》在思想性与社会性上触及的内核便是极其黑暗的。对于男性角色来讲，刘火未免肩负着不能承受之轻，直接成为对历史质疑的问号。他以自己脆弱且懵懂的生命内容应对绵亘千年社会体系责任的施压，他把心毫无顾忌地展示给人看，却不知对于斗士来讲，在生活的战斗中心只会碍事，更遑论张学东还在不停利用历史情境挤压心灵的生存空间，以至于刘火只能在最后逃之夭夭，活在父亲遗留的地窖中，用父亲最后的余温和牺牲苟全性命于乱世，这是无可奈何之外，温暖且柔化的死亡选择。

三、当代国族想象

不妨理解，朔方之处，张学东冷峻的故事外在与温暖的精神内核恰恰是一种想象方式，类似于历史与细民两种截然相反维度上的执柯作伐，通过离题与切题方向上的悖反，在貌似相反的向度上获得弹弓效应，凭借不同向度上拉扯出的巨大张力，把文本主体以及接受客体一同抛掷向更高的维度。这无疑把本应落停的文本置于不停发展的衍变过程中，进而把文本背负的含义放置于一种无法停歇的焦虑中，这种现象本身便诠释了当代中国民族想象所需要面对的体量和自身的阐释需求。

"由于作者读者对'新'及'变'的追求与了解，不再能于单一的、本土的文化传承中解决。相对的，现代性的效应及意义，必得见诸十九世纪西方扩张主义后所形成的知识、技术及权力交流的网络中。"[①]

这解释了张学东在新世纪的前 20 年中为何需要在多种叙事题材、体裁，以及不同的技巧方法中闪展腾挪。他自己便是世纪之交中国文化发展的一个侧面与人文镜像，须以繁复的招式来拆解时代议题的不停变换。及至《家犬往事》，也正是新世纪前 20 年朔方之处的作家们给出的答卷，他们貌似在中国新世纪以来东南沿海的傲岸姿态之外，但正是这种冷眼旁观的距离感，才拒绝了热点议题的裹挟，从不为人知的细密之处展开国族文化形象的侧写。因此，《西北往事》是通过一个家族的故事来把叙事延长，并建立一段

---

① ［美］王德威：《想象中国的方法——历史·小说·叙事》，天津出版传媒集团 2016 年版，第 7 页。

对于历史的辐辏点；而《家犬往事》便是通过青春期的成长故事来把当代缩短，并具体落实在可供参考的的象限之内。

张学东拒绝死亡，却对生命内容中的各种痛苦来而不拒，且在《家犬往事》中变本加厉，把人际的背叛、至亲的离散等浩大的命题毫不迟疑地强加给柔弱的生命。对于痛感的排斥和共情使得《家犬往事》中的角色有着各自的悲剧线索，并在对于历史因果的茫然和抱团取暖的本能前提下，不自觉把人生轨迹进行交织，随物赋形出一个时代的雏形，供世人参考评判。所谓"往事"，那不过是一段时间层面上的虚拟说辞，刘火、"坦克"他们所构成的复杂体系已经足以出入历史的虚实之间，并在西渐而来的现代主义流派中，以各自生命的盲动，比如刘火最后栖居在地下，仿如游离在现实与历史之外，方能把个体生命的盲动桥接进客观现实的永动中。文本之中的演绎对于文本之外朔方之处的张学东，又何尝不是如此，他以极具个人英雄色彩的匹夫之力，选择远景视角，主动离开城市与乡土的喧嚣，不仅在冷静地追忆或悼念历史，他的往事与故事也在帮助我们挖掘文化线索，抵抗遗忘之余同时在构建现实的断层，完成对于国族的想象。

所以，王德威在《想象中国的方法》中提出作者和受众间、历史和当代间存在的复杂辩证关系，也正是把目标的唯一性转嫁杂在过程的衍变里，而非针对某一对象或内容的求证与明确中。这也就进一步给并非一蹴而就的民间稗史和国族大历史进程互动，找到和谐共生的立足支点，也就是对于结果的有意识忽略，而在故事坐标中对于历史成因的惯性与习以为常做出反思。这种共生的文学想象恰恰嫁接在身边的习焉不察的文化现象里，这就不仅仅是叙事上的一种努力，还应该是对于当下文本故事中诗学正义的丰源。《家犬往事》具体而微的感情维度和以虚涵实的现代性扩张了有限文本的空间，个中因素诸如人物和动物角色的互动也撑开了闪展腾挪的发挥余地和扩充解读的可能，这松动了金科玉律式的当代含义和民族地理的既定限度，从而使"往事"系列中的代表人物自身便形成了超越时空的多种哲学对话式的矩阵，进而激发一种新型的文学机制，让受众时刻在具有痛感的文学故事中方便代入，进而在历史的发展中不忘昨日的来处，认清明日的去处。

汪晖在《世纪的诞生》中提出构成 20 世纪中国主体性的议题。并在历史与时间的向度上，用"短世纪"和"长革命"的两种概念来进行归纳。在这类理念的建构过程中，需要"将 20 世纪建构作为思想的对象，首先意味着将 20 世纪中国从对象的位置上解放出来，即不再只是将这一时代作为当代价值观和意识形态的注释和附庸，而是通过对象的解放，重建我们与 20 世纪中国的对话。在这种对话关系中，20 世纪中国不仅是我们研究的对象，同时也是我们审视自身、审视历史和未来的视野，即一种不能自居于审判者的位置随意处置的对象，而是一个我们必须通过与其对话、辩驳、自我反思而重建自我认知的主体。换句话说，只有我们将自己从审判者的位置上解放出来，对象才能获得解放"①。张学东的"往事"系列恰如此一般的文化建构，并用文学的虚构性和历史的可考性进行多向同构。不但完成文本的单向索引，并在这一过程中同时完成对自身所处语境和情境的认知。他站在的中国如火如荼中心之外，正对身后 20 世纪的过往进行回顾性的平视。所谓那些"往事"，是以人间聚散的故事内容聚于笔尖，用四孬、刘火这些青年与坚韧呈现对世道人心不愿撒手的恋恋不舍，并在每一次的悲剧情绪的向死而生后，把这些矛盾与表里诉诸文字。

结　语

现实与历史相遇在文学的维度中并不鲜见，这也就给了选择的自由和判断上的两难。张学东不避当代诸种社会问题，取精用弘，这既有上下求索的史家心态，更有以身犯险的当代作家身上的使命担当意识。在文史双线的限制下，那些生命公式推演出的结果不过尔尔："要么洞悉世事的无常或有常，在预言休咎之余，把生命放在犬儒的姿态下；要么因为历史的变数而心惊，每每在人生与现实的接驳处游移不定；当然，还有双重挤压下生命区间向死而生后的放大。"

使用文化想象共同体完成对于当下和历史的介入，无论何种叙事选择均给实际所处的文化环境点明出路，所以"往事"的成立与否并不重要，重要的是这种文学向度上曾经做过的努力和他留下的痕迹。

（作者单位：舒跃　扬州大学　陈静　扬州工业职业技术学院）

---

① 　汪晖：《世纪的诞生》，生活·读书·新知三联书店 2020 年版，第 4 页。

图书在版编目（CIP）数据

大西北文学与文化. 第三辑 / 陕西师范大学人文社会科学高等研究院编 .—北京：作家出版社，2021.6

ISBN 978-7-5212-1512-0

Ⅰ.①大… Ⅱ.①陕… Ⅲ.①地方文学史—研究—西北地区②地方文化—文化研究—西北地区 Ⅳ.① I209.94 ② G127.4

中国版本图书馆 CIP 数据核字（2021）第 168089 号

大西北文学与文化 . 第三辑

编　　者：陕西师范大学人文社会科学高等研究院

责任编辑：田一秀

装帧设计：芬　妮

出版发行：作家出版社有限公司

社　　址：北京农展馆南里 10 号　　　邮　　编：100125

电话传真：86-10-65067186（发行中心及邮购部）

　　　　　86-10-65004079（总编室）

E-mail:zuojia @ zuojia.net.cn

http://www.zuojiachubanshe.com

印　　刷：三河市紫恒印装有限公司

成品尺寸：185×260

字　　数：280 千

印　　张：14.25

版　　次：2021 年 6 月第 1 版

印　　次：2021 年 6 月第 1 次印刷

ISBN 978-7-5212-1512-0

定　　价：68.00 元